自由主義

Liberalism

文學理想的終結○

(1945.08～1949.10)

胡傳吉——著

序　還原歷史

胡傳吉博士這部大作論題的挑戰來自兩個方面：一是學術關懷的勇氣，它需要來自內心的堅持才有興趣關注這曾經塵封的一頁；二是具有良好的理論修養和直覺的洞察力才可能闡釋「終結」的意味。因為這個論題的文獻資料幾乎人所共知，材料背後的發掘就更加重要。所幸的是胡傳吉博士在這兩方面都不負所望，而且表現優異。她的《自由主義文學理想的終結（1945.08—1949.10）》，新銳、卓識和感人心魄的歷史敘事完美結合在一起，她寫成了一部今後討論這時期文學史無法繞過去的重要論著。

自由對人有多重要，甚至推廣一點，對具有高級中樞神經系統的生物有多重要，嘗試去用繩捆住一隻貓就可以知道。還記得起裴多菲激情澎湃的詩句，「生命誠可貴，愛情價更高，如因自由故，二者皆可拋」。可是這個看似不言自明的真理，在高度「群化」（socialized）的人類社會成為一個千言萬語都講不盡的問題，它甚至帶來性命威脅的危險。在歐美，自由是嚴肅的思想史探討的一部分，也是現代社會進程所經歷的自由與奴役的持續鬥爭取得的最重要文明成果之一。在中國，它一樣綿遠流長，不過它用另一個難以捉摸的詞——逍遙——來寄寓。逍遙如鳥，無束無縛，好不自由。可是林泉高致的境界畢竟與法治所規定的人間秩序有距離，前者難以落實為後者。晚清的變革和辛亥革命開啟了「自由中國」的可能性，不過它的動力不是來自古代而是來自西方。胡傳吉博士所討論的從抗戰勝利到「人民共和國」底定的歷史就是晚清以來自由在中國伸延、挫折和時常反復的曲折歷史的一部分。雖然她探討的遠不是「足本」的歷史，只是文學思潮和文學，但它足以折射這歷史進程在人心所造成的長久震撼。

一九四五年八月十五日正午，魚肉中國數十年的倭日終於由它的天皇播出《終戰詔書》，消息傳到中國，無論重慶還是延安，人們湧上街頭，徹夜狂歡。歡笑、悲痛、眼淚與和平的希望，一起從那個晚上噴湧而出，迴蕩在無處不是戰爭廢墟的中國。美國人從一九四四年底就介入了調停重慶和延安的衝突。那年十一月九日的晚上，毛與羅斯福總統的特使赫爾利在延安的窯洞內舉杯，調停協定簽署，與日後蔣、毛重慶談判一樣，和平的希望隨著調停和日本戰敗，一點一點生長出來，尤其是知識份子的心裏。經歷過長久的內亂、軍閥混戰和八年「全民抗戰」，中國又一次處在新生的邊緣，這哪能讓人不心生盼望？這就是胡傳吉新著所探討的「自由主義文學」的大背景。有意思的是，心生這盼望的人是無力將這盼望付諸實施的人。自由，說來複雜，但文學的自由則甚為簡單。只要作家保持對政治的消極不參與，和政治對文學的積極不干涉，則這事兒就有了眉目。秉持自由主義文學理念的人，認同前者並身體力行；希望後者卻束手無策。因為若要政治不積極干涉文學，這就不由文學說了算，而需要在人權基礎上「法治」（rule of law）的保證。其時的國家，政令尚未統一，法治從何談起呢？在明眼人看來，這自由主義文學一定是短命的。但正因為它短命，所以它悲壯。在一個短暫的歷史瞬間，讓我們看到人心不死，曙光猶存。那個時代持有自由主義文學理念的作家，他們並不是一個文學團體，而只是幾個作家圈子，圈子之間甚至沒有來往。在國、共和戰不定而無暇顧及的間隙，獲得了有限未受干預的空間。當歷史的天平決定性地倒向「光明力量」一邊的時候，同時也意味著政治積極干預的來臨，亦即是自由主義文學理念的終結。

胡傳吉博士在這部新著中，深入到自由主義文學理念的內部，她發現它的困境：熱愛自由卻無力爭取。這個「悖論」用今天話講，就是只能說「不」，不能說「是」。來自政治的激情，無論左還是右，都為他們拒絕。以拒絕、沉默、不參與為姿態的自由，也就是「消極自由」。它固然可貴，固然為推動和成就傑出文學的重要條件，但畢竟嬌嫩，經不起人間的風雨。自由可不可以爭取呢？當然可以，但如果豁出去，為獲取自由而搏擊，這又有違文學的本性。這是橫在那個時期熱愛自由又熱愛文學的知識份子前面的一道難題。陷入了這困境，他們只能成為「時代大潮」中隨波起伏的弱勢一群，他們的命運是被註定的。胡傳吉博士關於自由主義文學理念困境的解釋非常有洞見，體現了她對歷史「同情的瞭解」，同時也讓讀者意識到，自由是有代價的，哪怕只是「消極自由」，有時也會讓你痛得刻骨銘心。

自由主義文學理念的呼聲，是在國、共「逐鹿中原」的大背景下產生，這個顯而易見的巨大因素很容易遮蔽發出這呼聲的知識份子精神世界的內部問題。我特別欣賞胡傳吉拈出「自由主義良心體系塌縮」這一命題。這一命題從內部解釋了自由主義文學理念的「終結」，它極具說服力，而又為「終結」之後的種種「檢討」、「改造」的事實所印證。人性是複雜的，作為知識份子在那樣動盪的年代，他們也有自己理智和感情的衝突。文學理念的認同是一回事，而感情的折磨、內心的撕裂和生活的煎熬又是另一回事。正如胡傳吉在書中說的那樣：「誰能停止戰爭，或者誰能承諾結束戰爭，誰就能夠得到人心。人道情感的弱點就在於，它對不幸的敏感甚於對幸福的敏感，儘管人道情緒能夠在幸福面前自然而流露，而在不幸面前要考慮自己的反應是否合宜，一旦，有力量向他們展示未來的幸福、美好的規劃，出於對現在苦難的深深同情，他們內心的城堡也可能在幸福的感召下走向軟弱與順從。」自由主義文學及其理念「終結」的事實誰都看到了，但「終結」的機制是什麼？它又是怎樣起作用的？這些問題在談論這段歷史時是被忽視的，胡傳吉道他人所不曾道，為讀者勾勒了一幅自由主義城堡從內部崩陷的具體圖景。秉持自由主義文學理念的知識份子心地是善良的，人格也是高尚的，對於此點我毫不懷疑。然而，人性的詭譎就在於無論秉持何種理念，它的根本驅動力無一例外是追求「美好生活」。而在當年江山易色的「歷史瞬間」，「美好生活」彷彿從天而降，倏忽之間唾手可得。為了這一切，放棄那些小小的理念，甚至放棄文學，又有什麼捨不得呢？文學不可能比「美好生活」更重要。假設回到當初的「歷史瞬間」，就算是我自己也一定沒有足夠的智慧和定力看穿那數十年之後才被證明是海市蜃樓的「美好生活」。指出自由主義文學良心體系的自我承擔的不可能並不是責備，而是真正意義上的「歷史還原」，正是在真切的「歷史還原」中，胡傳吉透過她的努力讓我們看到了可信的歷史。

胡傳吉博士這部大作，當初是她的博士論文。答辯過後，她花了三年時間琢磨、增刪、修訂、潤色。不但文獻材料更加充實詳盡，而且見解更加深刻完備。前數日，她來告訴我，書有望出版，並讓我寫序。我曾是她的老師，十分高興，欣然命筆，寫下上面的讀後感想。

林崗

二〇一二・六・二十四

目次

緒論　關於一九四五年八月至一九四九年十月間自由主義文學的敘事史

一、問題的發生

本文所指「問題的發生」，即，一九四五年八月至一九四九年十月間[1]自由主義文學這一事實，是如何發生，並如何得到確認的。澄清「問題的發生」，就要涉及到兩方面的史實。

其一，自由主義文學如何發生。這一階段，自由主義文學作家、理論家，以及自由主義文學所依託的主要言論出口，有一些什麼具體的主張、思想、作品，他們的寫作姿態、人生選擇又如何，這些，是自由主義文學的最基本事實，也是確認自由主義文學是否存在的最有力的依託。

釐清此間自由主義文學的基本事實，是本文所要重點探討的問題之一。

[1]「一九四五年八月至一九四九年十月」這一時間段，下文多以「此間」或「此時」指代。

其二，如何確認、如何得以確認自由主義文學這一事實。除了以基本事實進行自我確認之外，事物的對立面、異面也往往提供一些線索與證詞以確認這一事物的存在。不同於由主義文學的文學力量，諸如左翼文學等，以反對或排斥的嚴厲姿態，確認了這種不合時宜的文學形態。之所以反對，是因為他或她承認且試圖消除你的存在，於是，事物由其反面或異面證明了事物的存在。

這一階段，有一些重要文章顯示出共產黨文學理論家們對自由主義文學作家、理論家的態度。諸如，默涵的〈「清高」和「寂寞」〉（《華商報》，一九四七年二月二日），邵荃麟的〈二丑與小丑之間：看沈從文的「新希望」〉（《華商報》，一九四八年二月二日），胡繩的〈為誰「填土」？為誰「工作」？〉（《華商報》，一九四八年二月二十二日），郭沫若的〈斥反動文藝〉（《大眾文藝叢刊》第一輯「文藝新方向」，一九四八年三月一日），馮乃超的〈略評沈從文的《熊公館》〉（《大眾文藝叢刊》第一輯「文藝新方向」，一九四八年三月一日），由（邵）荃麟執筆、代本刊同人而寫的〈對於當前文藝運動的意見〉（《大眾文藝叢刊》第一輯「文藝新方向」，一九四八年三月一日），（邵）荃麟的〈朱光潛的怯懦與兇殘〉（《大眾文藝叢刊》第二輯「人民與文藝」，一九四八年五月一日），這些文章，對朱光潛、沈從文、蕭乾等人，對《大公報》等自由主義報刊，分別作了基於階級立場出發的區分與定性。[2]毛澤東的〈別了，司徒雷登！〉（一九四九年八月十八日）一文，提醒並批評了民主個人主義與自由主義者的游離姿態，該文對聞一多及朱自清的褒揚與定性，可看出毛澤東對自由主義文學的基本態度。[3]二十世紀四〇年代後期所出現的這批針對自由主義文學而發的批判文章，可看成是確認此間自由主義文學存在並日趨消失的重要證詞。

---

[2] 共產黨文藝理論家對這一階段自由主義文學的具體態度，本文第六章〈自由主義文學理想的終結〉有詳細論述。

[3] 見毛澤東：〈別了，司徒雷登！〉，見《毛澤東選集》（第四卷），北京：人民文學出版社，一九九一年。

由上述兩個方面的綜合，可以確認，本文所研究的對象，此間的自由主義文學，從學理視角來看，是可靠的。

在文學事實可以確認的前提下，接下來，就是文學史如何對待這一文學事實的問題，即，文學史如何發揮其權力的問題。

二、文學史的權柄

一九四九年以後二十世紀八〇年代中期以前，大陸文學史對此間自由主義文學的處理手法，大致有三種。此三種手法基本上都限於二元對立的思維框架內。

第一種，此間的自由主義文學不被文學史提及。不提及，即有意或無意忽略、不接納、否定，這種傾向在二十世紀五〇年代以後、八〇年代以前尤其突出。不被提及的原因，或因為編著者的個人立場、個人信仰，或因為功利文學評審制度的排斥與厭惡，具體原因，實難以細究區分，因為，在五〇年代以來的文學體制裏，很難說清楚，哪些因素是個人的，哪些因素是體制的，相對可靠的說法是，個人與體制混為一體，立場趨同。

如劉綬松的《中國新文學史初稿》（一九七九年版），即可看成這一做法的實例。《中國新文學史稿》（上、下卷）的編篡邏輯基本上按戰爭進展順序而定。該書將一九四五至一九四九的文學編為「第三次國內革命戰爭時期的文學」（第五編），該編的第三章，作者定為「在反動派壓迫下鬥爭和發展的國統區文藝」，在這一章裏，劉綬松描述了以《大眾文藝叢刊》為代表的許多革命作家，同美蔣作鬥爭的事蹟，對郭沫若等人在《大眾文藝叢刊》上所表的文章有所評述，但對「自由主義文學」隻字不提，編著者的結論是，「三年來，在反動派壓迫下鬥爭和發展的革命文藝，是完全勝利了的」。[4]

王瑤著的《中國新文學史稿》，與劉綬松的《中國新文學史初稿》相比，在處理四〇年代後期的自由主義文學時，有異曲同工之處。《中國新文學史稿》第四編《沿著〈講話〉指引的方向（一九四二至一九四九）》之第十六章〈新的人民文藝的成長〉，設有〈思想鬥爭〉一節，論述方式、引用文獻、評述標準，與劉綬松《中國新文學初稿》的「在反動派壓迫下鬥爭和發展的國統區文藝」，傾向基本一致。[5]

第二種，因左的對立面而被提及，以反對、否定的姿態去評述此間的自由主義文學，並將其納入思想鬥爭的範疇內描述，行文重點一般放在朱光潛、沈從文、蕭乾等人身上，[6]意在說明朱光潛等人的路線不對（反動、落後、無恥等），對這一時段自由主義文學的創作情況及其獨立性則基本上是忽略不計。這一處理方式，通常只是把眼光放到朱光潛、沈從文、蕭乾等人的身上，對張愛玲、錢鍾書、廢名等人基本上是隻字不提。這一處理，出於證明鬥爭正當性、勝利必然性的初衷，但反而使自由主義文學不至於被完全忘記，他們被一種類似於「仇恨」的情感、被一種比熱愛更長久的情感所惦記。最終的可能是，此間的自由主義文學，將被比仇恨寬大的人性情感重新發現。

由林志浩主編的《中國現代文學史》，在第十九章〈國統區的文藝運動與宣傳及捍衛毛澤東文藝思想的鬥爭〉裏，專設一節討論自由主義文學，但編著者在目錄中所採用的說法是「關於民主個人主義及其在文

4 引文及相關論述見劉綬松：《中國新文學史初稿》（下卷），北京：人民文學出版社，一九七九年，頁六六九－六七七。《中國新文學史初稿》初版於一九五六年，一九五八年至一九五九年間，著者曾修改，具體情況參見，武漢大學中文系現代文學教研室：〈修訂再版書後〉（一九七九年二月），見劉綬松：《中國新文學史初稿》（下卷），頁七二七。

5 見王瑤：《中國新文學史稿》（下），上海文藝出版社，一九八二年十一月修訂重版，頁五八四－五九二。

6 即便是對自由主義文學的批判，所占篇幅一般也不會超過一節的內容。

藝界引起的鬥爭」，這一說法，承接了毛澤東在〈別了，司徒雷登！〉（一九四八年八月十八日）一文的說法，而在正文中，編著者解釋說，「民主個人主義者，也即舊民主主義分子，或自由主義分子」，編著者進而由階級立場出發，將民主個人主義者定性為資產階級，重點放在這些人的政治不正確上，並陳述了革命報刊和革命作家如何與反動文藝作殊死鬥爭並取得最終勝利，該節的最後，有這樣的陳述，「先進的人們正是按照毛澤東同志的指示，把鬥爭進行到底，粉碎了美帝國主義的政治陰謀，並做了很多耐心的工作，把絕大多數的民主個人主義者爭取過來，幫助他們進行思想改造，使他們逐漸站到人民大眾的立場上來，逐漸樹立為新中國、為人民服務的思想，並在實際工作中為我國的社會主義革命和建設事業，做出了有益的貢獻」。[7]林志浩主編的《中國現代文學史》與中南七院校編寫的《中國現代文學史》（一九七九），在民主個人主義（自由主義分子）問題上，傾向與編寫方式基本一致，林志浩主編的版本略詳一些。[8]田仲濟、孫昌熙主編的《中國現代文學史》，略談到「對沈從文等人的文藝思想的批評」，對論戰的基本事實進行了描述，雖無明顯的評論，但該書注重對左翼文學的梳理，對自由主義文學的創作事實、思想事實沒有涉及，孰輕孰重，誰正誰反，一目了然。類似的處理，還有由十四院校編寫組編著的《中國現代文學史》。[9]在對「民主個人主義」（自由主義分子）的結論方面，在文藝力量「勝利大會師」的思路方面，各院校編寫組有著驚人的一致。

唐弢、嚴家炎主編的《中國現代文學史》（三），則明確認定四〇年代中後期的思想鬥爭裏，有「對資產階級自由主義文藝思想的批評」（第十九章第三節），編著者認為，這次批判不夠徹底，「這次批判對

7 參見林志浩主編：《中國現代文學史》，北京：中國人民大學出版社，一九八〇年，頁六六一—六六七。
8 見中南七院校編：《中國現代文學史》（下冊），武漢：長江文藝出版社，一九七九年，頁六六九—六七二。
9 見十四院校編寫組編著：《中國現代文學史》，昆明：雲南人民出版社，一九八一年，頁六一三—六一八。

政治思想問題注意較多，對錯誤文藝理論本身批評不夠」，但編著者在該節也並沒有對錯誤文藝理論本身作出細緻的論述，唐弢、嚴家炎談自由主義文藝對內對外錯誤的重點所在，仍然是政治之爭。[10]

第三種，文學史的編著者不作評述，而做資料性的描述；或者在文學資料、文學作品的彙編中，收入共產黨文藝理論家針對這一時期自由主義文學的批判文章，共產黨文藝作品，同時相應地收入自由主義文學作家、理論家的文章及作品，以作專題集結。

對此間自由主義文學或文藝思想的批判，有編者曾將其彙集，且未加評論。

由北京大學等單位主編的《文學運動史料選》（第五冊），收入毛澤東等人的十三篇文章，納入「對資產階級自由主義文藝思想的批判」欄目下。[11]

陳壽立編《中國現代文學運動史料摘編》，沈從文、默涵、蕭乾、郭沫若等人的文章，被集結在「對資產階級自由主義文藝思想的批評」的目錄下。[12]

由上海文藝出版社出版的《中國新文學大系（一九三七－一九四九）：文學理論卷二》設有「關於文藝自由」子目，收有朱光潛、郭沫若等人的論爭文章，共計八篇。[13]

徐迺翔主編的《中國新文藝大系（一九三七－一九四九）：理論史料集》設有「關於『自由主義方式』」子目，收入《大公報》兩篇社評（一九四七年五月五日、一九四八年一月八日）及胡繩、朱光潛的文章，共計四篇。[14]

10 引文及該問題的具體闡述見唐弢、嚴家炎：《中國現代文學史》（三），北京：人民文學出版社，一九八〇年，頁四一三－四二二。

11 北京大學等主編：《文學運動史料選》（第五冊），上海教育出版社，一九七九年，頁五六三－六三六。

12 陳壽立編：《中國現代文學運動史料摘編》（下冊），北京出版社，一九八五年，頁三〇六－三一六。

13 《中國新文學大系（一九三七－一九四九）：文學理論卷二》，上海文藝出版社，一九九〇年，頁七三三－七九六。

14 徐迺翔主編：《中國新文藝大系（一九三七－一九四九）：理論史料集》，北京：中國文聯出版公司，一九九八年，頁七二九－七儘管彙編未加評論，但可以看出，這種資料彙編，其思路仍然是將自由文藝放入文學運動、文學論爭之對立的框架內去彙編的，這種彙編，所局限的，仍然是幾個人、一張報紙、兩個對立的派別，這一時期自由主義文學自身的獨立性及存在價值，依然是無從談起。[15]

三、星散而發的研究

近年來，對此間自由主義文學的研究，呈星星散而發狀。學人開始在尊重基本文學事實的基礎上，謹慎評述這一時期的自由主義文學。又有學人，或不明確提自由主義文學，而是將部分獨立作家的作品及行為納入四〇年代、五〇年代的文學環境下去考察。這些研究或評述，儘管反映了學界對此間自由主義文學或文藝評價的一些新動向、重要轉變——由五〇年代、七〇年代末、八〇年代初的二元思維觀轉向多元思維，但總體而言，各種研究仍嫌零散。對此間自由主義文學的研究，特別是將此間自由主義文學作為獨立的文學形態來研究，有待深入。

錢理群、洪子誠、賀桂梅、吳中傑、劉川鄂等人，為研究此間自由主義文學提供了不少思路。

錢理群等人在《中國現代文學三十年》、《對話與漫遊：四十年代小說研讀》等著作中，並沒有特意提到此間的自由主義文學，但著者對廢名、沈從文、穆旦等作家詩人之作品的探討，也對此間自由主義文學

四一。

[15] 而就《中國新文學大系》、《中國新文藝大系》的其它卷來看，諸如詩歌卷、散文雜文卷、小說卷等，自由主義文學作品也有作品進入其編纂體系。

的研究提供了一些線索。[16]另外，錢理群所著《一九四八：天地玄黃》也對此間自由主義文學的研究提供了線索。[17]

洪子誠在四〇年代後期的自由主義文學問題上，顯示其學術識見。洪子誠在《中國當代文學史》裏，將此間的自由主義文學納入四〇年代末五〇年代初的文學轉折中去考察。在對四〇年代後期自由主義文學狀況進行描述之後，洪子誠對這一時期自由主義文學及作家行為作出了相當中肯的評價，「『自由主義作家』在戰後相當活躍，表現了對中國文學的建設負有重要使命的自我意識。他們力圖『匡正』文學的強烈意識形態化的走向，而試圖開拓四〇年代文學的另一種可能性」[18]。洪子誠在其另一部著作，《問題與方法》中，特別提到「自由主義作家」在「當代文學」的生成中所處的處境，並對「自由主義作家」為「文學共生」理想所做出的努力有所描述，洪子誠的講義，對本文的資料尋找，有啟發作用[19]。

對四〇至五〇年代的作家研究，賀桂梅的研究值得一提。賀桂梅著有《轉折的時代——四〇－五〇年代作家研究》一書，該書選取蕭乾、沈從文、馮至、丁玲、趙樹理為個案研究，「將思想史降落到具體作家個案的描述和分析之中」[20]，以探討四〇－五〇年代的轉折，作者認為，「如果說現代文學本身有一個『完成』或『終結』的過程，那麼『當代文學』的產生就不完全是一個『政治事件』的後果」[21]。《轉折的時代》所考

---

16 錢理群、溫儒敏、吳福輝：《中國現代文學三十年》（修訂本），北京大學出版社，一九九八年。錢理群主講：《對話與漫遊：四十年代小說研讀》，上海文藝出版社，一九九九年。

17 錢理群：《一九四八：天地玄黃》，濟南：山東教育出版社，一九九八年。

18 洪子誠：《中國當代文學史》，北京大學出版社，一九九九年，頁六－七。

19 洪子誠：《問題與方法：中國當代文學史研究講稿》，第四講，〈「當代文學」的生成〉，北京：三聯書店，二〇〇二年，頁一三七－一八六。

20 賀桂梅：《轉折的時代》（〈緒論〉），濟南：山東教育出版社，二〇〇三年。

21 賀桂梅：《轉折的時代》（〈緒論〉）。

慮的重點是現代文學與當代文學之間的延續關係，作者對蕭乾、沈從文這樣的中間作家進行考察，目的也在考察文學秩序的轉換。《轉折的時代》一書，承接洪子誠的學術脈絡，尤其是承接了洪子誠對一體化、文學的「轉折」的看法、研究方法等，在寫法上略偏重於作家生平資料。

劉川鄂是近年著力於自由主義文學及思潮研究的學人，其〈中國自由主義思潮與自由主義文學〉等文章、專著，注重中國現代自由主義文學的整體流變、史的勾勒，對四〇年代後期自由主義有所涉及。[22]吳中傑在《中國現代文藝思潮》中，將這一階段的自由主義文學稱之為「走不通的中間路線」，對毛澤東的胸懷讚賞有加，但對共產黨的文化幹部之胸懷，略有微詞。吳中傑認為沈從文等人的行為不太合時宜，但馮乃超等人在態度上也不正確，「他們並沒有從魯迅的批評中學得用辯證法來修正思想方法上的錯誤，沒有學得在政治上團結中間派的正確態度。……這是無限上綱的批判方法」，吳中傑在中庸之餘，也對文學上的中間路線寄予了同情。[23]

另外，有些學人在考察四〇年代文學時，也將錢鍾書、張愛玲等作家納入其中以做考察，這一處理手法，可看出部分學人受夏志清《中國現代小說史》的影響至深。但總體而言，學人對四〇年代文學的考察，更側重於對四〇年代前期（抗戰結束前）[24]，在這裏，僅擇與四〇年代中後期自由主義文學相關的一些研究，

22 相關文章有，劉川鄂：〈中國自由主義思潮與自由主義文學〉，中國現代文學研究叢刊，一九九八年第三期。劉川鄂：〈自由觀念與中國近代文學〉，《社會科學戰線》，一九九九年第一期。劉川鄂：〈創作自由：文學制度的指歸〉，《湖北大學學報》（哲學社會科學版），二〇〇三年第六期。劉川鄂：〈魯迅的超越性：在左聯與自由主義文學派別之間〉，《中國現代文學研究叢刊》，二〇〇六年第四期。劉川鄂：〈中國自由主義文學的現代性〉，《人文雜誌》，一九九九年第三期。劉川鄂：〈中國自由主義文學研究綜論〉，《江漢論壇》，一九九九年第三期。其專著《中國自由主義文學論稿》，可作資料參閱。

23 引文及相關論述見吳中傑：《中國現代文藝思潮史》，上海：復旦大學出版社，一九九六年，頁三一八—三二三。

24 學界對張愛玲的研究，尤其偏重其二十世紀四〇年代前期作品。

以作簡略評述。

由許志英、鄒恬的《中國現代文學主潮》專設〈人性的審視〉一章（由潘志強執筆），論四〇年代的張愛玲、錢鍾書、師陀對人性的審視，肯定個人選擇的重要性，該文偏重張愛玲與師陀四〇年代中前期的作品，錢鍾書的《圍城》也是重點探討的內容，作者認為，「四十年代作家對於動盪時代的回應，可以有多種方式」。[25]

由蔣淑嫻、殷鑒主編的《中國現代文學史》中有錢鍾書《圍城》的專節探討。[26]由程光煒等人主編的《中國現代文學史》闢專章研討「穆旦與西南聯大詩人群」、「張愛玲、錢鍾書及各淪陷區作家的創作」，重心偏向四〇年代中前期，對四〇年代中後期的少數自由主義作家也有所涉及。[27]

此外，還有一些單篇散論，也顯示出這些星散而發的研究，正呈多元化態勢。

〈論一九四六－一九四八年平津文壇「新寫作」的形成〉（段美喬，二〇〇一）是一篇重要的論文，這篇論文並不是針對自由主義文學而言，但作者段美喬對這一時段重要的作家群、報刊群作出了相對清晰的歸納，一些重要的自由主義報刊、作者，該文都有所涉及，儘管本文作者在觀念上與段美喬有所分歧[28]，但段美喬在文史資料上對本文有提示。[29]

---

25 潘志強：〈戰爭與文學（一九三七－一九四九）〉，見《中國現代文學主潮》（上），許志英、鄒恬主編，福州：福建教育出版社，二〇〇一年，頁五二八。

26 蔣淑嫻、殷鑒主編：《中國現代文學史》，北京：科學出版社，二〇〇二年，頁二六三－二六七。

27 程光煒等主編：《中國現代文學史》，北京：中國人民大學出版社，二〇〇〇年。

28 段美喬對中國文藝復興與世界文學思潮同步抱有一定的樂觀精神，本文作者並不太認同。

29 段美喬：〈論一九四六－一九四八年平津文壇「新寫作」的形成〉，見《中國現代文學研究叢刊》，二〇〇一年第一期。

此外，王濟遠[30]、劉志一[31]、余愛春、蔣電波[32]、邵寧寧[33]、蔡清富[34]、支克堅[35]、蘇光文[36]、王本朝[37]、王毅[38]等人的論文，也對這一時段的自由主義文學各有研究（或有所涉及，對本文亦有所啟發）。

---

30 王濟遠：〈「鄉下人」的自由主義〉，見《吉首大學學報》（社會科學版），二〇〇五年第一期。

31 劉志一：〈一九四五—一九四九年間的自由主義文學思潮〉（指導教授：吳立昌），《當代作家評論》二〇〇一年第三期簡短介紹（本文作者於二〇〇七年九月才發現這一簡短介紹，此時，本文初稿已成文，選題當屬不謀而合，在查找資料時本人確有疏忽之處），中國博士學位全文資料庫未見收入該文，經過查找，也未見該論文以專著的形式出版，以短文介紹看，本文與該文所涉視角有異、具體選時也有異、研究方法及具體的行文及結構也有差別，劉文注重自由主義文學對當代的影響，本文注重對一九四五年八月至一九四九年十月間自由主義文學的內部外部分析、道德哲學分析，一九四五年八月至一九四九年十月間自由主義文學乃作為獨立的文學形態而被本文所考察。
補記：經網上輾轉尋找，幾經轉折，二〇〇七年十月二十五日下午聯繫到劉志一，劉志一證實該論文尚未出版成書。

32 余愛春、蔣電波：〈京派文學的守成與式微——朱光潛主編的《文學雜誌》個案分析〉，見《淮北煤炭師範學院學報》（哲學社會科學版），二〇〇四年第二期。

33 邵寧寧：〈四〇年代後期文學的歷史定位問題〉，見《文藝爭鳴》，二〇〇七年第三期。該文就學界將四〇年代後期文學納入「轉折」這一傾向進行了描述，未有明確涉及自由主義文學，但引用了賀桂梅、錢理群、傅國湧、金沖及等人的說法，對時政因素也頗為倚重。

34 蔡清富：〈解放戰爭時期自由主義文藝觀剖析〉，見《南昌大學學報》（哲社版），一九九八年第一期。該文剖析了自由主義文藝「錯誤」的政治觀、文藝觀，作者認為，自由主義文藝不符合中國國情，在中國走不通，該文的思維框架大致屬於二元對立思維。

35 支克堅：〈論中國現代自由主義文學思潮〉（上、下），分別載於《魯迅研究月刊》，一九九七年第九、十期。該文重在勾勒中國現代自由主義文學思潮流變，偏重對二〇、三〇年代自由主義文學思潮以及自由主義文學思潮與魯迅的關係等問題，對一九四五年八月至一九四九年十月自由主義文學僅略有涉及，引用過蕭乾與朱光潛的文章。

36 蘇光文：〈論中國現代自由主義文藝思想派別及其消長〉，見《西南師範大學學報》（人文社會科學版），一九八二年第四期。該文在一些基本事實的基礎上，對包括四〇年代後期在內的現代自由主義文藝的「錯誤」進行了剖析。

37 王本朝：〈論中國現代自由主義文藝思想特徵〉，見《中州學刊》，一九九三年第五期。該文對具體的自由主義文藝作品涉及甚少，意在歸納中國現代自由主義文藝思想總體特徵。王本朝對自由主義文學的研究，比劉川鄂要早，王本朝對現代文學制度及至當代文學制度的研究，也引人側目。

38 王毅：〈中國自由主義文學思潮的階段性特徵〉，見《中國現代文學研究叢刊》，一九九七年第二期。該文將中國自由主義文學思潮分為三個階段，作者稱三〇、四〇年代的自由主義為中國自由主義的尾聲，該文對朱光潛的介紹較多，整體的評述較少。

當然，對一九四五年八月至一九四九年十月間自由主義的研究，不限於文藝領域，新聞學、政治學、歷史學等領域的學人，對此也有所涉及。比之文藝領域，政治學、歷史學等領域，對這一階段的自由主義，更為重視。

因本文第三章有部分內容考察自由主義報刊雜誌與自由主義文學，在這裏，略提一下張育仁的研究。張育仁著有《自由的歷程——中國自由主義新聞思想史》一書。[39]作者從新聞思想史的角度勾勒了中國自由主義的生發與終結，他的闡述主體，以報刊及報人為主，該書共分為八章：西方自由主義新聞思想的傳入、啟蒙救亡與西方報刊思想的先期傳播、維新派報刊思想的自由主義要素、清末民初政治報刊與自由主義思潮、自由主義新聞觀與新文化運動、自由主義新聞學術及教育體系的確立、專制與激進夾縫的報刊自由主義、「人文論政」與自由主義的終結。在《自由的歷程》一書中，作者也認可二十世紀四〇年代是自由主義終結的年代。《自由的歷程》一書的書寫風格，基本上是以報刊帶人，再為階段性的自由主義做一定的歸納，該書涉及了許多重要人物：王韜、魏源、鄭觀應、康有為、譚嗣同、嚴復、梁啟超、汪康年、孫中山、章太炎、于右任、陳獨秀、胡適、李大釗、蔡元培、徐寶璜、邵飄萍、任白濤、戈公振、英斂之、黃遠生、史量才、張季鸞、成舍我、胡政之、王芸生、陳銘德、鄧季惺、徐鑄成、儲安平等。也許是出於作者對自由主義這個名詞的過度熱愛，作者對自由主義的理解有泛化、理想化的傾向，以至於，《自由的歷程》一書，更像是中國近現代新聞報業史、報人史，作者在研究中國自由主義新聞史的時候，不斷引入「悲劇」二字，可以看出，作者受專制與自由之簡單二元對立觀念的影響至深，作者悲天憫人的感性色彩無

[39] 張育仁：《自由的歷程——中國自由主義新聞思想史》，昆明：雲南人民出版社，二〇〇二年。張育仁另有著作《自由主義在中國的十六個斷章》等。

疑也非常濃厚，只不過，這對於理解中國自由主義思想的發展來講，也許是一種遺憾。但無論如何，《自由的歷程》仍然可以提供一些有關自由主義在中國的發展線索，從資料的角度來看，《自由的歷程》有其價值。儘管《自由的歷程》與二十世紀四〇年代中後期的自由主義文藝關係不大，但《自由的歷程》中所提到的一些報刊、報人之生平細節，對更深入地理解二十世紀四〇年代自由主義文藝的困境，仍然有深刻啟發性。

此外，殷海光[40]、許紀霖[41]、曹建坤[42]、林建華、李偉[43]、沈衛威[44]、胡偉希[45]、劉榮華、樂曉暉[46]、章清[47]、謝泳[48]、

---

40 殷海光：《中國文化的展望》，上海：三聯書店，二〇〇二年。

41 許紀霖：〈中國自由知識份子的參政（一九四五－一九四九）〉，見《許紀霖自選集》，桂林：廣西師範大學出版社，一九九九年。許紀霖：〈社會民主主義的歷史遺產——現代中國自由主義的回顧〉，見《知識份子立場：自由主義之爭與中國思想界的分化》，李世濤主編，長春：時代文藝出版社，二〇〇〇年。

42 曹建坤：〈關於一九四五－一九四九年中國共產黨與自由主義勢力的關係研究述評〉，見《黨史研究與教學》，二〇〇六年第四期。

43 林建華、李偉：〈論二十世紀四〇年代自由主義知識份子的特徵認知及其意義〉，見《北方論叢》，二〇〇五年第三期。林建華：〈論自由主義與中國社會的異質疏遠性——兼論二十世紀四〇年代的中國自由主義政治思潮〉，見《求是學刊》，二〇〇四年第二期。林建華：〈論「修正組合型」的自由主義——兼論二十世紀四〇年代自由主義思潮的特點〉，見《北方論叢》，二〇〇四年第四期。林建華：〈論二十世紀四〇年代中國自由主義知識份子的苦悶與恐慌——對中國現代自由主義知識份子政治抉擇的再認識〉，見《學習與探索》，二〇〇六年第三期。

44 沈衛威：《傳統與現代之間——尋找胡適》，鄭州：河南大學出版社，一九九四年。

45 胡偉希：〈中國近代自由主義的基本悖論詳述〉，見《南京社會科學》，一九九一年第四期。

46 劉榮華、樂曉暉：〈裂變中的抉擇：對一九四六－一九四九中國自由主義者的觀察〉，見《首都師範大學學報》二〇〇四年增刊。

47 章清：《「胡適派學人群」與現代中國自由主義》，上海古籍出版社，二〇〇四年。

48 謝泳：《逝去的年代：中國自由知識份子的命運》，北京：文化藝術出版社，一九九九年。

陳永忠[49]、楊宏雨、王術靜[50]、聞黎明[51]、衛春回[52]、馬千里[53]等人對此間的自由主義，各有看法及研究。殷海光等人的探討，可歸之於現代政治發展史、現代政黨發展史等領域，因與本文視角及研究對象相去甚遠，在這裏，不再展開述評。

考察關於此間自由主義文學的敘事史，這一過程，對學人的相關研究難免掛一漏萬。本文作者在考察這一敘事或研究的過程時，盡可能地呈現出，學人在對待四〇年代自由主義文學時的不同處理手法，以求探得此間自由主義文學在文學史上的真實處境。

四、本書的研究旨趣

本書的考察對象是自由主義文學理想的終結（一九四五年八月至一九四九年十月）。

本書第一部分「自由作為一種觀念背景」，著眼於研究對象的理論視野。

49 陳永忠：〈在公道與自由之間：一九四〇年代自由知識份子的社會民主主義思潮〉，見《社會科學戰線》，二〇〇六年第一期。

50 楊宏雨、王術靜：〈中國自由主義的最後一面旗幟：《新路》週刊史末〉，見《學術界》，二〇〇七年第三期。

51 聞黎明：〈論一二一運動中的大學教授與聯大教授會：中國四〇年代的自由主義考察之一〉，見《近代史研究》，一九九二年第四期。

52 衛春回：〈四〇年代自由主義學人的自由觀〉，見《甘肅社會科學》，二〇〇四年第一期。衛春回：〈二十世紀四〇年代後期自由主義學人思想源流與歷史語境探究〉，見《山東大學學報》（哲學社會科學版），二〇〇七年第四期。

53 馬千里：〈四〇年代政治自由主義在中國〉，見《蘇州大學學報》（哲學社會科學版），一九九五年第一期。

第一部分對自由的多義性進行了區分，並由無限自由與有限自由、有限自由中的最低自由推論出適用於本文的自由，消極自由（最低限度的自由）。自由一詞（freedom or liberty），屬於外來詞，本文有必要從西方理論（英美系理論或歐洲大陸系理論）中去理清其發展脈絡，並從中發現適用於本書的自由。從人生狀態來講，自由是一種普世價值，它跟幸福、安全等價值一樣，都是普世價值。自然的自由，或消極自由的狀態，並非只有自由這一名詞的產地才具備，自然自由主義可能與我們的道家傳統有重合之處，但這一點，筆者還沒有考慮成熟，在這裏，不展開。無限自由與有限自由、最低限度自由的論證過程，詳見第一章。

界定適用於本書的自由。用意有三：避免因誤解而造成的學術排斥；以自由貫通本文的思想脈絡；借消極自由之限定，寓意此間自由主義的游離狀態——有文藝抱負，但少問或不問政治、不表態、不站隊，對游離狀態的界定，有助於在方法論、思想視野上避免專制與自由的二元對立思維方式。在本書，自由，乃普世價值之一，自由是屬己的、非西方的問題，亦非政治鬥爭、東西方區別的問題。

第二部分「自由主義文學的困境」，著重於研究對象的歷史視野。這一部分由對文學形勢的變動、文學策略的變與不變、組織與權力的合流等方面分析了種種不利於此間自由主義文學的外部因素，包括具體的歷史大勢、近現代思想演變等。同時，從自由主義文學自身的困局去分析自由主義文學的不合時宜。

第三章「消極自由與文學選擇」，盡可能客觀地描述了自由主義文藝報刊如何與自由主義文學發生關聯、自由主義文學進入讀者視野、自由主義文藝人士在不太明朗的大局勢下的文學選擇、自由主義文學的概況與處境。這些，都是此間自由主義文學的重要組成部分。

第四部分「自由主義文學的藝術趣味」，意在找出並細緻分析此間自由主義文學作品及其獨立趣味，與此同時，考察自由主義文學作品與其他種類文學之間的差異。自由主義文學的藝術趣味及藝術成就，可證自由主義文學在中國文學的大傳統中所具價值。

第五部分「自由主義文學的良心體系」，從道德情操方面入手，分析自由主義文學思想的矛盾與困苦。飢餓與死亡是此間自由主義文學作品的苦難意象，這些苦難意象使他們產生複雜的罪惡感，內心的法官追究連帶的責任關係，自我的去向不明。這些，為自由主義文學理想的終結，埋下了伏筆。

第六部分「自由主義文學理想的終結」，由文學自由與文學責任的關係、自由主義文學前提的消失、消極自由的崩潰等方面，證實了自由主義文學理想終結的事實。在基本事實的基礎上，本章分析了自由主義文學理想終結的部分原因，「大同世界烏托邦理想的光芒指引、療救華夏民族受損的自尊心以及努力趕超英美的迫切心、對惟一絕對真理的信賴、單一哲學前提的確立、文學志趣的嚴重分歧、文學隊伍的劃分、文學及其它計劃制度的強力介入、作者個人的內心猶疑恐懼等諸多因素，共同促成了自由前提的消失，這種消失，最終導致了自由主義文學良心體系之自我承擔的不可能。」[54]

自由一詞雖屬外來詞，但本書所研究的是普世價值問題，這也就決定了，本文既不能迴避自由一詞的西學內涵、源流，也不能把自由狹隘地當作是非我的、西方問題，更沒有必要因為自由一詞跟西學淵源有關而拒絕承認其普世價值。面對與人類生存福祉息息相關的普世價值，我們不必因為士大夫式的本土情懷、受損傷而激發的民族自尊心，而羞於涉足並評述有西學淵源的理論問題。

接下來，要界定適用於本書的自由。這一界定，也可以說是對本書觀念背景的闡述。

[54] 見本書第六章〈自由主義文學理想的終結〉之二。

chapter 1

自由作為一種觀念背景

一、無限的自由與有限的自由

無論是古代抑或是現代，文學與自由都有著密切的聯繫。一九四五年八月至一九四九年十月間，自由主義文學在中國的事實存在，顯示了文學與自由的內在精神聯繫。現代意義上的自由，在中國的發端，不始於經濟領域、財產權意識，而是始於並發展於思想領域，[1] 始於知識人的人文理想與良心、寫作者的文學理想與個人情感，始於集體意識內的民族精神、家國責任心、道德慣性。這種自由意識，也曾極其有限地訴諸於政治領域。

進入具體考察的對象之前，有必要對適用於本文的「自由」進行闡明，同時也有必要對自由與文學如何發生聯繫進行闡述。這種闡述，既可說明研究方法的合理性、研究視角的獨特性，也有助於理解文學存在的複雜多樣性。文學的存在，從來都不是單獨而孤立的現象，那麼，請允許我用一定的篇幅，去陳述與此書相關的觀念背景。

什麼是自由（freedom or liberty）？從其語義及運用範圍來看，自由一詞含混且有多重意義，政治立場不同的人，利益立場不同的人，知識結構不同的人，對世界有不同看法的人，對自由有不同的理解，所以，有必要對之區分並限定。雖然自由一詞在理解上是如此的寬泛，但並不意味著無法對自由進行有效的辨析。

首先，我們看「自由」的多義性。

[1] 或許可以稱之為精神自由主義。

法國的孟德斯鳩曾經這樣剖析過自由：「沒有一個詞比自由有更多的涵義，並在人們意識中留下更多不同的印象了。有些人認為，能夠輕易地廢黜他們曾賦與專制權力的人，就是自由；另一些人認為，選舉他們應該服從的人的權利就是自由；另外一些人，把自由當作是攜帶武器和實施暴力的權利；還有些人把自由當作是受一個本民族的人統治的特權，或是按照自己的法律受統治的特權。某一民族在很長時期內把留鬍子的習慣當自由。又有一些人把自由這個名詞和某一種政體聯繫在一起，而排除其他政體。欣賞共和政體的人說共和政體有自由。喜歡君主政體的人說君主政體有自由。結果每個人把符合自己習慣或愛好的政體叫做自由。在一個共和國內，人們訴苦時，經常看不見也不十分注意那些痛苦的製造者，而且在那裏法律的聲音似乎十分響亮，執行法律的人卻很少有什麼聲音，因此，人們通常認為共和國有自由，而君主國無自由。還有一點：在民主政治的國家裏，人們彷彿是願意做什麼幾乎就可能做什麼，因此，人們便認為這類政體有自由，而把人民的權力與人民的自由混淆了起來。」[2]在這裏，孟德斯鳩借人們對自由的印象，對自由與權力進行了區分（有的人將多數人的極權也稱之為自由，但實際上，那是權力的體現）。自由不等同於權力，自由也不是一種想像和迷戀，更不是一種印象。撇開詞義學的任意想像，自由一定還有更為基本的限定。自由是社會的產物，它是道德哲學乃至政治科學的重要內容，它並非漫無邊際之物。

英國的以賽亞・伯林也承認自由一詞的多義性——「同幸福與善、自然與實在一樣，自由是一個意義漏洞百出以至於沒有任何解釋能夠站得住腳的詞」[3]。但是，自由仍然有其自身的特定內涵，「任何事物是什麼就是什麼：自由就是自由，既不是平等、公正、正義、文化，也不是人的幸福或良心的安穩。如果我、

2 〔法〕孟德斯鳩：《論法的精神》（上冊），張雁深譯，北京：商務印書館一九六一年版，頁一五三—一五四。

3 〔英〕以賽亞・伯林：《自由論》，胡傳勝譯，南京：譯林出版社二〇〇三年版，頁一八九。說明一下，這一版本的《自由論》有兩種頁碼：中縫頁碼和頁腳頁碼，本文按頁腳頁碼。

我的階級或我的民族的自由依賴於其他巨大數量的人的不幸，那麼促成這種狀況的制度就是不公平與不道德的。但是如果我剝奪或喪失我的自由以求減輕這種不平等的恥辱，同時卻並未實質性地增加別人的個人自由，那麼，結果就是自由絕對地喪失了」[4]。在以賽亞・伯林看來，以多數人的不自由換取少數人的自由雖然困擾著西方自由主義者的良心，但並不意味著就可以用公正、平等等名義去放棄自身的自由，如果以犧牲自由去換取公正、平等、經濟繁榮、政權穩定，那麼就是混淆價值，因為這樣做，絲毫不能增加自由，自由犧牲掉了就是犧牲掉了。

孟德斯鳩、以賽亞・伯林，以至更多的自由主義論者，都沒有否認自由這一詞語本身的多義，但也沒有否認自由的獨立性，在這裏，不可能一一列出他們的名字及相關說法。那麼，怎樣才能從自由的「多義」中辨別出自由主義者心目中的真正自由呢？自由主義者對待自由問題，在哪些地方基本一致呢？

可以假定有這兩種自由：一種無限的自由，俗稱放任的自由，或者是自由放任主義；而另一種是有限的自由，不妨稱這種自由為契約的結果，甚至也可以說是衝突的結果。[5]

雖然前者不是本文的重點所在，但還是有必要對之進行簡略分析。無限的自由，從理論假設上來講，無可厚非。但這種放任自由，落實到個體，就可能變成了順從、專制、奴役，就理論而言，自由可以自由想

4 〔英〕以賽亞・伯林：《自由論》，頁一九三。

5 關於無限自由與有限自由的區分，我們可以舉一兩種說法，以探這種區分的流變。洛克在論自由狀態的時候，曾說，「雖然這是自由的狀態，卻不是放任的狀態。在這狀態中，雖然人具有處理他的人身或財產的無限自由，但是他並沒有毀滅自身或他所佔有的任何生物的自由，除非有一種比單純地保存它來得更高貴的用處要求將它毀滅」。（見洛克：《論政府》下篇，葉啟芳等譯，北京：商務印書館，一九九六年，頁四。）經濟上的自由放任主義，來自於科布登學派，他們相信個人行為不受束縛是進步的動力，科布登學派又與功利主義的邊沁學說有理論聯繫，霍布豪斯曾對此進行過評述，見霍布豪斯《自由主義》第四章，朱曾汶譯，北京：商務印書館，一九九六年。對中國影響最大的放任自由主義學說，當來自於盧梭的絕對自由說。

像，但落到實處，有些理論，可能就走到了自由的反面。放任的自由、無限的自由在實踐上的無效性，以及這種無限自由從觀念上對實踐之惡劣的破壞性，無需證明，因為，個體之間的「無限自由」總有碰撞或交叉的可能，雙方的「無限自由」交叉之後，必然產生互相損害互相干預的結果，無限而絕對的自由實際上是不可能的。當然，也有例外，譬如絕對的獨裁專制政體。享有絕對人間「自由」的，只有一個人，那就是主宰一切的獨裁者，但當他把所有被統治的人變成奴隸的時候，人世間實際上也就無自由可言。道理很簡單：獨裁者有了無限的自由，也就意味著其他人沒有了無限的自由。獨裁者的無限自由，斷送了被統治者的自由。放任自由，缺乏限定，沒有契約。自由放任意味着，你不受約束，別人也不受約束；你侵犯他人，他人也能侵犯你；你奴役了他人，他人一旦篡位也會反過來奴役你；你得到了絕對自由，下一個有野心的人自然會想盡辦法衝擊你的絕對自由，只要有絕對二字出現，就不可能有多元與自由。放任自由的結果是放任的互相侵害，而非自由。放任自由主義的觀念持有者，要麼是對自由實踐的有效性缺乏必要的考察，要麼就是別有用心地將自由引向自由的反方向。無限的自由，其問題在於，你不承認我的自由，我也不會承認你的自由，沒有互相承認互相約定的「自由」在實踐中是行不通的。你承認了我的自由，我才有可能承認你的自由，限定才是保證自由的條件。

還有人會舉出這樣的例子以說明無限自由的存在，那就是所謂思想的自由。一個人的想像可以上天入地絲毫不受限制，但如果這種所謂的「思想自由」不能被表達出來，也不能稱之為思想自由，「這種私自思想的天賦自由是無甚價值的」[6]，思想自由的內涵裏向來包括著言論自由，而且也必須包括言論自由與表達自由。對於思想自由或言論自由的重要性，約翰・密爾（嚴復之《群己權界論》譯為穆勒）有著激烈而嚴厲的

---

[6]〔英〕J・B・伯里：《思想自由史》，宋桂煌譯，長春：吉林人民出版社，一九九九年，頁一。

說法：「迫使一個意見不能發表的特殊罪惡乃在它是對整個人類的掠奪，對後代和對現存的一代都是一樣，對不同意於那個意見的人比對抱持那個意見的人甚至更甚。」[7]無論是從自然人還是法律人的角度來看，思想自由都必須包含言論自由。從自然人的角度來講，發聲器官對一個具備常態生理完整的人來講，意義在於可以發聲可以表達。從法律人的角度來講，發聲器官是用來維護自身基本權利、表達自己內心意願、保衛自己身心的重要器官。這些，都是最基本的常識，但又並不意味著，不經過實踐爭取就可以輕易得到人們看似是自然而然的基本權利。自然權利要轉化為法定權利，離不開自然法向人為法的層層推進。[8]如果沒有言論自由、表達自由，思想自由也不可能實現，私自的思想不能稱之為思想自由。

受自然條件乃至非自然條件的限制，無限自由在實踐中是不成立的，但這不妨礙紙上的理論對現實產生重大的破壞作用。

法國的盧梭是典型的生而自由論者，他也承認自然與非自然的區別，但他的空想性——他在《社會契約論》中設想的全部付出與全部得到之間的烏托邦設想，「每個人既然是向全體奉獻出自己，他就並沒有向任何人奉獻出自己」[9]，他對全部付出與全部得到之間如何轉換的考慮失當、自相矛盾，使「自由」完全走向了自由的反面。

當一個人付出了一切，但並不能意味著他能得到一切。前者（付出）他可以自主，但後者（得到）他永遠無法自主，最終的結果可能是完全喪失自由。對此，法國的邦雅曼・貢斯當的分析是，盧梭「給契約下

---

7 〔英〕約翰・密爾：《論自由》，許寶騤譯，北京：商務印書館一九五九年版，頁十九。

8 如果說事物的一般法是基本準繩，那麼自然法轉化為人為法必須經過艱難的轉換。儘管自然法與人為法之間沒有絕對的界限，但自然法與人為法仍然有必要區分。

9 〔法〕盧梭：《社會契約論》，何兆武譯，北京：商務印書館一九八〇年第二版，頁二十四。

的定義留給社會及其成員的印象是，每個人應當把他的所有權利毫無保留地全部讓渡給共同體。……然而，盧梭忘了，他賦予了所有上述專有屬性的這個抽象存在——他稱之為主權者——是產生於這一事實：它是由無一例外的所有個人組成的。」[10]即便是從邏輯學的角度出發，我們也能推理出這樣的結果，當每個人把他的所有權利全部奉獻出去之後，在權利返還的過程中，必須有一種權利委託的過程，委託給誰？共同體？共同體由哪些人組成？貢斯當告訴我們，任何共同體都無一例外都由個人組成的。既然如此，那麼，你如何保證這些由個人所組成的共同體能夠毫無保留地返還你付出的全部權利？尤其是他們手中擁有毫無限制的權力的時候，你如何保證這些由個人所組成的共同體不會濫用或侵吞共同體內部組織以外的個人的權利？貢斯當進而指出：「認為所有的社會成員都能得到他們所放棄的同一權力，這不是實情。不是他們中的所有人都能既有所失、又有同樣的所得，而且他們作出犧牲的結果是——或者說可能是——創造了一種能夠從他們那裏奪走一切的權力」。[11]盧梭的所謂生而自由、全部付出等於全部得到的想法，盧梭對平等的熱愛，對是非對錯的執著區分，並沒有幫助自由從自然法進化到人為法。相反，盧梭提示了一種無限制的權力的誕生及運用，他的思想，推動了那些以自由名義，鼓動人民無私奉獻以縱容無限權力、以完成絕對統一、以形成絕對計劃及絕對分配的做法。這也是我為什麼要說，有些紙上的理論並不能達到它吶喊的某些初衷目的，反而在實踐中走向與善意理想相反的破壞性後果。

同時，在全部付出與全部得到的實施過程中，無論是哪一種行為，都避免不了「強制」二字，因為，全部付出與全部得到就意味著自主的喪失，自主的喪失，也就等於自由的實踐無效。儘管盧梭一再強調徹底

10 〔法〕邦雅曼・貢斯當：《古代人的自由與現代人的自由》，閻克文、劉滿貴譯，馮克利校，上海人民出版社，二〇〇五年，頁六〇—六十一。

11 〔法〕邦雅曼・貢斯當：《古代人的自由與現代人的自由》，頁六十一。

的自由是不可能的——很大程度上是出於對人之自然屬性的考慮，但那並不是社會秩序意義上的真正的現代自由，儘管盧梭也強調社會契約，但這種賦予共同體無限權力的社會契約之最終走向並非是自由，而是專制或奴役。盧梭對破除所有束縛的激情吶喊與烏托邦幻想，使絕對自由走向了絕對專制，因為真正的契約精神應該是要求締約雙方之間大體上平等，既然全部付出的每一個個體，與全部得到的由少數個體組成的共同體之間無法實現大體上的對等，那麼，這種契約一開始就失去了平等的意義。

無限的自由，還與如下兩種理論發生了關聯：一是有關天賦人權的說法；另一種是對國家功能、國家機器所懷有的不信任感，姑且稱之為「無政府主義」。

洛克在其《政府論》上篇駁斥了羅伯特・菲爾麥爵士（君權神授的擁戴者）的絕對自然權力說，並在此基礎上建立起自己的天賦人權說。洛克對天賦人權說有可能被人引向「放任自由」有所警惕，他強調，「雖然這是自由的狀態，卻不是放任的狀態。在這狀態中，雖然人具有處理他的人身或財產的無限自由，但是他並沒有毀滅自身或他所佔有的任何生物的自由，除非有一種比單純地保存它來得更高貴的用處要求將它毀滅」[12]。既然天賦人權，既然亞當及其後人都沒有因為上帝的指示或者父親的身份而享有對子女及他人的無限權威，洛克繼續說，「人們既然都是平等和獨立的，任何人就不得侵害他人的生命、健康、自由或財產」[13]。這與托克維爾在《論美國的民主》所憂心忡忡的平等顯然不同，托克維爾所擔心的是平等名義下的多數人暴政，以及平等名義下的求同不存異，而洛克論證的是理性法則之下的保存自己、不強迫他人的自由狀態。托克維爾與洛克分別從不同的方面論證了有限的自由狀態，二人筆下的平等，是有限意義而非無限意義

12 〔英〕洛克：《政府論》（下篇），頁四。
13 〔英〕洛克：《政府論》（下篇），頁四。

上的平等。這種有限平等的前提是必須承認人與人之間的同與不同。同在於每個人在造物主面前相同的地位身份：沒有人能夠超過造物主、每一個人都是造物主的奴僕，所以，除了造物主之外，誰也沒有權利去侵害他人的自由、生命、財產等，相應地，每個人都應該捍衛自己的自由、生命、財產。而不同呢，它在於造物主給予每一個人的身心條件有異，身心條件的不同決定了各自的需求不可能千篇一律，每一個人都應該享有最低限度而且是不同的私密空間、私密地盤，只有這些私密空間、私密地盤得到理性法則的保障，才能實現真正意義上的自由，這也就是我想論說的有限自由。洛克所強調過的平等與獨立，是有限自由的先決條件之一。只有那些意在專制攫取或者事實上造成專制攫取後果的直接、間接行為，才否認平等所內含的異。在大陸特定的歷史階段，平等乾脆直接表現為絕對的平均——平均往往戴著平等的面具出現，但事實上，如果用相同的方式對待不相同的事物，必定會產生新的不平等，平均也只是一種幻覺，等級制度實則變得更森嚴更習以為常，儘管因為鬥爭的緣故等級經常顛倒，但以特權為核心支柱的等級制仍然是在的。這是求同不存異、求共不存私的惡果。

那麼，無限的自由如何與「天賦人權說」發生聯繫？在有限論自由主義者那裏，天賦人權說是由自然狀態引申出理性狀態的基石，天賦人權說的本意是要將自然的自由引向法律的保障，以受限的自由換取安全而有保障的真正自由。而在無限自由論者那裏，天賦人權說卻成為企圖使自由的自然狀態走向徹底的放任自由的理由，要推翻所有的束縛，就像愛爾維修與霍布斯那樣，甚至像以功利主義著稱的邊沁那樣，將束縛絕對化，把法律也當作是自由的絕對束縛。如果什麼都要得到，也就意味著什麼都可能失去，要求絕對的自由，可能導致絕對的不自由。

還有一種試圖抵達無限自由境界的學說——無政府主義，簡單來講，就是國家不應該介入任何衝突，這種無限自由的漏洞也是顯而易見的，其實質仍然是法律束縛說，這種學說的最終走向，與我前文所說絕對自由走向絕對專制並無二致。

否認人類能夠擁有自由的說法，也值得注意。以盧梭為例，他所追求的是絕對自由，所以他認為生而束縛、無往不束縛，絕對自由的反面恰恰就是絕對的不自由。人不能飛翔，豬不能上樹，廚房本身不能像人一樣說話，眼睛不能聞氣味，嘴巴不能聽聲音，人無法跑得跟豹子一樣快，等等，物與人都有各自的局限。但是，人天生不具備某種能力，並不等同於人不能享有政治自由、經濟自由、個人自由、財產自由、宗教自由、結社自由等。世間沒有全知全能的人或物，人的局限，用中國人的說法來講，是天理所定，以莊子的說法，是命。不能因為有局限就說人不能得到並享有自由，更不能因此否決自由的存在與捍衛自由的必要性。窮與富的問題也可用來繼續闡釋這一問題：排除社會的結構性不公不義因素不談，也撇開情緒性的正義、平等訴求不談，我們不排除這種可能性——有人富了，也許是因為他頭腦靈活有經營生產才能，有人窮了，也許是因為他懶惰或者缺乏經營銷售才能，那麼我們就可以說，無能並不意味著他的自由的基本權利可以被抹殺，也不意味著，無能的人不配享有法定的平等自由。我們可以在現實生活中處處強調、嚮往平等的烏托邦，但我們實在是不能否認天賦不平等的實際存在：用《新約》或《舊約》的觀念來說明，天賦的不平等是上帝的安排，按歷史學的看法來說明，這是必然以外的偶然。但如果制度性之社會不公不義事實存在，那麼我們就可以說，無論貧富，都可能正在受奴役或被壓制，甚至可以說，少數人的自由是建立在剝奪大多數人的自由基礎之上的，少數人得到了特權或豁免權，但這個少數人並不一定會像古典貴族政治家那樣，與名義上的最高權威者談判、協商，並為自己或者自己的集團爭取自由，這個「少數人」不具備貴族的談判能力、平衡能力、擔責能力。沒有貴族政治體制內的權力博奕，也就談不上擁有斯達爾夫人、貢斯當等人曾經指出過的，古代人的自由及現代人的自由。

有些事物，雖然也借用了自由的名稱，但是，「我們將會發現，嚴格地說，這些不同的『自由』不是同一種類的不同變種，而是完完全全的不同種類，而且相互之間是矛盾的，所以必須明辨」。[14]無限自由與有限自由共用「自由」這個名詞，但他們的所指與能指是完完全全不同的。

開篇提及這種「自由」的假設概念，從「自由」一詞的異種開始言說，乃考慮到這一事實：國內某些輿論對「自由」一詞，總不免表現出本能戒心或本能反感，也許人們會擔心「自由」的相關討論會改變他們得到面包的幸福狀態，即使面包摻有毒物，人們還是願意沉醉於這種飽食狀態。本能反感與本能戒心，不必一一列舉，但確實影響了人們對自由的看法。某些人一提到「自由」，就有過激而嚴厲的反應，他們或有意將之引向放任自流之歧義，或表現出莫名的恐慌與排斥，或直接將自由對立於限制。這毫不奇怪，就如法國政治思想家托克維爾在《論美國的民主》一書所看到的那樣，平等的好處是顯而易見的，而自由的長遠好處卻總是不易察覺。同樣的道理，平等的內在壞處難以察覺（比如說民主政治下「多數人的暴政」等），自由的短暫壞處卻容易被人大作周章。更何況，自由也不是人類第一迫切需求和唯一要求，經濟的局部繁榮、物質的有限滿足，更能使人們在精神上的追求退求其次，尤其像中國這樣的後發展國家，人們把活著當成第一要務，無論富裕抑或是貧困，人們都把活著看成比自由與尊嚴更迫切更重要的需求——這並不是要去指責一種生活方式，只是想借此闡明，對活著的過分執著其實也就是對沒有自由保障的「活著」的深刻恐懼。同時，恐懼也可能使人滿足於一種被施予的「平等」，今日中國的中產階層庸俗化、世儈氣之趨向，不能不說與此有關。當然，也不排除，對「自由」的恐慌是出於對「自由的失控」的恐慌，放任自由的確會對他人的自由造成嚴重的損害，這也是一種基於權利出發的考慮，但是，無論如何我們要記住，放任「自由」，並非

14 〔英〕弗里德里希・奧古斯特・哈耶克：《自由憲章》，楊玉生等譯，北京：中國社會科學出版社，一九九九年，頁三〇。

真正的自由，相反，它威脅各種自由的存在。由理論層面看，對「自由」的恐慌，恰恰是因為缺乏對自由的深入理解與區分而致。

本書之特別強調無限自由與有限自由的理論區分，一是為更合適地辨析出適用於本文的現代自由，同時也為避免一種因誤解與反感而造成的學術排斥。

理論上的放任自由假設，其觀念天然的缺陷以及在現實生活中對自由的反作用，值得尋味，它是本書的觀念背景之一，但它並不適用於本書所闡述的自由主義文學。放任自由的說法，從本質上來講，是反自由，且足以令人們對自由的理解誤入歧途。

真正的有效自由，是有限的自由。無論是古典自由主義者還是現代自由主義者，都不否認自由是受限制的自由。「任何時代的社會自由都以限制為基礎。它是一種全體社會成員都能享有的自由，也是一種從那些不傷害他人的活動中進行選擇的自由。」[15]前文提到，有限的自由是社會的產物，是契約的產物，也是衝突的產物，自由與限制並非是對立的事物。由此，本書可以重新回到什麼是自由這個核心問題上來，並由「自由」的多義性過渡到能夠被限定的「自由」上來。

下列關於自由的定義或闡述更適用於本書所指稱的自由理論背景。

孟德斯鳩對自由的定義，既闡明了權力可能對自由造成的侵蝕，又界定了自由彼此節制的基本原則，「在民主國家裏，人民彷彿願意做什麼就做什麼，這是真的；然而，政治自由並不是願意做什麼就做什麼。在一個國家裏，也就是說，在一個有法律的社會裏，自由僅僅是：一個人能夠做他應該做的事情，而不被強迫去做他不應該做的事情。我們應該記住什麼是『獨立』，什麼是『自由』。自由是做法律所許可的一切

15 〔英〕霍布豪斯：《自由主義》，朱曾汶譯，北京：商務印書館，一九九六年，頁四十五。

事情的權利；如果一個公民能夠做法律所禁止的事情，他就不再有自由了，因為其他的人也同樣會有這個權利。」[16]法律並非靜止不動，法律是一個轉變的過程，自由能夠行使的範圍也隨之轉化。所謂有限的自由，是指得到法律限定並保障的普遍自由，限定與保障密不可分，公共利益必然包含個人利益，有限之自由，必然包含契約精神。以契約的精神、法的精神作為理論參照，有限自由與無限自由得以區分。

再看法國邦雅曼·貢斯當為現代自由所下的定義：

自由是只受法律制約、而不因某個人或若干個人的專斷意志受到某種方式的逮捕、拘禁、處死或虐待的權利，它是每個人表達意見、選擇並從事某一職業、支配甚至濫用財產的權利，是不必經過許可、不必說明動機或理由而遷徙的權利。它是每個人與其他個人結社的權利，結社的目的或許是討論他們的利益，或許是信奉他們以及結社者偏愛的宗教，甚至或許僅僅是以一種最適合他們本性或幻想的方式消磨幾天或幾小時。最後，它是每個人通過選舉全部或部分官員，或通過當權者或多或少不得不留意的代議制、申訴、要求等方式，對政府的行政施加某些影響的權利。[17]

霍布豪斯在區分自由主義諸要素時，特別指出：「普遍自由的第一個條件是一定程度的普遍限制。沒有這種限制，有些人可能自由，另一些人卻不自由。一個人也許能夠照自己的意願行事，而其餘的人除了這

16　〔法〕孟德斯鳩：《論法的精神》（上冊），頁一五四。
17　〔法〕邦雅曼·貢斯當：《古代人的自由與現代人的自由》，頁三十四。

個人認為可以容許的意願以外，卻無任何意願可言。換言之，自由統治的首要條件是：不是由統治者獨斷獨行，而是由明文規定的法律實行統治，統治者本人也必須遵守法律。」[18]

哈耶克這樣定義他心目的自由：「某人在行動上有多少條路可供選擇，這個問題固然很重要，但與自由不同。自由是指一個人在多大程度上能夠自行其事。在多大程度上他能夠自己確定其行為方式，以及在多大程度上可根據自己所執著追求的目標，而不是根據別人為實現其意圖所設定的強制條件去行動。一個人是否自由，並不取決於選擇範圍的大小，而是取決於他能否自己根據自己的意願行事，或者說，他人能否迫使他按照他人的意願，而不是他自己的意願來行事。」[19]值得注意的是，他提到了「程度」一詞，是對「多大程度」的考察，而不是對「無限程度」的考察。對「多大程度」的考察，實際上也就是對有限自由的承認。

不需要再列出更多的例子加以說明有限自由的合理性。法律的護航、契約的約定，促使有限自由在實踐上具備了有效性。從根本上講，自由與限制並不絕然對立，限制才是普遍自由的基本保障。

儘管自由一詞有含混的多義性，但由無限自由與有限自由的區分，我們仍然可以看到，有限自由才是自由主義論者所持有的普遍觀點。

接下去，可以討論這樣的話題，有限的自由內部是否可以再進行細分？什麼是有限自由的底線？有限自由的底線，對於文學思想及創作來講，意味著什麼？

18 〔英〕霍布豪斯：《自由主義》，頁九。
19 〔英〕哈耶克：《自由憲章》，頁三十一。

二、自由的最低限度

霍布豪斯在其《自由主義》一書中，將自由區分為公民自由、財政自由、人身自由、社會自由、經濟自由、家庭自由、地方自由、種族自由和民族自由、國際自由、政治自由和人民主權等。[20]相應地，我們可以從中推理出契約的種類，比如說不同人民與不同人民之間，統治者與被統治者之間，同一族種內部的民眾與民眾之間，不同領域之間，不同性別之間，君主與貴族之間，國家與個人之間，都可能產生不同的約定。中國一九四五年八月到一九四九年十月間的自由主義文學，則屬於個人自由的基本範疇。

霍布豪斯在區分自由種類的時候，提到了自由對文學的影響。霍布豪斯認為，自由主義運動下的文學與習俗、虛假、保護人進行鬥爭，同時它也為自我表現、為真實、為藝術家的靈魂進行鬥爭。[21]如果把自由文學納入霍布豪斯的分類法裏來考察，自由主義文學接近霍布豪斯所說的人身自由：「存在著一個所謂人身自由領域，這個領域很難說清楚，但它是人類最深沉的感覺和激情的最猛烈的鬥爭場所。其基礎是思想自由——一個人自己頭腦裏形成的想法不受他們審訊——必須由人自己來統治的內在堡壘。」[22]霍布豪斯所提到的人身自由，主要是基於對宗教信仰自由悖論的考察，宗教既是個人的，亦是社會的，但如果宗教以儀式的名義剝奪侵害他人的權利，實際上就是破壞了個人的自由，「言論和信仰只要是表達個人的虔誠，就都是自由

20 〔英〕霍布豪斯：《自由主義》（第二章〈自由主義諸要素〉），頁八—二十三。
21 〔英〕霍布豪斯：《自由主義》，頁二十二。
22 〔英〕霍布豪斯：《自由主義》，頁十一。

的」[23]。借用霍布豪斯的說法——表達個人虔誠的文學，是自由的文學。當然，這一說法，對理解自由主義文學，遠遠不夠。

更重要的地方在於，自由文學的不被干涉，自由文學如何不被強制。

持有限自由論的自由主義者們，有兩種重要分類法，這種分類法有利於進入本書所指自由主義文學的具體內涵。

一種是公共與私人領域的分類法。邦雅曼・貢斯當對古代人的自由與現代人的自由之考察採用了這種分類方法。在貢斯當看來[24]，古代人的自由在於參與公共事務，比如說戰爭、和平、公共管理、集體執法等，但個人卻沒有絲毫的自由，個人的一切私人關係包括婚姻家庭衣食住行都受到嚴密的監控，個人自由不屬於古代自由的範疇（貢斯當列舉出一個例外，雅典）。比之古代人的自由，現代人的自由發生了重要的轉變，因為社會發展的不可抗力——人口越來越多、國家越來越強大、個人能夠控制的領域越來越狹窄、專業化的程度越來越高、完成一件事需要越來越多的程式，個人在公共事務上的直接決定權越來越虛弱，儘管表面上，個人還能「決定」公共事務，但實際上，個人要行使權力，就不得不通過代議制等方式去行使，相應地，公共權力對私人生活的干預與監控的強度則隨之放低了，這當然不全是公共權力的主動放權——也可能是公共權力對事無巨細事務干涉力度的自然減弱，更可能是因為私人領域的自我要求以及私人感的覺醒與崛起，由此，上文所提到的現代自由最終得以產生。在這裏，有必要跟另一種區分法區別：社會自由與非社會自由的區分，無論是古代自由還是現代自由，都是社會的產物，完全杜絕人與人互相交往的非社會自由是不

23 〔英〕霍布豪斯：《自由主義》，頁十三。
24 相關論述見〔法〕邦雅曼・貢斯當：《古代人的自由與現代人的自由》。

存在的，無論是公共自由還是私人自由，都是與限制相容共生的自由，即便是史前時代的自然自由，也不可能是毫無限制的絕對自由。公共權力與私人權利、公共領域與私人領域的劃分，有利於幫我們看到一種發生在中國的現代現象，那就是，個人與集體的分離或集攏，這種過程，亦貫穿於文學理論及創作之中。

現代自由容納並支持了私人自由的存在，但完全意義上的私人自由並不等同於現代意義上的最低限度的自由。當然，本書不排除自由主義者使最低限度的自由向完全意義上的私人自由靠近，也不否認私人自由與最低限度自由的重合，是比較理想的自由狀態。

另一類自由分類法，即積極自由與消極自由的區分。此分類法，可以幫助本書理解並探討什麼是現代意義上的最低限度的自由。以賽亞・伯林借用這兩種來自古典自由主義的概念，尤其是後者也就是消極自由的觀念，闡發了自由所必須捍衛的基本領域，也就是我所指的現代意義上的最低限度的自由，我認為，消極自由也就是自由的最低限度。

以賽亞・伯林明確界定這兩個核心的自由觀念：「freedom或liberty（我在同一個意義上使用這兩個詞）的政治含義中的第一種，（遵從許多先例）我將稱作『消極自由』，它回答這個問題：『主體（一個人或人的群體）被允許或必須被允許不受別人干涉地做他有能力做的事、成為他願意成為的人的那個領域是什麼？』第二種含義我將稱作『積極自由』，它回答這個問題：『什麼東西或什麼人，是決定某人做這個、成為這樣而不是做那個、成為那樣的那種控制或干涉的根源？』」[25]

以賽亞・伯林並不認同消極自由與積極自由是同一事物的兩個方面。在伯林看來，積極自由有強烈的自我導向之傾向，「『自由』這個詞的『積極』含義源於個體成為他自己的主人的願望。我希望我的生活與

[25] 〔英〕以賽亞・伯林：《自由論》，頁一八九。

決定取決於我自己，而不是取決於隨便哪種外在的強制力。我希望成為我自己的而不是他人的意志活動的工具」[26]。積極自由的這種自我導向在最初階段也許是無害的，但是，隨著消極自由與積極自由根據不同的需要朝著不同的方向發展，兩者最終可能產生衝突，積極自由可能在客觀上導致消極自由的被取締。積極自由有可能以比自由更高的名義、以對他人有利的名義剝奪他人的自由。積極自由裏面是否含有更統一的規劃目的與手段，以賽亞・伯林沒有明確闡述，但以賽亞・伯林對積極自由中的自我導向發展之兩種後果作出了分析：「一種是為了獲得獨立而採取的自我克制的態度，另一種是為了獲得完全相同的目的而採取的自我實現或完全認同於某個特定原則或理想的態度。」[27]積極自由可能是始於一種自我克制的態度，但隨著積極自由的發展，最終可能不止於自我克制，而是走向奴役與壓迫他人，積極自由有可能走向絕對的集體目標、有可能順從於理想社會模式的召喚。

與此同時，以賽亞・伯林重點談到了消極自由的觀念：「我們一般說，就沒有人或人的群體干涉我的活動而言，我是自由的」[28]，「判斷受壓迫的標準是：我認為別人直接或間接、有意或無意地阻礙了我的願望。在這種意義上，自由就意味著不被別人干涉。不受干涉的領域越大，我的自由也就越廣」[29]。

這個不被干涉的領域，即自由的最低限度之所在，也可以說是自由的根本前提。哈耶克的說法更真接明確：「個人具有自己有保障的私人空間，在這一空間內，有許多事情是別人無法干預的。」[30]以賽亞・伯林

26 〔英〕以賽亞・伯林：《自由論》，頁二〇〇。
27 〔英〕以賽亞・伯林：《自由論》，頁二〇四。
28 〔英〕以賽亞・伯林：《自由論》，頁一八九。
29 〔英〕以賽亞・伯林：《自由論》，頁一九一。
30 〔英〕哈耶克：《自由憲章》，頁三十一。

也清楚地意識到自由的這一基本前提，他舉了一些思想家的例子來支持其論點：「英國的自由主義者洛克、穆勒與法國的自由主義者貢斯當、托克維爾，同樣認為，應該存在最低限度的、神聖不可侵犯的個人自由的領域；因為如果這個領域被踐踏，個人將會發現他自己處於一種甚至對於他的自然能力的最低限度發展也嫌狹窄的空間中，而正是他的那些自然能力，使得他有可能追求甚或領會各種各樣人們視為善良、正確或神聖的目的。」[31]如果回到有限自由與無限自由的劃分問題上，是不是可以這樣說：人們要服從法律的規定，但也可以做法律所沒有禁止或規定的事情而不需向任何人解釋。

同時，有必要對私人領域與公共領域進行區分。儘管這種區分的界限難以界定，但區分出私人領域的重要性在於，任何法律，都應該預設一個不被干涉的私人領域——神聖不可侵犯，公共領域與私人領域的共容並不矛盾，消極自由是「免於……」的自由。據以賽亞・伯林的分析，無論是相對樂觀的洛克、亞當・斯密、穆勒，還是相對保守的霍布斯，兩派都同意，「人類生存的某些方面必須依然獨立於社會控制之外。不管這個保留地多麼小，只要入侵它，都將是專制。」[32]最低限度的自由，「免於……」的消極自由，應該是約定成俗的約定。有限自由包含著兩方面的內涵，一是必須保證私人領域被劃分出來，二是這個私人領域不被干涉不被強制且為被法律所保障，比如人身自由、信仰自由、思想言論自由、私生活自由、私人感自由等。對個人而言，必須意識到私人領域的重要與必要，而就公共權力而言，不得干預，無論是以什麼樣美好的原因，都不得干預。

31　〔英〕以賽亞・伯林：《自由論》，頁一九一—一九二。
32　〔英〕以賽亞・伯林：《自由論》，頁一九四。

進而，不得不牽涉到一直困擾自由主義者良心乃至智慧的兩個重要問題：一個是，少數人的自由是否剝奪了多數人的自由，反過來也可以說多數人的自由是否剝奪了少數人的自由——這一種剝奪不易被人察覺但發展趨勢越來越明顯；另一個問題是，如果是出於好意去幫助他人，或者在你看來是最好的選擇因而你幫對方做出了決定，這究竟是專制還是自由。

對於第一個問題，以賽亞・伯林是這樣回答的：「如果我剝奪或喪失我的自由以求減輕這種不平等的恥辱，同時卻並未實質性地增加別人的個人自由，那麼，結果就是自由絕對地喪失了。」[33]這裏，伯林一方面指出自由不同於其他的美好事物，另一方面其實也暗示出自己應該有意識地對自己的自由負責，不被干涉，不要以犧牲的名義做自由的減法。此外，還可以從另一個層面去理解，我們不能以貧窮或富有去憑空想像最低限度自由的有無，我們不能說這個人富有就斷定他有或無最低限度的自由，也不能說這個人貧窮就肯定說他不配或者沒有能力去享有最低限度的自由。這裏必須預設一個前提——對於任何人來講，對於任何道德與法律主體來講，都應該擁有享受消極自由即最低限度自由的權利，你不能因為這個人今天窮得沒有飯吃、窮得沒有錢醫病，你不能因為某些人暫時沒有能力去享有自由的權利，而不預設這個不被干涉的權利，這個普遍權利的意義在於，它不僅是針對有錢的人，這一權利也適用於沒有錢的人，其基本意義與另外那句耳熟能詳的話是一致的——法律面前人人平等，貧窮或富有是一種流動的社會過程，以其去想像最低自由之有無的做法，其實是一種浪漫的人道主義在作怪。對於法律面前人人平等與事實上不平等的關係問題，哈耶克解釋得非常準確：「主張自由要求政府對所有人一視同仁，這既不是因為它覺得人們事實上平等的，也不是因為它企圖使人們平等。這種論據不僅認為每個人都是非常不同的，而且它在很大程度上還有賴於這種不同。它

33 〔英〕以賽亞・伯林：《自由論》，頁一九三。

堅持認為這些個人之間的差異並不能為政府區別對待他們提供任何理由。它反對國家對待人方面有所差異，然而，要保證事實上不同的人們在生活中擁有同等的位置，這種差異就是必要的。」[34]

對於第二個問題，一個人是不是可以出於好意就可以去干涉對方的生活去破壞他人的自由。這個問題可以這樣來解讀：你的好意並不等於我的好意，你認為好的，未必我也認為好，你喜歡不等於我喜歡。個中的基本倫理是，你無法取代我，誰也無法取代誰，人的生理結構有類同性，但不代表他們的想法都是一致的，好與不壞，每個人都有不同的思考與評判；還有一種情況，比如說，父母覺得孩子學理工比學人文好，而孩子自己覺得喜文不喜理，最終的結果往往是父母的威權取得了絕對勝利——孩子選理不選文，雖然父母與未成年人之間有監護與被監護的關係，但這也不意味著可以剝奪孩子的基本自由權利，這種威權的行使相當普遍，因為是「好意」，所以非常難以察覺，人們甚至會將其當作是一種自然而然的關係。

平均主義也是一種好意，但問題在於，平均可能導致惡劣的後果，平均只能消耗財富，而不能增加財富。[35]實行平均就意味著，你可能拿走我不願意給你的，你也可能強加給我不想要的——即便是我想要的，也不能改變平均這一過程的強制性。全部付出不可能等於全部得到，吃「大鍋飯」，入初級社高級社，是可以達到短期內的平均，但是到最後，不要說自由，就連物質，也徹底虧空了。那麼，又有人要扯著人類的第一需求不放了，如果一個人窮得沒辦法活了、病了沒錢醫治，那麼是不是還要尊重他的最低自由不去干涉呢？這顯然是混淆價值、擾亂視聽了，國家機器在得到了公共資源聚攏的好處的時候，當國家在支配公共資源方面擁有極大優勢的時候，如何解決民眾生存的第一需求，如何盡力保證民眾的生命權、增加民眾的幸福感，就成為國家機器

34 〔英〕哈耶克：《自由憲章》，頁一二六。
35 對此，可以二十世紀五〇年代、六〇年代中國經濟制度、經濟狀況為例。

的基本任務，否則，如果可能，人類完全可以退回到自然狀態之中去生存，這也是貢斯當等人為什麼要強調代議制的現代作用的重要原因。從消極自由的角度出發，即便是國家道義的救助，也應該尊重被救助者的本人意願。我在前文也已經說過，自由就是自由，自由不同於其他事物，自由也不是人類第一迫切需求，最低限度的自由必須得到保證，但並不是說自由優先於其他事物，自由也可能與其他美好事物發生衝突。

不排除有人會對自由作出這樣的質疑，他可能會說，沒有什麼社會能夠剝奪人們的所有自由，絕對不自由的狀態也是不存在的，人們總是多多少少有一定的自由。但如果把人類第一需求——衣食住行等的基本滿足和自我炫耀，等同於是自由的話，如果人類除了只對衣食住行有訴求的話，那麼，人與其他生物又有什麼區別呢？誠如赫爾岑在其《彼岸書》中所說的：「群眾只想制止那只把他們贏得的麵包囫圇攫走的手……對於個人自由、言論自由，他們漠不關心；群眾愛權威。他們至今仍目眩神迷於權力的傲慢閃光，有人特立獨行，他們就怫然不悅。所謂平等，他們作『大家一律受壓迫』的平等解……他們要一個為他們的利益而統治的社會政府，不要一個現在這樣違反他們利益的政府。但是，他們從無自治之念。」[36]個人物質需求的增長與滿足，並不等於是個人自由，只能說，財產的自主與自決可以為自由的生長提供一定的物質條件，但不能排除物質的豐厚會與自由的需求發生衝突，也並不是所有美好的事物都相生而不相剋，自由也可能會與幸福、公正、正義發生衝突，因為它們彼此都是不同的事物。

「自由觀念的本質，不管是『積極的』還是『消極的』含義，都是阻止某事或某人——阻止闖入我的領地或宣稱對我擁有權威的他人，或者阻止妄想、恐懼、神經症、非理性力量之類的入侵者與暴君。」[37]消極

36 〔俄〕赫爾岑：〈彼岸書〉，引自《俄國思想家》（第二版），〔英〕以賽亞・伯林著，彭淮棟譯，南京：譯林出版社，二〇〇三年，頁一〇四。

37 〔英〕以賽亞・伯林：《自由論》，頁二三一。

自由，是自由的最低限度，是自由的基本前提。

行文至此，我可以明確地指出，以賽亞·伯林再次清晰闡述的來自古典自由主義的消極自由，以及其他自由主義論者們反覆強調的個人自由，即是本文的自由所指。這種消極自由也就是自由的最低限度，這種消極自由適用於我將要重點闡述的一九四五年八月到一九四九年十月間中國自由主義文學的生存狀態。這一時期的自由主義文學，與二〇、三〇年代的自由主義文學相比，有著不同的特點與表現，前兩個時期的自由主義文學，更積極，四〇年代中後期的自由文學，更偏向消極自由。「毫無疑問，對『自由』這個詞的每一種解釋，不管多麼不同尋常，都必須包含我所說的最低限度的『消極』自由。必須存在一個在其中我不受挫折的領域。」[38]

需要澄清的是，我並不是說消極自由等同於自由文學，而是說，中國特定時期的部分文學作者選擇了消極自由這種方式去表達他們各自不同的思想虔誠或者內心堅持，去對抗一種集體規劃、統一安排、共同行動的吞蝕，進而爭取自己的生存空間及文學理想。消極自由這種說法，與此時自由主義文學的生存狀態是基本一致的，自由主義文學理想所堅持的時間並不長，但我們不能否認他們事實存在過。在即將面臨選擇、或者是不得不選擇的歷史時期，當然，還有一種可能，就是不選擇、不參與、不表態，自由面臨嚴峻的考驗。事實上，自由主義文學理想終結之後，不選擇、不參與、不表態的可能性也隨之終結，像朱光潛、沈從文這樣的「他們」，被剝奪了寫作的權利，卻沒有沈默的權利，不斷的「檢討」，成為不得已的寄生方式，此為後話。文學作為一種既能與個人內心發生緊密聯繫、也能與集體利益發生熱切關聯的藝術形式，同樣面臨嚴峻的考驗。在政權更替，在新政權急於證明其合法性、合理性、正當性的時代，自由本身的消極性、文學

---

38 〔英〕以賽亞·伯林：《自由論》，頁二三三。

本身的緩慢規律，使其極容易被一種高速度、快節奏的需要統一的社會潮流所吞沒；自由文學所倡的超然態度、中立立場，在嚴密組織的衝擊下，毫無招架之力。

對於一九四五年八月至一九四九年十月間的中國自由主義文學而言，相關理論家及作家曾提出自由的觀念，如朱光潛、蕭乾、沈從文等，但相關理論家及作家的理論及創作並沒有明確提出消極自由的說法。在我看來，即便沒有明確提出消極自由這一詞語，但如果在實際行動中對應了消極自由觀念的某些特徵，就都可以稱之為行動的消極自由，或者是行為的消極自由。又，在其作品取向、理論闡述中表現出對思想自由、個人自由、多元選擇、獨立堅持、自主選擇的傾向，我們都可以看作是對最低限度自由的行為努力。對自由的選擇，也許並非相關理論家或作家們的終生選擇，到後來，可能有外部條件影響了某些人的內心信仰、具體行動，甚至使他們由自由主義轉向了社會主義、烏托邦無政府主義、民族主義乃至民粹主義等，但即便是階段性的自由行為或自由思想，都可以將其納入本書的考察範圍。

在這一階段，中國文學有沒有最低限度的自由？部分文學人士是以什麼樣的痛苦方式自相矛盾地爭取那種最低限度的複雜自由？與此同時，這種最低限度的自由，又是因為哪些觀念的壓抑與排斥而最終消失的？考察特定歷史階段的自由主義文學，既要看它們有多少種選擇，以及與它們並存的，有多少相異的文學理想，更要看到作家們、理論家們能夠在多大程度上自主地、而不是被強制地選擇創作方式與文學理想。

chapter 2

自由主義文學理想的困境

一、文學形勢的變動

談此時的自由主義文學，需要提及兩個重要的年份：一九四五年與一九四九年。在兩個年份裏，發生了兩件對自由主義文學發展乃至整個中國文學形勢都影響頗大的事：日本投降，第二次世界大戰的亞洲戰事結束；第一次文代會的召開。這兩個事件，雖帶有強烈的政治及意識形態色彩，但卻對文學形勢的發展、創作及理論的取向有足夠的影響力。日本投降、第一次文代會的召開，影響此時中國文學形勢的變動，應屬比較合適的判斷。

美國批評家勒內・韋勒克與奧斯丁・沃倫將背景等因素歸於文學與藝術的外部研究。他們認為，對文學外在因素的研究在大多數情況之下可能會變成「因果式的」的僵硬研究，但他們也並沒有否認，「文學作品產生於某些條件下，沒有人能否認適當認識這些條件有助於理解文學作品；這種研究法在作品釋義上的價值，似乎是無可置疑的」。[1]在這裏，韋勒克等人並非要否定外部研究本身，而是指出單一的研究方法不利於理解文學藝術作品，因為文學藝術作品的產生從來都不是孤立的事件。

考察文學的背景、環境乃至外因，不是研究文學作品及思潮的唯一方法，但這些外部因素對此時的自由主義文學理論及創作來講，卻是不容忽視的。

[1] 〔美〕勒內・韋勒克、奧斯丁・沃倫：《文學理論》，劉象愚等譯，南京：江蘇教育出版社二〇〇五年，頁七十三—七十四。

法蘭克福學派最為激進的代表人物，馬爾庫塞，他在寫下《審美之維》的時候，將政治鬥爭的必要性作為該書的前提。他在《審美之維》一書中舉過一些實例，以說明藝術與革命之間不可解決的衝突——

審美形式排斥所有的融合，從而讓文學成為文學本身。作為文學，作品攜帶只有一個唯一信息：與事物的現存狀態決裂。同樣，革命還表現在布萊希特最完美的抒情詩中，而不是表現在他的政治戲劇中；表現在阿爾班・伯格《沃伊采克》歌劇中，而不是在今天的反法西斯歌劇中。

這就是反藝術的消逝，是形式的再生。在這裏，我們發現審美維度——尤其是作為自由的理念的感性顯現的美——的內在顛覆性質，獲得了嶄新表達。於是，就出現了對美的偏愛和對政治的恐懼，布萊希特將此濃縮在五行詩句中：

對碩果累累的蘋果樹的酷愛
與對希特勒演講的恐懼
衝突在，我的心間。
然而，只有後者
才促使我憤筆伏案

樹的形象，持續呈現在由希特勒的演講「激發」的詩歌中。對現存東西的恐怖，標誌著創作的時機。它表現讚頌著碩果累累的蘋果樹的美的詩歌。政治維度總是附屬於另一個審美的維度，這個維度反過來又具有政治價值。[2]

2 〔德〕馬爾庫塞：《審美之維》，李小兵譯，北京：三聯書店，一九八九年，頁一八五—一八六。

在這裏，我們不必過於去糾纏馬爾庫賽是否激進這一問題。他的這一段話，之引起我的興趣是，他所說的，對現存東西的恐怖，引發了「創作的時機」，這一論斷，對於理解此時自由主義文學理想的創作與抱負，有相當程度的啟發。對於沈從文、朱光潛等人來講，追求文學的藝術本質，不依附於政黨，力保消極自由的實現，這些抱負或選擇，是不是也是由恐怖的現實事物而引發的呢？如果政治維度壓抑了審美維度，審美維度又在這一壓抑之下產生了「嶄新表達」，那麼，基於這樣的事實，我們是不是也無法繞開時局維度而單論文學內部問題呢？答案顯而易見。當然，也要注意區分，並不是所有的自由派、溫和派都適用於馬爾庫賽對政治維度與審美維度的關係判斷，有的作家，是因對現存東西恐懼而引發審美維度的激情，但是對於極少數作家來講，其審美維度是自在的、超越的。

中國的時勢變動與文學變動關係密切，對文學的外部因素進行考察，是接近文學處境的重要方式。

一九四五年八月十四日，日本政府照會美、英、蘇、中四國政府，宣佈接受《波茨坦公告》，八月十五日，日本裕仁天皇以廣播「終戰詔書」的形式正式宣佈日本無條件投降，九月二日，日本投降的簽字儀式在停泊於日本東京灣的美國戰艦「密蘇里號」上舉行，九月九日，中國戰區受降儀式在南京陸軍總部舉行，日本代表岡村寧次在投降書上簽字，蔣政權正式受降，至此，繼一九四五年五月八日二戰歐洲戰事結束之後（五月九日為歐洲勝利日），第二次世界大戰的亞洲戰事也基本宣告結束。

看上去，日本投降是政治事件，但它無疑對中國文學的方向產生了事實上的重要影響，它客觀上促使中國文學的重心發生位移。對於作家與知識人而言，對光明與黑暗的區分及體認訴求比以往任何時候都來得更為迫切。同時，基於對戰爭帶來的切膚之痛、飢餓之感最直觀的體悟，使情緒更容易戰勝理性，各種逆反性的情緒也很容易交織在一起，比如說對戰爭的厭惡、對當局的不信任等。對於他們來講，結束戰爭就是完滿，那麼，任何以「結束戰爭」為誘的說法，都會看上去相當動人，而與此同時，任何逆「結束戰爭」的行為都會使得他們變得難以忍受。在這樣的情況下，作家們對善的期待、對光明的期許、對解放的相信，會反過來加重作家們對惡、黑暗、腐敗的憎恨。出於對以進步解放消除現實苦難的迷信，不同志趣的作家也會因此對不同文學的前景與未來承擔寄予厚望。這樣的歷史時刻，也許各種文學理想與文學創作包括自由主義文學都有機會擁有一定的生存空間。但相比起來，以進步與光明作誘、聲稱某種主義能夠解決人間一切問題、聲稱所有美好的價值觀都能和諧相處、相信所有不美好的價值觀是反動的而且是可以剷除的文學理想，顯然更具誘惑力，在事實上處於分裂的政治局勢下，在一個有著強大集權甚至是極權統治傳統但缺乏自由主義堅實傳統的國度裏，在一個過度強調家國歷史文學意識的傳統脈絡裏，自由主義文學即便有一定的存在空間，但其前景也不會太妙。

二、文學策略的變與不變

由一九三七年至一九四五年，「抗戰文學」是最高最權威的文學要求。一九三八年三月二十七日中華全國文藝界抗戰協會在武漢成立時提出的「文章下鄉，文章入伍」口號，可視為「抗戰文學」要求的現實感召，也可以看成是作家們的愛國熱情、民族主義情緒、社會責任感、自我同情互相混雜的複雜表現。稱「抗戰文學」為最高最權威的文學要求，可以這樣理解：國民黨方面，文藝沒有被納入戰略層面，戰時更無暇為文藝制定出相關的權威政策；共產黨方面將文藝納入「文武雙全」的戰略層面，政治的權威、民族的道義、個人的氣節與文藝的權威捆綁在一起，不容寫作人反駁，不容執政黨提出異議。政治與文藝，互相借重，權威二字，方是重點。

此前，即一九三六年十一月二十二日，由丁玲、成仿吾、李伯釗等三十四人倡議，在陝西保安縣（今志丹縣），成立了一個文藝協會，在毛澤東的提議下，這個協會的名稱確定為「中國文藝協會」。毛澤東在會上作了講話，題為〈在中國文藝協會成立大會上的講話〉（一九三六年十一月二十二日）。講話中，毛澤東提出要「文武雙全」，停止內戰，一致抗日，「怎樣才能停止內戰呢？我們要文武兩方面都來。要從文的方面去說服那些不願停止內戰者，從文的方面去宣傳教育全國民眾團結抗日。如果文的方面說服不了那些不願停止內戰者，那我們就要用武的去迫他停止內戰。你們文學家也要到前線上去鼓勵戰士，打敗那些不願停止內戰者。……發揚蘇維埃的工農大眾文藝，發揚民族革命戰爭的抗日文藝，這是你們偉大的光榮任務」。[3]在這一講話中，毛澤東在文學及文藝領域裏，區分了敵我雙方，領導力量，群眾基礎，偉大任務，在解決生死存亡的關頭，毛澤東將軍事策略與文學策略緊密地聯繫起來。

按非此即彼的戰爭勝敗邏輯，隨著時局的變化，任何與抗戰無關的文學遲早會受到非議、清算。「抗戰第一」逐漸成為衡量文學作品反動與否的重要標準、也是日後清算個人歷史的重要依據。即便尚未到全面清算的階段，「抗戰第一」能夠在特定歷史階段成為最強大的文學要求，也意味著文學人士對排它性、強制性的文學口號有所認同。權威的文學要求，內含強制性的思維習慣，因為思維慣性的作用，強制性的文學思維習慣不會因為抗戰的結束而消失，「抗戰第一」結束之後，難保不會有其他的文藝策略。

「抗戰第一」的文學策略對應了民族主義，也對應了文學的浪漫主義。以賽亞・伯林指出了民族主義的部分心理根源，「強烈的民族主義不過是恥辱心理的表現。高度發達的民族不會產生民族主義。民族主義

[3] 毛澤東：〈在中國文藝協會成立大會上的講話〉（一九三六年十一月二十二日），見《毛澤東文集》（第一卷），中共中央文獻研究室編，北京：人民文學出版社，一九九三年，頁四六一－四六二，根據一九三六年十一月三十日《紅色中華》刊印。

是對傷害的反應」，[4]他進而強調民族主義的危害，「民族主義對一切事物均構成威脅。……一旦你把一切行為的根據放在民族這個超越個人的權威上，那就會擴展到政黨，到階級，到教會，通向壓迫的道路便從此打開了」。[5]本文認同以賽亞・伯林的這一看法。他的說法，幾乎直接對應了二十世紀四〇、五〇年代中國文學策略的演變。民族主義與浪漫主義的文學習氣並沒有也不會因為外敵退去而消失，相反，民族主義與浪漫主義的文學習氣正在適宜的環境裏持續增長。

「抗戰第一」的文學口號，誰也無法從道德上去駁斥它去質疑它，集體優先並絕對凌駕於個人之上的迫切要求，使前文所提到的「不被干涉的私人領域」越來越可能被全面壓抑。

研究當代文學的一些學人，比如說洪子誠、賀桂梅等人，多強調延安傳統對當代文學的決定作用，並從「一體化」的規範方面去解釋當代文學的發生。[6]實際上，對文學的規範意圖可以追溯到「新文化運動」，比「延安傳統」更早——譬如，一九一七年二月一日陳獨秀發表於《新青年》上的〈文學革命論〉，聲稱「願拖四十二生的大炮」為中國文學界豪傑開路。當然，我們還可以找到更早的證據：梁啟超撰文〈論小說與群治之關係〉（一九〇二年），談及薰、浸、刺、提四種力，這顯然是因為梁啟超清楚地看到了小說在更廣大人群內的強大說服功能，以梁啟超自己的話來講，就是「支配人道」。[7]胡適之〈文學改良芻議〉、陳獨秀之〈文學革命論〉，很難說沒有受到嚴復、梁啟超等人的影響，胡適雖比陳獨秀溫和得多，但其〈建設的

---

4 〔伊朗〕拉明・賈漢貝格魯編著：《伯林談話錄》，楊禎欽譯，南京：譯林出版社二〇〇二年，頁九十五。

5 〔伊朗〕拉明・賈漢貝格魯編著：《伯林談話錄》，頁九十六。

6 相關觀點可參見洪子誠：《當代文學史》，北京大學出版社，一九九九年；賀桂梅：《轉折的時代——四〇—五〇年代作家研究》，濟南：山東教育出版社，二〇〇三年。

7 梁啟超：〈論小說與群治之關係〉，見《中國歷代文論選》（四），郭紹虞、王文生主編，上海古籍出版社，二〇〇一年，頁二〇七—二一七。

文學革命論〉一文也有讓文學多關注下層社會的看法——後來的階級區分文學觀，未嘗與這些看法完全沒有精神聯繫。至於林紓、章士釗等人，乃至後來的學衡派梅光迪、胡先驌、吳宓，雖試圖去捍衛舊式的國粹文化、語言經驗、道德傳統、精英地位，但由於他們對文學表達與政治抱負的合謀意圖、文學規範的萌芽、現代語言經驗的巨大衝擊缺乏起碼的警惕，以至於，一旦形勢劇烈變化，他們的行為就顯得過於迂腐、遲緩、遲鈍。晚清至民國初年，儘管文學策略的重點在不同階段各自略有不同，但文學策略對文學創作的規範動作其實一直都沒有停止過，這其中，又以添加在文學身上的家國負擔、人文情懷、政治服從為最重。

一九四二年，毛澤東做了〈在延安文藝座談會上的講話〉之後，家國負擔、人文情懷、政治服從與更為複雜的民族主義、民粹主義、激進民主主義、左派社會主義等種種思潮結合在一起。這些情感與中國人的心理偏愛及政治習慣在特定的歷史階段互相融合，形成更迫切的文學烏托邦之想、更嚴格的文學規範（或者可稱為文學的「一體化」）。

對歷史上的這些關聯點進行考察之後，不難發現，梁啟超提出的「政治小說」也好，陳獨秀提出的「文學革命」也好，他們之看重文學乃至文藝，與其說是看重文學的藝術本質，倒不如說是政治失意、變革受挫之後的選擇，他們看重的是文學對家國歷史的意義——對文學的功利要求、求文學的現實回報，這些，一步步地收緊了文學創作的選擇之門。細究起來，這種進程，何嘗不是一種更久遠更隱在的「規範」呢?!

對於這種文學由來與文學趨勢內所含的功利性訴求，左派文學作家、理論家並不諱言，甚至可以說，他們表達得更直接更明確，周揚在其〈抗戰時期的文學〉一文中聲稱：「中國的新文學是沿著現（實）主義的主流發展來的。現實主義和文學的功利性常常連結在一起。為藝術而藝術的思想在中國新文學史上不曾佔有過地位。……文學和民族革命的實踐的關係愈密切，文學在大眾教育的事業和民族解放的事業上就愈有用，它的價值也就愈高，以前有人嘲笑我們，說我們主張文學為革命，為國防，是新載道派，我們應該回答他們說：文學上的現實主義，功利主義的主張，正是五四以來新文學的優秀的傳統。」[8]周揚等人所寄託在文學上的功利之想，遠超過梁啟超在小說這種文體上所寄託的政治理想。

「抗戰第一」等文藝策略，堪稱是時勢所迫下的權宜之策。〈講話〉對文藝的要求，也是文藝策略的延續。文藝策略雖前後有異，但其努力的內在方向，卻是一致的，即為大一統的格局而努力。一九四五至一九四九年，是向大一統過渡的階段，此時，權力轉換出現了前途難料的時間空檔，絕對權力尚不能完全建立。此時，文學未被完全規範，「一體化」的文學形勢尚未明朗化，「一體化」的文學理想與文學要求尚未取得絕對優勢。此時的自由主義文學，既不能被權力完全壓制，也未被其他文學理想與號召所說服感化。沒有了「抗戰第一」的沉重負擔，自由主義文學捍衛自己的私人領域，有時間、有空間、有可能。但也要看到，儘管自由主義文學理想有一定的空間，規範文學的動作卻一直沒有停止，不符合大一統設想的文學理想，前景並不太妙。

不堪的處境、恥辱的感覺，使後來者無法去責難時勢所迫下的權宜之策，但這並不代表後人不能分析文學策略所帶來的實際後果。

一九四五年八月、九月以後，「抗戰第一」不再是規範文學的獨斷性理由。「抗戰第一」等話語對文學的壓倒性要求已經得到緩解，文學策略必須尋找新的口號，比如說愛國主義、民族形式、現實主義等等，以適應時勢的訴求。文學策略必須創新，方能繼續延安方面在文藝思想及創作等方面的「大一統」理想。

---

8 周揚：〈抗戰時期的文學〉，見《中國新文藝大系（一九三七—一九四九）：理論史料集》，徐迺翔主編，北京：中國文聯出版公司，一九九八年。原載一九三八年四月一日《自由中國》創刊號。

相形之下，執政黨的審查制度總讓人怨聲載道。文學層面，執政黨除了時不時提一提「三民主義」的文學外，沒有多大的作為，基本上沒有什麼連貫的文藝策略，更無要樹立文藝權威的「大一統」之想。與共產黨在文藝方面漸得人心有別，重慶政權（南京政權）在文藝方面所引發的人事衝突連接不斷。一九四五年至一九四九年所發生的李公樸事件（李一九四六年七月十一日遇害）、聞一多事件（聞一九四六年七月十五日遇害）、朱自清事件（朱一九四八年八月十二日病逝）等，使當局狼狽不堪。事件本身與文學無關，但由於聞一多與朱自清在文學界長期積累下來的聲望，使得事件直接影響文學界人士對當局的看法。這些事件顯然激起了文學界人士對罪惡最本能的憎恨與恐慌，「罪惡的直接效果是如此有害，而它的間接效果則相距太遠以致無法以人們的想像力來探索」。[9] 聞一多、朱自清「中間偏左」的身份及其不幸遭遇，也可能會使自由主義文學人士內心難以把握，儘管李、聞事件的真相有待進一步細化考證、朱自清之死因有待進一步澄清、朱自清死後被附加的文化意義也有待進一步分辨，但受害者的形象、飢餓者的形象、有骨氣者的形象，使得文學界人士包括自由主義文學人士很容易將罪惡歸咎於當局，而不願意將事件放到更廣闊的視野去查看。死亡對人類幸福的打擊是如此直接而殘酷，死亡之激起人類之同情心是如此地直接而震撼，以至於，直接的罪惡及後果很容易看到，但背後的原因卻需要分辨才有可能察覺。一向看重家國歷史、有濟世追求的讀書人，尤其容易有這樣的反應；超越於政黨之外、不屑於去衡量政治得失的溫和派，也尤其容易產生人道情感上的反應，在這些問題上，溫和派絕不會比利益直接對立雙方更清醒。

9 〔英〕亞當・斯密：《道德情操論》，蔣自強等譯，北京：商務印書館，一九九七年，頁四十一。

如亞當・斯密言，「殺害人命是一個人所能使另一個人遭受的最大不幸，它會在同死者有直接關係的人中間激起極為強烈的憤怒。因此，在人們和罪犯的心目中，謀殺是一種侵犯個人的最殘忍的罪行」。[10] 寫作人、知識人，可以看作是與李、聞、朱「有直接關係的人」。

李、聞事件可以看成是對肉體的施暴，朱佩弦事件則可以看成為肉體的受難、肉體的病態（飢餓或病痛折磨至死），這些事件，激起憤怒的激情，這種激情最終可能導向仇恨，仇恨又可能導向顛覆的衝動，同時，這些事件也更容易激發起作家與批評家對病態的激情抒發，以及，對不合時宜的、過剩的、超出生存需求的生活享受進行譴責。這樣一來，反動與進步不可妥協的說法，更易深入人心。

聞一多的遇害、朱自清的去世，從對知識份子的心理傷害與情緒受刺來看，不會亞於當年的譚嗣同之死、宋教仁之死。仇恨往往既包含了悲傷，又包含了憤怒，這種仇恨的直接後果，當然就是引發權力邊緣人士對當局的怨恨、厭倦、沮喪、失望。

對此，可以舉一例佐證之，朱佩弦先生去世之後，《文學雜誌》第三卷第五期（民國三十七年十月初版）刊出「朱自清先生紀念專輯」，收入浦江清、朱光潛、馮友蘭、楊振聲、林庚等人的文章。文章裏，各人的苦悶之心一覽無遺，這種充滿抑鬱情結的壓抑與苦悶，需要自我表白、需要宣洩。受法國思想家米歇爾・福柯的影響，日本學人柄谷行人曾指出自白是一種權力意志，「為什麼總是失敗者自白而支配者不自白呢？原因在於自白是另一種扭曲了的權力意志。自白絕非悔過，自白是以柔弱的姿態試圖獲得『主體』即支配力量」。[11] 對朱自清甚至是聞一多的悼念文字，一方面當然是出於對不幸者的同情，但另一方面，何嘗不是

---

[10]〔英〕亞當・斯密：《道德情操論》，頁一〇三。

[11]〔日〕柄谷行人：《日本現代文學的起源》，趙京華譯，北京：三聯書店，二〇〇三年，頁七十九—八十。

一種不得勢者的自我表白——無論是革命＋性、革命＋戀愛，還是革命＋苦悶，都有自白的成分在裏頭。這種自白，並非基督教式的由內部生發的自白，而是在外部刺激下產生的自白。參考柄谷行人的權力意志說，自由主義文學人士在朱自清、李聞事件下的反應，可視為權力壓抑下的意志反彈。

李聞事件、朱自清等事件，足以在飽受「歷史幽閉症」與「廣場恐懼症」困擾的中國知識人及寫作人心中，留下比戰爭更為慘痛更為直接的創傷，感官能力使作家對他人的疼痛或死亡能夠感同身受——因為自己的身體也會痛、自己也可能意外死亡，所以能夠感同身受，他人的非正常疼痛或死亡，多少能引發作家、理論家們的不愉快情緒。文學天生就有壓抑情感或挑動情感、隱匿痛苦或放大痛苦的強大功能，面對當局，作家們有難以排解的哀怨與持久厭惡，對專制主義的痛恨、對改變現狀的渴望，他們長期積鬱的受害情緒，一時半刻不可能消除。就當時的文學走向而言，人心向背對偏居一隅、蓄勁待發的延安政權是有利的。就文學策略而言，有意進行階級區分、有意強調平等傾向（平等傾向，在很多時候，也許只是平均財富、瓜分財富的要求）的文學策略也更容易得到人們的認同。一九四二年毛澤東〈在延安文藝座談會上的講話〉，事實上為「抗戰第一」的文學要求失效之後的格局確定了更長遠的文學方向，[12] 妨礙這一文學根本方針實現的唯一障礙其實只是政權的獲得與否，換言之，只是時間問題。

[12] 一九四二年五月二日至二十三日，作為延安整風運動重要的一部分，延安文藝工作座談會召開，會議期間，毛澤東作了發言，該發言後題為〈在延安文藝座談會上的講話〉，整理成文後發表於一九四三年十月十九日《解放日報》，一九四四年五月〈講話〉被收入由晉察冀日報社編印的《毛澤東選集》，一九五一年人民出版社出版的《毛澤東選集》對〈講話〉略有修改。相關介紹參見錢理群、溫儒敏、吳福輝：《中國現代文學三十年》（修訂本），頁四五八。

三、組織與權力的合流

但對大多數寫作人及知識人來講，特別是在「文協」號召下走在一起的所謂「國統區」的文學界人士，直到在一九四五年五月乃至八月之後才意識到，「抗戰第一」的單一文學要求已經陡然失去它的重量。外來力量所造成的心理悲劇、家國歷史悲劇正在結束，最具危害性的外來力量對肌膚的切身傷害之威脅解除，最能傷害作家內在感情的外來壓力消除，這意味著，作家的情感將隨之轉向。抗戰結束，受害者、被侵略者等屈辱身份的解除，使寫作人對群體尊嚴、家國責任、高尚榮譽感的期望值變得比抗戰前更高，參與到社會進程的意願也更強烈，他們寄託在文學作品中的同情或憤怒因而也會隨之轉向。英國亞當・斯密論「同情」時稱，「我們為自己關心的悲劇或羅曼史中的英雄們獲釋而感到的高興，同對他們的困苦感到的悲傷一樣純真，但是我們對他們的不幸抱有的同情不比對他們的幸福抱有的同情更真摯」。[13]對不幸的同情，彷佛是自然而然，對幸福的同情，卻鮮有人意識到。是以，對「不幸」的同情反應，常常要比對「幸福」的同情要來得強烈。

局勢變化，出於對「不幸」的強烈同情，寫作人隨之尋找更為真誠的寫作動機及更合適的對象，以表達他們對不幸的關切以及同情的誠意。寫作人對他人困苦的同情，超出了對自己困苦的同情，儘管這種同情首先源於對自身處境的真切感受。作家在面對幸福與平靜的時候，並不比面對不幸與動盪的時代更能自認準

13 〔英〕亞當・斯密，《道德情操論》，頁七。

確地表達自己的同情、激情甚至憤怒。寫作人被時局所激起的時政熱情、憤憤不平的情緒，不可能因為外敵的投降而消失，他們也許需要新的英雄主義來壯大他們的憤怒情緒，以釋放自五四以來就無限張揚的自我。在寫作人情感轉換的時候，富含救世色彩、極具移情作用的「東方紅」，也許是最合適最完美的感召意象。[14]

在這樣的情緒支配下，大多數中國現代寫作人很少去思考文學「不能怎麼辦」的「非社會」問題。寫作人更傾向於文學之「怎麼辦」的社會問題。民粹主義者追求絕對社會正義與社會公平的習性、將希望寄託於農民身上的想法、絕對美化農民階層的想法，深深地影響了寫作人。相信一個問題只有一個正確答案的思維習慣，左右著寫作人對時局的判斷，相信所有問題最終都能得到完美解決的信心，也使寫作人相信文學能提供可以解決社會問題的方案。反之，很少人會考慮世界在某些方面的不可解性。清醒者，也許不會太多。基於這些情況，文學被「組織」起來的可能性增大。一九四九年七月召開的第一次「文代會」，即組織文學的重要象徵。但組織的力量並非抗戰後才對文學提出要求，事實上，文學被「組織」的話題與要求，早已被不斷提起。郭沫若於一九三八年發表〈抗戰時期的文學〉一文，特別提及「文學上統一戰線」的共同目標、集體創作等問題，以「指示」的口吻要求作家們重視「文學上抗敵救亡的任務」[15]。一種傾向於把大眾團結起來的文學口號，總是隱含著「組織」的功能。

14 《東方紅》，歌頌毛澤東的紅色經典歌曲，由《移民歌》改編而成，採用陝北民歌《騎白馬》之曲調，參與創作的有李有源、公木、李渙之等，準確來講，《東方紅》屬於集體創作的作品，此曲一九四四年三月十一日發表於《解放日報》，該曲成功地將男女之情轉移為對領袖的熱愛，以對「解放」的新生活進行憧憬。

15 郭沫若：〈抗戰時期的文學〉，見《中國新文藝大系（一九三七—一九四九）：理論史料集》，北京：中國文聯出版公司一九九八年，原載一九三八年四月一日《自由中國》創刊號。

極具「組織功能」的文學策略，把大部分作家、詩人、理論家變成堅定的「政治家」、「思想家」、「革命家」、「戰士」。鬆散且不寄望於組織的自由主義文學，其生存的最大困境，實際上正是來自於極具嚴重排他性、帶有明顯規範意識、帶有明顯利他主義道德傾向的文學策略。

但是，我們也可以看到，在「抗戰文藝」隨時局變化而失效之後，絕對權威的文學策略與文學要求暫時沒有出現，同時，也沒有具備支配性能力的絕對權力要求文學必須怎麼樣、文學不能怎麼樣。權力的相對疲軟，為自由主義文學所堅持的「私人領域」（消極自由）留下了並不算太大的發展空間。此時，對文學來講，可以選擇的門並非只有一扇，人們可以選擇向左或右靠近，也可以選擇追求遠離意識形態、貼近人本身、超越單一家國階級的文學探索，此刻，寫作人還不至於因為恐慌而無條件服從。從政權的分野狀況來看，自由主義文學的作家與批評家也可以去留自由。值得研究的問題是，在二十世紀四〇年代末、五〇年代初，他們為什麼去、他們為什麼留，特別是自願選擇留下的（比如說錢鍾書、楊絳、蕭乾等人，在一九四九年前後他們有多種的人生選擇，但他們選擇留在大陸）。這些人事變動說明，以往那種單純以專制與自由相對立的解釋方法是有漏洞的。專制與自由對立的文學解釋方法，僅依靠結果而做出粗率的、內含暴力思維的判斷，這種判斷缺乏對過程的論辯。自由主義文學在中國的發展與否，遠非專制與自由的簡單對立能解釋。錢鍾書等人——與其說他們是被強制性地留下，倒不如說，在特定的人生階段、歷史關口，他們被隱含強制性的文學理想、不易察覺的文學規範所打動所征服所馴服；與其說是政權的強迫力使他們留下，倒不如說是人生觀念、文學理想、內心信念的複雜性使他們放棄了計較一己得失的想法。

我們也可以以這樣的角度入手，去看待自由主義文學多舛而乖張的中國命運、中國困境。在這裏，可以把嚴復（一八五三－一九二一）對西學的譯介看成是將英式自由主義思潮引入中國政治實踐與思想探索領域的最早努力。嚴復的譯介與辦報等諸活動，恰好就可以看出英式自由主義思潮為什麼在中國那麼曲折。

一八九八年至一九一四年期間，[16]嚴復譯述了一些重要著作：赫胥黎《天演論》（一八九八）、耶方斯《名學淺說》（一九〇九）、亞當・斯密《原富》（一九〇二）、斯賓塞《群學肄言》（一九〇三）、約翰・穆勒《群己權界論》（一九〇三）、甄克斯《社會通詮》（一九〇四）、孟德斯鳩《法意》（一九〇四－一九〇九）、約翰・穆勒《名學》（一九〇五）、密克《支那教案論》（一八九二年原版出版後不久）、衛西琴《中國教育議》（一九一四）。[17]

嚴復所翻譯的這些譯著裏，就思想而言，有自由主義，有基督教的倫理觀，有生物進化論觀，當然，也有由生物進化論那裏而來的，所謂「物競天擇，適者生存」的社會達爾文主義、樂觀進化論。在眾多主義與思想面前，在傳統之正統、傳統之非正統之間，如何抉擇的矛盾與尷尬，首先就體現在西學的譯介與傳播之上。

約克大學歷史系教授陳志讓在論及一八九五年到一九二〇年中國思想的轉變時，提到「改良思想中的進化論」。這一提法，大致可以解釋中國思想在「發現西方」或「被西方發現」以後的複雜性、猶疑性。此時的思想轉變，與十九世紀末二十世紀初的思想轉變，有共通之處。近現代中國思想的前後變化，有因果聯繫。陳志讓將康有為、譚嗣同、梁啟超、嚴復四人相提並論，且認為嚴復比康、譚、梁更為克制，「但他對當代英國——歐洲文明的綜合看法更加傑出，對他那個時代來說也是無與倫比的；他在一系列值得重視的對

16 若計翻譯及出版的時間，只能是個大概的時間段。

17 參見〔英〕約翰・穆勒：《群己權界論》，《重印「嚴譯名著叢刊」・前言》，嚴復譯，北京：商務印書館，一九八一年。據《重印「嚴譯名著叢刊」・前言》載，「其中《天演論》，初為沔陽盧氏慎始基齋木刻，《原富》為上海南洋公學譯書院印行，《群學肄言》係文明編譯書局出版，《穆勒名學》是金陵金粟齋木刻，其餘四種皆為商務印書館出版。其後，上述四種經徵得原出版家同意，也歸商務印書館再版，乃於一九三一年匯為『嚴譯名著叢刊』問世」，該「叢刊」未收入《支那教案論》、《中國教育議》。

斯賓塞、赫胥黎、J・S・穆勒、亞當・斯密、孟德斯鳩等人的主要著作的翻譯中，發展了這種看法」。[18]

隨之，陳志讓提到：

理解康、梁為他們的哲學綜合而吸取最深厚的本國根源，以之與嚴復、梁啟超受西方啟示的社會達爾文主義相對照，可以說明上述四人之間的複雜思想關係。這樣一種分析認為，康、譚傾向於一種國際主義，使人聯想起中國中心體系的「天下」理想；當他們設想未來典型的黃金時代時，傾向於烏托邦主義，傾向於信仰儒家「仁」的思想，以之作為一種宇宙——道德原則。對比之下，嚴復和梁啟超似乎是受他們社會達爾文主義傾向性的激勵而採取更為民族主義的、實用主義的、現世的觀點。不過，在一九〇三年或一九〇四年之前，所有這四人的著述都對中國的長遠前途表現出一種潛在的樂觀主義，這與他們反帝國主義、反朝廷的論戰的憤怒而憂傷的語調是不一致的；從整體來看最好把這種樂觀主義理解為基於超歷史進程的良好本質的共有信念，這種信念將導致逐步地實現世界大同。[19]

各種主義互相混雜又互相排斥。社會達爾文主義、樂觀進化論更接近胡適之、陳獨秀等人的濟世追求。主義的混雜，也助長了人們這樣的情緒：對新之迷信，對舊的厭惡，對進步的信仰，以及，對落後的反感。自由主義固然與國家前途、歷史命運有交叉的地方，但說到底，它並不太符合當時中國人的心理偏好與

18 陳志讓：〈思想的轉變：從改良運動到五四運動，一八九五—一九二〇年〉，參見《劍橋中華民國史（一九一二—一九四九年）・上卷》，〔美〕費正清編，北京：中國社會科學出版社，一九九八年，頁三六五。

19 陳志讓：〈思想的轉變：從改良運動到五四運動，一八九五—一九二〇年〉，參見《劍橋中華民國史（一九一二—一九四九年）・上卷》，頁三六五。

政治習慣。比之社會達爾文主義，自由主義裏面的個人選擇不太符合家國利益，自由主義緩慢的節奏、保守而溫和的姿態也顯得跟形勢變化有些不協調，在這樣的情況下，自由主義被斥為不道德、不明智，甚至是反動的表現，並不意外。

社會達爾文主義的亢奮，民族主義、愛國主義、英雄主義、救世主義混雜的重負，規範的步步逼近，組織的強大力量，文學對政治的意義日益重要，各種文學理想的衝突，極端個人主義的浪漫主義向極端集體主義的浪漫主義的轉向，這些，都使得文學的個人選擇變得越來越不容易，群己的界限越來越難得到相對明確的區分與保障。

上述種種，都是自由主義文學存在困境的原因。但也許正是由於西方思潮傳入中國後所帶來的混亂，以及西方思潮的多元傳播渠道與接受方式，才使得自由主義文學有存在的空間。在沒有任何一種「西方反應」於行政或思想上占絕對優勢的情況下，人們才有可能獲得更多的選擇。

不僅主義多元混雜，文學策略也不能使寫作人完全一致。文學策略的後面，有各式文藝分歧。「抗戰第一」雖有其家國道德上的絕對權威，但「抗戰第一」對文學的要求不可能完全地貫徹，即便在「左」立場的文學內部，也有分歧。這是因為，抗戰期間，家國道德的權威，尚不能與國家絕對權力達成一致，國家的道德與權力未能實現大一統。一九四九年以後，中國大陸文學走向更徹底的單一文學實踐，實因為權力大一統局面形成所致，此為後話。

二十世紀四〇年代的中後期，文學策略需要轉換，自由主義文學身處困境，文學主流與革命主題重合。時局雖變幻莫測，自由主義文學理想並不意味著完全被淹沒。這一階段，文學態勢呈多種可能性：既有注重家國歷史的革命文學、看重破壞精神的無政府主義文學；也有有限度地超越家國歷史，注重藝術直覺、人性展現、審美追求、性靈自由的自由主義文學；更有要解放全人類的無產階級文學、鬥爭文學。

以下這些基本事實可以說明，「抗戰文學」的口號尷尬，戰後左翼文學策略轉變的動向。大一統的潮流中，有不和諧之聲。一九三八年三月二十七日在武漢成立的中華全國文藝界抗敵協會（簡稱文協），其旗下主持的會刊《抗戰文藝》，於一九三八年五月四日創刊，一九四六年五月終刊，前後共出七十一期。對於「文協」的成立，錢理群等人有過這樣一個評價，「標誌著三〇年代無產階級革命文學、自由主義文學，以及國民黨民族主義文學等幾種文學運動的匯流，組成了文學界的抗日民族統一戰線，是現代文學史上第一次，也是唯一的一次包括國共兩黨作家在內的大聯合。」[20]

但事實上，這個極具政治色彩的表述，其準確性值得質疑。因為即便是在抗戰期間，「左」的內部也有分歧，愛國的名義在中國文藝界並非就是一統天下、毫無異義。這種手法未必能達到統一與聯合的效果，但是，這種以共同名義的聯合方式為最終的同化與統一做好了先聲的示範作用，愛國等名義也在一定階段成為考驗寫作人對政權是否忠誠的一種手段。

「左翼作家聯盟」於一九三六年春天解散，這表明延安有意淡化文學的「左」立場。東北、華北局勢，日趨不妙，國共雙方的僵局並沒有因為外在因素而得到絲毫的改善，文學的「愛國」立場（實際上是源發於心理受創的民族主義立場）卻變得更為急迫。但是，事態沒有向著延安方面期望的方向發展，文學人士就文學如何「愛國」發生了分歧。「左聯」解散之後，延安授意下的作家群體與以魯迅為代表的左翼作家群體之間發生了激烈的口號之爭，即「國防文學」與「民族革命戰爭的大眾文學」之爭。姑且不論其最終的結果如何，這一爭論本身已說明，在「愛國」與「救亡」最為迫切的歷史時期，權力乃至烏托邦誘惑也難以使文學按完全相同的模式發展。延安內部，人們對文學的看法存在重大分歧，最突出的，是丁玲、王實味、胡

---

[20] 錢理群、溫儒敏、吳福輝：《中國現代文學三十年》（修訂本），頁四四六—四四七。

風等人與毛澤東文學思想的分歧，這些分歧，成為一九四二年延安整風運動的引線。人們認同愛國與救亡的迫切性，但未必都認同愛國對文學內部因素與外部因素的絕對權威與絕對干預。

地域統治的差異，也使絕對權威的文學要求在一九四九年以前難以全面貫徹實施。二十世紀三〇年代後期至四〇年代初期，中國處於治權分割之中，分區大致如下：國民黨實際轄區、共產黨實際轄區、日占區、上海孤島（特指一九三七年十一月至一九四一年十二月的上海之各國租界）。這種政治分割，使部分文學有可能超越狹隘的功利要求，擺脫政治對文學的過分倚重，並避免正在無限膨脹的文學感恩色彩、歌頌慾望，以致力於文學之獨立性追求。

文學，作為一種離個人內心更貼近的藝術方式，很難完完全全去除個人色彩。此間的自由主義文學，對政權本身沒有絕對的好惡判斷，他們也許只是希望有一種不被干預不被強制的文學選擇，以實現自我的文學抱負。就像張愛玲，不要說她不會明確表示對哪個政權的好惡，就連所謂社會正義，乃至人間浮泛是非，她都興趣不大。張愛玲曾在上海外灘見到警察打人，寫下〈打人〉一文，「我向來很少有正義感。我不願意看見什麼，就有本事看不見。然而這一回，我忍不住屢屢回過頭去望，氣塞胸膛，打一下，就覺得我的心收縮一下。打完之後，警察朝這邊踱了過來，我惡狠狠釘住他看，恨不得眼睛裏飛出小刀子，很希望我能夠表達出充份的鄙夷與憤怒，對於一個麻瘋患者的憎怖」[21]。

此時的自由主義文學，看重的是能與自己身心產生共鳴的人道主義，或是超越人道主義、更具智慧的人生看法，而非其他與極權相關的路線方針政策。順帶提一下，自由主義人士之同情左派的做法，最大的根

[21] 張愛玲：〈打人〉，見《流言》，上海：上海書店一九八七年影印出版，據中國科學公司民國三十三年十二月所印刷《流言》影印，頁一三七。

源，與由具體感官出發的人道感受有關。那種反應，就與張愛玲眼中飛出的「小刀子」一樣，敏感而憤怒。可惜，這種自由的氣氛及追求，短暫而有限。此時，無論是執政黨還是在野黨，都沒有對自由主義立場的文學表現出好感及信任。

隨著美國等力量在延安與重慶之間的調解日漸失效，延安與重慶的僵局越發嚴重，知識人與寫作人不得不面對站隊的問題。在站隊問題上，無疑延安方面的言辭更為激烈。在這樣的歷史關口，不是自己有多大能力去進行自主選擇，而是被迫去選擇的問題，這時候，是站左站右，還是站中間，都變成不是可以輕易決定的事情。

所謂的「第三條道路」破產之後——一九四七年十一月中國最大的民主黨派，民主同盟宣佈「自動解散」，一九四八年以後，各民主黨派分崩離析，或右或左，漸漸失去各自的獨立性，民主黨派之放棄或喪失其獨立性、政治衝動，意味著，自民國初年以來，自由主義在政治體制上的嘗試的終結，自由主義更進一步退守精神與思想層面，文學在這個時候承載了重要的作用。這一歷史關口，敏感而微妙，於自由主義文學而言，一些東西已經放下，新的東西則可能要被迫承擔，他們試圖保持自己一貫的寫作趣味與寫作理想，但這一努力又可能出現變數——他們既沒有多麼強大的政治權力，更談不上有多少雄厚的財產基礎。

與歐洲的自由主義有大的區別，寫作人的選擇，與財產意識關係不大。文學與個人自由的關聯不大，跟契約關係不大。自由之意識，更與神權、父權關係不大。此時的自由主義文學，更像是一種道義理想。

一九四九年以後的情況，可順帶一提。無論是從政治上還是從經濟上來講，留守大陸的知識人，實際上是處於被供養被分配的地位。有些人，即使原有一些資產，後多被公私合營掉了。有更多人是主動捐獻出自己的私人珍藏乃至所有財產，以表忠誠。「文革」期間，「抄家」、「打倒」等行動對私產的侵奪更是自不待言。隨著「私有」的被廢除，自由及其理想，隨之終結。自由不僅是理想意義上的，更是財產及個人權利意義上的。計劃經濟體制下的分配供養制度，使寫作人及知識人即使看重自己的內心，在行動上也很難有所作為。平均主義的風行，傷害了寫作人及知識人的行動自由。連續不斷的思想改造運動，給寫作人及知識人造成更深更持久的內心困擾。在本能的罪惡感驅動下，他們也可能傾向於認同對社會正義與絕對平等的民粹主義追求。民粹主義對貧富不等的譴責、對剝削與被剝削的道德區分，無疑會增加寫作人與知識人的負罪感、內疚感。這種負罪感也很容易讓他們相信這樣的說法：貧富分化、飢餓苦難，是資本主義社會特有的道德失誤、道德敗壞所引發的後果，社會主義則可以通過平均分配來解決這一道德敗壞及罪惡。一些知識人、寫作人，甚至有可能將受難作為緩和內疚、承擔責任的重要方式。

最低限度自由的消失，自由主義文學理想的終結，不僅有政治經濟上的原因，更有精神、觀念層面上的原因。一九四九年以後，尤指二十世紀五〇、六〇、七〇年代，整個社會的趨勢是由私而公的。至於八〇、九〇年代，乃至進入二十一世紀之後，各個領域的公私問題，仍在不停地困擾著中國社會的進程，在由私而公的大潮流下，由異而同的強制性趨勢下，注重私人領域、注重因人而異的自由主義文學很難擺脫被強制被否定的命運。

對自由主義文學產生重大影響的另一事件，則是第一次「文代會」的召開[22]。第一次「文代會」於一九四九年七月二日在北平開幕，七月十九日閉幕。參加第一次文代會的代表原定七五三人，後增至八二四人，總主席為郭沫若，副總主席為茅盾與周揚，常務主席團十七人——丁玲、田漢、李伯釗、阿英、沙可夫、周揚、茅盾、洪深、柯仲平、郭沫若、曹靖華、陽翰笙、張致祥、馮雪峰、鄭振鐸、劉芝明、歐陽予倩。座次排定，自由主義作家、理論家無一進入常務主席團，沈從文甚至沒有獲邀參加第一次文代會，這一

22 即第一次「中華全國文學藝術工作者代表大會」，後簡稱「文代會」。

事件，對他來講，刺激尤深、打擊特大，並直接影響到沈從文一九四九年以後的人生歷程。

七月六日，即會議的第五天，周恩來在〈政治報告〉中高度評價第一次文代會的勝利召開，祝賀這兩支革命的文學大軍的勝利會師，他特別提到：「抗日戰爭期間在國民黨統治區域成立的中華全國文藝協會，也就是今天的大會發起團體之一，除了很少幾個反動分子被淘汰以外，那個團體的文藝工作者幾乎全部都團結在新民主主義的旗幟之下，並且他們的主要代表人物也幾乎全部都來參加了這個大會。」這番講話，可以看作是日益膨脹的權力對文學排位及文學趣味的基本定調、大體確認、遠景規劃。

第一次「文代會」的召開，是對文學的規範動作之繼續與鞏固。從政權更替的意義上來講，延安文藝傳統已經取得正統的地位。從近現代思想的發展脈絡來看，這是文學被政治情懷、道德情感過分倚重的高峰，從自由主義文學的發展史來看，這是自由主義文學理想終結的最具象徵意義的標誌性事件。對於文學發展來講，從表面上看來，這是權力的直接產物，但就文學思想而言，這是各種思想的此消彼長，權力助長了思想，思想又為權力尋找到了最合時宜、最順歷史大勢、最能被當時的人接受的理由，因而，思想鞏固了權力，發端於傳統主義、新傳統主義的烏托邦之想為權力披上了合法、「合情合理」的外衣。

第一次「文代會」還意味著文學組織化的加強。對於組織對文學的操控作用，並沒有多少自由主義文學寫作人對此有足夠的重視。於看重私人領域、看重因人而異之文學選擇的自由主義寫作人而言，他們雖有近似的藝術理念，但基本上沒有「組織」的概念，所以，當組織與集權一來，他們就一潰千里。《觀察》雜誌的主編儲安平，曾經在《觀察》第二卷第二期撰寫〈中國的政局〉一文，此文分析自由思想份子的狀況，並有組織政黨的想法。另一自由思想者，身處美國的陳衡哲不久作出了回應。《觀察》雜誌第二卷第十二期刊出陳衡哲的通信文章〈關於自由思想份子〉，陳衡哲認同儲安平對自由思想份子狀況的分析，但也認為組織政黨既違自由之傳統精神，又失中心價值，「政黨既必須借重權力方能發揮力量；而中國自由思想份子的傳統精神，又是道義的而非利害的；則假使要他們用權力來組織一個政黨，用利害來維繫它，這不正與那個傳統精神相反？……自由思想份子在最近將來的使命，恐怕仍須以精神上的領袖為限，（道德及思想方面）；然後再由此企求達到最終目標」。[23]這一番話，既指出了本土自由份子的游離處境——注重精神自由但並不刻意訴諸政黨政治，也指出了自由主義進入中國後的複雜內涵——比如說道義與利害。更重要的是，陳衡哲看到了，自由應該對可能發生的絕對權力、無限權力有足夠的警惕。面對權力與組織的強大壓力，自由主義知識人與寫作人，都不願意以一模一樣的方式去尋求存在的空間，即便是對威權有所警覺，但誰也沒有更好更長久的應對策略。就像前文所提到的，自由主義寫作人對文學各有自己的看法，在文學的基本趣味方面，有一定近似的取向。這種鬆散的因人而異的藝術取向，在面對組織與集權的強大壓力時，很難有招架之力。但自由主義畢竟對絕對權力與強大組織有著天然的戒心，為數不多的寫作人，以文學異類、思想異類的姿態，為文學呈現消極自由的面貌。

權力與組織匯流之後，私人情感便會被慢慢排擠，集體主義中的個人主義也會日益窒息。在這樣的情況下，大同社會的烏托邦之想很容易對人們的思想形成誘惑，以階級對立的策略與名義去排除文學中的私人情感、私人看法，變得不難接受，這種策略與名義，由於披上了「解放全人類」的高尚志願，所以，顯得極其真誠，當然，更不容置疑。

權力與組織匯流的文學大方向，用洪子誠的話來概括之，就是「規範」、「一體化」。對於第一次文代會的召開，洪子誠在其《當代文學史》中作出過合適的判斷：「第一次文代會在後來被當作是『當代文學』的起點。它在對四〇年代解放區和國統區的文藝運動和創作的總結和檢討的基礎上，把延安文藝所代表的文學方向，指定為當代文學的方向，並對這一性質的文學的創作、理論批評、文藝運動的方針政策和展開

---

[23] 陳衡哲：〈關於自由思想份子（通信）〉，《觀察》第二卷第十二期，民國三十六年五月十七日。

方式，制度規範性的綱要和具體的細則。……第一次文代會開始了當代文學的『一體化』的進程，確定了各種文學力量在『當代文學』中的資格和地位。」[24]

總論之，一九四五年日本投降之後，直至一九四九年第一次「文代會」的召開，這一時段，對自由主義文學理想及創作來講，困境重重。自由主義理想及創作是當時的文學事實、思想事實，但自由主義文學理想短暫存活之後，便趨於消亡。為什麼會有重重的困境？為什麼自由主義文學理想及創作在此時僅僅是曇花一現？原因之複雜，專制與自由二元對立的分析方式，很難充分解釋這一文學現象在此時的曇花一現。

造成自由主義文學理想之困境乃至最後終結，思想演變、觀念衝突、缺乏自由主義傳統、缺乏對個人自由的重視與區分等，是無法迴避的重要原因。文學內在的思想演變及衝突之研究亦是本文的探討內容。接下來，著重談一下思想演變對自由主義文學思想及創作所造成的障礙。

前文提到，個人自由、最低限度的自由並不是每個人最迫切的需求，對於基本生存訴求都得不到滿足的人來講，自由向來都是被漠視的，基本的物質需求才是他們心心念念的。既然這樣，有自由訴求的文學就隨時可能被那些最迫切的需求所排斥。哪些才是最迫切的需求呢？

此時的中國知識人，多多少少都有一點因為歷史而產生的「幽閉恐怖症」，「思想與社會僵化之時，順從（conformity）的要求對人類能力造成不堪忍受的鉗制，使人有感而要求『更多光明』——擴伸個人責任與自發行動的範圍。然而歷史上居於主導地位的是一元論的學說。由此可見，人更容易染患廣場恐怖症（agoraphobia）；在歷史危機時刻，由於必須作抉擇，人心生出恐怖與精神病症，遂汲汲於讓棄道德責任的疑慮與苦惱，換取決定論的識見——或保守或激進的決定論；這些識見賦予他們『囚禁中的平靜、自足的安

---

[24] 洪子誠：《當代文學史》，頁十四—十五。

全、一種終於找到自己在宇宙裏的適當位置的感覺。』」這段話是艾琳・凱利在《俄國思想家》一書的導言中為說明以賽亞・伯林對多元論及一元論如何產生的獨特看法而寫。[25]伯林的相關看法，也適用於對此時中國知識人心理狀況的形容。一九一二年二月十二日，清帝宣佈退位，帝國崩潰，「無論君主制因其政治上的失敗遭受到多麼嚴厲的批評，它也曾是一種神聖的制度，象徵著中國價值體系和社會政治制度的互相依存的關係。這個中央集權主義制度的瓦解，及其在無領導、無原則、無效率的共和國的更加明顯的後果，是深深令人沮喪的」[26]。這種沮喪感、挫敗感也許正是恐怖感的重要根源。當改良的樂觀進化論被革命的樂觀進化論所取代，原本對帝國中心虔誠朝拜的知識人，轉而徹底反叛並報復帝國中心。一九一九年，新文化運動全面興起，帝國中心成為仇恨的焦點，帝國中心成為不堪回首的過去，中國在外來力量的影響下，開始了它漫長的極端反應。

一九一九年的新文化運動、文學革命，既可以看作是「發現西方」後的知識人對傳統價值體系、傳統道德觀念的徹底的攻擊，也可以看作是被權力日益邊緣化的知識人「兼濟天下」的迫切要求。改良的樂觀進化論、新傳統主義（以章炳麟為代表的「國粹派」、康有為提倡以儒家為國教等）逐漸被革命的樂觀進化論取代。革命的樂觀進化論，加深了知識人的歷史幽閉恐怖症、廣場恐怖症，帝國中心在知識人那裏變得陰森、可怕。這種歷史幽閉恐怖症、廣場恐怖症，很大程度上是首先通過文學表現出來的。中國近現代，乃至古代，文學不僅僅是說教的重要方式，更是「言志」的重要方式。歷史幽閉恐怖症、廣場恐怖症，與其說是知識人對歷史的反應，倒不如說是對現狀的反應——現狀之所以變得越來越難以忍受，一是因為人們很容易

25 參見〔英〕以賽亞・伯林：《俄國思想家》，頁iv—v。
26 陳志讓：〈思想的轉變：從改良運動到五四運動，一八九五—一九二〇年〉，參見《劍橋中華民國史（一九一二—一九四九年）・上卷》，頁三九〇。

覺得現狀之不堪是由於歷史重負造成的，二是樂觀進化論之明天必勝過今天的想法大大地激發了他們怨憎現狀、追求光明的「靈感」，三是在光明感的感召下，破壞的狂熱遲早都會出現。[27] 對現狀不滿、對現狀焦慮不安的情緒，幾乎隨處可見，作家、學者行文，幾乎都忍不住怒斥現狀，談政治、談文學，免不了表達對現狀的百般不滿，就連談道德，學者也隨時可能將現狀斥責一番。學者吳世昌的看法，很有代表性，他在〈中國文化與現代化問題〉一文中對中國現狀表示了深深的憂慮，「在現代的國家中，幾乎沒有一個國家的社會像今日中國社會這樣，公然鼓動打風殺風，保障貪污，不守諾言，剝削人民權利」，在對現狀表示憤怒的同時，也不忘斥責歷史，「二十四史之中，無書不講世故，教人如何做鄉愿，如何『明哲保身』，因此後世的統治者幾無人不尚權詐」，斥責現狀與歷史壓迫之餘，吳世昌認為「現代化和建立現代科學的道德基礎是分不開的」，而這種現代科學的道德基礎又與哲學中的邏輯學、認識論、宇宙論和美學息息相關，顯然，吳世昌寄望於科學道德來挽救中國命運。[28] 這些複雜的心態，這些把社會希望放到未來的烏托邦之想，都可看作是歷史幽閉恐怖症、廣場恐怖症的症狀。

由嚴復引入的社會達爾文主義、樂觀進化論，儘管內涵不斷地在發生變化，但那種樂觀的、並不太切實際的、急切的躍進心理，卻一直沒有離開過很多大陸知識人的內心。這一趨勢，在文學上，則反應為文學之政治習氣、功利主義、實用主義的培養，就像洪子誠等學者提到過的「規範」二字，悄悄地產生並長久地潛伏下來，梁啟超早在一八九八年所提到的「政治小說」（〈譯印政治小說序〉），慢慢地成為正統文學中的重要分支。

27 最早可以推至五四時期，由複雜到簡單是很容易的事，但由簡單再回到複雜就非常不容易。
28 吳世昌：〈中國文化與現代化問題〉，見《觀察》第二卷第十八期，民國三十六年六月二十八日。

社會達爾文主義、樂觀進化論，也一直延續到此時。一九四五年八月、九月，隨著被本民族認為是最險惡的敵人日本的投降，社會達爾文主義、樂觀進化論再次找到了最適合生長的土壤，被長期壓抑的、實際上源於受害心理的文學民族主義隨之復甦。文學民族主義，既含毛澤東宣導並由陳伯達等人闡發的民族形式下的文學民族主義，亦含不同寫作人心目中的文學民族主義，這些文學民族主義的基準既相異又相通。相通的是，凡有文學民族主義心態的，都試圖從中國找出一些有價值的可以與西式文學相抗衡的本土文學傳統，在繼承這個姿態上大家是無異的。分歧在於如何繼承、如何闡釋文學的主客體、如何區分民間與傳統、文學與權力的關係等問題。

有關古文學乃至傳統問題，曾在《文學雜誌》上連續討論過。朱自清發表〈古文學的欣賞〉一文，認為，「人情或人性不相遠，而歷史是連續的，這才說得上接受古文學」，儘管現代與古代有各自不同的立場，但是，「自己有立場，卻並不妨礙瞭解或認識古文學，因為一面可以設身處地為人著想，一面還是可以回到自己立場上批判的」，隨之提出欣賞古文學的四種路徑——翻譯、講解、白話注釋、擬作。[29]時為《文學雜誌》的助理編輯常風對朱自清的文章有了應和。常風在〈新文學與古文學〉一文中回顧林琴南與蔡鶴卿之爭、並舉胡適陳獨秀周作人三人三文，以述其相對折衷的態度。常風肯定新文學的革新，同時，常風借用周作人的看法闡明古文學與新文學之間不可分割的關係，「人們以為新文學完全是模仿西方文學的。直到民國二十二年周作人氏的那篇演講新文學的淵流才給新文學與古文學連接起它們精神上的血統」，[30]「創造新文學並非一定要拋棄古文學」，[31]但要考慮如何連接的問題。這些，反映出寫作人相信本土存有更有價值的傳統需

29 朱自清：〈古文學的欣賞〉，見《文學雜誌》第二卷第一期，民國三十六年六月一日初版。
30 常風：〈新文學與古文學〉，見《文學雜誌》第二卷第三期，民國三十六年八月初版。
31 常風：〈新文學與古文學〉，見《文學雜誌》第二卷第三期，民國三十六年八月初版。

要繼承。自由主義文學無論在對待西方文學還是對待中國古典文學，態度相對都比較溫和、折衷，其保守性對激進且強調抗衡的文學民族主義算是一種有限的反撥[32]。

一九四五年日本投降以後，寫作人的寫作趣味發生了變化，寫作人的憂慮由外憂轉向了內憂。自由主義文學憂的是文學自身的發展與傳承。非自由主義文學要麼大跨步地由抗戰轉向了抽象的人民（信奉階級區分的寫作人），要麼持續地迷信暴力與放任的力量（無政府主義思想下的文學）。各種不同文學主張的分歧越來越互不相容。階級觀念的引入與得勢，文學區分變得看似簡單，但實則複雜了，就好比「人民」這一詞語，表面上看起來是「民主」的最佳注解、最佳同位語，但實際上，「人民」二字所可能包含的多數人「暴虐」，卻難以察覺，就如約翰・密爾所說的：

> 和他種暴虐一樣，這個多數的暴虐之可怕，人們起初只看到，現在一般俗見仍認為，主要在於它會通過公共權威的措施而起作用。但是深思的人們則已看出，當社會本身是暴君時，就是說，當社會作為集體而凌駕於構成它的各別個人時，它的肆虐手段並不限於通過其政治機構而做出的措施。社會能夠並且確在執行它自己的詔令。而假如它所頒的詔令是錯的而不是對的，或者其內容是它所不應干預的事，那麼它就是實行一種社會暴虐；而這種社會暴虐比許多種類的政治壓迫還可怕，因為它雖不常以極端性的刑罰為後盾，卻使人們有更少的逃避方法，這是由於它透入生活細節更深得多，由於它奴役到靈魂本身。[33]

32 這裏的保守，乃中性詞。
33 〔英〕約翰・密爾著：《論自由》，頁五。

文學一元論、二元論對多元論的排斥，也是一種暴虐，如密爾所言，「它奴役到靈魂本身」。

社會達爾文主義、樂觀進化論加深了歷史幽閉恐怖症、廣場恐怖症的症狀，歷史幽閉恐怖症、廣場恐怖症則加深了知識人對光明與未來的渴望。在這樣的潮流中，要保持一種克制而冷靜的邊緣立場，不容易。此時，有自由主義傾向的報刊（主要指其文藝專刊或副刊），多多少少都帶有一些心神蕩漾的情緒（比之《大公報・星期文藝》等刊來講，《文學雜誌》更純粹一些）。就拿《中國新詩》來講，其第一期《時間與旗》登刊署名「本社」的文章〈我們呼喚（代序）〉，該文開篇就提到時代問題，「我們面對著的是一個嚴肅的時辰。我們原先生活著的充滿了腐朽氣息的房屋在動搖，我們原先生活著的陰暗沉滯的時間在崩潰，刷得白白的牆壁在轟轟地坍倒，披著雕花與雕像的圖案的棟樑在大聲地傾折；幾千萬年來在地下郁郁地生長的火焰衝出傳統的泥層了，它在大笑著，咀嚼著一個世界，也為這一個世界吐出聖潔的光焰」[34]。對舊的時辰，作者的用詞是「腐朽」、「陰暗沉滯」。對當下的時辰，雖然作者先以「嚴肅」定論，但卻以「火焰」等意象表達了一種奔放的情緒。對舊的極端反感、對新的無限熱愛及對美好價值觀的極度渴望，也許是現代性的怨恨所致，又或許是人對光明的本能反應、本性偏愛，但再細究下去，這種心態也未嘗沒有前文所說的歷史幽閉恐怖症、廣場恐怖症的病狀。

歷史幽閉恐怖症、廣場恐怖症也反過來促進了樂觀進化論的發展。自由主義文學之所以偶而也會表現出心神蕩漾的情緒，那是因為，它們被更迫切的理由所排擠所打壓。一九四七年，朱光潛稱，「市場上許多競爭的惡伎倆不幸久已闖進文壇，大家都想賣獨家貨，以為打倒旁人就可以抬起自己，於是浪費精力於縱橫

---

[34] 本社：〈我們呼喚（代序）〉，《中國新詩》第一期《時間與旗》，上海：森林出版社，一九四八年六月。

捭合，鬧市罵街。其實這不僅浪費精力，也顯得趣味低劣。遇著這種排擊，我們絕對不回手」。[35]朱光潛非常形象地描述了一些非文學手法對文學寫作的打壓。自由主義文學作為一種主動邊緣化或被動地被各種權力邊緣化的文學，難以被更強勢的文學思想及創作所容。在強勢的文學觀、政治觀那裏，文學有更迫切的發展理由，這就是前文反復提到的樂觀進化論：對「進化」的想像、期盼、信任，是整個近現代中國最迫切的發展理由，在這種理由的長期籠罩下，文學的政治追求、家國追求、功利追求，大於對個體生命之存在處境的追求。在這個競爭過程中，文學與權力互相借重，最終找到了合適的聯結點，正統的文學規範也逐漸建立。而康、梁、嚴、譚時代就已經開始的樂觀、躍進、大同之想，以及那些帶有濃厚理想主義色彩的激進情緒及追求，使相對保守的自由主義文學、尤其是消極自由的文學創作觀日漸式微。

樂觀進化論自身不斷地在「進化」，這種急切的進化願望多多少少會影響寫作人的看法。在樂觀進化論自身「進化」的過程中，各種衍生物相繼出現，各種主義相繼疊加，家國歷史、社稷江山對文學所施加的由來已久的心理重負，也使得自由主義文學最基本的信念受到挑戰，可供自由主義文學作家及理論家選擇的門越來越少，私人領域日益被壓縮。自由主義者的內心恐懼與內心崩潰僅有一步之遙。詩人林徽因鮮有發表政治看法，但她留存下來的寫給費正清夫婦的一封信，卻基本能反映中國自由主義的大致處境，該信寫於一九四七年至一九四八年之交，具體時間不詳，信中寫道：「右派愚蠢的思想控制和左派對思想的刻意操縱足可以讓人長時間地沉思和沉默。我們離你們國家所享有的那種自由主義還遠得很，而對那些有幸尚能溫飽的人來說，我們的經濟生活意味著一個人今天還腰纏萬貫，明天就會一貧如洗。當生活整個亂了套的時候，

35 朱光潛：〈復刊卷頭語〉（署名編者），《文學雜誌》第二卷第一期，民國三十六年六月一日初版。

我在病榻上的日子更毫無意義。」[36]這一信件，雖短短數行，卻既指出了自由主義為左右所不容的實情，又道出了缺乏自由主義的人生毫無安全感，更隱喻著自由價值的重要，沒有自由主義的保障，日子也許「毫無意義」。自由主義火種猶在，但已處風雨飄搖。

四、文學理想自身的困局

自由主義文學自身也存在一些問題。

此時的自由主義文學，實際上是中國自由主義最後的精神家園。國共互不相讓、最終兵戈相向，自由主義的政治嘗試最終收縮並淪落為一種精神想像。他們有政治上的清醒與遠見，但未必有政治投靠的經驗、興趣與慾望；有些自由主義寫作人與知識人，儘管對權力主動疏離，但未必對集權的危害就真的有所警惕。

換言之，自由主義文學只是寫作人及知識人的一種精神想像、對公共生活理想秩序的一種精神嚮往。這種文學理想，既缺乏自由與威權抗衡的歷史積澱，也缺乏經濟財產意識上的權利自覺，更缺乏法律意識上的明確界限，它無法在相對廣泛的階層內達成一致的看法，他們對現代公民自由的想像不足，努力也十分有限。他們試圖游離於權力、政黨利益之外，他們沒有興趣或者沒有能力通過法律或制度去改變現狀。當制度無法落實消極自由的具體權利時，他們以極具個人色彩的生活姿態、寫作姿態，去揣摩良心體系並寄希望於人心世界的改善與人心的自我療救。文學這一形式，拓展了精神想像的空間。

---

[36] 林徽因：〈書信・二十二〉，《林徽因文集・文學卷》，梁從誡編，天津：百花文藝出版社，一九九九年，頁三八八。

正如本文在第一章所論的那樣，自由的好處很難看到，平等的好處卻觸手可及，無論是從哪個領域看，個人自由及其它自由都沒有得到更多的認同。在某種程度上來講，自由主義文學理想的生成，何嘗不跟左翼文學乃至延安文藝一樣，都是面對西方之後、帝國中心消亡之後而產生的巨大心理失落——欲迎還拒、不知所措的心理失落及行動反應。此時的中國文學，不同程度地，帶有現代性的諸種反應。

思想上的不清不明，是自由主義文學理想的問題之一。創作及論說層面的轉換困難，亦是難題。儘管自由主義寫作人深受西方現代主義寫作方法與寫作觀念的影響，但在他們的筆下，現代性的面目不算太明朗，語言與形式上的歐化傾向比較明顯。

在外來強勢力量的影響下，加上傳統的沉重背負，自由主義文學的藝術選擇變得猶豫不決。如果從一九一九年新文化運動算起，在短短二三十年的時間內，他們要完成由文言文到現代白話文的轉述，要完成西方經驗、現代經驗的中文表達，要完成由結構到形式再到內涵的全面實驗，要明晰自己的藝術追求，要明確傳統對自己的創作重要與否——完成由觀念到實際寫作上的轉變與自覺，於藝術準備與藝術積澱而言，這樣的時間未必充分。尤其是在對待中國古典文學的遺產時，自由主義寫作人及知識人的態度非常矛盾，接不接受、怎麼接受等問題上，難達成一致看法。之所以猶疑，一則可能是囿於胡適、陳獨秀等人所製造的自一九一九年以來的強大輿論壓力，每當自由主義文學理論家提出繼承古文學、傳統之時，總忘不了從胡、陳二人的文章中去尋找模棱兩可的依據，生怕會冒犯了「五四」新傳統；二則新文化運動以來，知識人對帝國中心乃至整體價值傳統、文學傳統的普遍怨恨與遷怒，也會影響他們的判斷；三則是他們自身未必真的對古典文學的重要性有足夠清醒的認識。古典文學在詩歌、小說、散文等各種文體上的成熟表現及卓越成就，既是寫作人創作的重要養分，但同時也是寫作人創作的巨大壓力。說起來，在現代性與傳統性的關係處理上，就藝術的成熟度而言，張愛玲幾乎是當時惟一的例外了。這些因素，使寫作人未必真的對古典文學的重要性有足夠清醒的認識。在古典不得不轉向現代的過程中，寫作人、知識人遇到了諸多難題。

詩人、詩歌理論家袁可嘉，很清楚地意識到了轉換的難度。其〈詩的戲劇化——三論新詩現代化〉一文，特別提到「西洋化」與「現代化」的區別。該文認為新詩不必「西洋化」，但必須要「現代化」，但「西洋化」與「現代化」經常被混淆，是主要由於這三個原因：

> （一）現代詩的作者在思想及技巧上探索的成分多於成熟的表現，因此不免常有不必要的或過度的歐化情形，雖然我相信大部分思想方式，技巧運用的歐化出乎絕對的必需，且為這個感性改革的基本精神；（二）現代詩的讀者接觸這類詩的經驗太少，像面對來歷不明的敵人，一片慌亂裏往往很輕易地把它當作譯過來的舶來品，其實許多歐化的表現方法早已成為智識群生活中的有機部分，雖然來自西方，卻已不是西方的原來樣本。（三）現代詩的批評者，由於學養的不足，只能就它的來源加以分析說明，還無法明確指出它與傳統詩的關係，因此造成一個普遍的印象，以為現代化即西洋化。上面這些原因，我們可清楚的看出，完全是演變過程中不成熟的反映，而非事物的本身或真相。[37]

「西洋化」與「現代化」的混淆，不僅僅存在於詩歌這種文體中，也不同程度地表現於小說、戲劇、散文等其它文體裏。這一混淆，可以看作是文學在現代抉擇及探索中的自身困惑，這也正是自由主義文學內部的根本困境。

---

[37] 袁可嘉：〈詩的戲劇化——三論新詩現代化〉，見《文學雜誌》第三卷第一期，朱光潛主編，民國三十七年六月初版。

其它人為因素對自由主義文學之傳播與接受，也造成了障礙。錢鍾書、張愛玲等人的作品，二十世紀八〇年代、九〇年代「重現」大陸，並引起廣泛關注，這中間的曲折，很大程度是人為因素所致，張愛玲、錢鍾書等人尚且如此，那就更不用說一些直到現在都遠遠稱不上被閱讀所重視的作家作品，比如說廢名的《莫須有先生坐飛機以後》、汪曾祺的〈戴車匠〉等，今天被人提起的頻率也不會太高。

文學民族主義，影響寫作人一九四九年前後的去留決定。文學民族主義之道德、道義、正義核心，是困苦、不幸、被壓迫、被侵略等，對此，寫作人很難提出異議。儘管自由主義文學未必認同文學民族主義，但一旦權力高舉困苦與不幸的招牌來到文學面前，寫作人很難清晰地辨識，種種許諾究竟可實現還是只是烏托邦設想。通過「解放」去消除人間苦難的口號，成為一個不能去質疑的道德制高點。面對種種不幸、種種被誇大了的苦難，在現實又沒有更多選擇的情況下，寫作人相信威權的美好許諾，甚至寄望於「通過專制政治實現自由」[38]，與其說寫作人缺乏政治智慧，倒不如說是寫作人心儀另一種烏托邦理想所致。

當然，寫作人自身的困惑、內心難以解決的一些問題，也是他們猶豫不決的原因。這些原因，有可能是權力的干擾，也有可能是自身信仰的衝突問題，具體的，容文後再細論。

此時，政治格局、思想流變、文學要求、民族心理等種種，皆含有不太有利於自由主義文學的因素。八年戰亂，人心絕望。一旦局勢稍有改觀，心神蕩漾、難保清醒也在所難免。在大一統的政治格局、文學格局尚未建立起來之前，文學有各種可能性、各種理想的萌發。

---

38 法國邦雅曼・貢斯當在〈為現代人提供古代人的自由所採用的手段〉一文中提及現代人的這一傾向，即「通過專制政治實現自由」。詳見貢斯當著《古代人的自由與現代人的自由》，閻克文、劉滿貴譯，上海人民出版社，二〇〇五年。

把文學放入整個人類歷史來考察，注重多元選擇、注重內在本質，才是文學的大勢、文學的正統。文學之所以能夠生生不息，那是因為文學跟存在的複雜性有關。文學能夠抵達比家國更高的層次，所以，文學始終不斷。文學如生，必得益於文學內部規律的自救；文學如死，必受害於文學內部規律的自棄。當然，於此時的自由主義文學，客觀而論，恰恰是政治的倚重、局勢的動盪、意識形態的刺激，才使自由主義在特定的歷史階段，能夠有限地提出並實踐自己的文學理想，儘管這僅僅屬於一種自救式的文學理想與文學創作。

儘管自由主義文學困境重重，但自由主義文學在中國近現代史上仍然創造了藝術奇蹟。此時，寫作人的創作成就，並不遜色於二十世紀二〇、三〇年代，寫作人對文學的某些看法，直到今天，仍然代表了文學理論的某種高度。可惜的是，當時的「時間」沒有寬待他們，現在的「時間」乃至檔案收藏仍然在有意地淡化他們。

自由主義文學的困境，並非只來源於權力的強制，更重要的淵源，來自思想。自由主義文學在此時的尷尬處境，是觀念與觀念之間長期角力的結果。這種結果，既反映出中國人的心理習慣與政治偏好，也反映出文學史複雜的前後關聯。

對此時自由主義文學困境作出大致的勾勒，意在說明，一九四九年自由主義文學理想的終結，不僅是權力格局變化的結果，更是思想演變的結局。當權力「皇袍加身」時，自由主義文學理想脆弱得不堪一擊。權力的強制是那個終結者，但絕非始作俑者，如果用文學方法去解釋這一過程乃至結局，幾乎可以說，自由主義文學理想發生及終結的格局，是共犯的結構，每一個身處其境的人，都有責任，但又很難說是哪一單方面的力量造成了自由主義文學理想的終結，終結的格局，不能簡單歸咎於某些個人的人格及道德修養之功或過。

事實存在的諸多困境，革命樂觀進化論的重壓，家國民族的自戀自艾情緒，文學可以選擇的有限性，決定了，此時自由主義文學的選擇，止於消極自由，即，最低限度的自由、尋找內在城堡的自由。

接下來，要面對自由主義文學何以能存以及如何存的問題。自由主義文學寫作人及知識人為什麼對私人領域的文學自由有激情有信仰？他們何以能夠保持相對邊緣、克制又冷靜的文學立場？他們面對的有哪些精神淵源、物質條件、歷史機遇？他們各自的文學表現有哪些是類同的，有哪些是相異的？這些，是本文將要繼續探討的。

探討這些問題，無法繞開由中國報刊業建立起來的自由主義傳統（始自十九世紀末）。此時，在自由主義政治理想與道德哲學的影響下，自由主義文學思想及創作的傳播與接受，得力於自由主義文學報刊的出版發行，即便是張愛玲這樣的最具消極自由特徵的獨立作家，也須依託文學雜誌、報刊副刊、出版機構等，才能使自己的作品與讀者見面。自由主義文學在此時的有所作為，在某種程度上來講，也是報刊出版發行的有所作為。

為數不多的自由主義報刊[39]，比如說四地《大公報》的文藝副刊、《文學雜誌》、《觀察》文學副刊、《中國新詩》等，成為此時扶持與守護自由主義文學的最重要的物質載體。有賴這些文藝副刊，自由主義的文學思想、道德哲學、政治理想得以體現。對有自由主義傾向的重要報刊之創辦及其趣味風格的觀察，對相關文藝副刊的作者構成、基本立場、作品內涵的考察，有助於理解此時自由主義文學思想及創作的情況。

[39] 很多出版機構也極具包容性、前瞻性，如商務印書館、開明書店、森林出版社、上海晨光公司等。

chapter 3

消極自由與文學選擇

一、自由主義文學與自由主義報刊

談到一九四五到一九四九年間的自由主義文學，那麼就不得不談明確提倡或者傾向於獨立自由且影響廣泛的三大重要報刊。這三大重要報刊吸引了中國一批著名的自由主義知識人與自由主義寫作人為之撰稿。此三大報刊的供稿者，雖不能囊括現代所有重要的自由主義知識人及寫作人，但對自由主義文學及政治思潮在中國的發展而言，這三大報刊已經極具代表性，它們為自由知識人及寫作人提供了重要的言論陣地：《文學雜誌》（朱光潛主編）、《觀察》（儲安平主編）、《大公報》（本文限於注重這一時期其天津、上海、香港、重慶不同版本的《大公報》星期文藝及半月文藝）。此外，還可包括一九四八年六月創辦、總共出版發行五期的《中國新詩》。於此，要特別說明的是，同時期雖先有《詩創造》，且因為「九葉詩派」的緣故，人們經常將兩種刊物相提並論，但就其作者類群、刊物取向、詩歌探索、主編趣味而論，《詩創造》與《中國新詩》實際上風格迥異，考慮到研究對象與本文主題的切合，本文取《中國新詩》而捨《詩創造》，後來被稱為「九葉詩派」的重要詩人，穆旦（查良錚）、鄭敏、辛笛（王馨迪）、杜運燮、陳敬容、唐祈、唐湜、袁可嘉、杭約赫（曹辛之）等人——其中穆旦、鄭敏、杜運燮曾被譽為聯大詩壇「三星」，尤其是前面的四位詩人，其詩作多見於《中國新詩》、《大公報》文學副刊，以及平津報紙的副刊等，而不是《詩創造》。就詩歌的現代探索成就而言，就詩人的創作姿態、藝術取向而言，《中國新詩》存在的意義顯然相對重要，且更具代表性，同時，《中國新詩》比《詩創造》更適合於本文所論述的主題。

從主體的自我意識、報刊的資金來源、文章的選取趣味等方面來看，《文學雜誌》、《觀察》、《大公報》（星期文藝等副刊）的自由主義傾向、對一元化傾向的主動疏離意識最為明顯。將上述三種重要報刊納入自由主義的考察範圍，應該不覺得突兀生澀。《中國新詩》作為一種略邊緣化的獨立姿態，也可順帶將之納入考察。

本文選擇這四種報刊，既是出於不願意將自由主義文學無限泛化的考慮，也是出於對自由主義文學基本狀況的考察而考慮。但這種歸類，並不代表自由主義報刊僅限於這四種，也並不是說，作家、理論家只在這四種報刊上發表作品。像沈從文，他在戰後同時主持了四種報紙副刊，包括有《大公報》、《益世報》、《經世日報》、《平明日報》的文藝副刊，他對《文學雜誌》的編輯也出力不少，而他的文章也不拘於某一種報刊。再如錢鍾書，他的《圍城》，連載於由鄭振鐸和李健吾主編的《文藝復興》，而非上述四種報刊。[1]但對於考察這一時期自由主義文學思想及創作的基本狀況、主要趣味而言，上述四種報刊特徵明顯。對一個時段的文學思想及其創作之研究，既然無法做到面面俱到，那麼，從有突出特徵的相關對象入手，亦自有其視角意義。

《文學雜誌》、《大公報》文藝副刊（星期文藝、半月文藝等）、《觀察》週刊之「文學・藝術・戲劇・音樂」及「文藝」專欄、《中國新詩》等因其自由的宗旨與相對獨立的趣味吸引了一些重要的獨立作家，雖然《文藝復興》雜誌、《新語》雜誌、天津《益世報》副刊等報刊也是作家們發表作品的選擇之一，但對自由主義文學而言，這一階段的重要報刊還是首推《文學雜誌》、《大公報》、《觀察》，其次是《中

1 一九四五年二月二十五日，長篇小說《圍城》開始連載於《文藝復興》月刊第一卷第二期，除第二卷第三期（一九四六年十月一日出版）因錢鍾書患病暫停登載外，至第二卷第六期（一九四七年一月一日出版）連載完。

國新詩》。從這四種報刊，可以發現自由主義文學在此時的一些具體特徵，這些刊物，聚攏了此時自由主義文學的部分理想。

鑒於學界對上述四種雜誌或副刊的集中綜合研究之缺乏，下文將對各刊之基本情況作一些相對全面的綜合敘述。同時，為了說明上述期刊及報紙副刊的自由主義文學性質，本文也有必要對各刊、各報及其副刊的基本情況進行釐清。報刊各自的創辦、財務、銷售等基本事實，足以說明，此時的自由主義文學及思潮，並非是一種口號式的渲泄，也更不是一種為了學術上的陳述便利、思想上的歸屬方便而虛構出來的思潮。

（一）《文學雜誌》的創辦及復刊

先談《文學雜誌》創辦及復刊的情況。

創辦《文學雜誌》的本意，按朱光潛的《自傳》回憶，似乎與胡適等人試圖重振京派文學之聲威有關，後來由於戰爭及其它原因，事與願違，京派文學並沒有得到預期的振興。京派在「新月」時期相當興盛，但自新月詩人徐志摩一九三一年飛機失事之後，京派影響日漸衰落，《新月》雜誌也很快因為經費困難而停刊。在現代文學史上，少數重要作家或詩人的意外死亡、非正常遇害，甚至是自殺未遂事件，對同時代的知識人及思想潮流都產生過重要影響。這些死亡或者靠近死亡的事件甚至危及其餘在生者的思想信仰，此時也有這樣的事情發生，比如說聞一多、朱自清（朱佩弦）、沈從文等人的不同遭遇，對其他同時代且與之心有戚戚之感的人打擊非常大。徐志摩事件只是其中之一，他的遇難，也許意味著文學表現「自我」浪漫情感的最高峰的過去，又或者說，是「自我」乃至「個體」即將被壓縮即將在事實上失勢的一個意外徵兆。由《文學雜誌》的創刊及復刊，可以隱約看到一條中止於一九四九年的自由主義文學線索。

復興京派的說法，後來被《文學雜誌》助理編輯常風間接否定，按常風的回憶，「朱先生在〈自傳〉一文中提到所謂『京派』和『海派』的對壘。……我參加《文學雜誌》編輯部工作後，經常和各位編輯接觸時以及編輯部開會時，都沒有哪一位提到京派和海派的問題」[2]，會議時常風常擔任文字記錄之工作，相形之下，朱光潛的回憶可能有誤。常風在《逝水集》的〈回憶朱光潛先生〉一文中說，辦刊物的初衷是想辦一個同人刊物。這樣看來，《文學雜誌》的辦刊方向應該是傾向於純粹而獨立，而並非是要復興哪一派別的文學。

儘管常風不認為《文學雜誌》的創辦與京派有關，但後來朱光潛也確實將其歸之於京派復興，這是否與其剛回國的身份認同意識有關，或者說是否與其個人喜好、個人歸屬感有關，不得而知，可作推測，不成定論。從《文學雜誌》的創刊號「發刊詞」、復刊號之「卷頭語」來看，亦從《文學雜誌》的作者及作品內容來看，《文學雜誌》的眼光及選文範圍確實並非局限於京派作家，也並不局限於名作家名教授。由此，朱光潛的前後言論顯然有一些不太一致的地方。

一九三三年，朱光潛留學英法八年後，回國，之前因同鄉徐中舒之舉薦，得以應胡適之約，任北京大學西語系教授，[3]朱光潛自然而然地被歸入京派作家。作為一種推測，可以把這種身份認同感看作是他後來將《文學雜誌》歸之於京派振興活動的原因之一。朱光潛回國後不久，沈從文、胡適等人開始籌備《文學雜誌》，此前，他們曾辦《現代文錄》，但僅出了一期就停辦。一九三六年夏天，邵洵美趁來北平之際與沈從文等人商量過辦雜誌的事宜。沈從文等人考慮到邵洵美在上海文壇爭議太大，怕行事不便，更怕把雜誌辦成

2 常風：〈回憶朱光潛先生〉，見《逝水集》，瀋陽：遼寧教育出版社，一九九五年，頁七十八。
3 一九四六年朱光潛兼任北京大學西語系主任。

《論語》類的幽默刊物，如果雜誌在北平編輯，又交由上海的邵洵美來出版發行，怕他另外再加什麼異類的稿子就無法控制。出於對文學雜誌純粹性與獨立性的考慮，沈從文等人決定另起爐灶，不與邵洵美合作。但可以肯定的是，在《文學雜誌》問世之前，邵洵美為沈從文等人提供了實實在在的辦刊靈感。在這裏，特別要提一下沈從文。沈從文對推動新文學的發展，不遺餘力。沈從文分別於一九三四年六月二十五日、一九三六年四月九日致信給胡適，「提議中基會每年將庚款千萬分之一二撥供獎勵新文學之用」、「希望中基會撥款贊助新文學運動」[4]。常風在《逝水集》一書中也特別提到沈從文在《文學雜誌》的創刊、復刊，乃到停刊的最後階段，都出力甚厚。

一九三六年七月七日，胡適由上海赴美，《文學雜誌》的創刊暫時擱置，直到一九三六年十二月十日胡適才回到北平。[5]胡適回北平後，正式著手與商務印書館的王雲五聯繫辦刊事宜。王雲五時任商務印書館的總經理，胡適之與王雲五一向過往甚密，王雲五正因胡適之薦，才得任商務館總經理。胡、王二人，淵源頗深。胡適日記中多次提到與王雲五商議編書事宜，商務印書館很認同胡適等人的設想，後來雙方協商決定，編輯與出版發行完全分開互相獨立互不干涉，雜誌主編全權負責編輯工作，商務印書館負責印刷、出版、發行、編輯經費。這樣一來，就解決了財源問題、名號問題、責權問題，但具體出資情況、盈利情況，實難考察。可以確定的是，《文學雜誌》的資金來源並非官資，而是民資。[6]在主編人選上，商務印書館與胡適等人

4 參見耿雲志：《胡適年譜》，香港：中華書局香港分局，一九八六年，頁一四一、一五五。

5 參見耿雲志：《胡適年譜》，頁一五六—一五七。

6 商務印書館（Commercial Press），是中國第一家現代出版機構，由原美國長老會美華書館（American Presbyterian Mission Press）工人夏瑞芳、鮑咸恩、鮑咸昌及高鳳池四人，得長老會美籍牧師費啟鴻的幫助，於一八九七年二月十一日創辦於上海，以「倡明教育，開啟民智」。建國以前，商務印書館的經營方式是股份制。

都認為朱光潛擔任主編最為合適，因為朱光潛當時在文壇上爭議不大，又有一定的聲譽，辦刊容易成事，並可減少辦雜誌的阻力。對《文學雜誌》的籌備，胡適沒有詳談，日記中曾簡要提及一九三七年的幾個細節，「一月二十二日，楊今甫、朱孟實、沈從文來談辦文學月報及文學叢書事」[7]，又及，「三月十四日，《文學雜誌》社聚餐，有兩桌。與葉公超長談」。[8]

《文學雜誌》編委的最後確定，有小小的波折。據朱光潛在一九八〇年所撰寫的《自傳》中回憶說：「胡適和楊振聲等人想使京派再振作一下，就組織一個八人編委會，籌辦一種《文學雜誌》。編委會之中有楊振聲、沈從文、周作人、俞平伯、朱自清、林徽音等人和我。他們看到我初出茅廬，不大為人所注目或容易成為靶子，就推我當主編。由胡適和王雲五接洽，把新誕生的《文學雜誌》交商務印書館出版。」[9]這裏要糾正一下的是，可能由於年代久遠，朱光潛的回憶有誤，林徽因雖曾用名林徽音，但後來為避免與他人重字，於一九三五年改名為林徽因——《文學雜誌》創刊號所收戲劇《梅真同他們（第一幕）》的作者亦為林徽因之名，且《文學雜誌》封面為林徽因設計，復刊後的《文學雜誌》封面也沿用林徽因的設計，林徽因自己曾特別強調過自己是「因」而非「音」，但誤寫者仍眾。朱光潛所說的八大編委之一也有誤，據常風回憶，編委之一應為葉公超而非俞平伯。此誤是不是因為俞平伯是胡適的弟子，且一向與朱光潛、朱自清等人過往甚密，所以張冠李戴，不可知。同時，朱光潛還漏掉了廢名（馮文炳）。另外，商務印書館因考慮地域聯絡問題，後來再增李健吾（上海）、凌叔華（武漢，常風《逝水集》時而凌淑華，時而凌叔華）兩名

---

7 胡適：《胡適的日記》（下），中國社會科學院近代史研究所中華民國史研究室編，北京：中華書局，一九八五年，全二冊，頁五二八。
8 胡適：《胡適的日記》（下），頁五四六。
9 朱光潛：《朱光潛全集》（〈作者自傳〉），第一卷，合肥：安徽教育出版社，一九八七年，頁五。

編委之一，原定為陳西瀅，但陳西瀅考慮到自己曾在二十年代引起過爭議，寫信推辭，於是由其夫人、同為作家的凌叔華擔任編委。所以，算起來，一九三七年的《文學雜誌》有編委十人，而非八人，關於編委會的成員，《文學雜誌》刊物上均未明確刊出，只能憑當事人的回憶文字加以梳理，常風在《逝水集》一書中的回憶，可作重要資料參考。常風特別提到沈從文在《文學雜誌》工作時的熱情與積極：「沈先生有多年編輯刊物的經驗，對雜誌的籌畫十分積極熱情，朱先生更可依賴他。他除了負責審閱小說稿件，其他稿件朱先生也都請他看。只有他們兩位是看過全部稿件的。每月在朱宅開一次編輯委員會，討論稿件取捨，決定每期登什麼稿件時，沈先生發言最熱烈。組織稿件他更是積極，他還一貫注意發掘有希望的文學青年，吸引他們寫稿子。《文學雜誌》上刊登的青年作家的作品都是沈先生組來的。《文學雜誌》創刊後不到半年就因七七事變停刊。它受到讀者一定的稱讚和輿論界的嘉許，與沈先生為雜誌付出的勞動分不開的。這是一般人不知道的。」[10]對於《文學雜誌》不集中刊出編委會成員、只明確刊出編輯兼發行人名字的做法，可以看作是編輯部對同人雜誌的自我保護，以儘量避免文壇不必要爭議的出現。

與此同時，朱光潛特別強調《文學雜誌》的包容性：「《文學雜誌》儘管是京派刊物，發表的稿件並不限於京派，有不同程度左派色彩的作家們如朱自清、聞一多、馮至、李廣田、何其芳、卞之琳等人，也經常出現在《文學雜誌》上。雜誌一出世，就成為最暢銷的一種文學刊物。儘管它只出了兩期就因抗日戰爭爆發而停刊，至今文學界還有不少的人記得它（不過抗戰勝利後復刊，出了幾期就日漸衰落了）。」[11]朱光潛的回憶可能有誤，也可能是模糊泛指。實際上，一九三七年創刊並出版發行（民國二十六年）的《文學雜誌》

10 常風：〈留在我心中的記憶〉，見《逝水集》，頁十三—十四。
11 朱光潛：《朱光潛全集》（〈作者自傳〉），第一卷，頁五—六。

一共有四期，「當時每期銷行都在兩萬份以上，在讀者中所留底印象並不算壞」[12]，《文學雜誌》後因抗戰爆發、戰爭蔓延而停刊。一九三七年《文學雜誌》準確的出版情況為：《文學雜誌》創刊號，亦即第一卷第一期，於民國二十六年五月一日初版，第一卷第二期於民國二十六年六月一日初版，第一卷第三期於民國二十六年七月一日初版，第一卷第四期於民國二十六年八月一日初版，「第五期已於七月中旬付印，第六期已編好，都未得見天日」[13]，公開出版發行的四期，都在尾頁注明，編輯總部在北平後門內慈慧殿三號，該地址實為朱光潛在北平的住所，編輯兼發行人為朱光潛，印刷所為上海河南路商務印書館，發行所為上海及各埠商務印書館。另外朱光潛所說的「不過抗戰勝利後復刊，出了幾期就日漸衰落了」，應該是有所指，馮至在四〇年代後期的變化，以及《文學雜誌》在一九四八年受「左」的影響有所變化等，都可能是導致《文學雜誌》「衰落」的原因。

朱光潛的〈自傳〉與當年《文學雜誌》的創刊號「發刊詞」、《文學雜誌》復刊號「卷頭語」有自相矛盾之處。回顧《文學雜誌》，可以發現，當年的朱光潛之強調《文學雜誌》對不同派別、不同作者的包容性，實際上也符合《文學雜誌》對自由主義與自由文學的基本取向與熱切希望，細考起來，《文學雜誌》的努力，正是為多元化對一元化、以相異抗相同、以獨立超越紛爭而努力。由朱光潛的發刊詞可以看出這個雜誌最基本的文學趣味、思想志向、辦刊立場。

在《文學雜誌》的發刊詞裏，朱光潛強調了說出來之勇氣的重要，「語言是思想的外現。淆亂語言或禁錮語言結果必至於淆亂思想與禁錮思想」[14]。這一點，歸結到自由主義者的理解，其實就是前文所講到的言

---

[12] 見《文學雜誌》第二卷第一期〈復刊卷頭語〉（編者），朱光潛主編，商務印書館。
[13] 常風：〈回憶朱光潛先生〉，見《逝水集》，頁八十。
[14] 朱光潛：〈我對於本刊的希望〉，見《文學雜誌》創刊號，民國二十六年五月一日，商務印書館。

論自由、思想自由，也屬於最低限度的自由範疇。如果不能表達、如果被禁錮，思想不成其為思想，自由更不成其為自由。但可惜朱光潛並沒有從權利角度去解釋「說出來」的重要，而是提到了良心，並強調了誠實勇氣等道德品質，這可看作是自由主義與本能的人道主義、樸素的道德自律相結合的思想導向。朱光潛等人的自由主義思想，由於沒有考慮自由之更為具體的內涵，狹窄的思考領域使得他們不得不依賴一些非物質的精神因素，在思想與文字的領域裏做一些微弱而模糊的多元努力。

朱光潛對文學形勢的認識，並非不清楚。朱光潛看到，左或右，有共同的危險趨勢。朱光潛運用文學理論的說法而非意識形態的政治言論，隱晦解釋當時的文學現狀。話語的策略選擇，說明了朱光潛對文學之藝術本體的重視，以及對意識形態的自覺疏離。朱認為，「著重文藝與文化思想的密切關聯，並不一定走到『文以載道』的窄路」[15]。文學走向單一取向的趨勢很明顯，而朱光潛特別警惕的，就是那種強制的力量，「從歷史的教訓看，文藝上的偉大收穫都有豐富的文化思想做根源，強文藝就範於某一種窄狹信條的嘗試大半是失敗」[16]。既然單一的文藝取向逐漸強勢化，那麼在這一進程必然伴隨一種強制的力量在其中，強調「文以載道」的可能性也就並不是沒有。即便是從邏輯層面推斷，朱光潛在三〇年代對這一趨勢的認識，也是有道理的。

朱光潛稱人們對「文以載道」觀的不同誤解，導致兩種相反且都錯誤的結論：「一派人抓住文藝與人生的密切關聯，以為文藝既是人生的表現，也就應該是人生的改善工具；換句話說，它的功用應該在宣傳，一種文藝不宣傳什麼，對於人生就失去了它的價值。另一派人看到『文以載道』的淺陋，以為文藝是想像的，

15 朱光潛：〈我對於本刊的希望〉，見《文學雜誌》創刊號。
16 朱光潛：〈我對於本刊的希望〉，見《文學雜誌》創刊號。

創造的，功用祇在表現而不在宣傳，所以一個文藝作者可以自封在象牙之塔裡面，對於他的時代可以是超然的，漠不關懷的，用不著理會什麼文化思想。」[17]前一派可以「前進」型作家為代表，後一派可以「落伍」型作家為代表，「前進」型作家偏左，「落伍」型作家偏右。朱光潛對兩派文藝的分析當然符合對當時文藝現狀的一般看法，但朱光潛的重點所在，是對一種可能發生或者正在發生的文學觀念之強制所持有的警惕與擔憂。也許是出於一種中立的自覺心態，朱光潛說到了「左」文學與「右」文學都有「思想統一」的趨勢，但實際上，「左」文學比「右」文學對「思想統一」的要求更為迫切。朱光潛等人意識到，自由文藝與「漠不關懷」世事、毫無「文化思想」的「右」派，有所區別。保證最低限度的自由，並不意味著可以漠視一切、自得其樂，在朱光潛他們那裏，自由是一種游離而獨立的狀態，一種有著自己獨立的文學理想的狀態。但任何一個堪稱獨立的自由寫作人及知識人，沒有哪一個是完全漠視思想文化的，沒有哪一個沒有自己的藝術抱負、思想抱負、文化信仰的，只不過，他們選擇的方式更加個人化，更加自覺地與集體目標、與積極的自我導向、與積極自由保持一定的距離。他們這種與集體格格不入的自由選擇最終被集權譴責並批判，不意外。

〈我對於本刊的希望〉，充滿矛盾。朱光潛將文學的更新換代分為兩個時期：生發期和凝固期，他希望生發期能夠盡可能延長，在這延長的過程，各派不斷衝突鬥爭，公平競爭，使文學自由發展，他希望生發期的延長能夠抵制那種「思想統一」的到來。為什麼說他內心矛盾？根據常風的回憶，在討論《文學雜誌》辦刊宗旨時，「朱先生談了他想到的幾點。首先是態度要嚴肅，要有自己的見解，避免介入文藝界的論爭，只問作品好壞，不論什麼人或什麼派的只要好都要」。[18]但在「發刊詞」裏他顯然迴避了「避免介入文藝界的

---

17 朱光潛：〈我對於本刊的希望〉，見《文學雜誌》創刊號。
18 常風：〈回憶朱光潛先生〉，見《逝水集》，頁七七。

論爭」（這一私下達成共識的獨立立場），反而強調了各派「公正交易」下的的鬥爭衝突。朱光潛反對一種「打倒」文學，其思想取向也許是多重的：既警惕一種外來的強制，也警惕可能由自我向他人、別派施加的強制，最重要的是保持刊物的獨立與超然。

從商務印書館與胡適等人對主編人選的審慎選擇，以及刊物在編輯及發行人一欄隱去其他編委的名字只標出主編的名字之做法，（除開常風任助理編輯有明確在創刊號〈編輯後記〉中提出之外，其他編委只是隱約在各〈編輯後記〉中稍有提及，不明顯），看得出來，《文學雜誌》並不想因複雜的人事捲入各類文壇紛爭，編委們既不想「左」也不想「右」，不想偏倚任何一方，而只是試圖吸引一些作品，用作品本身去獨立發言，保持在文學與思想上的一種超然態度與獨立姿態，但這種超然態度與獨立姿態只能適宜在私下達成協定、在事實行動裏暗中進行，而不宜大事張揚，因為在單一思想文化的進程中，「思想統一」的可能性越來越大，異類的標誌必將成為被攻擊的目標或者會成為被收容被說服的目標。在這樣的情況下，提倡各派在「公平交易」下的衝突鬥爭，提倡一種文學平等，似乎更有利於自由文學的生發，因為自由一詞裏，本身就應該包含著與其他在世人看來很美好的價值觀之衝突的不可調和。[19]

「發刊詞」的最後，朱光潛闡明了《文學雜誌》的使命：「根據這種信念，一種寬大自由而嚴肅的文藝刊物對於現代中國新文藝運動應該負有什麼樣的使命呢？它應該認清時代的弊病和需要，盡一部分糾正和嚮導的責任，它應該集合全國作家做分途探險的工作，使人人在自由發展個性之中，仍意識到彼此都望著開發新文藝一個公同目標；它應該時常迴顧到已佔有的領域，給予冷靜嚴正的估價，看成功何在，失敗何在，做前進努力的借鑒；同時，它應該是新風氣的傳播者，在讀者群眾中養成愛好純正文學的趣味與熱誠。它不

[19] 有關美好價值觀衝突的觀念，已經在第一章有所提及。

僅是一種選本，不僅是回顧的而同時是向前望的，應該維持長久生命，與時代同生展；它也不僅是一種『文藝情報』，應該在陳腐枯燥的經院習氣與油滑膚淺的新聞習氣之中，闢一清新而嚴肅的境界，替經院派與新聞派做一種康健的調劑。」[20]同時，朱光潛提出了一個模糊的口號，即「自由生發，自由討論」。[21]

在這種迂迴委婉的論說中，《文學雜誌》的發刊詞包含著重要的邏輯陳述：沒有思想自由、多元共生，也就沒有偉大文藝的誕生。這份寄託於「藝術良心」的發刊詞，有一定的空想性模糊性，但也屬於自由主義文學的表現。

作為一種文學理想的連接，對一九三七年創刊的《文學雜誌》進行簡單回溯是有必要的，從中，可以窺知文學理想的發端與淵源。

一九四七年復刊後的《文學雜誌》，並沒有偏離一九三七年《文學雜誌》的初衷，但編委方面有了一些變化。復刊後，雖然出版的期刊數量比一九三七年要多，但是《文學雜誌》的出版情況更艱難，人心也更煥散，以至於朱光潛在其〈自傳〉中這樣評價復刊後的《文學雜誌》：「不過抗戰勝利後復刊，出了幾期就日漸衰落了。」[22]朱光潛先生此時此際，恐怕也開始另有他想，在這一階段，朱光潛曾經去信胡適，希望適之先生代為聯繫聯合國教科文組織，朱希望能去那裏任職，但後來未能如願。

一九四七年復刊的《文學雜誌》與一九三七年創刊的《文學雜誌》的對應，是自由文學信念的內在連接，一九四七年左右的自由主義文學雖零碎、鬆散、無意識，但前、後者之間仍然有思想連接。

20 朱光潛：〈我對於本刊的希望〉，見《文學雜誌》創刊號。
21 朱光潛：〈我對於本刊的希望〉，見《文學雜誌》創刊號。
22 朱光潛：《朱光潛全集》（〈作者自傳〉），第一卷，頁六。

可能因為《文學雜誌》曾經大受歡迎，一九四六年一二月，商務印書館提出《文學雜誌》復刊事宜，並知會沈從文等人。楊振聲對此事最為積極。由於舊時編委都已各奔東西，楊振聲便約請常風、朱光潛、馮至、馮至夫人姚可昆女士[23]一起商談復刊事宜。初時朱光潛因事務繁忙而堅辭主編一職，但在眾人的勸說下，朱光潛復為雜誌主編，朱光潛、楊振聲、沈從文、馮至、姚可昆五人編委會組成，常風仍為助理編輯，停刊九年的《文學雜誌》遂於一九四七年六月復刊。民國三十七年十月初版的《文學雜誌》第三卷第五期，即《朱自清先生紀念特輯》，朱光潛發表〈敬悼朱佩弦先生〉一文，裏面簡單提及復刊後的編輯情況：「在北平底文藝界朋友們常聚會討論，有他（朱自清）就必有我。於今還值得提起底有兩件事。一是《文學雜誌》，名義上雖由我主編，實際上他和沈從文、楊今甫、馮君培諸人撐持的力量最多。」《文學雜誌》復刊後，編輯出版發行循舊例，編輯與印刷出版發行分開，北平的編輯部全權負責雜誌的約稿編稿工作，商務印書館不得干預，而印刷出版發行則由商務印書館全權負責，文人編刊、商人出資賣刊，兩套規則並行不悖，這既保證了雜誌的同仁趣味，又避免了雜誌在經營上的書生意氣，並使雜誌在政權更換前的出版發行相對順利連續。

據常風的回憶，「《文學雜誌》復刊號為第二卷第一期（一九三七年四期《文學雜誌》為第一卷），至一九四八年五月出了十二期。第三卷出了六期，第三卷因紙張缺乏壓縮了頁數，正文改用新五號字而且排得很緊密，字數仍為八萬。第六期一九四八年十一月出版，當時國民黨政府已瀕臨崩潰，《文學雜誌》已再無法繼續辦下去。回顧《文學雜誌》自復刊至最後停刊，沈從文都付出了很大的勞動。復刊後的《文學雜誌》封面仍用林徽因先生在創刊時設計的圖案。《文學雜誌》復刊之後原來曾任編委的，除了在國外的或離

---

23 姚可昆，亦作姚可崑。

開文教界以及其他原因的幾位，對於復刊的《文學雜誌》還是照舊熱心支持、供給稿件」。[24]

對照《文學雜誌》的原刊，該雜誌的準確出版情況為：編輯兼發行人仍然是朱光潛，編輯地址為北平沙灘中老胡同三十二號附六號，最初定價為國幣六元（印刷地點外另加運費，第三卷第四期開始改為以金圓計），比之一九三七年《文學雜誌》，定價有所不同銷售區域也有所區別。一九三七年《文學雜誌》分區銷售，包括有國內及日本、香港澳門、國外，定價表如下：

定價及郵費			
全年十二冊			
訂購辦法		零售	預定全年
冊數		一	十二
價目		二角	二元四角
郵費	國內及日本	二分	郵費在內
	香港澳門	八分	九角六分
	國外	二角	二元四角
本國郵代價十足通用以二角以下者為限			

（錄自一九三七年《文學雜誌》創刊號封底內頁）

[24] 常風：〈回憶朱光潛先生〉，見《逝水集》，頁八十五。

一九四七年《文學雜誌》價格提升，與通貨膨脹、物價飛漲的大局勢有關，銷售區域的收縮，肯定受時局的影響。直至一九四九年前夕，無論是北平（一九四九年一月傅作義和平移交政權）還是上海（一九四九年五月二十七日國民黨當地政府敗走），都仍然屬於國民黨政府轄區，短短幾年間，國民黨轄區金融經貿內政外交諸事堪稱江河日下。

一九四七年《文學雜誌》之印刷所為商務印書館印刷所，發行所為各地商務印書館，民國三十六年六月一日初版第二卷第一期，民國三十六年七月一日初版第二卷第二期，民國三十六年八月初版第二卷第三期，民國三十六年九月初版第二卷第四期，民國三十六年十月初版第二卷第五期，民國三十六年十一月初版第二卷第六期，民國三十六年十二月初版第二卷第七期，民國三十七年一月初版第二卷第八期，民國三十七年二月初版第二卷第九期，民國三十七年三月初版第二卷第十期，民國三十七年四月初版第二卷第十一期，民國三十七年五月初版第二卷第十二期（詩歌專號）；民國三十七年六月初版第三卷第一期，民國三十七年七月初版第三卷第二期，民國三十七年八月初版第三卷第三期，民國三十七年九月初版第三卷第四期，民國三十七年十月初版第三卷第五期[25]，民國三十七年十一月初版第三卷第六期。此後，因局勢日緊，物價飛漲，政府崩潰，《文學雜誌》難以為繼，就此停刊。[26]統計起來，復刊後的《文學雜誌》一共出版發行十八期，開本一樣，但第三卷的排版相對緊張，字體縮小，頁數有壓縮，字數仍然維持在八萬字左右，前文所錄常風之回憶也有所提及。

[25] 該期為朱自清先生紀念特輯，民國三十七年八月十二日，朱自清病逝。八月二十日，《時與文》第三卷第十八期發表徐中玉和馮契的紀念朱自清文章，而紀念朱自清先生的特輯特刊最早由天津民國日報《文藝》副刊於朱自清先生逝世十一天之後，亦即八月二十三日登出。

[26] 五〇年代夏濟安先生所主編，極力推介西方現代文學的《文學雜誌》，已與朱光潛先生主編《文學雜誌》毫無關係。

就文章的編輯分類來講，《文學雜誌》對文論最為重視，每期都將文論放在前面登出，復刊後每期都能保證刊出三至四篇文論（第三卷第五期《朱自清先生特輯》除外），最多的一期刊出了六篇文論（第二卷第十二期「詩歌專號」），復刊後的十八期《文學雜誌》一共刊出六十篇文論，中外兼顧、新舊皆議，不拘題材，既論文學也議文化。除了文論之外，相對穩定的欄目有「詩」、「小說」、「作家與作品」，其次是「散文」、「戲劇」，餘版兼載少許遊記、雜論、電影劇本等。

《文學雜誌》第二卷第一期署名編者所撰的「復刊卷頭語」重申一九三七年《文學雜誌》的旨趣：「我們的目標在原刊第一期已表明過，就是採取寬大自由而嚴肅底態度，集合全國作者和讀者的力量，來培養成一個合理想底文學刊物，藉此在一般民眾中樹立一個健康底純正底文學風氣。」編者一再提及「寬大自由」，這不僅僅是對自身旨趣的聲明，個中更有對現實的擔憂。「寬大自由」作為一種理想主義的前提預設，成為突破單一狹窄文路的嘗試，同時，它也堪稱一九四九年以前自由主義文學、多元主義思想的最後聲音。

一九四七年《文學雜誌》「復刊卷頭語」比之一九三七年《文學雜誌》「發刊詞」，所涉問題更為具體。相形之下，一九三七年《文學雜誌》「發刊詞」更為意氣奮發、志氣澎湃，一九四七年《文學雜誌》「復刊卷頭語」的整體風格則略顯沉穩又暗藏焦慮。十年的滄桑，無論是國事、家事、人事，皆紛擾多變，大家心境已然不同，只恐怕各自對環境變化的耐心也被慢慢地消磨殆盡，儘管一種文學理想仍然沒有改變，但當年的激情已有所消退。

一九四七年《文學雜誌》第二卷第一期之「復刊卷頭語」稍提家國民族之難、作家個人不幸，轉而進入文學現實，「但是最嚴重底情形還不僅在此，而在有一些本來與文學無緣底人們打著文學的招牌，做種種不文學底企圖，把已經混亂底局面弄得更混亂。他們製造出來底大半不是印出來供報銷而沒有人看底空洞闈墨，就是有人看而危害健康底刺激劑和麻醉劑。一般低級趣味底刊物對於現代青年所注射底毒汁流禍之烈恐怕有甚於鴉片煙」。這到底是指抗戰期間、抗戰結束前後的國統區的文學還是淪陷區的文學，不清不楚，程小青、張恨水、周瘦鵑等「鴛鴦蝴蝶派」作家的創作有被指責的嫌疑，這一時期張恨水等人的作品多見於《萬象》等雜誌，「印出來供報銷而沒有人看底空洞闈墨」，大抵是指領著政府當局的薪金寫作的作家，但也沒有證據顯示這裏所指稱的文學肯定與「左」的文學無關，因為，同情左派的作家或由左派作家組建的文學團體，都曾經多多少少得到過延安的資金支持。這是一個夾帶著道德激情的形勢分析，很有意思。對低級趣味文學的指責，既有可能是出於知識人對家國命運的擔憂，也有可能是出於一種輕視身體感覺、安於清貧之禁慾式的節制意識。對那些「印出來供報銷而沒有人看底空洞闈墨」的指責，隱含著朱光潛等人對文學模稜兩可的矛盾態度。他們既看重文學的純粹與健康，又希望文學可以發揮其社會功用，但就文學的社會功用而言，朱光潛等人絕非指文學的宣傳等功能，這在一九三七年《文學雜誌》的創刊號「發刊詞」裏已明確談到這個問題。「復刊卷頭語」所隱約寄託的社會功用，顯然是希望能與讀者交流，特別是希望得到那些熱愛文學欣賞文學的讀者的支持，「作者與讀者互為因果，有什樣作者便有什樣讀者，有什樣讀者也便有什樣作者。作者與讀者互相提高水準，文學才能順利迅速地發揮光大」。[27]

《文學雜誌》所隱約寄託的文學社會功用，有無顯達之想，不好作定論。文學一向在這個國度佔有顯赫的地位，知識人在文學上所寄託的人文理想、社會抱負一向都豐富而複雜。由抱負看，《文學雜誌》本身的存在並不純粹，但從文學選擇的角度，他們希望可以保持一種純粹的沒有派別之爭的文學創作境界。

《文學雜誌》反對單一狹窄文路的立場，前後一致，「一切善意底批評我們都情願接受來作為時時圖謀改進的參考。至於惡意底批評我們準備一概置之不理。市場上許多競爭的惡伎倆不幸久已闖進文壇，大家

[27] 編者：〈復刊卷頭語〉，見《文學雜誌》第二卷第一期，民國三十六年六月一日初版，商務印書館。

都想賣獨家貨，以為打倒旁人就可以抬起自己，於是浪費精力於縱橫捭闔，鬧店罵街。其實這不僅是浪費精力，也顯得趣味低劣。遇著這種排擊，我們絕不回手。我們希望這刊物仗著它本身的力量生存，如果它沒有生存底力量，它就會不打自倒；如果它有生存底力量，那是打不倒底」。[28]不鬥不爭、不捲入派別之爭，各行其是、自己有自己的園地，這是自由文學的最低限度。這種態度是自由文學之所以成其為自由文學的重要標誌，「一概置之不理」、「絕不回手」是對強制的最為消極的反抗形式，「一概置之不理」也意味著自由文學與強制他人奴役他人有天然的分歧。朱光潛等人也許是希望能借助時間的緩衝，增加讀者與作者的修養，從而慢慢培養出偉大的文學來，但單一狹窄的文路斷送了自由文學的理想，一種不同性質但擁有強勢支配力量的一元文學理想與文學現實，最終取代了多元主義的文學理想。在一元文學理想、文學現實那裏，美好的價值觀不會衝突，或美好的價值觀最終能調和並能得到最終的解決。一元的文學理想時時以未來的不可實現的美好為誘惑，以換取現在的統一，而相反，多元主義並不相信美好的價值觀不會衝突，也不相信一切美好的事物能夠得到完美的調和與解決。但是，當這種「賣獨家貨」的強勢力量占絕對支配地位的時候，當「賣獨家貨」的行徑與無限的權力走到一起時，「一切置之不理」、「絕不回手」所能夠存在的空間就會越來越逼仄，到最後甚至有消失的危險。

自由主義作家提倡自由文學，又何嘗不是為自身的存在、自身的何去何從而憂慮。寫作人對文學境界憧憬之餘，憑藉自己在文學創作方面的優勢與自信，對日益逼仄的文學空間進行有限度的抗爭。正如洪子誠在〈問題與方法：中國當代文學史研究講稿〉中提到的：「在當時存在的『中國文藝往哪裡走』的問題上，有資格、有力量談論這個問題的作家派別，一個是左翼文學界，一個是『自由主義』作家。後者在文藝上要

---

[28] 編者：〈復刊卷頭語〉，見《文學雜誌》第二卷第一期。

『民主』的要求，自然是向能左右文學走向的力量去提出。另外一點是，『自由主義』作家對於『民主』，對於自由競爭的主張，又聯繫著對自己的潛力和優勢的估計。也就是說，在文壇所占地位上，他們處於『弱勢』，但在文學創造的信心上，卻十分自信：這是他們在理念上強調『民主』、『容忍』的根由。他們一派會認為自己是中國最有才華，最有創造力的作家，他們都可能有這樣的想法，沒有才氣的、平庸的作家，才需要文學之外的東西，比如拉幫結派，靠外部力量，來提升他們在文壇上的地位，而他們不需要這一切。因此，『拿出作品來』，『拿出貨色來』，『真正大作家，其作品便是不朽的紀念碑』等等，就是他們常說的話。要求『民主』、『容忍』的人，很可能是在文壇上處於弱勢，在創造力上又是很自信的。」[29]

洪子誠接著這個話題進而提出：「我們設想一下——這種設想可能不太好，有點刻薄，而且好像也沒有根據——當他們某一天成為強勢力量，並處在控制的地位上，他們是不是還會提出『寬容』、『容忍』呢？」[30]洪子誠這段話隱含了權力的邏輯分析，隨之他舉了胡風的例子，認為被壓抑的對象一旦成為權力的強勢者，那麼情形就會逆轉。洪子誠對自由主義作家可能出現的轉向之懷疑及擔憂不無道理，這種懷疑與擔憂至少可以說明，中國自由主義作家對自由的看法不確定、立場難堅定。自由主義在中國模糊而難以自覺，自由主義僅在某些領域裏萌發並且對文學有著特殊的熱情偏好，這與歐洲自由主義由社會制度等方面起源顯然不同。這也能說明，自由主義在中國的社會條件何其不成熟、不理智。先天的缺乏與後天的混亂成為中國自由主義寫作人及知識人的致命弱點，對於這一點，人們通常用「書生氣」之類的修飾語去形容。

29 洪子誠：《問題與方法：中國當代文學史研究講稿》，二〇〇二年，頁一四五。
30 洪子誠：《問題與方法：中國當代文學史研究講稿》，頁一四五—一四六。

（二）《觀察》雜誌創刊復刊及其文學副刊的基本情況

1．《觀察》雜誌的創刊及發展

《觀察》雜誌，是這一時期中國最有影響力的期刊雜誌，也是當時發行量最大的全國性期刊雜誌。最高峰時期《觀察》雜誌發行量達到十萬零五百份。

目前對《觀察》雜誌及儲安平作了較公允評價及較客觀研究的國內研究者不多，林元的《碎布集》可作資料參考之用。戴晴所寫的帶有傳記性質的《梁漱溟　王實味　儲安平》一書[31]，值得留意。戴晴閱讀了相關的原始文獻，並通過不同的途徑對相關的當事人進行了採訪。該書對史實的把握有度，且有獨到而深入的史識，對重大問題的點評，雖寥寥數語，但有點睛之效。謝泳對《觀察》及儲安平的研究，在資料的收集上做了一定的努力，曾著有《儲安平與〈觀察〉》一書，並編有《儲安平：一條河流般的憂鬱》一書，該書收入其〈儲安平評傳〉一文，謝泳的著作及單篇評傳文章有資料聚攏改造之功。

看一看各個時期對《觀察》的評價也可以看出中國各種思潮地位的變更，評價態度多為如下三種：一種是全面否定，一種是描述刊物的基本事實，還有一種是在描述基本事實的基礎上謹慎地予以肯定。完全否定、有意忽略不計，使之被歷史書寫逐漸淡忘、被出版界有意「遺忘」，是對《觀察》雜誌的主要處理態度及處理模式。對《觀察》雜誌做出公允乃至深入的研究評價，僅僅是零星作動。可見，就規訓與懲罰而言，有意忽略刻意淡化比完全否定持續批判更為有效。

31 戴晴：《梁漱溟　王實味　儲安平》，南京：江蘇文學出版社出版，一九九九年。

一九九九年嶽麓書社出版發行六卷本《觀察》雜誌影印叢刊，該影印叢刊第六卷《觀察》雜誌的封底文字，對《觀察》雜誌的基本情況做了簡要介紹：

《觀察》時事政治性週刊。一九四六年九月一日創刊於上海，一九四八年十二月二十四，南京政府內部以「攻擊政府，譏評國軍」，違反「動員勘亂政策」罪名，被勒令永久停刊，時出至五卷十八期。一九四九年十一月一日復刊，改為半月刊，並遷至北京出版，出六卷一期。一九五〇年五月十六日終刊，出至六卷十八期。十六開本。該刊由伍啟元等發起，儲安平主編，觀察社出版發行。撰稿人有傅斯年、任鴻雋、張東蓀、潘光旦、馮友蘭、梁漱溟、錢端升、傅雷、王芸生、馬寅初、吳晗、費孝通、錢鍾書等。該刊設有專論、外論選評、特稿連載、科學叢談、觀察通信、讀者投書、文藝等欄目。該刊發刊詞稱「大體上代表著一般自由思想知識份子」，「背後另無組織」，「獨立的客觀的超黨派的」民營報刊立場，以「民主、自由、進步、理性」為宗旨，對當時的政局、戰局、經濟、文化和社會問題進行廣泛的評論。既發表批評國民政府的言論，也刊載批評共產黨的文章；登載九三學社的重要宣言、文告等。該刊在國統區的知識份子中有著廣大的讀者群。每期發行量初為一萬份，第四卷達五萬份，並曾發行華北航空版和臺灣航空版，是四十年代後期最有影響的期刊。（要說明一下的是，上文所說的發行量統計數字並不準確。）

一九五七年，正處「反右」之際，《光明日報》第三屆總編輯對《觀察》有這樣的批判：「《觀察》是對中國知識份子和青年學生曾經起過很大毒害的一個最反動的刊物，儲安平——《觀察》曾是一個人民革命底最狡猾、最毒辣、最兇惡的敵人。」[32]這一看法，可視為文化權力機構對舊《觀察》的基本態度。直到今天，有關《觀察》的話題，仍然有禁忌。

關於《觀察》雜誌的創辦、銷路、定戶等情況，儲安平為《觀察》所寫的四份報告書中有詳細的介紹：〈辛勤・忍耐・向前——本刊的誕行・半年來的本刊〉，《觀察》第一卷第廿四期，三十六年二月八日；〈艱難・風險・沉著——本刊第二卷報告書〉，《觀察》第二卷第廿四期，三十六年八月九日；〈風浪・熬煉・撐住——「觀察」第三卷報告書〉，《觀察》第三卷第廿四期，三十七年二月七日；〈吃重・苦鬥・盡心——「觀察」第四卷報告書〉，《觀察》第四卷第二三四期，三十七年八月七日。當下研究者所參考或引用的《觀察》資料，多取自儲安平所寫的這四份報告書，或對這四份報告書所提供的原始資料進行歸納總結分類，甚至是對之進行改頭換面然後自成文章。於此，僅略舉《觀察》雜誌創辦、財務、銷路及定戶情況，以說明《觀察》雜誌的獨特志趣、重大影響等。

《觀察》之前，有重慶《客觀》週刊。《客觀》週刊發行人為張稚琴，主編為儲安平，但大概是因為主編與發行之間的矛盾，編輯有難度，編者自己的意志難以完整準確地表達，儲安平於是萌生他意。重慶《客觀》週刊一共出了十七期就停刊，其中儲安平實際主編十二期。

儲安平在談及重慶《客觀》雜誌的時候說：「在精神上，我們未嘗不可說，「客觀」就是「觀察」的前身。那是一個大型（八開）的週刊，十六面，除廣告占去一部分篇幅外，每期須發六萬餘字的文章。」[33]《客觀》雖然停刊，但幾乎可以這樣說，因為儲安平等人的聲望及《觀察》的志趣，使得許多原來《客觀》

32 參見戴晴：《梁漱溟 王實味 儲安平》，頁一四二。
33 儲安平：〈辛勤・忍耐・向前——本刊的誕生・半年來的本刊〉，見《觀察》第一卷第二十四期，（民國）三十六年二月八日。

的讀者繼續追捧《觀察》，「今日《觀察》在四川及西北一帶有廣大的銷路，一部分亦應歸因於『客觀』的影響」[34]，與此同時，《觀察》吸引了原《客觀》的不少編者與作者，所以，可以說，沒有《客觀》，也就沒有《觀察》。

由儲安平於一九四七年一月二十一日寫給胡適之先生的信中得知，《觀察》雜誌的創辦十分艱難：「《觀察》創刊迄今，忽忽半載，目下第一卷二十四期即將出完。我們曾按期寄給先生，請求指正，從過去二十幾期中，先生或能得一個大概印象：這確是一個真正超然的刊物。居中而稍偏左者，我們吸收；居中而稍偏右者，我們也吸收，而這個刊物的本身，確是居中的。過去各期內容，尚有許多缺點弱點，總因我們能力有限，人力不夠，力與願違。從籌備時候算起，我已花了整一年的心血，全力灌溉在這個刊物上。在籌備時候，要集款，要找房子，要接洽撰稿人。刊物出後，買紙，核帳，校閱大樣，簽發稿費，調度款項，都是我的事情。在最近的五個月中，我沒有一天不是工作至十二小時之多。」[35]《觀察》雜誌的發起及創刊，基於儲安平對中國知識份子現狀的大膽評估之上：

> 第一次的發起人會議於三十五年一月六日在重慶舉行，決定刊物的名稱、緣起、及徵股簡約。關於這個刊物的生命能否維持，當時我們籠統地建築在兩個假定之上：一、國內擁有極廣大的一群自由思想學人，他們可以說話，需要說話，應當說話。當時國內還缺少一個帶有全國性的中心刊物（在抗戰中，昆明重慶等地都有水準很高的刊物，但因戰時郵遞困難，環境限制，都未能佈及全國）。假如我

34 儲安平：〈辛勤・忍耐・向前——本刊的誕生・半年來的本刊〉，見《觀察》第一卷第二十四期。
35 儲安平：〈致胡適的信（三封）〉，見謝泳編《儲安平：一條河流般的憂鬱》，北京：中國青年出版社，一九九九年，頁二七五－二七六。

> 們自己確定不偏不倚，秉公論政，取稿嚴格，做事認真，則各方面的前輩及朋友，無論識與不識，一定樂於支援我們，為本刊寫稿。二、中國的知識階級大部分都是自由思想份子，超然於黨爭之外的，只要我們的刊物確是無黨無派，說話公平，水準優高，內容充實，則本刊常可獲得眾多的讀者。我們經過慎重的考慮並與各方取得初步的接觸後，決定以全副力量並持久決心來創辦這個刊物。我們認為像這樣一種工作，有以全副精力去努力的價值。我們認為今日中國實極需要有這樣一個刊物。這個刊物可以使一般有話要說而又無適當說話地方的自由思想學人，得到一個說話的地方；有了這個刊物，並可鼓勵一般自由思想學人出而說話。而我們之所以要想供給大家一個說話地方，並鼓勵大家說話，實因我們深切相信，這種真正的自由思想份子的意見，對於今日中國的言論界實具有一種穩定的力量，而此種穩定的力量正為今日中國所迫切需要者。[36]

這種超然與自由的立場如何得到保證？最重要的，是在財政來源上保持獨立。財經獨立自主，才能保證同仁志趣的具體落實，否則，若無相關的文書約定，趣味、編輯、發行將處處受到掣肘。關於《觀察》雜誌的財務問題，儲安平所寫的四份報告書有相對詳盡的介紹，戴晴等人也留意到了《觀察》雜誌的財務問題。綜合之，《觀察》雜誌的股份多源於志趣相投的同仁，包括《觀察》雜誌的一些工作人員及相關撰稿人，讀者也略有參股。

戴晴在《梁漱溟　王實味　儲安平》一書中提到：「一九四六年初，儲安平下了決心。他將刊物的中文名字稍稍動了一下，變《客觀》為《觀察》，突出了主動精神，英文刊名THE OBSERVER則未變。《觀

[36] 儲安平：〈辛勤・忍耐・向前——本刊的誕生・半年來的本刊〉，見《觀察》第一卷第二十四期。

察》著手籌備是在一九四六年春天，向各種傾向，主要是自由的中間派學人公開徵股。檢索一下《觀察》的股東名單，並不見巨富者。這些人是匀出生活費來闢一處自己說話的地方的。他們的生活其實並無保障，但他們覺得還是得說話。一九四六年九月一日，《觀察》在上海開張。儲安平的『出道』，正是從這裏開始的。」[37]而對《觀察》週刊的具體入股情況，戴晴也有所提及：「他（笪移今）是該刊最大的股東，一個即認四十八股，林元二十六股，徐盈十九股，馬寅初、梁實秋、錢鍾書、楊絳等都是二股，儲安平本人僅一股。」[38]

儲安平自己也談及籌備資金之艱難：「我們預定的股額是一千萬元，當時（三十五年一月）根據上海方面的報告，我們估計每期的總成本是五十萬元，如有六百萬元，即可著手，（二百萬元為開辦費，四百萬元為八期的周轉金）。措籌此數應無困難，但事實上不若想像的那樣順利。我們這批朋友，多是以教書為生的。讀者一定充分明瞭，在抗戰的八年中，教育界人員是如何的在飢餓線上掙扎。所以到真正收款時，常常止於『口惠』。其間還遇到使人極其難堪的事情。但是也有令人感動的事情。我有一個學生（雷柏齡）竟然徵得了他父親的同意，賣掉了幾畝租田，來助成我們的刊物。」[39]還有一些《客觀》的讀者要參股，儲安平內心不安，勸他們慎重考慮，但「結果還是有一位讀者在薪水中抽出了五萬元入了一股」[40]。

此外，還有部分資金需要說明。據《觀察》雜誌最大股東笪移今的回憶，蔣經國曾私下捐贈兩股資金，這兩股資金由游鯤送給笪移今，但據笪移今的說法，對此，儲安平並不知情，笪移今曾在〈大陸時期蔣

37 戴晴：《梁漱溟　王實味　儲安平》，頁一四一。
38 戴晴：《梁漱溟　王實味　儲安平》，頁一六五。
39 儲安平：〈辛勤・忍耐・向前——本刊的誕生・半年來的本刊〉，《觀察》第一卷第二十四期，三十六年二月八日。
40 儲安平：〈辛勤・忍耐・向前——本刊的誕生・半年來的本刊〉，《觀察》第一卷第二十四期。

經國周圍的「進步人士」〉一文中說：「我在離重慶前，寫信給蔣，說我正在籌集資金準備回上海創辦《觀察》週刊（《觀察》週刊創辦人是儲安平），希望他支持。他託游鯤送來兩股資金。這件事，我按照他的意見，沒有向任何人談過蔣經國是《觀察》的股東之一。」[41]據笪移今的回憶，可以作出這樣的推測，即便是蔣經國投入了兩股的股份，但因為儲安平不知情，也就不會影響《觀察》週刊的辦刊立場，而從整個股份構成來分析，兩股也不可能起決定雜誌大局的作用。《觀察》大部分股份來自自由人士、作者、讀者，辦刊動機源於一種道德感、責任感、使命感、政治激情，甚至還有一種人道主義的自覺與理想主義，對說話慾望與說話權利的維護，也是辦同仁刊物的目的之一。與其說這個雜誌中間偏左或中間偏右，倒不如說是笪移今的私人外交為《觀察》雜誌注入了更多的啟動資金，從而為《觀察》的獨立自由提供了相對可靠的財經保障，從股份構成來講，實現「獨立的・客觀的・超黨派的」之旨趣並不是不可能。即便是面臨意識形態、國家機器的種種壓力，這種在財經上基本能自主自立的雜誌，仍然可以有限度地保證自己的獨立性與自由度。

直到一九四六年七月底，所籌股款才基本到位（一千萬元），隨之，經朋友介紹，儲安平在上海「租到了一間小得不能再小的房間，……月付租金二十萬元，說定以半年為期」。[42]雖諸事不易，但《觀察》雜誌最終如願得以出版。

《觀察》雜誌的銷售情況，也值得一提，因為，銷路的好壞可以在一定程度上去印證儲安平對時局的這一判斷是否有效——「中國的知識階級大部分都是自由思想份子，超然於黨爭之外的，只要我們的刊物確

41 笪移今：〈大陸時期蔣經國周圍的「進步人士」〉，見《中共地下黨現形記》，臺北：臺灣傳記文學出版社，一九九七年版，頁二一六。

42 儲安平：〈辛勤・忍耐・向前〉，《觀察》第一卷第二十四期。

是無黨無派，說話公平，水準優高，內容充實，則本刊常可獲得眾多的讀者。」[43]

在此，僅引《觀察》第四卷印數以作例證：

第四卷（期數）	印數	第四卷（期數）	印數
第一期	初版二萬四千份	第十一期	三萬五千份
	再版一千五百份	第十二期	三萬六千份
第二期	初版二萬五千份	第十三期	四萬五百份
	再版一千份	第十四期	四萬一千五百份
	三版一千五百份		再版一千五百份
第三期	初版二萬七千份	第十五期	四萬四千五百份
第四期	二萬七千份	第十六期	四萬五千份
第五期	二萬八千份	第十七期	四萬六千份
第六期	三萬份	第十八期	四萬八千份
第七期	三萬份	第十九期	四萬八千份
	再版一千份	第二十期	五萬份
第八期	三萬一千份	第二十一期	五萬份
	再版一千份	第二十二期	五萬份
第九期	三萬二千份	第二十三四期	五萬份
	再版一千份	整理者注：此表資料引自儲安平〈吃重・苦鬥・盡心——「觀察」第四卷報告書〉，《觀察》第四卷第廿三、廿四期，三十七年八月七日。	
第十期	三萬四千份		
	再版一千五百份		

43 儲安平：〈辛勤・忍耐・向前〉，《觀察》雜誌第一卷第二十四期。

關於《觀察》的銷售情況，還可引用戴晴的一段文字以作說明：「那天（注，一九四八年十一月二十四日，《觀察》雜誌被查封前一個月），是《觀察》發行五卷十八期的日子。從一九四六年創刊起，在兩年零三個月的時間裏，《觀察》已經發行了一一三期，印數從四百份上升到十萬零五百份—在那種動亂的日子裏，可真算得上一個奇蹟。」[44] 戴晴所說的四百份，是指《觀察》最初試印的四百份，而第一卷第一期的實際初印數為五千份。而儲安平曾為約稿事宜，以後學身份三次致信胡適之，其中寫於一九四七年九月二十二日的那封信中提到雜誌的盈利情況：「我們最近開了股東會議，去年一年，盈餘二•三三億萬。辦刊物本來照例是賠本的，本賠完，就關門大吉。我們實在沒有想到會賺錢，而且賺了這許多。一千萬的本錢，在一年中賺了二十倍。」[45]

對《觀察》雜誌的定戶及銷售區域，儲安平也做了統計工作，概之，《觀察》雜誌的定戶職業多為學、工商銀行、政、軍等領域，其餘職業無從細緻分類考證，而銷售區域則包括華中、華南、上海、西北、東北、平津、海外、南京、江浙、雲貴、華北，其中華中、四川等地區客戶最穩定比例也最大，稱《觀察》為全國性刊物並不為過。除《觀察》外，同時期再無其他同一報刊能覆蓋這麼寬廣的範圍，《大公報》雖然屬全國發行，但由於其分為重慶、上海、天津、香港等不同版本，與《觀察》的發行仍然有別，至於《益世報》、《民國日報》、《申報》等報業也仍然只屬於區域性的報業——交通郵資戰亂等因素限制了報紙的全國性發行，《觀察》借其週刊特色、辦刊趣味，使其發行覆蓋範圍遠勝於同時代的其他報刊。

盈利，發行量大，也許不能完全印證儲安平對中國知識份子構成的基本判斷，但起碼可以說明，獨立自由的言論立場，擁有相對廣泛的讀者群，於一九四五年八月至一九四九年十月間政治未明經濟蕭條的中國

44 戴晴：《梁漱溟　王實味　儲安平》，頁一四三。
45 儲安平：〈致胡適的信（三封）〉，見謝泳編《儲安平：一條河流般的憂鬱》，頁二七八。

而言，有此效果，實為不易。《觀察》獨立的姿態並沒有使其左右逢源，其不依附於黨派政府的立場恰恰令其左右不討好，獨立的姿態其實是與思想統一的大趨勢格格不入的。一九四八年十二月二十四日，《觀察》因國民政府的查禁而停刊。

2・新舊《觀察》及文藝副刊變異

上海易政之後（一九四九年五月二十七日），儲安平主動提出《觀察》復刊事宜。胡喬木從中斡旋，復刊事宜得到周恩來的首肯，《觀察》得以復刊，即第六卷，復刊後改為半月刊，共出版十四期[46]，復刊後的存在時間為一九四九年十一月一日至一九五〇年五月十六日，期間，銷量一落千丈，其訂戶跌到三千名以下，新《觀察》在創辦過程及編輯過程經歷了怎樣的思想改造與外來限制，難以考證，但從行文風格及撰寫人陣營的巨大變化來看，一九四九年以後的儲安平對環境的轉變有所屈服順從。一九四九年前後，儲安平的自由主義觀經歷了波折，思想改造或獻身主義未必沒有對其身心產生階段性的誘惑，在各類思想的衝突中，利益集團以國家民族的名義對個人選擇進行成功干擾也不是不可能的事情，個人理想的幻覺、光明與解放全人類等口號的極度感召力與親和力通常也會影響個人的判斷與選擇，這一思想起伏的過程大致持續到他在一九五七年六月一日在統戰部座談會做出〈向毛主席、周總理提些意見（「黨天下」）〉的發言。

對新舊《觀察》的作者群進行對比，即可略知新舊《觀察》的迥異，下表錄自《觀察》三十五年九月一日第一卷第一期，但此表並未收入《觀察》雜誌所有撰稿人，因為編輯部要向作者贈送樣刊，影響雜誌開支，為節省開支，主辦方儘量縮減作者公示名單——

[46] 據第六卷《觀察》第十四期所列的《觀察》第六卷目錄索引統計，第六卷《觀察》應該總共出十四期，一九九九年嶽麓書社出版發行六卷本《觀察》雜誌影印從刊的封底說明文字所指六卷十八期有誤。

（《觀察》）作者・全國第一流學者教授專家六十餘人執筆

作者	身份	作者	身份	作者	身份
卞之琳	南開大學教授	費孝通	清華大學教授	許君遠	大公報上海版編輯主任
王迅中	清華大學教授	楊　絳	震旦文理女子學院教授	陳之邁	中國駐美大使館參事
任鴻雋	前四川大學校長	楊西孟	北京大學教授	陳衡哲	前北京大學教授
沈有幹	前光華大學教授	趙家璧	良友圖書公司總編輯	陳維稷	中紡公司第一印染廠廠長
吳恩裕	東北大學法商學院院長	雷海宗	清華大學教授	曹　禺	劇作家
李純青	大公報社論委員	劉大杰	暨南大學教授	張印堂	清華大學地理系主任
李廣田	南開大學副教授	錢端升	北京大學政治系主任	張忠紱	前北京大學教授
宗白華	中央大學教授	錢歌川	中國對日代表團專門委員	張德昌	前西南聯大教授
周子亞	中央政治學校教授	鮑覺民	南開大學教授	黃正銘	中央大學政治系主任
徐　盈	大公報平津特派員	戴世光	清華大學教授	馮友蘭	清華大學文學院院長
高覺敷	前國立師範學院教育系主任	蕭　乾	復旦大學教授	傅斯年	中央研究院歷史語言研究所所長
許德珩	國民參政會參政員	顧翊群	國際基金銀行執行理事	楊　剛	大公報駐美特派員
陳友松	清華大學教授	王芸生	大公報總主筆	楊人楩	武漢大學教授
陳瘦竹	國立戲劇專科學校教授	王贛愚	南開大學教授	曾昭掄	北京大學化學系主任
夏炎德	復旦大學教授	呂　復	中央大學教授	趙超構	上海新民報總編輯
梁實秋	前北京大學教授	吳世昌	中央大學教授	葉公超	外交部參事
張沅長	前美國北卡羅納大學教授	吳澤霖	清華大學教授	蔡維藩	南開大學教授
張東蓀	燕京大學教授	李浩培	武漢大學法律系主任	錢能欣	中國駐法大使館秘書
笪移今	上海銀行經濟研究專員	沙學浚	中央大學教授	錢鍾書	前西南聯大教授
郭有守	聯合國教育科學文化委員會委員	柳無忌	中央大學外文系主任	戴文賽	中央研究院天文研究所研究員
程希孟	外交部顧問	馬寅初	前重慶大學商學院院長	戴鎦齡	武漢大學教授
		孫克寬	內政部參事	蕭公權	燕京大學教授

原《觀察》雜誌更偏重時事政治性，風格取向方面更偏重政治自由主義，兼帶文化自由主義。文藝欄目並非《觀察》雜誌的重點，該欄目先後命名為「文學・藝術・戲劇・音樂」、「文藝」，該欄目時有中斷，收入文章有譯文、文論、小說、散文等，文學文章主要的作者、譯者有卞之琳、陳瘦竹、李廣田、戴鎦齡、宗白華、戴文賽、張道真、梁實秋、季羨林、李慕白、天行、錢鍾書、楊絳、袁昌英、金隄、朱自清、金克木、何達、王琦、林卓、吳晗、徐中玉、曹覺民、陳夢家、錢歌川、藍蒲珍、汪銘、齊星、沙平、黎甯、沈宗澄、曾璽發、郭紹虞、魯鞆、周維明、王了一、昶明、邵燕祥、范泉等，其中，《觀察》雜誌文學欄目收入李慕白、陳瘦竹二人的文章最多，李慕白的文章是隨筆居多，陳瘦竹則對戲劇情有獨鍾。

新《觀察》的作者群發生了很大的變化，樊弘、翁獨健、季羨林、吳大琨、龔祥瑞、胡繩、王鐵崖、千家駒、孫執中、郭沫若、盧于道、王亞南、陳達、高名凱、陳楚熊、焦孟甫、阿・郭濟克、蕭鳳、黃國憲、呂德潤、高崗、鄭伯彬、王鴻、王泗原、張高峰、葉君健、陶孟和、劉滌源、陶大鏞、薛謀洪、李何林、謝逢我、彭越明、曹錫珍、陳體強、沈志遠、王瑤、君羊、李子英、王宗炎、吳景超、瞿寧武、陳治文、許誠、田欣、蕭玉之、李有義、施建、張白、陳振洲、樊駿、思雪、陳本中、高超、竺可楨、茅冥家、張雲横、劉秋鳴、江横、王政、貝加、芮沐、趙儷生、易夢虹、金毓黻、楊振聲、穆家軍、胡冰、左步青、周河冬、張佑瑜、之鐘、林維仁、郢瑞・白盤、賀笠、汪圻、蕭離、盧耀武等人是新《觀察》的撰稿人，原《觀察》作者不多，僅有費孝通、笪移今、錢端升、徐盈、潘光旦、樓邦彥等，其中，費孝通所發文章最多，而儲安平自己也發表了少量署名文章，包括有〈中央人民政府開始工作〉、〈旅大農村中的生產、租佃、勞資、稅制、互助情況〉、〈在哈爾濱所見的新的司法工作和監獄工作〉。新《觀察》收入文章多與時政外交有關，且不署實名的文章明顯增多，這明顯有違原《觀察》的登稿要求，由〈我們的自我批評・工作任務・編輯方針〉（本社同人，《觀察》第六卷第一期）一文可基本得知新《觀察》的辦刊轉向。

總體而言，一九四九年十一月一日至一九五〇年五月十六日的《觀察》與一九四六年九月一日至一九四八年十二月二十四日的原《觀察》相比，風格迥異志趣有別，排版方式也有所變化，復刊後的《觀察》排版密集，版面減少，且全卷全無廣告，面目嚴肅刻板，連原《觀察》雜誌的標誌性圖示都去掉了英文配詞，雜誌的英文名THE OBSERVER也被去掉，「獨立的・客觀的・超黨派的」之標誌性刊頭語自然也無從保留。新《觀察》所設的欄目也有所變化，新《觀察》包括有專論、建議與方案、學術與研究、觀察通信、附錄、社論、介紹與翻譯、報告、觀察文摘、讀者觀察、思想與生活、人物及事業、旅行箚記、大事記等，尤其值得注意的是，有關「文藝」的欄目，一概取消，在思想統一的大潮流中，「文藝」首當其衝不得逆流而行，延安文學傳統逐漸成為具有強烈強它性的文學主流。同時，由前文得知，作者的構成發生了重大的變化，即便是原《觀察》的舊作者之行文風格取向，也都發生了很大的變化；就財務而言，此時的儲安平手上雖然仍然持有原《觀察》的股份資金，但辦刊編輯的具體事宜已經由不得他。在這樣的情況下，要保持原《觀察》雜誌所堅持的獨立自由立場基本上是癡人說夢的事了。復刊後的《觀察》既與本文主題相去甚遠，且完全取消「文藝」欄目（十四期《觀察》僅收入郭沫若的詩一首〈我向你高呼萬歲〉，向「全人類的解放者史達林元帥」致敬並賀其七十大壽，姑且算作文學作品中的政治頌歌[47]），而在「思想與生活」欄目中又施加了咄咄逼人的思想改造與思想動員之壓力，這些取向，已經不適用於本文的重點考察領域，但新舊《觀察》的迥異，舊《觀察》的悲劇性收尾，以至於儲安平在一九六六年十月的突然消失，都可作為一種政治理想乃至文學理想或轉折或萎縮或終結的簡明參照。

[47] 見《觀察》第六卷第四期，一九四九年十二月十六日。

相比起《文學雜誌》，原《觀察》週刊更明確地提出了自由的觀念與要求，編者（應為儲安平撰稿）在〈我們的志趣和態度〉一文中首先分析時局，然後提出四大理念：民主、自由、進步、理性。[48]關於自由的理念，編者是這樣表述的：「我們要求自由，要求各種基本人權。自由不是放縱，自由仍須守法。但法律須先保障人民的自由，並使人人在法律之前一律平等；法律若能保障人民的自由與權利，則人民必守法護法之不暇。政府應該尊重人民的人格，而自由即為維護人格完整所必要。政府應該使人民的身體的、智慧的、及道德的能力，作充分優性的發展，以增加國家社會的福利，而自由即為達到此種優性發展所不可缺少的條件。沒有自由的人民是沒有人格的人民，沒有自由的社會必是一個奴役的社會。我們要求人人獲有各種基本的人權以維護每個人的人格，並促進國家社會的優性發展。」[49]之所以對《觀察》的創刊復刊情況進行描述及引述，是想證明，此時的自由主義文學並非一種空泛而動聽的口號，精神自由主義也須由許多現實條件促成，比如說財務支持、信仰支撐等，同時，對時局的看法與個人的理想也是促成《觀察》的重要原因。

「文學・藝術・戲劇・音樂」及「文藝」欄目的文章，有文論散文詩歌小說，亦有翻譯作品。《觀察》的文藝欄目相對比較靜態，與時局關係不大，其意更不在宣傳意識形態、政治走向，作者所寫所論基本上都與文學的內部問題有關，比如說李慕白的〈海外憶〉系列散文就只是注重對生活狀態、內心情感、海外風情的藝術描寫，相對於延安文學傳統來講，這種文學當然是超然不入「世」的。

《觀察》之所以設「文學・藝術・戲劇・音樂」、「文藝」、「生活與文化」等欄目，一則可能因為儲安平自己對文學也比較感興趣，他也寫隨筆散文，二則可能因為他也看重了文學對培養青年人教養方面、

[48] 編者：〈我們的志趣和態度〉，《觀察》第一卷第一期，三十五年九月一日（出版發行實為三十五年八月三十日）。
[49] 編者：〈我們的志趣和態度〉，見《觀察》第一卷第一期，三十五年九月一日。

敦促青年人自由思想的重要作用，儲安平對青年人或偏激或自享的狀況是極為不滿意的（其實，儲安平創辦《觀察》時也不過三十七歲），「但是這個刊物也不僅僅是一個論評時事的刊物。我們還有另一個在程度上占著同樣重要的目標，就是我們希望對於一般青年思想的進步和品性的修養，能夠有所貢獻」。[50]

（三）《大公報》文藝副刊：星期文藝及半月文藝

《大公報》是另一重要的能夠容納自由寫作人及知識人之言論的陣營。比之《觀察》週刊，《大公報》面向大眾，更具傳播優勢，《大公報》的影響時間更長，影響對象及影響範圍更寬更廣。如果說《觀察》週刊更多的是針對社會精英階層，那麼《大公報》則既考慮了精英讀者的接受能力也考慮了一般市民的接受能力，報紙的讀者層面比時政週刊的讀者層面更廣更大眾化。儘管《觀察》雜誌的發行覆蓋了中國的大部分地區，但其存在時間短、關注對象狹窄，就輿論影響而言，《觀察》與《大公報》顯然是不能同日而語，儘管在儲安平看來，《觀察》比《大公報》更具全國影響力，但日報對各類資訊傳播的優勢明顯要比一份時政週刊大。

雖然「大公」二字實則強調無私忘我之意，與自由的最低限度之真義相去甚遠，但基於一種特殊而獨立的報業立場，它顯示了一種言論的勇氣與寬容，這對爭取一種最基本的自由無疑是有扶持作用的。這一寬容的特徵，在英斂之、吳鼎昌、張季鸞、胡政之、王芸生等人主政的時代，尤為突出。期間，《大公報》在王郅隆主政時代，因受軍閥財閥控股、辦報保守等諸因素，自由氣氛最為低落，辦報風格也最為平庸，此時的《大公

50 編者：〈我們的志趣和態度〉，見《觀察》第一卷第一期。

報》被稱為安福系的機關報，有親日傾向，此《大公報》於一九二五年十一月終刊，後由新記公司接手。

《大公報》於一九〇二年七月十二日創刊於天津，其創始人為英斂之，《大公報》得紫竹林天主教總管柴天寵支持，集資合股經營，集資者既有天主教徒也有非天主教徒，值得一提的是，英斂之本人也是天主教徒，柴天寵是其天主教教友，財力雄厚的柴天寵在《大公報》成立初期為集資努力甚多，由《大公報》的股資構成及辦報旨趣來看，《大公報》屬非官方的無黨無派的民間報紙（王郅隆時代除外），文人的清高自許、批判衝動、憂憤愛國、事業熱情強化了《大公報》的非黨派特色。

自一九〇二年創刊以來，《大公報》由舊《大公報》至新記《大公報》，其間，經停刊再復刊，股權易人，諸多周折。一九二六年九月一日始，為保持報紙的獨立不受黨派是非侵擾，由吳鼎昌獨自出資五萬元，吳鼎昌、胡政之、張季鸞三人再辦《大公報》，據報人周雨回憶，「三人約定：資金由吳鼎昌一人籌措，不向任何方面募捐或集資；三人專心辦報，在三年內誰都不許擔任任何有俸給的公職；吳鼎昌任社長，張季鸞任總編輯兼副總經理，胡政之任總經理兼副總編輯；由三人共組社評委員會，研究時事問題，商榷意見，決定主張，文字雖分任撰述，而張季鸞負整理修正之責，意見有不同時，以多數決之，三個人意見各不相同時從張季鸞；張季鸞、胡政之以勞力入股，每屆年終，須由報館送與相當股額之股票。並規定胡、張每人月薪三百元，吳不支月薪」[51]。周雨還隨之補充了一個有關入股的細節，「一九四五年因湊錢購買印刷機，接受了華僑李國欽五萬美元的入股投資，一九四八年為了恢復香港版，接受了港胞王寬誠兩萬美元的入股投資，這時，才打破了吳鼎昌獨資經營的局面」[52]。

---

51 周雨：《大公報史（一九〇二－一九四九）》，南京：江蘇古籍出版社一九九三年版，頁二十七。
52 周雨：《大公報史（一九〇二－一九四九）》，頁二十七－二十八。

新記《大公報》伊始，便強調其非黨派的自由色彩，獨立，但絕非意味著敵視黨派，也不意味著對國事漠不關心。一九二六年九月一日，新記《大公報》發刊，張季鸞以記者之筆名撰〈本社同人之志趣〉一文，提出「四不」社訓，以我個人的意見看，此四訓除了聲明同仁的辦報旨趣、嚴格同仁的專業操守之外，更是對現代公民之責任與義務的明確表態，一為國事局勢，二為個體言論的自由生發，三為實現不同領域裏言論的互相扶持：

第一不黨。黨非可鄙之辭。全國皆有黨。亦皆有黨報不黨云者。特聲明本社對於中國各黨閥派系。一切無聯帶關係已耳。惟不黨非中立之意。亦非敵視黨系之。今者土崩瓦。國且不國。吾人安有中立袖手之餘地。而各黨系皆中國之人。吾人既不黨。故原則上等視各黨。純以公民之地位發表意見。此外無成見。無背景。凡其行為利於國者。吾人擁護之。其害國者。緝彈之。……

第二不賣。欲言論獨立。貴經濟自存。故吾人聲明不以言論作交易。換言之。不受一切帶有政治性質之金錢補助。且不接收政治方面之入股投資是也。是以吾人之言論。或不免囿於知識及感情。而斷不為金錢所左右。本社之於全國人士。除同胞關係係一點外。一切等於白紙。惟願賴社會公眾之同情。使之繼續成長發達而已。

第三不私。本社同人除願忠於報紙固有之職務外。並無私圖。易言之。對於報紙並無私用。願向全國開放。使為公眾喉舌。

第四不盲。不盲者。……夫隨聲附和。是謂盲從。一知半解。是謂盲信。感情衝動。不事詳求。是謂盲動。評詆激烈。昧於事實。是謂盲爭。吾人誠不明，而不願自陷於盲。

在經濟自存的前提下，《大公報》基本上堅持了其「四不」風格，至於一九四九年以後的《大公報》，性質已不同。由一九二六年至一九四九年，新記《大公報》一為發展，二因戰禍，共辦六館十報，對此，周雨所撰《大公報史》一書有詳細的介紹，其「六館為津、滬、漢、渝、港、桂；十報指每館除有一份日報，還出版了四份晚報，計有上海大公報臨時晚刊、香港大公報晚報、桂林大公報晚報、重慶大公報晚報」。[53]

二十世紀二〇、三〇年代，乃至四〇年代前期之新記《大公報》的諸多曲折發展，略去不談，於此僅提一九四五年八月至一九四九年十月間《大公報》出版發行的基本情況以及各地《大公報》或終結或延續的簡要情況。

此時，《大公報》共有四版，分處上海、天津、重慶、香港四地，《大公報》星散而發，最大的原因是受戰禍影響，而非其他。

一九四五年十二月一日，天津版《大公報》復刊，一九四九年二月二十七日更名為《進步日報》，意味著天津《大公報》的終結。

上海《大公報》由張季鸞、胡政之等人創刊於一九三六年四月一日，一九三七年十一月十四日——上海《大公報》發表王芸生撰寫的社論〈暫別上海讀者〉、〈不投降論〉，上海《大公報》，次日停刊，直到一九四五年十一月一日，上海《大公報》才復刊，上海、北京政權更替後，上海《大公報》和天津《進步日報》合併為北京《大公報》，一九五二年十二月三十一日，以上海版為後續的《大公報》正式停刊。

一九三八年十二月一日，重慶《大公報》創刊出版，一九三九年五月初，因敵軍轟炸重慶，重慶各報館損失慘重，「五月四日，……軍事委員會下令，重慶損失最嚴重的十家報紙（《時事新報》、《大公

53 周雨：《大公報史》，頁三五。

報》、《新蜀報》、《新華日報》、《國民公報》、《掃蕩報》、《中央日報》、《商務日報》、《新民報》、《西南日報》）自五月五日起改出聯合版，組織聯合委員會主持其事。」[54]於此，重慶《大公報》實際停刊。直到一九三九年八月十三日，重慶《大公報》才復刊，此後，延至一九五二年八月十五日停刊。

香港《大公報》創刊於一九三八年八月十三日，因受太平洋戰爭的影響，於一九四一年十二月十三日宣告休刊，直於一九四八年三月十五日復刊，自此其名稱延續至今，儘管香港《大公報》最終認同了新記《大公報》的體系連貫，但現在的香港《大公報》與一九四八年秋以前的新記《大公報》尚存多少真正的血脈關聯，不好作過高估量。而據蕭乾的回憶，一九四八年秋，香港《大公報》放棄其「中立」的立場，轉為擁共反蔣，蕭乾也參與其中。

《大公報》以時政社會新聞報導為主，但同時該報也非常注重報紙的副刊發展，《大公報》從一創刊就有副刊，對各類專業副刊的重視，可以說與同時代的《益世報》、《民國日報》、《申報》等報紙是一致的。

文學副刊是《大公報》各種專業副刊中的一種，即便在形勢混亂、人心思變的一九四五年八月至一九四九年十月間，各館《大公報》仍然非常重視文藝副刊，《大公報》對文藝副刊的重視，更勝同時期報紙一籌。

重視文藝副刊的傳統，《大公報》自創刊以來就已有之，而文藝副刊真正開始產生較廣泛影響的時期，應該是蕭乾主編文藝副刊的一九三五、一九三六、一九三七年。這一時期，蕭乾將文學版定位為面向青年讀者的版面，提高來稿品質，擴寬稿源，兼收小說、散文、詩歌及翻譯作品，並親自設計文學刊物的內容，開闢包括書評在內的各種專欄，由此吸引南北名家或文壇新秀為之供稿。這一時期，還有一件影響重大的事情足以證明《大公報》重視文藝副刊、重視對文藝人才的發掘與鼓勵，一九三六年，《大公報》設立了

[54] 方漢奇等：《〈大公報〉百年史》，北京：中國人民大學出版社，二〇〇四年，頁二三八。

「文學獎金」，獎金為三千元，評委請的是楊振聲、朱自清、朱光潛、葉聖陶、巴金、靳以、李健吾、林徽因、沈從文、凌叔華。最開始，蕭軍的小說《八月的鄉村》被提名，但是被蕭軍拒絕，一九三七年五月公佈的最後名單是——

小說：《谷》（蘆焚）

戲劇：《日出》（曹禺）

散文：《畫夢錄》（何其芳）[55]

《大公報》文藝副刊影響力日升，也相應地帶動了其他版面的趣味提升，各版面在稿源方面都有所拓寬。各館《大公報》有關文學的副刊有「星期文藝」、「半月文藝」、「文藝」、「大公園」（由「小公園」而來）等，其中「文藝」與「大公園」欄目所登載的文章比較雜，隨意性比較大，「文藝」欄目的風格與關注點與三〇年代《大公報》的「文藝」副刊相去甚遠。戰後，受胡霖邀請、由英倫回國的蕭乾曾掛名主編上海《大公報》「文學」副刊，但不久蕭乾就轉任復旦大學教授——「初抵上海，首先一個難題是報館沒有為我準備住處，而上海那時租屋，非有金條不可。輾轉搬了幾次家，最後，為了解決住房，接了復旦大學的教職，在徐匯村一幢日本式平房安頓下來」[56]。蕭乾在上海《大公報》的主要工作是兼任《大公報》社評工作（尤其是國際性社評），「文藝」欄目的蕭乾色彩逐漸淡化，就該欄目的影響力而言、就「文藝」欄目對文藝人才的重視與鼓勵而言，戰後「文藝」與戰前「文藝」也不可同日而語。

相較而言，「大公園」所登載文章多為隨想、有感而發、個人生活趣味展示、對時局及瑣事或諷或嘲

---

55 參見蕭乾口述：《風雨平生——蕭乾口述自傳》，傅光明採訪整理，北京大學出版社，一九九九年，頁六十七—七十七。

56 蕭乾口述：《風雨平生——蕭乾口述自傳》，頁二一〇。

的各類看法等，如果將其納入自由主義文學範疇裏去考察，似有寬泛不著邊際之嫌。最能體現自由主義文學思潮及自由主義文學創作成就的文藝副刊，當算「星期文藝」與「半月文藝」[57]，其中天津、上海、香港館都辟有「星期文藝」，有時是一整版，有時是半版加廣告等，出版頻率一般是每週一次，而重慶版因自身的原因，比如說紙張、經費等因素的影響，重慶館《大公報》只出有少量的文藝副刊，比如說「半月文藝」，其中上海版「星期文藝」與天津版「星期文藝」的開頭幾期，雖出版日期不同，但刊出文章幾乎一致。總體而言，「星期文藝」與「半月文藝」收入文章類型有文論、詩歌、散文、譯文等，但兩種副刊相較而言，「半月文藝」由於僅出了七期，其產生的影響自然是微乎其微，「半月文藝」收入文章偏重於左派，「半月文藝」與「星期文藝」雖不可同日而語，但作為一種文學的記憶，也不能夠完全被抹殺。

（四）《中國新詩》之創辦

「中國新詩派」，或「九葉詩派」，這些名稱都是二十世紀八〇年代以後出現的，出現的原因不一，或遷就集中出版的需要，或因研究現代詩歌的命名需要，這些名稱的出現，不妨看作是尋找被遺忘的文學史的一種產物。

現在人們談「中國新詩派」或「九葉詩派」，通常會把這兩本雜誌合在一起相提並論：《詩創造》、《中國新詩》。這種做法，有出於學理歸納的便利以及對中國新詩流變的續接考慮，因為，它們出現於同一時代，它們都與中國新詩的現代主義流變多多少少有關，這樣一來，籠統地將二者合而為一也就變得順理

[57] 重慶《大公報・半月文藝》的編版選文風格相對激進一些。

成章。但實際上，兩個刊物的辦刊理念、主辦人員有極大的區別。相形之下，《中國新詩》更能代表一種不乏激情但相對純粹的藝術理想，其獨立而不附和、聲稱要走出自己道路的姿態也更能符合自由文學理論及創作的一種追求。《中國新詩》所吸引的部分詩人，也可以稱之為備受時局困擾的中國意義上的自由派詩人，儘管以穆旦、鄭敏為代表的這些詩人並不能算是完全意義上承接西方自由主義傳統的自由派詩人，《中國新詩》雜誌的開篇文章〈我們呼喚〉（代序）也沒有明確地提到自由主義文學主張，但《中國新詩》及其詩人群落的文學取向仍然能以其獨特的存在方式、以其拒絕同一化的方式顯示出自由主義文學微弱的精神訴求。相對來講，那些在二十世紀八〇年代初才被開始稱為「九葉派」的穆旦等詩人在《中國新詩》上出現的頻率顯然要比在《詩創造》上出現的頻率要高。僅有袁可嘉、辛笛等人在《詩創造》發有少量詩文、詩論，那些單篇作品，可以放入有別於《詩創造》整個雜誌風格的個案研究之中考察。

一九四七年七月《詩創造》由臧克家等人主編，因辦刊理念、詩學觀念的衝突，在《詩創造》刊行十二輯之後，辛笛等人提議另辦刊物，即《中國新詩》，當時《中國新詩》的編委共有六人，分別是方敬、辛笛、陳敬容、杭約赫、唐祈、唐湜，出版資金來自於辛笛供職的金城銀行貸款，這樣一來，辦刊即便有經濟壓力，但起碼也能做到一定時期內編輯與發行的自主，這正是文學自主選擇的重大前提。

《中國新詩》由森林出版社發行、由上海中國新詩社編輯，星群出版社、上海書報雜誌聯合發行所、朝華書店等參與了銷售工作。《中國新詩》面向中國及海外發行，該刊共出有五集：「時間與旗」，第一集，一九四八年六月；「黎明樂隊」，第二集，一九四八年七月；「收穫期」，第三集，一九四八年八月；「生命被審判」，第四集，一九四八年九月；「最初的蜜」，第五集，一九四八年十月。每一集的刊名都是取自該集內的詩歌名，有一定的隨意性。從刊頭設計來看，相當簡潔，僅標明刊名、集名、出版社及日期，每冊封面附有一個極具鄉土氣息的剪紙圖示，該刊的英文名定為Contemporary Poetry（可譯作當代詩歌、同時代的詩歌等），中英文有不同寓意，但基本上可以看出這個刊物對詩歌之現代化的熱情。

這個刊物吸引了如下作者：鄭敏、穆旦、唐祈、杜運燮、方敬、馬逢華、李瑛、杭約赫（曹辛之）、陳敬容、蔣天佐、唐湜、袁水拍、戈寶權、藍冰、辛笛、袁可嘉、楊禾、方宇晨、卞之琳、劉西渭（李健吾）、金克木、徐遲、羊翬、馬逢華、馮至、葉汝璉等，從作者的構成來看，他們大多是堅持自己獨立藝術主張、獨立藝術探索的詩人、劇作家、詩評家，他們或者本身帶有濃烈的自由主義取向，或者是傾向於同情自由主義文學，而即便少量偏左的詩人、作家（杭約赫等），也多多少少表現出對言論自由、藝術自由的嚮往。當然，也有一個例外，《詩創造》第四集「生命被審判」推出了一個專欄，即「紀念朱自清先生」，該專欄收入方敬、迪文（唐湜）、雪峰、陳洛的文章，其中的雪峰，明顯與穆旦等人政見、文學信念不同。但是，在同一時期，不同志趣的文界人士在對待朱自清先生身後事的時候，他們即便是出自於不同的目的，但彼此之間也似乎暫時放下了彼此的重大分歧，最起碼，在針對假想敵的態度上，是基本一致的，先姑且不論朱自清先生逝世對中國文學界整體心理所產生的複雜影響，就論《中國新詩》選稿的這一例外，在客觀上也符合自由的寬容精神、妥協精神——承認衝突的事實存在，承認衝突的共存，同時也承認衝突的不可解決，以多元的姿態對待文學創作。我們很難從《中國新詩》的每一個具體作者去界定自由的含義，但《中國新詩》不強調詩團詩社的初衷，這在實際上也體現了《中國新詩》對詩歌自由選擇、獨立寫作的自覺看重，而就詩歌寫作的成就來講，《中國新詩》所收入的部分詩作無疑有一定的代表性。

一九四八年十一月，星群出版社（杭約赫住所），被搜查，杭約赫被迫離開上海，《中國新詩》因為政治壓力、權力圍剿而終刊。[58]

---

[58] 參見藍棣之：《九葉派詩選・前言》，《九葉派詩選》，藍棣之編選，北京：人民文學出版社，一九九二年。

二、消極保守的自由主義文學理想

對有自覺或者明顯自由主義傾向的報刊及其文學副刊或文學專刊進行考察，一方面可以大致看出自由主義文學思想及創作之傳與受的渠道，用今天的說法來講，也就是對文學的生產過程、接受過程進行局部考察；另一方面，可以看到，消極保守、溫和折衷的自由主義文學理想複雜又略帶天真委婉的具體內涵，如具體構想、憧憬前景、堅持信念等。

一九四八年一月八日，上海《大公報》發表題為〈自由主義者的信念——闢妥協騎牆中間路線〉的社評文章，文章中提到：「所有主義，無分左右或中間，其先決條件是具有對世界對國家的一番抱負，一種理想。」而就在之前的一九四七年五月五日，即全國文學節的第二天，同樣是上海《大公報》，發表〈中國文藝往哪裡走？〉的社評文章（實際上由蕭乾執筆而成），文章反省了歷史，對現實也做出了判斷，文章最後希望「平民化的向日葵與貴族化的芝蘭可以並肩而立」。這些為數不多的、明確自由主義姿態的文章，在事實上表達出其對世界對國家對文學的一番抱負，一種理想，一些希望。

那麼，自由主義文學如何實現其抱負，這種抱負又有一些什麼樣的內涵呢？這究竟是一種怎麼樣的文學理想呢？

（一）國家抱負下的現代化焦慮

自由主義文學首先所面對的，是對國家的態度與抱負。

這種態度與抱負所關心的，是民生的現狀、國家的前途、傳統文化的傳承、經典文學的出現。自由主義文學並不褊狹地將國家等同於政權，也並不以傳統文學、本土文學作為抵制西方文學的武器與工具，他們的愛國情懷，不限於某一時期內的政治現狀，他們的愛國情懷，也許跟一種源遠流長的語言有關，與這種語言內在的精神有關，也與這種語言與文化內在所發生的裂變有關，他們備受明朗派所指責的，其實也就是這種看似不明朗的態度。自由主義在對過去表現出一種曖昧不清的態度之餘，又急切地希望現代化的到來。儘管他們很難對現代化描述得很清晰，但他們心目中的現代化，既包含了行動，也包含了思想。自由主義文學的這些姿態與情懷，並不過分直露，有些，略為明瞭，而有些，則只是在其作品中隱隱地透露。但正是這些若隱若現的國家抱負，表明此時的部分自由主義文學並沒有完全從浪漫主義文學中脫胎而來，但是這種情懷又是無可指責的——傾向於君主立憲制、在雅各賓派當政時期流亡英國的法國文論家斯達爾夫人曾以戲謔又懇切的語氣說明這種情懷必須被理解，「不過自由與愛國心必須以對民族的幸福與榮譽非常積極的關心為支柱；如果你使優秀之士產生對善舉和惡行漠然置之、對人世間一切事物都報以輕蔑的態度，你就損害了上述那種關心」[59]。一九四九年以後，那些曾經在此時以多元方式表達過愛國情懷的，或因為在文學中給予個人情感過多的空間，或因為不合延安傳統對愛國情懷的闡釋，而被斥為反動，或不聞不問被冷淡處理，這種處理方式，確實「損害了上述那種關心」。斯達爾夫人接著從文學與榮譽的關係談論了這種愛國情懷，「對祖國

[59]〔法〕斯達爾夫人，《論文學》，徐繼曾譯，北京：人民文學出版社，一九八六年，頁二八六。

的熱愛是一種純粹社會性的情操。人是被大自然創造出來過家庭生活的，他只是由於博得公眾尊敬這種不可抗拒的誘惑，才產生出超出家庭生活之外的渴望，而寫作的才能對這種由輿論培養出來的尊敬之情具有最大的影響」，[60]雖然斯達爾夫人對家庭生活的判斷在今天已經有些不合時宜，但她對這種愛國情操的純粹性甚至功利性的把握，獨到且準確。在自由主義文學那裏，個人自由與愛國情懷並不矛盾，所以說，國家抱負也並不突兀，他們與非自由主義文學的思想分歧在於，如何實現這種愛國情懷，自由主義文學所期盼的是，不被強制地去實現更深刻更廣大的愛國情懷，不被強迫去表達被權力所捆綁的單一的、排它的「愛國」情懷（民族情懷）。

從自由主義報刊之文學副刊、文學專刊的基本定位來看，自由主義文學對國家前途命運是既心存憧憬，又難免擔憂，憧憬可能是源於一些自我信仰的價值觀的召喚，比如說對公民修養、自由平等的期待；擔憂是因為人類生存的一些基本價值觀、普世價值觀能否得到保證的問題。這些複雜的情懷，可以將之歸於自由主義寫作人及知識人的「現代化焦慮」——因為當時作者們更習慣於用「現代化」三字，所以在這裏也取「現代化」而捨「現代性」。他們對國家的態度與抱負，歸根到底，仍然是一個生存與淘汰的問題。如果再將這個問題延伸到「現代性」的思潮中去考察的話，這實際上是社會各方面演化的速度不均衡所導致的裂變。劉小楓認為現代現象及其裂變對於現代中國來講，是雙重裂變——「由於現代化過程在中國是植入型而非原生型，現代性裂痕就顯為雙重性的：不僅是傳統與現代之衝突，亦是中西之衝突」[61]，現代中國，知識份子之群體或個體反應，無論其有無自覺意識，都基本上可歸屬於現代性裂變下的反應，知識人多多少少都被

60 〔法〕斯達爾夫人：《論文學》，頁十九。

61 劉小楓：《現代性社會理論緒論》（〈前言〉），上海三聯書店，一九九八年。

捲入了現代性裂變的漩渦中。

現代性的裂變，個人獨特情感、個人特殊趣味、個人受教育的不同經歷，決定了不同的知識人在價值觀的信奉方面也必有不同的取捨。

自由主義知識人看重自由平等，並認為只有實現基本人權的保障之後，國家才有可能進步發展。左派寄希望於群眾、集體、組織，以及由此推動的革命，自由主義則看重獨立個體的權利與力量。對於中國，自由主義是植入型的思潮，假如自由主義與其他派別存在內在關聯，那麼這種內在關聯就有可能源於現代性裂變。《觀察》創刊號的刊頭文章〈我們的志趣和態度〉明確提出該刊的四大信約：民主、自由、進步、理性。在「進步」這一信約裏，儲安平對現代化寄予厚望，「但要民主政治成功，工業化成功，先須大家有科學精神，現代頭腦。我們要求在政治、經濟、社會、教育、軍事各方面的全盤現代化。……唯有現代化了，才能求得更大更迅速的進步，才能與並世各國並駕齊驅，共同生存」。[62]

這種要求，反映在文學上，同樣迫切。詩人、詩論家袁可嘉就提出新詩不必或不可能西洋化，但可以或者必須現代化。袁可嘉在《大公報》、《文學雜誌》、《詩創造》等報刊發表了多篇詩論，包括有〈詩與主題〉[63]、〈詩底道路〉[64]、〈新詩現代化——新傳統的尋求〉[65]、〈新詩現代化底再分析〉[66]、〈批評漫步——

62 儲安平：〈我們的志趣和態度〉，見《觀察》第一卷第一期，民國三十五年九月一日。
63 袁可嘉：〈詩與主題〉，上海《大公報・星期文藝》第十二期，民國三十五年十二月二十九日。
64 袁可嘉：〈詩底道路〉，上海《大公報・星期文藝》第十四期，民國三十六年一月十二日，又見天津《大公報・星期文藝》第十四期，民國三十六年一月十八日。
65 袁可嘉：〈新詩現代化——新傳統的尋求〉，天津・上海《大公報・星期文藝》第二十五期，均於民國三十六年三月三十日刊行。
66 袁可嘉：〈新詩現代化底再分析〉，天津・上海《大公報・星期文藝》第三十二期，均於民國三十六年五月十八日刊行。

並論詩與生活〉[67]、〈詩的戲劇化——三論新詩現代化〉[68]、〈談戲劇主義——四論新詩現代化〉[69]、〈詩與民主——五論新詩現代化〉[70]、〈詩與意義〉[71]、〈現代英詩的特質〉[72]、〈釋現代詩中底現代性〉[73]等。袁可嘉的這一系列文章後來在一九八八年集結成書，《論新詩現代化》由北京三聯書店出版發行。散見於《大公報・星期文藝》、《文學雜誌》等報刊的這些文章，並沒有空泛地論新詩號召新詩，而是由詩的具體文法、技巧、意義、詞語、審美經驗等各方面入手，由中西比較入手，專論中國新詩為什麼必須現代化、新詩如何現代化、新內容如何要求新形式等，就漢語詩歌藝術的現代轉換及海外經驗在漢語詩歌藝術裏的落實與轉換而言，袁可嘉所論辯的力度與細緻，實屬罕見。

此時也有人反思抗戰期間得到發展的戲劇。陳瘦竹在考察「戲劇與觀眾」時，承認戲劇在抗戰初期有「愛國表示」，「故無論其成就如何，尚不失為一有價值的活動」，但是，中國戲劇的出路，卻「繫乎以下兩個條件」：一是「藝術良心」，二是「國家走向正軌」。[74]出於對戲劇發展的寬容，作者並沒有因為戲劇成為某種運動而全盤否定它，同時也認同愛國的正當性。〈戲劇與觀眾〉、〈論排場戲〉（《觀察》第一卷第

67 袁可嘉：〈批評漫步——並論詩與生活〉，天津《大公報・星期文藝》第三十五期，民國三十六年六月八日。
68 袁可嘉：〈詩的戲劇化——三論新詩現代化〉，先後刊於：天津《大公報・星期文藝》第七十八期，民國三十七年四月二十五日；《文學雜誌》第三卷第一期，民國三十七年六月初版；《詩創造XII》第十二輯，詩論專號「嚴肅的星辰們」，星群出版社，一九四八年六月。
69 袁可嘉：〈談戲劇主義——四論新詩現代化〉，天津《大公報・星期文藝》第八十四期，民國三十七年六月八日。
70 袁可嘉：〈詩與民主——五論新詩現代化〉，天津《大公報・星期文藝》第一〇一期，民國三十七年十月三日。
71 袁可嘉：〈詩與意義〉，《文學雜誌》第二卷第六期，民國三十六年十一月初版。
72 袁可嘉：〈現代英詩的特質〉，《文學雜誌・詩歌特號》第二卷第十二期，民國三十七年五月初版。
73 袁可嘉：〈釋現代詩中底現代性〉，《文學雜誌》第三卷第六期，民國三十七年十一月初版。
74 陳瘦竹：〈戲劇與觀眾〉，《觀察》第一卷第十期，三十五年十一月二日。

二期，三十五年九月七日）等文章，表達出隱瘦竹對戲劇藝術成就及國家安定的擔憂。這些複雜的心態，也不妨視為國家抱負下的一種文藝焦慮。

《中國新詩》的發刊詞，強調現實狀況的惡劣，並認為詩歌是嚴肅的工作。他們呼喚一種生活，所謂的「詩歌的新時代」，希望能有所突破，「我們的工作要求一份真誠的原則，毅然不動的塑像似的凝聚，也要求一個份量恰當又正確無誤的全局的把握，我們應該有一份渾然的人的時代的風格與歷史的超越的目光，也應該允許有各自貼切的個人的突出與沉潛的深切的個人投擲，我們首先要求在歷史的河流裏形成自己的人的風度，也即在藝術的創造裏形成詩的風格」[75]。在國家局勢並不太明朗的情況下，他們一方面承認自己是人民中的一員，另一方面又希望能以個人風格開創新詩的新風格，隱含著對詩歌藝術之「新」的焦慮與期盼，帶有西方意義的「新」的要求，於中國新詩域尤其明顯迫切。

很多寫作人及知識人都不同程度地表現出文學現代化的焦慮。民國三十五年十月十三日，天津《大公報》出版第一期「星期文藝」，刊頭文章是楊振聲的〈我們要打開一條生路〉，此文雖對世界僅有一些印象式的浮誇看法、行文也略嫌空洞、用詞也難脫時代情緒的浸染，但其行文立場清晰明確。楊振聲時時強調文學之新、文學之生路，行文中有「現在」對「過去」的焦慮。作者強調《大公報》對個人文藝的扶助立場與姿態，作者也意識到過去與現代、外來與自己之間存在困擾，同時，對時局之凶險有所察覺。楊振聲提出，「我們願意本著這種信心去作幾個開闢生路的工人，我們不願躲避艱險，因為這是我們的自擇。我們不作任何其他的工具，因為我們已經答應文藝了；文藝是我們的工具，我們也是文藝的工具。我們不要求任何報償，因為工作本身的艱苦就是我們的報償。我們若要求饒恕的話，只要求這責任的本身能夠原諒我們的過分

---

[75] 本社：〈我們呼喚（代序）〉，《中國新詩》第一集「時間與旗」，森林出版社，一九四八年六月。

或不及」。在這裏，「其他的工具」顯然有所指，而「文藝是我們的工具，我們也是文藝的工具」之工具，又與政治的工具有別，其意顯然希望能夠提供一些實質性的版面或手段，以助文藝在過去與現代、外來與自己之間的困擾中「打開一條生路」。新記《大公報》早在一九二六年九月一日所提出的「四不」社訓之「第一不黨」，就已經表明了自由派對國家的抱負——不黨，但絕非中立、絕非對國事漠不關心，其重點恰恰就是「國」字。文學的現代化焦慮的一個基本出發點，乃這個「國」家，文學的抱負在國家的抱負之下。這個「國」字的內涵遠遠大於「權」字的內涵，但沒有多少自由主義寫作人及知識人意識到，這個「國」與「權」有一天會被有意混淆。

「國」之抱負下，是現代與傳統、中土與西洋之間的實際困擾與衝突。這種衝突給自由主義寫作人及知識人內心所帶來的焦慮與遲疑，在此難以盡舉。但無論他們有沒有確切地意識到現代性裂變的來臨，他們已經事實上身在其中，並已經做出種種反應了。無論是發現西方，還是被西方發現，自由主義文學在中國的種種心態，都可歸之於西方反應。他們首先所擔憂的，並不是左派熱衷的革命、群眾、大眾、階級問題，而是人在現代化與世界化的潮流中如何生存的問題。這種思考角度，跳出了以往的帝國中心思考視角。談及「國」之事，也許有人會指責說，像張愛玲這樣的作家，她有「國」的概念嗎？她的創作也屬於西方反應之一嗎？像張愛玲這樣的作家，雖然她極少對「國」、「政權」、「正義」、「公義」等抽象名詞表態，但她的創作，卻是二十世紀四〇年代的中國、甚至是整個現代中國，最具中國傳統痕跡，但同時又最具西洋現代藝術修養的創作，她雖然不「說」，但並不代表她沒有，她是那麼地舊，但是她又是那麼地新，她固守於內在城堡，以消極自由的姿態，為中國現代文學留下了獨一無二的奇蹟。她的寫作，即為中西、古今衝突的結果。衝突的結果，有可能非常糟糕，也有可能向合理的方面變化。衝突並不盡然是負面的。張愛玲的作品，讓古典性與現代性找到了相對合適的相處方式，審美性在這裏面，充當了重要的作用。這一例子，可說明，無論寫作人及知識人有沒有「說」出來，也無論他們有沒有真切地意識到現代化焦慮，現代性衝突都事實存在，現在與過去的衝突總是存在。衝突並非階級鬥爭論者所理解的那樣，一定是你死我活，把衝突當成是一種存在，而非一種終極的解決辦法，可能更為合適。

文學的現代化焦慮，也隱含著抱負。這種抱負，並非要去解放全人類，也並非要去實現所有美好終極價值目標的高度統一、高度趨同，它傾向於文學對世界化的疑慮與渴望，希望文學以自身成就立足於世界之中。現代化焦慮，有時候表現為文學的求新，比如說《中國新詩》，其作者群對現代詩的嚮往與嘗試，可視為求新之表現。現代化焦慮有時候也表現為文學的懷舊、退歸自然、重返道統：對傳統猶疑不決，既不能推翻五四以來知識人對傳統發難的基本立場，又不能完全繼承傳統；還有像沈從文那樣，固執地以鄉下人自居，以鄉下人的視角進行文學實驗、發表文學看法、觀察文學現實，又或者像廢名那樣，以旁觀者的身份靜觀戰亂中的鄉土人情，還有一九四八年以前的汪曾祺，以不動觀動、以不變觀變，其〈戴車匠〉等作品，在關注某些舊事物消失的過程時，摻雜了濃厚的懷舊情緒。

文學的現代化焦慮，決定了寫作人及知識人對傳統文學及文化抱有複雜心態。現代化不可逆轉，但「傳統」、「古代」怎麼辦？這是寫作人及知識人要面對的重大難題。

學者吳世昌在其〈中國文化與現代化問題〉一文中，指出：「中國今後的問題並不能任憑你來提倡復古，我來提倡實用科學，他來維持本位文化，特別國情。中國已不復是華夏、禹甸，而是現代高度科學的世界的一部份」，並認為中國如果要現代化，就必須對文化觀念等方面進行改造重建。[76] 一九四八年一月八日，上海《大公報》發表題為〈自由主義者的信念——關妥協騎牆中間路線〉的社評文章，文章的最後稱：

[76] 吳世昌：〈中國文化與現代化問題〉，《觀察》第二卷第十八期，三十六年六月二十八日，原刊處，《學識》第一期。

「他（自由主義者）只為同類的遭際而憤怒悲哀……悲哀的是唯恐這個進入原子能時代的世界不肯再等待這個古老的中國！」

《文學雜誌》第二卷第六期（民國三十六年十一月初版）登載朱光潛所撰寫的長篇對話錄〈蘇格臘底在中國〉，以林老先生、褚教授、蘇格臘底三人的對話，談及中國民族性和中國文化的弱點，指出了中國人很多毛病，同時強調了吸引西方文化的重要性。該文行文略帶悲觀，作者認為在中國，少數人的力量非常微弱。對於國家的現在與未來，學者吳之椿所使用的詞是「近代化」，儘管「近代化」與「現代化」有所不同，但它們所反映的都是古代與現在之間的既緊張又關聯的關係。吳之椿在其〈明日世界與中國文化〉一文中指出：「現在世界交通起了空前的大革命，我們也在此時銳意要實現國家的近代化。但近代化的意義，根本的就是文化淘汰作用。各國如此，中國不是例外。自動的淘汰與被動的淘汰，嚴格的區別實在太小。」[77]吳之椿由中國文化的角度說明中國融入世界的迫切性，這固然是時勢的要求，但在其思想後面，所隱藏的心態，何嘗不是生物進化觀的殘酷性與社會達爾文主義之樂觀所驅。但是，儘管一如本文第二章所講，自由主義文學也受生物進化論之殘酷性與社會達爾文主義之樂觀所干擾，但是，他們所憂所慮、所盼所望，重點仍然在文學作為獨立藝術的現狀與前途。

在一九四七年五月五日上海《大公報》的社評文章〈中國文藝往哪裡走？〉（實為蕭乾撰文）認為：「今日已不是爭執雞生蛋或蛋生雞的時候了。今日已不是《現代》戰《語絲》，《創造》對《新月》的時候了。中國文學革命了二十八年，世界張手向我們要現貨，要夠得上世界水準的偉作。」沈從文分別於一九四六年十一月三日、十日在天津《大公報》之星期文藝第四、五期發表〈從現實學習（一）〉、〈從現

[77] 吳之椿：〈明日世界與中國文化〉，見《文學雜誌》第二卷第一期。

實學習（二）〉，以其自身經歷，極其委婉地回顧了文學的寂寞之路，其〈從現實學習（二）〉中開篇就強調了作品的重要，「我以為作家本無足貴，可貴者應當是他能產生作品。作品亦未必盡可貴，可貴者應當：它的成就或是成為新文學運動提出個較高標準，刺激更多執筆者，有勇氣，得啟示，能做各種新的努力和探險，一面且足以將作品中可浸潤寄託的宏博深至感情，對讀者能引起普遍而良好的影響」[78]。

法國文學研究專家羅大剛的一篇文章也值得注意，《文學雜誌》第二卷第六期（民國三十六年十二月初版）收入其〈時勢造成的傑作〉一文，該文認為戰亂期間留下的傑作不多，但有一篇作品——韋皋的〈海的沉默〉，作者由於寫出了沉默，並離開了大鑼大鼓的常規，使得構思奇巧的〈海的沉默〉有人道的光榮。該作是二戰期間的地下作品。羅大剛此文應有所指，尤其是，在該文的末尾，羅大剛認為韋皋後來的作品，由於文學氣味太盛，「作文章」的動機太強，使得韋皋以後的作品都未能超越〈海的沉默〉。時勢並不是造成傑作的必然因素，傑作之所以為傑作，恰恰在於藝術有其超越時勢的獨立創造力。

在國家抱負下，在現代與傳統、中土與西洋的衝突中，自由主義文學作家所心懷的文學抱負，就是希望中國文學乃至中國的其他方面能夠立於世界之中，不被淘汰，也希望文學能夠拿出現貨拿出傑作，能夠在世界文學中佔有一席之地，能夠在世界文學中保持自己的獨立性。「世界化」、「現代化」、「近化代」，用詞雖不一樣，但都是現代性裂變中的反應。「世界化」、「現代化」、「近代化」是這一時期自由主義文學理想的重要表現，當時的人們並無意嚴格去區分這些實際上有巨大差異的概念，他們或者只是想通過這些詞語去表達一種迫切想融入世界的願望。

---

[78] 沈從文：〈從現實學習（二）〉，天津《大公報・星期文藝》第五期，民國三十五年十一月十日。

（二）自由立場下的文學抱負

自由主義寫作人與知識人，希望能在此時「有所作為」，對馬上就要到來的「未來」又懷有一定的期望值，這種期望，不僅僅是對文學之獨立創作的期望，也有對包括個人自由、出版自由等基本人權如何或者能否得到保障的期望。

自由主義文學的基本姿態一致。盡可能保持游離的立場，不介入政黨之爭。堅持獨立的創作立場與個人的文學趣味，對集體創作、群眾運動敬而遠之，對試圖統一文學的「人民的文學」保持距離。盡可能地保持並爭取各自的藝術獨立、思想自由、個人自由，他們不約而同地把文學選擇的重心放在最低限度的自由之上。這個同，是不約而同的同，其出發點首先是承認各自的異。

《文學雜誌》、《大公報·星期文藝》、《觀察》（文藝副刊）、《中國新詩》等，大致可以代表自由主義文學寫作人及知識人的基本立場。當然，除了這四種報刊雜誌之外，天津《益世報》的文學週刊，也為自由主義文學作家、理論家提供了出版園地，但由於天津《益世報》有基督教背景，儘管宗教信仰與政治信仰、個人信念並不衝突，但出於相對純粹的考察立場，《益世報》文學週刊暫不列入本文考察的對象群體之一。提到宗教背景，在這裏補充一下，《大公報》原是英斂之於一九〇二年創辦，英斂之也是天主教徒，但《大公報》到了一九二六年，轉手吳鼎昌的時候，已經基本上沒有什麼特別的宗教背景。在這裏，雖然不以《益世報》作為一個重要的個案，但必須要澄清的是，政治信仰與宗教信仰並不存在必然的衝突，以英國歷史學家、思想家阿克頓勳爵（一八三四－一九〇二）為例，他就同時是虔誠的天主教徒、堅定的自由主義者。宗教信仰、政治信仰、個人信念、文學修養之間並不存在必然的衝突，它們之間甚至還有一些穩定的連貫性，此處不展開。

此時的自由主義報刊雜誌，是屬於志趣相投之人群的自發式合攏，而非嚴密組織與嚴密政黨的產物。

他們經歷了艱難的財務組合，他們幾乎不約而同地表現出內心的擔憂、警覺、抱負。在政治方面，他們一般不對政黨表態，他們不支持某一個具體的政黨也不明確偏袒哪一個具體的政黨，但即便是對延安或南京保持距離，他們對政局仍然抱有自己的期望值與一定的熱情。種種矛盾的心態，或出於國家抱負，或出於文學抱負，或出於對人類美好價值觀的信賴，或出於藝術直覺，或出於對可能發生的強制的本能反抗，或出於焦慮與懷疑，或出於個人的執著，或者出於內心恐懼與崩潰……無論出發點是什麼，顯然都有其合理理由。這些矛盾的心態，實際上也就代表了一種不同於激進政治抱負、亢奮集體抱負的聲音。

前文回顧了《文學雜誌》的創刊復刊情況、同仁志趣，基本上釐清了《觀察》及《大公報》的創辦細節、財務情況、銷行狀況，並勾勒了不同時期《觀察》、不同版本《大公報》文學類副刊的大致刊行情況，由那些具體的情況，可得知，這些報刊如何得以保留自由主義的立場，又以什麼樣的方式來表達自由主義的文學理想。

《文學雜誌》、《大公報》、《觀察》、《中國新詩》基本上都杜絕了政客、政黨、官方的資金注入：《文學雜誌》雖由商務印書館出資，但兩者之間一開始所達成的協議就是保持《文學雜誌》獨立編輯的權力，《文學雜誌》的發行量顯然也為商務印書館帶來了利益，在這兩者之間不存在編輯與發行的衝突；新記《大公報》的資金注入更為單純，先是由吳鼎昌獨資，吳鼎昌的意思是即便虧錢也要辦獨立不受外力強制的報紙，直到後來李國欽、王寬態的入股，也沒有改變《大公報》的私營性質，難能可貴的是，在新記《大公報》開辦之初，編輯發行的權責就已協定的方式確定下來，總經理與總編輯是各司其職，不得互相干涉；《觀察》雜誌的資金來源，絕大部分來源於同仁捐款，不圖經濟回報，但求文學志趣相投，蔣經國所注入的資金，基本上可以看作是個人行為，因為，他既沒打算讓儲安平知道，也沒打算干涉《觀察》雜誌的編輯發行，更無意從《觀察》雜誌分紅，估計儲安平到人間蒸發的最後一刻，也不知道有這個籌款細節；《中國新詩》則完全是借款創辦，更具理想主義的個人色彩，因資金及審查原因，《中國新詩》也只刊行五冊便告終結；而即便是有基督教背景的天津《益世報》，因為沈從文主持文學週刊的緣故，該文學副刊對自由主義文學也是包容有加的，這份報紙也有著與左右有異的立場。

這些報刊雜誌自覺疏離於政府、財團、政黨之外，儘量保持自身的財政獨立、非國有化身份。這一最重要的前提，使得他們能夠在一定程度上保持一定的言論自由，也能夠有限度地提出並實踐他們的思想志趣，儘管有強制力量的介入與干擾——集體創作、群眾運動、文學管制等，但這些，並不太妨礙自由主義者基於個人立場憧憬文學前途、政局前景。雖然《觀察》、《中國新詩》難逃被查封的命運、《大公報》難逃被監管的命運，但因其經濟構成的獨立、個人立場的堅定明確、個人對某些普世價值的朦朧信仰、當局對文學的忽略（相對於軍事積累、軍事擴張來講，文學在南京政權眼中實在不算重要了），使得自由主義文學不至於完全湮沒。

除了財政上的自籌、刊行上的自主之外，還有種種跡象可以表明這些報刊幾近鮮明的游離姿態：不捲入左、右，但求有最基本的個人自由，不求組織，但求信仰自由。在這時，不妨再回顧一下《觀察》等雜誌報刊的基本志趣，以說明自由主義文學的基本理想。

《觀察》雜誌第一卷第一期之〈我們的志趣和我們的態度〉提出民主、自由、進步、理性四義，並陳明其公平的、獨立的、建設的、客觀的態度，該文不提政黨，只憂國事與人事，寄望於新對舊的克服使中國步入世界主流，儲安平認為，「而於重視自己的思想自由時，亦須同時尊重他人的思想自由。……沒有自由的人民是沒有人格的人民，沒有自由的社會必是一個奴役的社會」。[79]《觀察》雜誌第二卷第十二期（民國

[79] 儲安平（署名編者）：〈我們的志趣和態度〉，《觀察》第一卷第一期，三十五年九月一日。

三十六年五月十七日）還有一篇重要的文章，那就是陳衡哲的〈關於自由思想份子（通信）〉，陳衡哲在文章中認為自由主義者在近期組織政黨不僅不可行，而且有違自由知識份子道義的、非利害的傳統精神。

新記《大公報》的立場更為鮮明，其四不社訓足證其基本態度：「不黨」、「不賣」、「不私」、「不盲」，心繫國家，既不願捲入黨系之爭，又不願受群眾情緒所制，在經濟構成、刊行權責主體未發生根本性變化之前，《大公報》極度重視自身的獨立。一九四八年一月八日上海《大公報》社評文章〈自由主義者的信念──闢妥協騎牆中間路線〉也特別強調了「我們的」自由主義與十九世紀的自由主義的區別，以期望以此表述自己不依附於某一個政黨的獨立姿態。一九四七年五月五日上海《大公報》的社評文章〈中國文藝往哪裡走？〉也表達了對文學自由的期盼，「我們希望政治走上民主大道，我們對於文壇也寄以民主的期望。民主的含量儘管不同，但有一個不可缺少的要素，那便是容許與自己意見或作風不同者的存在。民主的自由有其限度，文學的自由自然也有其限度。……但在『法定』範圍內，作家正如公民，應有其寫作的自由，批評家不宜橫加侵犯。這是說，紀念五四，我們應革除只准一種作品存在的觀念，而在文學欣賞上，應學習民主的雅量」。

《中國新詩》，雖然其詩論及所選詩歌都不可避免地受到了時局紛擾的影響，也難免有情緒失控、感情超過理性、思想大過藝術的時候，但其基本志趣仍然希望能在嚴肅的時辰開闢出嚴肅的藝術前途，《中國新詩》看重個人的詩歌探索。《中國新詩》在現代詩歌方面大的抱負，與國家抱負的方向並沒有發生很大的偏離，但在創作立場上仍然希望可以游離於政黨、集體、抽象的人民，能夠保有個人的藝術空間、發言空間。

《文學雜誌》的基本旨趣也在於其游離但獨立的自由立場與文學抱負。早在一九三七年《文學雜誌》創刊時，朱光潛就在刊頭語〈我對於本刊的希望〉中提出「自由生發，自由討論」的文學理想，認為「為文藝而文藝」、「文以載道」的兩派文學觀都是死路，他將文化思想分為生發期和凝固期，用意在於一方面承認紛爭存在的合理性，另一方面要保持「公平交易」與「君子風度」，最終得以殊途同歸，「在今日，我們還談不到，而且也不應談到，『思想統一』，無論希圖『統一思想』的勢力是『右』還是『左』」，在該文中，朱光潛認為要克服「怕惹是非」的怯懦心理，實際上已經相當於公開宣稱不怕惹是非。[80]

一九四七年六月一日，《文學雜誌》復刊，其姿態仍然獨立，不怕「惹是非」的姿態看上去就收斂了不少，但他們在文學作品及文學思想上的期待心情卻比一九三七年更為迫切了，對文學危機的擔憂也似乎甚於抗戰及抗戰前夕。一九四七年六月一日《文學雜誌》的復刊卷頭語（署名為編者）特別強調其基本立場，只認文學的好壞，而不分新舊左右門戶派別，但又難免會遇上那些想以打倒別人而抬高自己的行為，「遇著這種排擊，我們絕對不回手」。這種姿態或因為沒有精力捲入是非、或因為不屑於跟揮舞大棍企圖吃獨家食的文學主張為伍，但其目的，仍然離不開前文所說的「自由生發，自由討論」之文學理想。寫作人及知識人由不怕惹是非到盡量不捲入是非，姿態轉變，立場有退守的跡象。其中，固然有政治因素，群眾、集體的壓力，也是寫作人及知識人退卻的重要原因。以朱自清為例，他算不上純粹意義上的自由主義者，由其個人經歷可得知，他算得上是中間偏左、但又相對比較重視文學之藝術性的作家。朱自清〈論朗誦詩〉一文，對「新詩中的新詩」——朗誦詩提出了一些自己的看法，「朗誦詩應該有獨立的地位，不應該有獨佔的地位」，當朱自清去北大聽了詩歌晚會之後，改變了對朗誦詩的看法，儘管有友人認為朗誦詩只是時代需要的詩，而不可能像別的詩那樣長存下去，朱自清卻以為，「配合著工業化，生活的集體化恐怕是自然的趨勢。美國詩人麥克里希在〈詩與公眾世界〉一文（一九三八？）裏指出現在『私有世界』和『公眾世界』已漸漸

80 朱光潛：〈我對於本刊的希望〉，《文學雜誌》第一卷第一期，民國二十六年五月一日初版。

打通，政治生活已經變成私人生活的部分；那就是說私人生活是不能脫離政治的。集體化似乎不會限於這個動亂的時代」[81]。朱自清隨之又發表〈論雅俗共賞〉一文，指出抗戰以來開始的「通俗化」運動正走向「大眾化」，而最後走向雅俗共賞，大概還需要量變到質變的過程。[82]朱自清雖然在個人自由的意識方面未必清晰，對民間及俗世小市民及農家弟子更是同情有加，但他對詩歌與集體化、文學與通俗化大眾化之關係的判斷，大概也算是一種遠見了。自由主義寫作人及知識人雖堅守自由獨立立場，但盡量不惹是非的態度轉變，也可看出，他們對群眾運動、大眾化趨勢，並非毫無察覺。

《文學雜誌》復刊後不久，朱光潛在該刊發表〈看戲與演戲——兩種人生理想〉一文，表現出「觀照」的冷靜。作者由宗教的觀照說到文學的觀照，「宗教的基本精神在看而不在演，……談到文藝，它是人生世相的返照，離開觀照，就不能有它的生存」，有的人的人生理想是看戲，有的人的人生理想是演戲，「人性不只是一樣，理想不只是一個，纔見得這世界的恢闊和人生的豐富」，袖手旁觀，看戲，實際上也是一種安於自己身份與地位的快樂與幸福，作者自認為是看戲的人，「但是我們看了那出會遊行而開心之後，也要深心感激那些扛旗子底人們。假如他們也都坐在房子裏眺望，世間還有什麼戲可看呢？並且，他們不也在開心麼？你難道能否認？」朱光潛關注文學的個人選擇問題，他之所以把柏拉圖、莊子、釋迦、耶穌、但丁等人都歸為看戲人，也是希望文學能夠安於看戲人的身份與地位。[83]

此外，朱光潛在〈蘇格臘底在中國（對話）〉一文中，以蘇格臘底的口吻分析了中國民族性及中國文化的各種弱點之後，認為中國必須擴大中國文化，怎麼擴大？文中的蘇格臘底說，「當然是吸收西方文化。

---

81 朱自清：〈論朗誦詩〉，《觀察》第三卷第二期，民國三十六年八月三十日。

82 朱自清：〈論雅俗共賞〉，《觀察》第三卷第十一期，民國三十六年十一月八日。

83 朱光潛：〈看戲與演戲——兩種人生理想〉，見《文學雜誌》第二卷第二期，民國三十六年七月一日初版。

無論你們願不願，關是閉不了底，西方文化遲早總要打進中國來。可是你們千萬記著：西方文化的精髓是我們希臘的傳統，是『思想的自由生發』，是『愛知』。你們如果沒有接收到這點精髓而只接收到近代西方的工商文化，那就猶如你們講道教不透懂老莊而只鍊汞養生，求神問卜」。[84]

「思想的自由生發」，這幾乎可以看作是此時自由主義文學最基本的理想了，亦即第一章所論證的，最低限度的自由。

朱光潛是《文學雜誌》的主編，他的文章即便不能完全代表但起碼能夠部分代表刊物的基本志趣。從《文學雜誌》的選稿風格來講，注重文學的好壞顯然超越了門戶派別之見，《文學雜誌》的作者群，持有不同政見、不同文學觀。《文學雜誌》雖然並沒有界定究竟什麼是好文學，但其收入稿件，基本上是排除了工具性、政治性的文學，反過來說，《文學雜誌》所認為的好文學，與宣傳的、工具的、政治的、強制的文學有距離有區別。

從各種自由主義報刊及文學副刊的基本旨趣得知，此時自由主義文學的基本取向為：不左右逢源，要有自己的獨立立場；不是單純的中立或做和事佬，而是希望保有自己的文學主張；即便不怕惹是非，但也盡量避免捲入是非，最好是能夠埋頭幹自己的事、以求好的文學作品出世。

這種看似游離實則獨立的立場，其目的是，不被強制，希望能保有最低限度的自由，尤其在可供選擇的空間越來越少的情況下，他們的擔憂、急切、幻滅感日益加深。如果說國家抱負下隱含著自由主義文學的現代化焦慮，那麼，在自由立場下的獨立姿態，也隱含著集體與個人之間的分裂與衝突，這種分裂與衝突，對於自由主義文學來講，是一種有關生存品質的生存性訴求，是偏重於個人自由、最低限度自由的生存性

84 朱光潛：〈蘇格臘底在中國（對話）〉，《文學雜誌》第二卷第六期，民國三十六年十一月初版。

訴求，同時，也可以看作是多樣性訴求對統一性訴求的厭惡與排斥，「異」對於「同」的本能恐懼。

國家抱負下的現代化焦慮，自由立場下的文學抱負，交織在一起。在這個格局裏，追求群體自由（或民族自由）與追求個人自由很難截然分開。一旦「救亡」確實壓倒一切或「救亡」被打造成壓倒一切之理由的時候，群體自由就有可能優先於個人自由。

哈耶克在辨析「自由與自由的諸種含義」的時候，曾提過個人自由與群體自由的相似處及其區別：「當我們談論一個民族，擺脫外人的奴役，決定自己命運的願望時，這是將自由的概念用於集體，而非個人。這裏，我們所說的自由是指人民整體不受外人的強制。一般而言，主張個人自由的人也會懷著同樣的熱情支持民族自由，譬如，在十九世紀自由主義運動和民族主義運動就曾經持續而艱難地融會到一起。然而，儘管民族自由和個人自由在概念上相似，但絕不相同，追求前者並不一定增進後者，而追求前者有時還令人們寧可放棄異族多數人的自由統治，轉而選擇本民族的暴君；另外，它還為恣意限制少數派成員的個人自由提供了口實。儘管人們追求個人自由和追求自己所屬的群體自由，可能都是基於類似的情感，但仍有必要把這兩個概念區分開。」[85]

既然追求個人自由與自己所屬的群體自由，從情感上來講，都有相似的地方，那麼，我們也就能理解，為什麼《大公報》、《文學雜誌》、《觀察》、《中國新詩》等都把國家的獨立與繁榮看成是自由的重要前提，也能理解自由主義文學為什麼會不約而同地有國家抱負下的現代化焦慮這樣的反應。正是因為這兩種情感是如此地相似，以至於報刊創辦者、自由主義寫作人及知識人未必能夠非常清晰地區分這兩種類別不同的自由，以至於個人自由最後有可能退居其次，群體自由成為一種更高的更具誘惑力的自由追求。由此可

[85] 〔英〕弗雷德里希・奧古斯特・哈耶克：《自由憲章》，頁三十三—三十四。

以提問，有些人是不是因為將個體自由與群體自由混淆，所以將個人自由寄望於群體自由呢？甚至也可能，在理想主義者眼中，群體自由高於、優越於個人自由？

三、消極自由與個人選擇

對物質載體的考察，可以在一定程度上看出自由主義文學的生存處境。報刊雜誌、文學副刊，並不意味著自由主義文學的全部出路，本文也很難做到面面俱到地去考察自由主義報刊、文學副刊如何扶助自由主義文學的生存生發，但上文提到的報刊雜誌、文學副刊吸引了一批自由主義寫作人或知識人為之供稿，從這個意義上來講，物質載體並非與自由主義文學無關。報刊雜誌的游離姿態、報刊雜誌後面的人的游離的姿態，其自甘邊緣的想法大致是相似的。正因為有這種不約而同的相似性，沒有政權野心、但有人權遠見與思想遠見的自由主義報刊才能吸引那些有獨立藝術情趣、獨到生命看法的自由主義寫作人及知識人，吸引他們各抒己見。

具體到個人創作及行動，也可以看到自由主義文學游離但獨立的基本姿態。他們希望在「現在」能夠有所作為，對將來又充滿一定的期望值。為數不多的作家、理論家，不僅在文學思想方面提出不少的想法，更在各種文體的創作方面做出不少貢獻。游離而獨立的姿態，體現了此時自由主義寫作人及知識人獨特的心靈狀態。自由主義寫作人及知識人即便是熱衷於辦報、教育，積極投身於他們認為有價值的社會活動，其意也不要謀官職，不求黨派寵愛，無意依托於任何政黨、組織。他們所尋求的生存狀態，更接近於現代公民的一種基本生存狀態，即，希望在法的面前，能夠有個人自由的存在。他們的選擇，並非完全基於現實利益，也非對現實社會的迴避。「社會怎麼辦」、「我們怎麼辦」、「自己怎麼辦」，面對這些疑問，他們求助於文學。文學本身具備的力量，使他們不至於完全放棄理想，而是有機會退居內在城堡，以拯救內心可能面臨的崩潰。

朱光潛、袁可嘉、羅大岡（有時寫為羅大剛）、沈從文、蕭乾、李健吾、林徽因、錢鍾書、楊絳、張愛玲、廢名、穆旦、鄭敏、鄭運燮、吳興華（詩人，一九四六年前後其詩作多見於北京的《文學時代》）等人，堪稱這一時期自由主義文學的代表人。這些人，不能包括這一時期所有的自由主義文學寫作人及知識人，但從其作品、個人選擇等方面來看，他們有一定的代表性。他們是各自獨立的，稱之為群，似乎也不太妥當，但從獨立創作、自由信仰本身的特徵來講，他們又是相似的，所以，將他們放在一起來考察，也恰當。除了張愛玲、楊絳、吳興華，其他人基本上都與前文所提到的四大報刊有著密切的關係。他們的一些重要作品，都曾見於上述報刊。有的人，一生都視獨立為生命根本。有的人，僅在這一時段表現出明確的自由主義立場，一九四九年之後皈依新的信仰。他們在此時為自由主義文學所做出的努力，其藝術取向的變與不變，其人生及事業的坎坷，皆值得尋味。

具體的作品，留待後文再詳論。在這裏，先談他們在特定時期所做出的人生選擇，以及他們在這種選擇下的「有所作為」、「有所抱負」。

（一）危局中的沈從文、朱光潛、蕭乾

沈從文影響廣泛，創作趣味異於左翼文學，自然也成為左翼文學的重要鬥爭目標。一九四六年夏秋之際，沈從文離開昆明，經由蘇州重返一別九年的北平，並隨之寫下〈北平的印象和感想〉。該文可見作者心情複雜，「悲憫之心，油然而生」，雖諸事混沌、心亂如麻，但仍存理想，「北平的明日真正對人民的教

育，恐還需要寄託在一種新的文學運動上。文學運動將從一更新的觀點起始，來著手，來展開」。[86]

這一階段，沈從文落力最重，一是教育，二是文學副刊的編輯延續並實踐自己對文學的一貫設想，三是大力提攜新人，四是繼續其鄉土文學方面的實驗。

沈從文回北平之後，與朱光潛、廢名、馮至等人同住在中老胡同的北京大學宿舍。沈從文一方面繼續在北京大學任教，另一方面積極投入各大文學副刊的編輯工作。此時，沈從文擔任四大報紙的文學副刊的編輯，包括《大公報》文藝副刊（接替調去復旦大學的蕭乾主持文藝副刊）、《益世報》文學週刊（署名沈從文）、《經世日報》（署名楊振聲，實際負責為沈從文）、《平明日報》文學副刊（沈從文為實際編務）。除此之外，《文學雜誌》在停刊九年之後，於一九四七年六月復刊，沈從文是五位編委會成員之一，據助理編輯常風的回憶，沈從文在《文學雜誌》的創刊及復刊過程中，出力尤多，很多人都不知道。[87]這些文藝副刊、文學雜誌，產生過不小影響。

編輯各類文學副刊之際，沈從文非常看重年輕作者、年輕學生的創作。穆旦、鄭敏、陳敬容、袁可嘉、杜運燮、李瑛、柯原等人，就經常在其所主編的文學副刊上表達詩作、散文。沈從文對年輕作者所取得的創作成就，亦有發自內心的喜悅。因讀者來信責備《大公報》等文學副刊所登詩作老朽腐敗，一九四七年十月，沈從文回信給柯原，對這種指責予以澄清：

---

86 沈從文：〈北平的印象和感想〉，《沈從文文集》（第十卷），廣州花城出版社、三聯書店香港分店，一九八四年。

87 常風：〈留在我心中的記憶〉，見《逝水集》，頁十三－十四。

本刊（《大公報》）由我發稿五十期中，載了不少新詩，各方面的作品都用，得到不少讀者來信鼓勵，也得到一二讀者來信責備我不懂詩，所以，淨登載和編者一樣宜於入博物館的老腐敗詩作！這些善意讀者可想不到在刊物上露面的作者，最年青的還只有十六七歲！即對讀者保留一嶄新印象的兩位作家，一個穆旦，年紀也還只二十五六歲，一個鄭敏女士，還不到廿五。作新詩論特有見地的袁可嘉，年紀且更輕，寫穆旦及鄭敏詩評文章極好的李瑛，還在大二讀書。寫書評文筆精美見解透闢的少若，現在大三讀書。更有部分作者，年紀都在二十以內，作品和讀者對面，並且是第一回！所以讀者這種錯誤責備，對編者言反覺光榮。刊物自然也有老作家，比如說，近兩期紀德作品譯者盛澄華先生，是個紀德專家，他作的關於紀德論文在《時與潮文學》發表時，當時就有人以為是五十歲長鬍子教授的工作。想不到作者雖教書已多年，還當真如或人想像有一把鬍子，可是這把清秀鬍子卻是裝在一個漂亮青年教授下巴上的！人也不過三十多一點點。……這小刊物的明日理想，一定將依然是活潑青春的心和手，寫出老腔老氣的文章。[88]

一九四七年九月，沈從文收到一個青年作者（即柯原）的來信，希望可以預支稿費以幫家中渡過經濟難關。沈從文收到信之後，即在《益世報・文學週刊》登載啟事，「我可以為這作家賣二十張條幅字，作為對於這種善意的答謝。……你們若覺得我這個辦法還合理，有人贊助，此後我還想為幾個死去了的作家家屬賣半年字」，[89]在沈從文自己生活最窘迫的時候，也未曾有過此舉措，此舉可見沈從文對年輕作家的看重。

[88] 沈從文：〈新廢郵存底〉，《沈從文文集》（第十二卷），廣州花城出版社・三聯書店香港分店，一九八四年，頁七十七。
[89] 沈從文：〈新廢郵存底〉，《沈從文文集》（第十二卷），頁六十九。

比之三〇年代的小說創作高峰來講，一九四五年八月至一九四九年十月間沈從文最熱心的，是各種文學副刊的編輯工作。這一階段沈從文的寫作雖然仍然是小說、隨筆、雜談並行，但評論性的文字、雜談式的通信等明顯占了相當大的一部分，這些雜談式的文字，多以對文學時局的觀察及編輯雜務中的瑣事為主：像〈新廢郵存底〉系列雜談就多見於天津《益世報・文學週刊》，這些雜談式的文字，既見沈從文心境，亦見沈從文的文學抱負、國家抱負，也就是說，起碼可以從中得知沈從文在文學方面喜歡什麼、不喜歡什麼，又有什麼樣的理想；〈雪晴〉、〈巧秀和冬生〉、〈傳奇不奇〉等帶有一定系列性質的中短篇小說，分別載於一九四六年十月二十日的《經世日報》、《文學雜誌》第二卷第一期第六期，這些小說，亦可看作是沈從文在鄉土文學中的繼續實驗，這時候，沈從文不再限於鄉下人與城裏人的對立視角，而是將眼光放在基本上沒有城裏人介入並威脅的鄉下人內部衝突，對傳統與現在的衝突進行了更為深入的藝術思考。直到一九四八年三月一日郭沫若在《大眾文藝叢刊》第一輯「文藝的新方向」發表〈斥反動文藝〉一文之前，沈從文內心所焦慮的、所寄予厚望的，仍然是以文學為主，以其他為次的。沈從文的有所作為，始終放在「自己」能否有所作為之上。

此時，沈從文的重心是文學副刊的編輯、對年輕作家的發現、對自身創作及人生經歷的逐步思考。這一時期沈從文的人生狀態，基本上是遊於各種是非紛爭之外，即便有攻擊言論，沈從文縱有反駁，也多是對事不對人。對於這一階段的沈從文，金介甫稱之為「和平主義者」[90]。

沈從文的立場，非此時段一蹴而就，其不捲入政黨、組織之游離姿態，早已有之。早年的幾件備受爭議的事情，亦可看出沈從文志不在其他而在自由文學。

[90]〔美〕金介甫：《鳳凰之子：沈從文傳》，符家欽譯，北京：中國友誼出版公司，二〇〇〇年，頁三八七。

一九三七年年底，沈從文在長沙遇到徐特立，徐特立極力邀請沈從文等人去延安，沈從文最後決定去昆明。[91]一九三八年三月二十七日在武漢成立的中華全國文學界抗敵協會（簡稱文協），時任總務部主任的老舍，邀請沈從文出任雲南「文協」第一任主席，沈從文珍視作家的名號，不屑於與那些打著作家名號卻無什麼作品可以拿得出手的人為伍，也並不認為不加入「文協」會與民族大義有什麼衝突，於是婉言拒之。[92]一九三九年一月二十二日沈從文在《今日評論》第一卷第二期發表〈一般或特殊〉，一九四二年十月十日沈從文在《文學先鋒》第一卷第二期發表〈文學運動的重造〉，這兩篇文章，實際上對文學的兩種干擾因素——政治及商業，進行了個人立場的批評。在哪些方面該埋頭苦幹，在哪些方面最好沉默不語，沈從文分得非常清楚，其堅持文學獨立的姿態，一目了然。一九四〇至一九四二年出現了主張「英雄崇拜」的「戰國策派」，沈從文撰文〈讀英雄崇拜〉（《戰國策》第五期）以反駁陳詮的〈論英雄崇拜〉（《戰國策》第四期），突出「人」的原則。沈從文在抗戰期間在文學上所作的不合時宜的現代派創作試驗、現代派創作主張及推介等。居雲南期間，他甚至不認同所謂的第三條道路，一九四六年全面內戰爆發後，蕭乾頗認同「第三條道路」，邀請沈從文參加與「第三條道路」有關的《新路》雜誌的創辦，亦被沈從文婉拒。內戰期間，沈從文不論戰爭的正義與否，而是哀戰事之苦、國事之艱，他在〈從現實學習〉（一）、（二）中表達了自己對戰爭的恐懼、厭惡，以及回憶自己一開始在北平就確定下來的人生理想，沈從文在文中還直接提出了「學術自由」之說。[93]

---

[91] 參見凌宇：《沈從文傳》，北京十月文藝出版社，一九八八年，頁三五三—三五四。
[92] 參見凌宇：《沈從文傳》，頁三七一。
[93] 沈從文：〈從現實學習〉（一），天津《大公報・星期文藝》第四期，民國三十五年十一月三日；〈從現實學習〉（二），天津《大公報・星期文藝》第五期，民國三十五年十一月十日。

這些，足以說明沈從文看重文學之獨立與自由。空間雖日益逼仄，但沈從文仍然能夠有所作為，不做迎世奉世之舉。

朱光潛的文學理想與個人選擇，跟沈從文有相似之處。前文述及《文學雜誌》創刊、復刊時已涉及朱光潛諸多事宜，在這裏，簡而述之。

抗戰初期，時任川大文學院院長的朱光潛，因反對國民黨擅自撤換川大校長張頤而倡「教育自由」，進而掀起「易長風波」，此舉得延安方面的關注並支持。朱光潛甚至有赴延安之想，但因國民黨挽留，權衡之下，未能成行，後改任武漢大學外文系教授、教務長，「國民黨有個老規矩，學校『長』人物都必須參加國民黨，因此我就由反對國民黨轉而靠近了國民黨，成了蔣介石的『御用文人』，曾為國民黨的《中央週刊》寫了兩年稿子，後來集成兩本冊子，一是《談文學》，一是《談修養》」。[94] 加入國民黨，與朱光潛宣導自由生發的自由主義文學並不相悖，而加不加入政黨，當然也不能成為評判自由主義者的絕對標準。這一時期，朱光潛的重心在《文學雜誌》的編輯及北大西語系的教學。從其一九四六年十月發表的〈陶淵明〉（上、下）、一九四七年六月發表的〈看戲與演戲——兩種人生理想〉等文章來看，一九四九年以前，他的人生志趣是自由生發的思想與文學。其自由主義文學理想，自一九四八年三月起開始受到威脅與衝擊。一九四九年十一月二十七日朱光潛在《人民日報》發表〈自我檢討〉，此舉可視為個人理想的終結。

蕭乾是另一個重要的自由主義代表人物。他由文學系轉到新聞系，又回到文學系攻讀英語文學，最後放棄碩士學位，回國參與《大公報》的事業，一九四九年以前的他，其職業生涯與《大公報》緊緊相連。一九三五至一九三七年蕭乾主持《大公報》文學副刊的情況，前文已略有提及，在這裏不贅述。抗戰初期，

[94] 朱光潛：《朱光潛全集》（〈作者自傳〉），（第一卷），頁六。

蕭乾所主持的《大公報・文藝》也為抗戰作品提供過重要園地，為此，蕭乾在其回憶錄中特別澄清當時的編版想法，「希望保持刊物固有的全面推動文學的做法，提出不必局限於戰爭題材，因為對整個抗戰來說，後方也是同樣重要的。為此，《文藝》曾出過〈我們的大後方〉及〈不打仗的作家們幹什麼〉等特輯」。[95]這一時期的蕭乾，其重心雖在國家安危，但並非不包容各種文學。國家抱負並沒有完全壓倒文學抱負，自由主義的基本基調、《大公報》的「四不」社訓依然還在，自由主義文學有其發展的空間。主編『文藝』版之後，蕭乾去國七年（期間撰寫國際通訊），於一九四六年回國，回國後，任教復旦大學、兼職《大公報》，並捲入與所謂「第三條道路」相關的《新路》雜誌的籌辦事務中。按道理，這一時期蕭乾的重心在教職與撰寫國際性社論，雖掛名主編文藝副刊，實則與文藝關係不大，與其他文藝也難發生是非，但偏偏事與願違，蕭乾所信奉的自由主義文學立場最終還是觸犯了即將得勢的文學力量。〈中國文藝往哪裡走？〉（一九四七年五月五日，上海《大公報》社評，蕭乾撰稿）、〈自由主義者的信念——闢妥協騎牆中間路線〉（一九四八年一月八日，蕭乾參與撰寫），這兩篇文章成為四〇年代末最不合左派拍子的聲音，前一篇文章對蕭乾個人的影響尤大，據蕭乾自己的回憶，他認為這篇文章出了亂子，引發了他與郭沫若、田漢之間的齟齬，也對蕭乾一九四九年以後的命運產生影響。[96]蕭乾晚年的回憶，表明了蕭乾心目中的理想文學是避免被強制的自由主義文學——這種自由，是不被強制的、不被強加的、最低限度的自由，它並不是一種文學上的流派，它是堅守最低限度自由的一種人生姿態、創作意向、政治訴求。蕭乾也反對將自己歸入哪一個流派：

95 蕭乾：《未帶地圖的旅人：蕭乾回憶錄》，北京：中國文聯出版公司，一九九八年，頁九十三。

96 蕭乾口述：《風雨平生——蕭乾口述自傳》，頁二一二、二一三。

我可不贊成把我歸屬哪一個派。我以為創作不一定要接受理論的指導，或遵照什麼流派的文風。……那時文壇有一種不好的風氣，就是老用自己的看法強加於旁人，要大家都得照我這麼個寫法。我認為各人有各人的寫法，不一定要照你的寫法。我覺得藝術須獨創，因而要有個人的表現自由，個人的風格。我贊成自己如有什麼藝術主張，應當用作品來體現，用不著發什麼宣言，要人人都照你的寫法。……三〇年代到上海，我知道那裏的鬥爭很複雜，我初來乍到，也搞不清楚，所以採取一概不介入的態度。「第三種人」的問題以及「兩個口號」的論爭，在我所編的《大公報・文藝》上就不涉及。當然，這也同我不大喜歡跟「派」有關係，我覺得一個作家主要是寫東西，不要硬往什麼派上靠。……我覺得二十二年的沉默，也是好事，三面紅旗，大煉鋼鐵，我都沒有去歌頌。現在也是，北京有幾派，上海有幾派，我是概不往來。[97]

很可惜，這種提倡自由獨立的人生姿態、創作姿態並沒有與蕭乾的一生相始終，蕭乾一生，先為激情所困，後為謹慎所驅，其晚年自述語氣略微含酸、偶而自護其短，想來也是思想改造與勞動改造之功。

（二）上海淪陷前後的錢鍾書、楊絳、張愛玲

錢鍾書與楊絳，有身不由己之經歷。

一九三八年，錢鍾書與楊絳帶一歲多的女兒錢瑗回國，楊絳赴上海。錢鍾書去昆明西南聯大之清華任

---

[97] 蕭乾口述：《風雨平生——蕭乾口述自傳》，第一〇一－一〇三頁。

教，時年二十八歲，後輾轉至上海，抗戰期間與楊絳身陷上海法租界。二人不談政治，亦基本上沒有陷入「抗戰文學」之爭，如果清算者深究起來，這大概也是一種罪過，非白即黑的鬥爭模式，容不下灰色狀態。事實上，錢、楊二人，一九四九年之後，雖所受衝擊不算最厲害，但也難免「脫褲子」、「割尾巴」、「洗澡」等改造之苦。上海淪陷期間，生計之苦、人身之安是他們面臨的最大問題。或是受楊絳《稱心如意》、《弄假成真》等喜劇成功的「壓力」，也或是受生計之累，一九四四年，錢鍾書開始撰寫長篇小說《圍城》，一九四六年完成。一九四七年五月，《圍城》由上海晨光出版公司出版，列入趙家璧主編的「晨光文學叢書」第八種。一九四八年九月再版。一九四九年三月三版。當時，《圍城》的閱讀者眾，趙景深後來回憶說，「最近我為北新編活葉文選，又匆匆地購買鍾書的《在人生的邊上》來讀，選用了一篇〈窗〉。他的另一集子《人・鬼・獸》還不曾拜讀，但他的《圍城》卻已經成為我們家中的favorite了。我的兒子、內侄、姨女、內嫂以及我自己都爭奪般地搶著看，消磨了一個炎熱的長夏」。[98]《圍城》出版之後，錢鍾書又開始寫另一部長篇小說，《百合心》，一九四九年以前已寫三萬多字，因戰亂而遺失，一九四九年以後錢鍾書再無重寫的打算，一九四九年以後，錢鍾書對其文學舊作的再版，興致也不太高。身陷上海時，寫《圍城》之餘，錢鍾書修改補訂其《談藝錄》，一九四八年六月交由開明書店出版，直到北上前，錢鍾書都在上海暨南大學任教。

此時的楊絳，除將更多的精力放在家事上面，在創作方面也陸續有作品出來，其戲劇天分得到李健吾等人的稱許，繼喜劇《稱心如意》、《弄假成真》之後，楊絳創作四幕劇《風絮》，[99]首次嘗試悲劇，主

98 趙景深：〈錢鍾書楊絳夫婦〉，見《不一樣的記憶：與錢鍾書在一起》，沈冰主編，北京：當代世界出版社，一九九九年，頁九十一。

99 楊絳：四幕悲劇〈風絮〉，發表在一九四六年《文藝復興》月刊第一卷三、四期上，該劇一九四七年由上海出版公司出版。

編李健吾在〈寫在〈編餘〉裏〉說：「我們開始發表楊絳女士的〈風絮〉，她第一次在悲劇方面嘗試，猶如她在喜劇方面的超特成就，顯示她的深湛而有修養的靈魂。」創作戲劇之餘，楊絳也有短篇習作問世，〈ROMANESQUE〉（一九四六年《文藝復興》月刊第一卷一期創刊號）、〈小陽春〉（一九四六年《文藝復興》月刊第二卷第一期）、〈十五天後能和平嗎？〉（一九四六年《週報》第四十一期）。

錢鍾書與楊絳，極少像沈從文、朱光潛、蕭乾等人那樣，明確流露對自由主義文學的嚮往，除非遇上離譜的謠言而撰文澄清，他們在文學及人事方面是儘量避免紛擾。他們專注於創作與學術，游離於政治紛爭之外，私授學生幫補家用，有生計之苦，但無投靠之心，亦少站隊之憂。相比起朱光潛與沈從文，他們似乎是更純粹的消極自由奉行者。

抗戰後，張愛玲的處境很尷尬。

比起一九四三年至一九四五年這一段時間，此時的張愛玲要沉寂得多。這一沉寂，內含多少困擾或轉變，只能從張愛玲前後作品的對照、親友及研究者的訪談發現、張愛玲的個人選擇方面去尋找。

抗戰結束後（至一九四九年以前），張愛玲留存下來的文學作品不多。就目前為止，人們所發現的僅有《華麗緣》、《多少恨》（據電影劇本《不了情》改寫而成）、《鬱金香》等。不過，張愛玲反倒是在話劇創作、電影劇本方面的創作大放異彩。張愛玲早於一九四四年就已經嘗試話劇創作，張愛玲把自己的小說《傾城之戀》改編成四幕八場話劇，由朱端鈞導演，該劇於一九四四年十二月十六日起在新光大戲院演出，連演八十場，盛況空前。[100]一九四七年，張愛玲應導演桑弧之邀編寫電影劇本《不了情》、《太太萬歲》（所

---

[100] 一說為卡爾登戲院，據張子靜的回憶，「《傾城之戀》由當時上海的四大導演之一朱端鈞導演，女主角流蘇由羅蘭飾演，男主角范柳原由舒適飾演，他們『都是名重一時的演員』。這出戲在蘭心大戲院排演，一九四四年十二月至一九四五年一月在卡爾登戲院（後改名為長江戲院）正式公演，轟動一時」，見張子靜《我的姊姊張愛玲》，上海：學林出版社，一九九七年，頁一一六。

得酬勞中有三十萬元隨短箋附給胡蘭成，張愛玲與胡蘭成關係就此徹底決絕），《太太萬歲》還沒上演之前，就受到來自胡珂的攻擊，此人的一篇〈抒憤〉就為《太太萬歲》定了基調，[101]此後，一九四七年十二月十四日起，《太太萬歲》在上海的皇后、金城、金都、國際影院上演，觀眾反映熱烈，上海評論界卻流露出對小市民趣味的厭惡，此時的上海不再是孤島，評論界迅速向政治的主旋律靠近，他們自覺地對文學進行了進一步的區分。張愛玲之後參與桑弧導演的《哀樂中年》，該片一九四九年上映，未署張愛玲的名字。一九四五年到一九四九年之間，張愛玲的作品不算多，一九四五年的下半年（六月以後）、一九四八年、一九四九年，就現有的發現來看，張愛玲沒有作品問世（電影《哀樂中年》算是客串），一九四六年也只寫了兩個劇本《不了情》、《太太萬歲》，比起一九四三年到一九四五上半年的她，幾近沉默。這種狀態，大抵與她當時的處境有關。[102]

抗戰結束後，張愛玲的處境尷尬，面臨清算與指責，其在文壇上的地位，遠不如今日這般受肯定（尤其在台、港），雖閱讀刊行熱鬧非凡，但對其文學成就尚未有事實上的權威定論。她在四〇年代的輝煌，她在四〇年代如日中天的顯赫文名，是閱讀效應下的輝煌，而非專業批評與鑒定下的輝煌。這種怪狀大概可以說明，讀者與觀眾對張愛玲的反應似乎比評論家的反應來得敏感直接，當然，她當時的走紅也離不開一些專

101 胡珂：〈抒憤〉，《時代日報・新生》，一九四七年十二月十二日，《時代日報》是以「蘇中友好協會」名義登記註冊的報紙。

102 一說是〈不了情〉、〈南北和〉、〈太太萬歲〉，見夏志清著《中國現代小說史》，Hong Kong：The Chinese University Press, 2001, p.357. 另，二〇〇七年九月號《書城》雜誌登載張愛玲的「佚文」短章〈天地人〉，由華東師大王羽發現，原載一九四五年四月十五日《光華日報》，這是今人所發現的張愛玲在小報上發表的第六篇文章，其餘五篇分別是：羅蘭觀感（一九四四年十二月八日、九日《力報》）；關於《傾城之戀》的老實話（一九四四年十二月九日《海報》）；秘密（一九四五年四月一日《小報》）；丈人的心（一九四五年四月三日）《小報》）；《鬱金香》（一九四七年五月十六日至三十一日《小日報》），據《書城》二〇〇七年九月號，陳子善〈張愛玲與小報——從〈天地人〉「出土」說起〉。

業人士與作家的重視，比如說周瘦鵑等，同時，胡蘭成的欣賞與迅雨（傅雷）的評價，也為她的作品增添了爭議性的談資，並為張愛玲的天才落下了最早的評說注腳。

這一階段算是張愛玲人生的低潮期，或者說轉折期。這以後，她對人的理解，發生了若干的變化。這種轉變，可以從《小艾》、《十八春》（後改為《半生緣》）等作品中得到驗證。她對人事的恐懼之感，則一直相伴其左右，到其晚年，此感尤深，幾近神經過敏，這些，可以從她與宋淇夫婦、莊信正等人的部分通信信件中得知。

張愛玲抗戰後之所以地位尷尬：一則因其與胡蘭成的過往關係；二則因其特立獨行、不願表露對政治的看法之個性，勢為戰後洶湧而至的主義所不見容；三則因為她在抗戰期間發表作品時不擇刊物——不看其政治背景，不究其政治立場。以其「通俗」作家及貴族遺孫的身份，再佐以這樣的個人歷史，如一直身處大陸，被人攻擊遭人清算被「人民」所排斥恐怕也是遲早的問題。她遠走異鄉後，大陸所採取的，是這樣的手法——在文獻方面冷落她、在文學史上抹去她的記憶、在出版發行流程上阻斷她（《秧歌》與《赤地之戀》直到今天仍然是大陸出版界的禁忌）、在教化觀念上清除她、在小說評價上有意低俗化她。這些做法，有的也許是出於有意，有的也或許是出於無意。對文學的評價標準不同，文學作品的地位當然也就有異，她的「消失」，實際上也是源於強制性的清算，只不過，這種清算比革命、批鬥及改造式的殘酷清算更為隱蔽。直到二十世紀八〇年代，準確來講是九〇年代以後，在外力的推動下，張愛玲與她的傳奇才重現大陸，但也僅限於閱讀界、學術界認可，大陸官方對張愛玲的態度，仍然有所保留。大陸官方的態度之所以如此，主要是因為張愛玲與胡蘭成的過往史、張愛玲的《秧歌》與《赤地之戀》、張愛玲的去國之選等。張愛玲冒犯的，是民族主義與集權主義的雙重禁忌。去國之選，亦可看作是個人的逃生之法。

張愛玲一向不屑於是非，不談論政事，連自己的作品也在朋友間鮮有提及。但面對「文化漢奸」的指責，張愛玲罕見地著文澄清，一九四七年，她在新版《傳奇》裏，特意添上序言，〈有幾句話同讀者說〉：

> 我自己從來沒想到需要辯白，但最近一年來常常被人議論到，似乎被列為文化漢奸之一，自己也弄得莫名其妙。我所寫的文章從來沒有涉及政治，也沒有拿過任何津貼。想想看我惟一的嫌疑要末就是所謂「大東亞文學者大會」第三屆曾經叫我參加，報上登出的名單內有我；雖然我寫了辭函去，（那封信我還記得，因為很短，僅只是：「承聘為第三屆大東亞文學者大會代表，謹辭。張愛玲謹上。」）報上仍舊沒有把名字去掉。
>
> 至於還有許多無稽的謾罵，甚而涉及我的私生活，可以辯駁之點本來非常多。而且即使有這種事實，也還牽涉不到我是否有漢奸嫌疑的問題；何況私人的事本來用不著向大眾剖白，除了對自己家的家長之外彷彿我沒有解釋的義務。所以一直緘默著。[103]

一九四五年八月至一九四九年十月間的張愛玲，尷尬且幾近沈默。那麼，是不是正好是這一時期因為發生了這樣一些事情，使得張愛玲開始考慮政治因素呢？《十八春》與《小艾》偏離其「不徹底性」，《秧歌》敏感不凡，五〇年代張愛玲小說題材及內在看法的轉變，大概可以證明，張愛玲未嘗沒有思考過政治格局對個人命運的影響。張愛玲的尷尬與相對沈寂，是不是也可以看作是單一文學要求對個人選擇的重壓？

[103] 張愛玲：〈有幾句話同讀者說〉，見張愛玲著《傳奇》，北京：人民文學出版社，一九八六年，頁三五三。

（三）自由主義文學的詩歌記憶

一部分詩人在詩歌現代化（或稱現代主義）方面的嘗試，可以看作是自由主義文學在此時的重要印記，這也是此時有別於浪漫主義、現實主義、古典主義的詩歌印記。這些詩人大多很年輕，有的詩人有古典修養，有的詩人與古典詩歌幾乎沒有關係，但在詩歌創作上基本上都信奉「新」的原則，他們不構成嚴格意義上的藝術流派，他們中間的有些人在一九八一年左右被歸入「九葉詩派」——這個名稱有可能是出於文學史之邏輯編排的需要，也有可能是出於對新月派、前後期象徵主義[104]這一有異於左派詩歌傳統的詩歌脈絡進行勾勒的需要。

撇開歸納總結、刻意求同的方法論不談，穆旦、鄭敏、杜運燮、袁可嘉、辛笛、陳敬容、唐祈、唐湜、杭約赫等人雖然詩歌風格各異，但他們不約而同地、不同程度地對「現實」二字都有所辨析，這是在可選擇的情況下所作出的藝術判斷與藝術選擇。還有一些詩人，沒有被歸入哪一類別，但也分別做出了自己的藝術選擇並且有自己的藝術建樹，如林徽因、王佐良、汪曾祺等，他們對兩個政黨鮮有特別而明確的偏好，對自己的藝術選擇有一定程度的堅持。上述詩人中，杭約赫（即曹辛之）算是例外，他曾經去過延安，並在魯迅藝術學院學習過，也寫過一些政治宣傳詩，其詩作有強烈的苦難情結，且情緒高昂、情感充沛，有收放不能自如之感，這些，雖不足以斷言杭約赫在此時的左右立場，也不足以斷定他早早就有了心儀的投靠方向，但從其時感極強的詩作可知，他有同情左的傾向，這種傾向，是因人們對苦難的看法較為接近而致，而他在〈嚴肅的遊戲〉一詩中將戰爭比作遊戲，極盡揶揄諷刺，可見其不同於左派處處表忠誠時時喊口號的一面。

[104] 代表詩人有徐志摩、李金髮、戴望舒、馮至、艾青、卞之琳等。

他們的詩作，多見於這一時段的《文學雜誌》、天津及上海《大公報‧星期文藝》、《中國新詩》、天津《益世報》、昆明《文聚》雜誌、《經世日報》等。其詩歌創作的探索與成熟，一般都與其大學教育經歷有關（除了陳敬容）。他們的詩作，除了愛國情懷之外，更有個人的影子、個人生命的印跡，愛國情懷並沒有沖淡個人的生命情懷、七情六欲，對民族自由與個人自由問題，不是混為一談，而是有所區分。

西南聯大是自由主義文學的新搖籃：穆旦（外文系）、鄭敏（哲學系）、杜運燮（外文系）、袁可嘉（外文系）等，都受業於西南聯大，而且受英國現代派理論家威廉‧燕卜蓀的影響。燕卜蓀對現代派詩歌的講解，為他們日後的詩歌創作擺脫中式浪漫主義的狂暴激情、中式現實主義所含的浮誇人道主義及機械唯物主義奠定了基礎。艾略特、葉芝、奧登等人的詩作在詩歌的色彩、意象、象徵、暗示、音樂節律、聯想、思想等方面為穆旦等人提供了啟示。這些因素，使穆旦等人能夠選擇一條有別於革命的浪漫主義、革命的現實主義的詩歌道路，也即現代主義詩歌道路。從詩歌流派來講，他們是中國最早最成氣候的現代詩派詩人群落，此前雖然有李金髮、戴望舒、艾青、馮至等詩人的詩歌嘗試，但就現代詩歌的寫作嘗試與寫作成就而言，這一時段，詩人群落更成氣候更具規模。從文學選擇與創作的姿態來講，穆旦等人的詩歌創作，是此時中國自由主義文學的重要分支，他們的詩作，各具特色，但就姿態而言，最起碼，他們並非是由動員與組織的力量催生而成，而是自發而成。

一九四八年八月赴美留學前，穆旦出版了三本詩集：《探險隊》、《穆旦詩集（一九三九－一九四五）》（自印）、《旗》。穆旦的詩基本上沒有古典主義的痕跡，有很「新」很現代的跡象。據郭保衛的回憶，一九七六年左右，穆旦曾對他談過舊體詩，穆旦說，「我有時想從舊詩獲得點什麼，抱著這目的去讀它，但總是失望而罷。它在使用文字上有魅力，可是陷在文言中，白話利用不上，或可能性不大。至於它的那些形象，我認為已太陳舊了。……比如一首舊詩吧，不太費思索，很光滑地就過去了，……總不外乎那麼一團詩意而已」，而穆旦同時表示「五・四」以來的新詩可讀性也不高，對現代派詩歌技巧提升白話詩寄予厚望，「而現在我們要求詩要明白無誤地表現較深的思想，而且還得用形象或感覺表現出來，使其不是論文，而是簡短的詩，這就使現代派的詩技巧成為可貴的東西」。[105]穆旦有隨軍的經歷，其詩卻無戰鬥式的激情，自有一種冷靜的痛苦與掙扎。

鄭敏，西南聯大哲學系學士，其一九四三年寫成的學士論文，與柏拉圖的哲學有關。也許是因為專業的緣故，鄭敏的詩偏哲思，有宗教方面的思考。鄭敏一九七九年以後的詩哲理味更濃，對後現代思潮與詩的聯結有自己的看法。鄭敏在此時的某些詩作，如〈最後的晚禱〉等，對苦難循環的描述，可看作是對樂觀進化論的冷靜旁觀，詩中含有一些質疑。

杜運燮，其詩以諷刺與睿智見長，單就技巧而言，杜詩有不穩定的地方。這一階段，是杜運燮詩歌生涯中最重要的時期。一九四六年，杜運燮出版詩集《詩四十首》，由上海文化生活出版社出版。杜運燮對黑白是非的看法，不僅與左派詩之黑白分明的取向有異，而且與其他「九葉詩派」詩人無限嚮往光明的激憤情懷、動不動就以光明為新生活的象徵的手法亦有別。杜運燮在〈盲人〉中寫道：「黑暗！這世界只有一個面目。竟然也有人為『黑暗』而痛哭！只有我，能賞識手杖的智能　一步步為我敲出一片片樂土。只有我，永遠生活在他的恩惠裏：黑暗是我的光明，是我的路。」[106]不把黑暗等同於罪惡，這在當時，是了不起的見識。同時，杜運燮詩善用反語，選詞選句精煉，善於營造多義的語境。杜運燮的詩作，節奏雖不太穩定，但見識不凡。

105 郭保衛：〈書信今猶在　詩人何處尋〉，見《一個民族已經起來》，杜運燮等編，南京：江蘇人民出版社，一九八七年，頁一八〇。
106 杜運燮：〈盲人〉，見《九葉之樹長青》，王聖思選編，上海：華東師範大學出版社，一九九四年。

袁可嘉也是這一時段重要的現代派詩人，只不過，他關於詩歌現代化的現代詩論更引人注目，以至於，他的詩作常被人忽視。袁可嘉的詩作向來最忌感情的噴發，其詩克制而內斂，痛苦往往於某種沉痛而凝重的氣氛中呈現，其〈進城〉等詩充滿著現代幻滅感，但又不過分沈溺纏綿。相形而論，袁可嘉的詩論比其詩作更具影響力。

還有一些身處南方的非西南聯大的詩人，因為《中國新詩》的編輯發行而與西南聯大的詩人發生了關聯。一九三五年畢業於清華大學的辛笛（原名王馨笛），參加過民主同盟，曾對第三條道路抱有希望。這一時期，王辛笛的詩歌遠離青春的悵惘與想像，開始偏向愛國激情，同時，也不掩飾他對壓迫思想等行為的厭惡，如一九四六年寫成的〈「邏輯」——敬悼聞一多先生〉，就以一種反諷式的語調嘲弄了當局對思想的壓制，並反映了自由思想難以藏身的境況。陳敬容，於一九四八年出版《盈盈集》（上海文化生活出版社）、一九四七年出版《交響集》（上海森林出版社），陳敬容在詩作中渴望黎明的到來，有一定程度的政治感傷。陳敬容對人之生死，有自己獨到的思考，難得的是，她能夠撇開高尚偉大的政治範疇及正義的強制性倫理，以沉靜而婉轉的詩調來觀照自我的存在。畢業於西北聯合大學文學院歷史系的唐祈，其詩作飽含對罪惡的憤怒感，如《老妓女》、《女犯監獄》等詩作，一九四八年，由上海森林出版社出版詩集《詩第一冊》，其一九四八年作於上海收入《中國新詩》第一期的長詩〈時間與旗〉對時間及人民的力量有較為樂觀的看法。浙江大學外文系畢業的唐湜，在這一時段，由浪漫主義轉向現代主義，寫詩之餘也寫詩論書評，包括有〈沉思者馮至〉、〈穆旦論〉等。還有在現代主義與現實主義之間徘徊的杭約赫，因前文有所提及，在這裏就略去不談。

因為「九葉派詩」這一名稱的緣故，上述九位詩人經常被相提並論。這九位詩人，在詩歌節奏、意象、象徵、暗示、通感等現代派技巧方面都有不同的嘗試，現代意識皆較為明顯。就藝術成就而言，九位詩人各有千秋。但具體到詩歌思想，詩人之間還是有分歧。前四位詩人，即穆旦、鄭敏、袁可嘉、杜運燮，他們對文學自由的理解更加透徹，對民族自由（或人民自由、群眾自由）與個人自由有可能混淆的局面，有相對清醒的認識。同時，他們對樂觀進化論、唯物論、群眾真理論，也持有相對冷靜的態度。後五位詩人，即辛笛、陳敬容、唐祈、唐湜、杭約赫，他們的政治感傷及政治激情更強烈。這種激情，同樣帶有現代主義文學的部分特徵，比如說反映甚至是誇大人與制度的矛盾、人與社會的矛盾、人與假想敵之間的衝突等，但其過分看重外力添加給人心的痛苦，絕少考慮到生命內在的幻滅感。九位詩人，在寫作姿態上，是消極自由的，但是對文學自由及個人自由的看法卻未必相同，藝術實踐也未必一致。藝術選擇與藝術思想實踐的分歧，涉及到自由主義文學之良心與道德爭議問題，容後文再述。

除了「九葉詩派」詩人之外，這一時期還有一位詩人也值得一提，那就是林徽因。她不屑或不願入任何流派，卻能自成一家。林徽因在三〇年代因為徐志摩的緣故曾被歸入「新月派」，但她自己從來不曾承認過她是「新月」詩人。林徽因最感興趣、投入最多的事業是建築業，但她在詩歌方面也展示了自己的才華。[107]

林徽因生前沒有出版過任何詩集，林徽因本人也並不視詩歌為一生最重要的事業。現在的人們談起詩歌流派的時候也很難想得起她的名字，但實際上，自二十世紀二〇、三〇年代起，林徽因就與主張自由主義文學的寫作人過往從密。《文學雜誌》的封面由林徽因設計，第一屆《大公報》文藝獎的評選，林徽因是評委之一。林徽因此時所作詩歌多見於《文學雜誌》、《大公報》、《經世日報》等，其三〇年代的詩作，明快輕盈、意味無窮，其詩質有如畫卷中的美人，不顧盼已神采飛揚，不施粉黛已千嬌百媚，又如孩童般純淨自然，其詩能在通感中讓人產生無盡的聯想，略有些唯美的傾向。其詩作，如〈哭三弟恒〉、〈憂鬱〉、

107 一九三五年以前，林徽因用名林徽音，其名典故出自《詩經・大雅・思齊》：「大姒嗣徽音，則百斯男。」

〈秋天〉等，則添加了不少焦慮、憂鬱、感懷身世的成分。這種轉變，一則是因為三〇年代的北平不再，二則因為林徽因自己的傷病。但其一九四五年八月至一九四九年十月間的詩作即便有憂慮，也不憂憤，即便貧病並加，也絕不控訴，她一生中唯一一首與政治相關的、有記載的詩——〈刺耳的悲歌〉，也是出於對青年人囿於眼前利益罔顧前途的憂慮，那是出於一種對年輕人的關愛與焦慮，而非要對時局下什麼判斷定什麼方向。[108]堅持文學的審美志趣，不為時局而動，這是她比其他詩人更為克制的一面。就現有資料來看，林徽因公開發表自己對文學看法的文章不多，〈文藝叢刊小說選題記〉算是其中之一。該文是因林徽因編輯《大公報文藝叢刊小說選》而撰，林徽因在該文強調了小說的諸要素，她認為當時的小說題材過於偏頗，有點盲從，「並且為良心的動機而寫作，那作品的藝術成分便會發生疑問」，又從小說的尋常標準談到自己對作品的見解，「作品最主要處是誠實。誠實的重要還在題材的新鮮，結構的完整，文字的流麗之上」，小說應有人生的經驗，對人生的看法，對人性的同情，林徽因所指的誠實，當然不是從道德層面出發的誠實，而是指文學中人性的真。[109]一九四八年十二月一封給費正清夫婦的回信中，林徽因也略微提到她的文學觀，「當我提到藝術的時候，當然也指詩，但可能也指由我們的語言、我們特有的書法、構詞、文學和文化傳統所引發的情感和審美情趣。我們特殊的語言實際上由三部分組成：修詞、詩，只有一部分才是直接的了當的言語！……我想說的也許是，正是這種內涵豐富的『語言——詩——藝術的綜合』造就了我們，使我們會這樣來思索、感

---

108 該詩已佚失，具體情況參見梁從誡〈倏忽人間四月天〉一文，見《林徽因文集・文學卷》，梁從誡編，天津：百花文藝出版社，一九九九年，頁四三三。

109 林徽因：〈文藝叢刊小說選題記〉，見《林徽因文集・文學卷》，頁三十八、三十九，原載一九三六年三月一日《大公報・文藝》第一〇二期星期特刊。

覺和夢想……簡言之，我認為藝術對我們精神的塑造和我們的飲食對我們身體的塑造一樣重要」。[110]林徽因更像是文學界的方外人士，不身陷其中，偶而出手，已足以讓人驚歎，其詩作，渾然天成，有較強的敏感度，前後詩作，除了情意表達上略微有異之外，其詩作手法、技巧一直較為平穩，讀起來很難區分出具體的寫作年代，此種天分絕非日常習作磨煉而成，可以說，林徽因是此時中國詩界另一異類，她的詩，自有一種克制的秩序。

上述詩人，此時不約而同地選擇了詩歌的現代主義探索，並對人身處現代性裂變中的痛苦與撕裂予以表現，方式或直接或隱晦或晦澀。他們的詩歌，存有個人的生命形態。這種富含經驗細節的生命形態，尚未完全被家國歷史、民族大義、集體潮流所吞沒。詩人們在詩歌技巧、詩歌觀念方面的嘗試與開拓，又與當時看重鬥爭趣味的文學傾向有著極大的差異。

還有一些寫作人，他們很難被歸類，受關注的程度相對較弱。〈莫須有先生坐飛機之後〉的作者廢名；在四〇年代初出茅廬、西南聯大畢業的汪曾祺，他寫出意味深長、文蘊十足、多義曖昧的小說〈戴車匠〉；一九四七年四月底由歐洲回國的羅大岡，他對戰時文學提出了卓越看法，並對法國文學的譯介做出重要貢獻……這些作家、詩人、理論家，在這一歷史階段，生活似乎更為隱匿低調、更為遠離關注中心。雖然就其文學成就及被關注的程度，這些寫作人及理論家難以超過前文著墨較多的張愛玲、沈從文等人，但他們在自由文學方面的探索與開拓，他們各自的藝術趣味與藝術風格，也值得探討。

此時的自由主義文學，表達了國家抱負下的現代化焦慮，又在現代性分裂的痛苦歷史時期不同程度地提出並有限地實現了自己的文學抱負。他們使文學存在不因時局震盪而變得單一無華，他們以不同的方式抗

[110] 林徽因：〈書信〉二十二，《林徽因文集・文學卷》，天津：百花文藝出版社，一九九九年，頁三八九—三九〇。

拒了同化的層層逼迫，他們以嚴肅藝術的方式表達了他們對中國風土人情的深切感情，並有意無意地捍衛了真正意義上的個人自由、私人領域的基本尊嚴。

那麼，這些不合時宜的文學存在，又有怎麼樣的獨特藝術趣味呢？

chapter 4

自由主義文學的藝術趣味

論及自由主義文學的獨立趣味之前，有必要對自由主義文學與非自由主義文學的一些基本立場進行大致區分。自由主義文學講究多元創作的存在，承認不同文學觀之間的衝突，但不認同哪一種文學可以借用政治或者其他力量去消滅另一種文學，也不認同以一種集體式的創作去取代作家獨立的個性創作，並拒絕以其他崇高名義去扼殺個人的情感，對中西方文學傳統也持謹慎態度。而那些不認同自由主義的文學創作觀，通常講求非此即彼、你死我活的思維模式。

一、文學之獨立趣味的區分

自由主義文學的獨立趣味，是她與口號宣傳式的感情文學、波瀾壯闊式的動員文學區別開來的最重要的特徵。

為區分並闡明獨立趣味的內涵及重要性，一些理論家分別做出了不同的闡釋。闡述重點是強調文學的本質、獨立性及文體意識。通過文學與其他門類的差異以建立文學獨立趣味的合法性，是具體的辦法之一。界定文學與其他門類的區別，是從外部關係中去把握文學的本質。簡而言之，也就是盡可能地去闡明什麼是文學，而什麼又不是文學，什麼是文學的本質，什麼又不是文學的本質。區分的過程中，亦難以迴避文學的功用問題。奉行鬥爭哲學的文學，容不下自由主義文學，很大程度是因為在用與無用這一問題上，無法達成共識。

柏拉圖放逐詩人，是要認清詩人與非詩人的職責，並意指缺乏節制、瀆神的詩人不適合安邦治國、不適合青年教育。蘇格拉底說，「除掉頌神的和讚美好人的詩歌以外，不准一切詩歌闖入國境。如果你讓步，准許甘言蜜語的抒情詩或史詩進來，你的國家的皇帝就是快感和痛感；而不是法律和古今公認的最好的道理了」[1]，這是從非詩的角度去界定詩的功用、詩的本質。蘇格拉底、柏拉圖並不認同以詩的功能去干擾或參與國家的治理。在柏拉圖那裏，詩是被理性驅逐出理想國的，他擔憂，不敬神的詩，會使人類的心靈退化。

亞里斯多德在《詩學》裏討論「關於詩的藝術本身、它的種類、各種類的特殊功能，各種類有多少成分，這些成分是什麼性質，詩要寫得好，情節應如何安排，以及這門研究所有的其他問題」[2]，亞里斯多德由最具體的創作過程去定義「詩的本質」。賀拉斯在覆函給皮索氏（Piso）父子三人時，談寫作的體會，特別提到寫作的選材、字句安排、詩感染讀者心靈的魅力、寫作如何刻畫人物性格、情節如何藝術地處理等等問題，也不妨看作是對文學本質的探討。[3]萊辛就拉奧孔講詩畫藝術的分別，提出「為什麼拉奧孔在雕刻裏不哀號，而在詩裏卻哀號」的疑問，並論述不同藝術需要採用哪些合時宜的手法，以達到最合適的效果。[4]斯達爾夫人由風俗國別地域等因素論文學，將文學與其他門類事物區別開來。[5]勒內．韋勒克、奧斯丁．沃倫在《文學理論》一書中專闢一章論述文學的本質，作者所採用的方式是以非文學的語言及特點去論證文學藝術的想像性及複雜性。[6]

文學與其他門類事物的區別，是文學創作及文學理論無法迴避的問題。西人有相關的理論闡釋，中國古代文論亦有對文學的界定。雖然中國文學受「詩言志」、「文以載道」的影響頗深，近代新文學又受政治

1 〔古希臘〕柏拉圖：《文藝對話集》，朱光潛譯，北京：人民文學出版社一九六三年，頁八十七。
2 〔古希臘〕亞里斯多德、賀拉斯：《詩學　詩藝》，羅念生，楊周翰譯，北京：人民文學出版社，一九六二年，頁三。
3 〔古希臘〕亞里斯多德、賀拉斯：《詩學　詩藝》，頁一三七—一六一。
4 相關論述見〔德〕萊辛：《拉奧孔》，朱光潛譯，北京：人民文學出版社，一九七九年。
5 相關論述見〔法〕斯達爾夫人：《論文學》，一九八六年。
6 具體論述參見〔美〕勒內．韋勒克、奧斯丁．沃倫：《文學理論》（第一部第二章），二〇〇五年。

功利所驅，但道家隱逸高絕、崇尚天人合一、疏淡自然的審美傳統卻一直有傳承。曹丕之《典論・論文》、陸機之《文賦》、鍾嶸之《詩品》、劉勰之《文心雕龍》等文論，無論評說者個人的道德立場如何，無論評說者在文學作品上寄予了多少俗世的功利厚望，在他們的文論標準裏，總不會遺漏掉審美訴求。審美訴求是文學與其他門類事物區別開來的重要因素，審美訴求也是功利性價值觀難以馴服的文學趣味。

近現代，功利性價值觀對文學的影響尤勝古典時代。這裏所指的功利性價值觀，其最主要的內核是政治與威權層面的、意識形態的。從利益層面來講，這是以公共利益絕對壓倒私人利益、以犧牲精神取代個人發展的價值觀。

自梁啟超一九〇二年在《新小說》第一號上發表〈論小說與群治關係〉之後，功利性價值觀對文學的介入與控制便日益加強。到了一九四五年八月至一九四九年十月間，對政局稍有瞭解的自由主義人士，絕不至於對文學的獨立發展有過於樂觀的看法。如何將文學與其他門類事物區分開來，對試圖保持文學獨立趣味的自由主義文學理想而言，變得十分迫切。

不過，略為遺憾的是，文論家們通常將干擾文學獨立趣味的因素簡化成政治二字，而並沒有深入地去探討政治背後的思想分歧、文學寫作手法上的分歧。對政治背後的思想分歧、寫作手法的分歧，除了袁可嘉、朱光潛略有涉及之外，其他文論家基本上都將重點放在政治二字上。糾纏於「政治」二字，也許是出於內心的恐懼，又或許是因為道家傳統之與世無爭、厭憎政治的影響，他們可能無暇從歷史層面去理性地剖析「政治」二字如何產生，「權力」又為何日益強盛，「自由」何以日漸衰微。

這一時期，為數不多的寫作人及知識人，分別對文學與其他門事物之區別做出了不同的闡釋，有的清晰，有的含混，但基本立場卻是相似的。另有一些寫作人，堅持自律的文學趣味，從而在一定程度上避免了功利性價值觀的干預。翻譯方面，也有相應的反應。對功利性價值觀在文學領域日益強勢的狀況，自由主義文學寫作人及知識人，有不安之感。

前文提及，朱光潛在《文學雜誌》復刊號上對當時的文學形勢做了估計，對政治因素有一些抗拒意識，其措詞隱晦但立場清晰。朱光潛認為一些與文學無關的人打著文學的招牌，做不文學的企圖，使亂局更亂，同時，他認為文學只有好壞之分，沒有新舊左右之別，面對鬥爭派的攻擊，他的想法是絕不回手。[7]〈看戲與演戲——兩種人生理想〉一文中，朱光潛把柏拉圖、莊子、釋迦、耶穌、但丁等人歸為看戲人，將自己歸入「袖手旁觀底人們」，將秦始皇等人歸入「演戲的人」。這種區分，未嘗不是想將文學與政治、文學與革命區分開來，以保證文學的獨立觀照性，以保證文學人士不捲入政治紛爭，以可以選擇的姿態來表達對民族的情感、對苦難的憐憫。[8]朱光潛在〈自由主義與文藝〉一文裏再次重申文學的自由與獨立，「我們不能憑文藝以外底某一種力量（無論是哲學底，宗教底，道德底或政治底）奴使文藝，強迫它走這個方向不走那個方向；因為如果創造所必需底靈感缺乏，我們縱然用盡思考和意志力，也決定創造不出文藝作品，而奴使文藝是要憑思考和意志力來炮製文藝。文藝所憑藉底心理活動是直覺或想像而不是思考和意志力，直覺或想像的特性是自由，是自生自發」，在這裏，朱光潛更進一步將自由作為文藝的本質性特徵來對待，這一看法，儘管不具備思想的原創性，但對中國文藝來講，確實是卓越的發現。[9]

王佐良在這一時期注意到穆旦的「新」，他為穆旦的激進做了辯護，並對文學的政治意識做了批判，「人們猜想現代中國寫作必將生和死寫得分明生動，但是除了幾回魯迅的兇狠地刺人的機智和幾個零碎的悲

---

7 朱光潛：〈復刊卷頭語〉（署名編者），見《文學雜誌》第二卷第一期，民國三十六年六月一日初版。

8 朱光潛：〈看戲與演戲〉，見《文學雜誌》，第二卷第二期，民國三十六年七月一日初版。

9 朱光潛：〈自由主義與文藝〉，見《文學運動史料選》（第五冊），北京大學等編，上海教育出版社，一九七九年，頁六三五—六三六。原載一九四八年八月六日《周論》第二卷第四期。

憤的喊叫，大多數中國作家是冷漠的。倒並不是因為他們太飄逸；事實上，沒有別的一群作家比他們更接近土壤；而是因為在擁抱了一個現實的方案和策略時，政治意識悶死了同情心。死是中國街道上常見的景象，而中國的智識份子虛空地斷斷續續地想著。但是穆旦並不依附於任何政治意識。一開頭，自然，人家把他看作左派，正同每一個有為的中國作家多少總是一個左派。但是他已經超越過這個階段，而看出了所有口號式政治的庸俗」。[10]

傅庚生受古典詩詞影響深，亦好陶潛杜牧。他曾論文學的本色，認為文學創作除一誠字之外別無它，此論誠然有道德衝動，但其文後面所含卻是對文學創作的審美要求、主情要求，「文學藝術的意境原是情思靈性迸射出的電光石火……作者真摯的情感映現於作品中，那作品纔是有了生命的，著了色的，是桃花自然它便紅，是梨花自然它便白，各有各的情趣，各有各的本色」。[11]傅庚生的另一篇文章，發表於《文學雜誌》第二卷第八期上（民國三十七年一月初版）的〈文學意境中的夢與影〉，該文也試圖在文學內部去探討寫作的要素。

羅大剛研究法國文學，也偶有詩作。他的《時勢造成的傑作》，尤其值得一提。二十世紀上半期，並非只有中國才陷於戰禍，歐洲是最主要的戰場，那麼，在戰禍連連的時勢下，歐洲文學並沒有產生文學意義上的傑作，當然，有大量「戰爭文學」出現，但堪稱名著的，乏善可陳，兩次世界大戰帶給歐洲文學的影響，「是民族主義的重要覺醒」。地下文學，韋皋的〈海的沉默〉是一個例外，因為他寫出了「人道主義的

---

[10] 王佐良：〈一個中國新詩人〉，見《文學雜誌》第二卷第二期，頁一九四－一九五，民國三十六年七月一日初版，該文初載倫敦LIFE AND LETTERS雜誌一九四六年六月號。

[11] 傅庚生：〈論文學的本色〉，見《文學雜誌》第二卷第三期，頁四十八－四十九，民國三十六年八月初版。

光榮」，無論其修辭手法、場景營造、意境提煉、意義指向，都堪稱文學傑作。[12]羅大剛從域外的寫作經驗中，暗示出，文學要成為傑作，要懂得與什麼保持距離，而哪些，又是不應該捨棄的，時勢能否造就傑作，還看文學能否忠於「人道」、能否忠於文學本身。

袁可嘉〈詩與意義〉一文，承認追問意義的獨立作用與意義，又認為在追問意義的時候應該區分並追問所面對的不同事物：「對於一種事物的意義的追求必須根據對於它的本質的瞭解，在藝術的領域中尤其如此；一幅畫，一曲音樂，一首詩，我們作為觀賞者固然可以有個別的接近它們的方法，途徑；但我們顯然不能以接近畫的方法去接近音樂，也不能以欣賞音樂的態度去欣賞詩；我們更不能向一首詩要求只有音樂能給予的意義，或向一曲音樂勒索畫的效果；這也即是說，各種藝術作品由於媒介性質的限制，實際上只容許一種特殊的接近方法，只產生一種特殊的意義；對於這個原則的叛離忽略都將引致應得的適如其分的懲罰。」[13]袁可嘉將詩與其他門類事物區別開來，以證詩的本質與要求。

此外，袁可嘉還探討了不同文學理想在創作手法上、在文學思想上的分歧。袁可嘉沒有明白地論說自由主義和社會主義的關聯，但是他的基本取向是以多元代替一元或二元，以異代替同。這時的袁可嘉，也不認同政治對文學的絕對權力優勢，但他並沒有從政治與非政治的二元對立的視角去評論詩的現狀、詩的價值。在理解文學分歧的寬度與深度方面，袁可嘉遠遠超過其他文論家的視野。沈從文等人敏感於政治、意識形態對文學的壓迫與強制，但看不到這種強制與壓抑的來龍去脈，當然，這種反應從另一方面來看，也可能是文學抱負下的務實姿態——政治的歸政治，文學的歸文學，所以努力辦好文學雜誌、報紙副刊。

12 羅大剛：〈時勢造成的傑作〉，見《文學雜誌》第二卷第七期，民國三十六年十二月初版，有時寫為羅大岡。

13 袁可嘉：〈詩與意義〉，見《文學雜誌》第二卷第六期，民國三十六年十一月初版。

袁可嘉有三篇文章，談到文學理想、文學手法的具體分歧問題，即〈論現代詩中的政治感傷性〉、〈對於詩的迷信——「新批評」第五章〉、〈「人的文學」與「人民的文學」——從分析比較尋修正，求和諧〉。

在〈論現代詩中的政治感傷性〉一文中，袁可嘉不否認詩的政治性，「因為詩的政治性是它的社會性的一面」，但詩的政治感傷性不同，它有種種毛病，比如倚重觀念的偉大與莊嚴而不講求技法不求創造，「政治感傷可怕地缺乏個性，這類作者借他人的意象而意象，繼他人的象徵而象徵；一種形象代表替了千萬種形象，我們怵目於創造的貧乏」，除此之外，政治感傷還「以詩情的粗獷為生命活力的唯一表現形式」、「以技巧的粗劣為有力」，「任意的分行，斷句，詩行排列的忽上忽下，字體的突大突小，成林的驚歎符號的進軍，文字選擇的極度大意，組織的鬆懈，意象的貧乏無力，譬喻的抄襲，不確，都足以說明這些急欲顯示偉力的詩作的奇異地無力的原因，因為我們明白知道，只有成熟的思想配合了成熟的技巧的作品才能表現大力」，政治感傷有一個更嚴重的後果，即「藝術價值意識的顛倒」，「政治」被擺在「好詩」的前面，觀念在前，藝術在後。[14]

在〈對於詩的迷信〉一文中，袁可嘉分析了浪漫派與人民派的分別：「最為我們熟知，眼前也極流行的一種詩的迷信是對於激情的熱中，人民派在這方面的卓越成就很足與前一世紀的浪漫派相比；二者都深信詩是熱情的產物，有熱情即足以產生詩篇，不必問它是什麼性質的『情』，『熱』到什麼程度，或在什麼情況之下用什麼方法產生了並傳達了這種熱情的；所不同的是浪漫派偏重個人的，光明面的，輕嫩的，屬於廣

[14] 袁可嘉：〈論現代詩中的政治感傷性〉，見袁可嘉著《論新詩現代化》，北京：三聯書店，一九八八年。原載一九四六年十月二十七日天津《益世報・文學週刊》。

義的愛的感情（如愛上帝，愛自然）而人民派則強調集體的，陰暗面的，粗獷的，屬於狹義的感情（被統治者對於統治者仇恨）。」[15]

在〈「人的文學」與「人民的文學」〉一文中，袁可嘉分析了「人的文學」的基本精神、「人民的文學」的基本精神，「人的文學」與「人民的文學」相遭遇時所引起的矛盾，並以「人的文學」的立場，向「人民的文學」進言，「『人民的文學』必須在不放棄『人民本位』的立場下放棄統一文學的野心」、「『人民的文學』必須在『階級本位』認識的應用上有適度的限制」、「『人民的文學』不能片面地過分迷信文學的工具性及戰鬥性，它必須適度地尊重文學作為藝術的本質」、「『人民的文學』必須把自己的理論主張看作主觀的視野的擴大，而非客觀地決定一切文學作品的唯一標準」、「『人民的文學』應該及時瞭解它所擔負的歷史任務，它所扮演的歷史角色，而知所依歸——歸於『人民的文學』」。[16]這種立場非常清晰有力，那就是「人民的文學」的文學不應該是唯一的文學，它終究要歸於「人的文學」。

面對功利性價值觀的壓力，自由主義寫作人及知識人，擺明了抗拒、游離、獨立、感傷的姿態，但可惜的是，他們沒有充分的時間及精力，去剖析功利性價值觀對文學及思想的束縛。他們對政治的理解，過於褊狹，他們難以從更廣闊的領域中去理解自由主義的重要性並擔憂自由主義文學的前途。袁可嘉是一個特例。袁可嘉不僅從藝術不同門類方面區分了藝術本質，而且對功利性價值觀施加給文學的壓力有相對清醒的認識。袁可嘉既清楚自由主義文學的創作現狀及隱憂，也清楚浪漫派、人民派的創作特色及毛病。袁可嘉從藝術本體出發，區分了「人的文學」與「人民的文學」，他隱約察覺到社會主義與自由主義文學理想的分

---

15 袁可嘉：〈對於詩的迷信〉，見《文學雜誌》第二卷第十一期，第八頁，民國三十七年四月初版。

16 袁可嘉：〈「人的文學」與「人民的文學」——從分析比較尋修正，求和諧〉，見天津《大公報・星期文藝》第三十九期。

歧、社會主義文學與自由主義文學的創作分歧。袁可嘉填補了此時自由主義文學思想的缺憾，他甚至試圖從文學理論方面彌合「人的文學」與「人民的文學」之間的根本分歧——儘管這種想法過於天真。只有極少數文化人及知識人，意識到功利性價值觀與權力聯姻的可能後果。

自由主義文學的外部壓力在於功利性價值觀，尤其是意識形態參與的功利性價值觀。這種功利性價值觀的教化，直接影響到文學創作的具體要素及過程，題材、人物形象、故事結局等，都有可能被納入功利性價值觀的規定裏。要避開有大一統慾望的功利性絕對價值觀的圍堵，最有效的方式，無疑是創作實踐中的藝術自覺。這種藝術自覺，一方面是在文學內部討論各種文體的特色與要求，另一方面是作者在創作過程中建立自己獨特、獨立的藝術趣味。

此時的自由主義文學，對文體已有相當程度的理論自覺。相應地，有一些實驗性的寫作嘗試。寫作人及知識人的注意力，放在敘事類文體與非敘事類文體上。小說的地位繼續持重。因為報刊雜誌的容量緣故，使得詩歌有相對多的發表機會。小說與詩歌進入讀者視野，一是通過報刊雜誌，一是通過商業性出版社，一是自印傳送（以詩歌為多）。像朱光潛主編的《文學雜誌》，除了第二卷第十二期「詩歌專號」之外，每一期都有小說欄目，長期連載廢名的〈莫須有先生坐飛機以後〉，而除了第三卷第五期「朱自清先生紀念特輯」之外，每一期都有詩歌欄目，除小說、詩歌欄目之外，《文學雜誌》還重文論、批評、散文。而《中國新詩》的版面主要收錄詩歌，附有為數不多的詩論與編輯後記。《觀察》雜誌的文學副刊偏重戲劇、詩歌評論，隨筆散文也時有所見，錄入翻譯作品有莎士比亞的作品，文章也不限於論文學。此外，《大公報・星期文藝》、《益世報・文學週刊》、《經世日報・文藝週刊》等報紙副刊都為不同文體作品提供了相應的版面。無論從出版流程、評價交流體系，還是從作者創作意識來講，都非常重視文體的區分，自由主義文學除文體意識自覺以外，也更看重不同文體的具體技巧、藝術趣味。

詩歌在這一階段尤其受文論家的重視。朱光潛在這一時期分別撰寫了〈詩的難與易〉（《文學雜誌》第二卷第一期）、〈詩的意象與情趣〉（《文學雜誌》第二卷第十期）、〈詩的嚴肅與幽默〉（一九四八年一月一日《華北日報》）、〈詩的普遍性與歷史的連續性〉（一九四八年一月十七日天津《益世報》）、〈詩的格律〉（一九四八年五月十一日天津《民國日報》）、〈詩人與英雄主義〉（一九四八年七月十二日天津《民國日報》）、〈談中西愛情詩〉（一九四八年八月八日《華北日報》）、〈詩的無限〉（《學原》第二卷第五期，一九四八年九月）等文章。[17]袁可嘉最重要的詩論都發表於這一時段。此外，王佐良、唐湜、馮至、蕭望卿、傅庚生、李長之、王利器等，既論現代詩，也論古典詩詞。文論重視詩歌，詩歌翻譯也並沒有停頓，像聞家駟、馬逢華、羅大岡、王佐良、袁可嘉、馮至、俞銘傳、陳占元、卞之琳等人，就翻譯了不少詩作。自由主義詩歌這一脈絡，文論總體上受英美文論影響較大，但也兼顧古典詩歌研究，譯作多以歐美為主，較少蘇聯文學的色彩。除詩歌之外，小說與戲劇雖然也受文論關注，如，蕭乾撰《吳爾芙夫人》，並借此推介英美現代小說，[18]但文學的整體形勢、文學的整體審美性得到更宏觀的闡釋，像宗白華、朱光潛進一步闡釋了各自的美學理念，沈從文從經驗的角度出發談了些自己的寫作體會。詩歌翻譯之外，盛澄華、金克木、蕭乾、李健吾、羅大岡、戴鎦齡等人對英美其他文體的文學作品也有翻譯或推介。朱光潛對不同文體各有不同主張，但基本立場是基本一致的，那就是各種文體，都應該回歸到藝術本體上來。

為數不多的文論家表現出文學理論方面的理想設構。這種設構與自由主義文學創作實踐未必是一致的，甚至說不上互相影響，但他們的文論與文學作品，一同構成了一九四五年八月至一九四九年十月間自由主義

---

17 這些文章後收入《朱光潛全集》（第九卷），合肥：安徽教育出版社，一九八七年。

18 上海《大公報・星期文藝》第七十八期，民國三十七年四月十八日。

文學的特色。從報刊雜誌對文學的重視度來講，他們之間有鬆散的約定，但約而求異。另從寫作趣味來講，他們之間沒有刻意的約定，但又不約而同地試圖保持文學的獨立性，創作不受干預，趣味不迎合權力勸誘。

自由主義文學的藝術趣味主要表現在敘事性文體的嘗試與詩歌的現代化嘗試上面。其中，戲劇小說，而又尤其是小說在敘事方面有突出的表現，詩歌的敘事性在這一時期並沒有得到大的突破，詩歌在情感與心理表達等方面，倒是有一些嘗試與突破。自由主義獨立的藝術趣味，既反映了一種藝術的姿態，也表明了文學的理想。下文逐一論說敘事類與非敘事類文體的寫作趣味，由趣味的分析，以窺此時自由主義文學創作的成就。

二、敘事性文體的寫作趣味

（一）戀舊中的寫作悖論

面對中西、古今衝突，自由主義作家有不同的敘事反應。[19]

先談沈從文與廢名，順帶考察汪曾祺的〈戴車匠〉。[20]他們對現代化進程的創作反應，有類似之處。他

19 在這裏，借用了韋伯的說法。馬克斯・韋伯在論及資本主義的獨特的近代西方形態時，曾認為，「初看上去，資本主義的獨特的近代西方形態一直受到各種技術可能性的發展的強烈影響。……在這些方面中具有無庸置疑的重要性的是法律和行政機關的理性結構」。見〔德〕馬克斯・韋伯：《新教倫理與資本主義精神》（〈導論〉），于曉等譯，北京：三聯書店，一九八七年，頁十三—十四。

20 一九四八年之後，汪曾祺才有了真正意義上的政治選擇，此前，汪曾祺曾受教於沈從文，在散文寫作方面漸自成一家。

們在寫作中不約而同地表達出一些戀舊的情緒，而這戀舊情緒中，又有若干悖論，他們並不完全排斥新的事物，但這個「新」，並非精神的支架、生命的故鄉。

沈從文與廢名傾向於借助鄉土人情、普世人性來反思現代化的進程。汪曾祺則對舊事物的改頭換面或逝去有悵惘之感。沈從文與廢名等人的創作立場，是一種現代反應，但並非是一種現代立場，從某種意義上來看，他們有一種對現代心存疑懼的、甚至是反現代的懷舊戀舊立場。人為什麼會懷舊、戀舊？有時候是因為破壞力的衝擊，使得人們對變化難以適應，進而產生退縮的感覺，並對習慣性事物有依戀性情緒；有時候是因為人的個人行為氣質、個人經歷所致。而無論是過於沉溺新的事物，還是過於信賴舊的事物，都會傳達出一些不太實際的情感寄託與情感幻想，厭惡的情緒需要用加倍的喜愛才能壓制住，如果對新事物過於反感，那麼，對舊事物的戀愛就會反彈，反之，對舊事物反感，對新事物的情意就會增長。沈從文由始至終自認為「鄉下人」，並於文字於心理上「退居」湘西，尋找一些世外的情懷，以喜愛之心對抗一種厭惡之情，以一種烏托邦替換另一類烏托邦；廢名筆下的莫須有先生退守黃梅縣以旁觀者身份觀黃梅縣鄉情人事，時舊時新，讓人有捉摸不透的感覺；汪曾祺纏綿於舊事物，以憶念無形事物的消逝，都可看成是某種壓抑下的反應。

此時，沈從文的主要經歷放在編輯文學副刊與教學工作上，其大部分文字也是圍繞這些具體事務而展開，如「新廢郵存底」（通信存底）、與讀編有關的文學短論、對報紙副刊的寄語、自己的文學趣味及取向之時感隨筆等，多刊於《大公報・星期文藝》、《益世報・文學週刊》、《文學雜誌》、《論語》等報刊，這些作品，後來都被收入由花城出版社與三聯書店香港分社分別出版國內版、香港版《沈從文文集》（八〇年代初期）。這一時期，沈從文有過寫長篇小說的計劃，但這一時期只有部分篇章得以完成：〈赤魘〉、〈雪晴〉、〈巧秀與冬生〉、〈傳奇不奇〉等。〈赤魘〉最早發表於昆明《生活風》第二十期，一九四五年三月二十刊出；〈雪晴〉於一九四六年十月二十日在《經世日報》刊出；〈巧秀和冬生〉刊於《文學雜誌》

第二卷第一期（戰後復刊第一期），一九四七年六月一日刊出；〈傳奇不奇〉見《文學雜誌》第二卷第六期，一九四七年十一月刊出。一九五七年以後，沈從文寫過為數不多的應酬詩文，但這已與自由主義文學無關了。如果說沈從文一九四九年以後，完全停止了「創作」，也未必準確。「他們」沒有沈默的權利，絞盡腦汁寫檢討書、向組織交心，這些，又何嘗不是一種「創作」呢。

由《邊城》到《長河》，再到〈巧秀和冬生〉，沈從文的寫作有些變化。《邊城》等作品體現了作者對生命原動力及同情憐憫等情感的信仰與熱愛。《長河》等作品形象地表現了鄉民對政府的疑懼與疏離、鄉民在變化與動盪面前本能的自我防護。〈巧秀和冬生〉等作品表現出作者對家庭共同體、宗法制度下的人際關係的反思，並在惡中尋找殘留的好的痕跡。沈從文，並不是單純的戀舊，他依戀舊的題材、人情、風俗，竭力讓他的文字世界絕緣於現代都市文明之外。之所以固執，也許是出自於他對舊事物的本能保護。但他對舊的事物，實際上也有他自己的矛盾看法，他的舊，又不同於張愛玲的舊，準確地來講，他的舊，是因為他對舊的執著的獨特姿態，而非對傳統的真正理解與傳承。他的傳統，是鄉村意義上的傳統，而非更廣泛的中國傳統。

在〈赤魘〉等系列作品中，沈從文對景物的描述風格沒有太大的變化，仍然是不勝其煩地，由繁複的事物中挑出些靜穆的情緒來互相襯托，以鄉村的物景、人景及人情，不輕易放過任何一個可以聯想到的細節，以正面的描述直接面對想要表達的情感，絲毫不耍形式的花槍，作者的寫實功力日漸深厚。該系列作品，從結構上來講，也不見得嚴謹。結構上的謀篇佈局遠非沈從文的長處，但他對情感的固執嚮往，卻總是能打動他的讀者。

整篇〈赤魘〉，作者都在行軍途中捕捉田園牧歌式的風景，並在美好風景中寄託能想像到的動人情感，其情其意皆殷切。〈赤魘〉以鄉村局外人的身份一步步進入那彷彿與世隔絕了的村落（高梘），以一種美好而神往的心態進入稍帶喜色的村落。這喜色是因為村落裏的一家人，正在辦喜事，「村落中景物和辦喜事人家吹的嗩吶聲音，正代表著這小地方的和平與富庶」[21]，這帶點喜色的世外桃源，使作家甚至有棄伍從畫的衝動，對城裏人的厭惡，更加強了「我」對村落的美好印象。但事實上，等待「我」的，並不全是美好與喜慶，世外桃源，也遠不如「我」當初想像得那麼單純。〈赤魘〉基本上只涉及到景，所以，這個開端是美的，但到了〈雪晴〉的時候，因為徹底進入了人的地盤，事情就變得複雜了。歡歡喜喜的婚禮之後，年僅十七歲的巧秀，曾經悄然打動過「我」內心的巧秀，跟著吹嗩吶的人跑了，「巧秀背了個小小包袱，還笑嘻嘻的！」[22]當然，在「我」的眼裏，巧秀的跑，是生命的衝動，是值得欣慰的事情，這倒像是給另外兩個人的關係添了些喜色。在鄉土人情時浸泡了不足七小時，「我」已經有不同的生命感受：

> 我一個人重新枯寂的坐在這個小房間火盆邊，聽著燉在火盆上銅壺的白水沸騰，好像失去了一點什麼，不經意被那一位收拾在那個小小包袱中，帶到一個不可知的小地方去了。不過事實上倒應當說「得到」了一點什麼。只是得到的究竟是什麼？我問你。算算時間，我來到這個鄉下還只是第二天，除掉睡眠，耳目官覺和這裏一切接觸還不足七小時，生命的豐滿、洋溢，把我的感情或理性，已給完全混亂了。[23]

21 沈從文：〈赤魘〉，見《沈從文文集》（第七卷），花城出版社、三聯書店香港分店，一九八三年，頁三五三。
22 沈從文：〈雪晴〉，見《沈從文文集》（第七卷），頁三六二。
23 沈從文：〈雪晴〉，見《沈從文文集》（第七卷），頁三六二。作者特別在文後注明是一九四六年十月十二日重寫。

沈從文懷舊的矛盾性在這裏尤其明顯。私奔，是對倫常的直接衝擊，在宗法秩序那裏，罪幾乎等同通姦，為當時理法不容。但在沈從文那裏，生命的倫理大於宗法秩序的倫理，「我」的悵惘，無非是因為再難有機會見到巧秀，以及再難有機會對新娘子的貞節表示私下的關心。對貞節的關心，是不經意流露出來的，沈從文在〈雪晴〉裏曾經三次提到新娘子或巧秀的眉毛（新婚之夜後，另又在〈巧秀和冬生〉一文中再次提到），這是由鄉村傳聞而得來的極具性暗示的春秋筆法，也由此可見沈從文對純潔的唯美性想像，殊不知，這唯美性想像，也有對生命的苛刻要求。所以說，沈從文的懷舊，是交叉而矛盾的懷舊，他讚美生命的純潔，但未必贊同生命的完全自主，他厭惡一種秩序，卻又潛意識裏預設並贊同另一種對立的秩序。沈從文對女子貞操的看法，要比蔡元培、胡適等人保守得多。以美為信仰，就難免對貞操暗含道德規訓。沈從文在新舊文化之間，掙扎得厲害。〈巧秀和冬生〉繼續了作者在唯美性想像方面的惆悵，巧秀逃走之後，「我」感慨萬千：

> 巧秀逃走已經半個月，還不曾有回頭消息。試用想像追尋一下這個髮辮黑，眼睛光，胸脯飽滿鄉下姑娘的去處，兩人過日子的種種以及明日必然的結局，自不免更加使人茫然若失。因為不僅偶然被帶走的東西已找不回來，即這個女人本身，那雙清明無邪眼睛所蘊蓋的熱情，沉默裏所具有的活躍生命力，都遠了，被一種新的接續而來的生活所腐蝕，遺忘在時間後，從此消失了，不見了。[24]

面對新與舊，作者很矛盾。作者對新事物有恐慌感，很排斥。似乎新的就一定會腐蝕舊的、純潔的事物。但宗法秩序裏的某些舊事物，同樣讓作者心驚肉跳：巧秀的媽，死得淒慘，巧秀媽對生命充滿了愛，但卻

[24] 沈從文：〈巧秀和冬生〉，見《文學雜誌》第二卷第一期，朱光潛主編，頁一〇五。

被宗法秩序、人世仇恨、人性自私帶走了愛。在〈巧秀和冬生〉這一篇章裏，寫得最具衝擊力、最能展現複雜人性的段落，就是寫巧秀媽的死。巧秀媽本不必死，但巧秀媽不肯低頭，又與族祖有陳年舊怨，因而被沉河而死。故事當然不算新鮮，類似的奴役與殘害足以讓人麻木，但沈從文的過人之處就在於，他在道德感之外，看到了人的虐待慾，即近乎獸性的衝動與舉動。這虐待慾，不是城市文明所帶來的，倒像是宗法制度下的道德感後面，所隱藏的罪惡衝動。沈從文指出的虐待狂，是對人性中肯而嚴厲的批判。人的自私，在這裏受到無情的批判。有的人盼著巧秀媽死，是因為那幾畝地，有的人盼著處罰巧秀媽，是因為可以「一面無恥放肆的欣賞那個光鮮鮮的年青肉體，一面還狠狠的罵女人無恥」[25]，族祖盼著巧秀媽死，是因為欲而不得惱羞成怒，還有些人盼秀媽死，只因那死的過程能給他們帶來興奮……但巧秀媽寬恕了這一切的醜惡，巧秀得以存活下來。巧秀媽給每一個見證或參與策劃她死亡的人留下了禮物：這禮物，有的化作愛，有的化作變本加厲的恨與虐待，有的化作良心的自責。巧秀媽的寬恕，並不能阻止事態的進一步惡化。〈傳奇不奇〉在〈巧秀和冬生〉之後，彰示了野蠻暴力對宗法秩序的衝擊。在〈傳奇不奇〉裏，宗法秩序已不能完全維護人際關係的平衡，土匪、族群之間的爭鬥，打破了固有的人際平衡與宗族穩定。吹嗩吶的中寨人與田家兄弟劫了冬生，田家寨與高梘因而發生嚴重的對峙，一時間雙方都騎虎難下，在最後關頭，吹嗩吶的中寨人念及巧秀肚子裏面的小生命，讓冬生與巧秀逃生而去，山洞裏的田家兄弟及吹嗩吶的中寨人盡數被滅——多死於自相殘殺。至此，宗法權威似乎得以保全，但實際不然，死亡總會給生者帶來些沉重的擔子，這擔子，一生都難以擺脫，巧秀媽的「禮物」將繼續誘發愛或仇恨。沈從文往往能從最殘忍的動作裏，發現最為隱匿的憐憫與心動。

25 沈從文：〈巧秀和冬生〉，見《文學雜誌》第二卷第一期，頁一〇八。

沈從文在〈赤魘〉等篇章裏，也表示了對時局的擔憂：對鄉村道德秩序陷於紛爭而擔憂，對鄉村再難回到他心目中的自然甜美而擔憂。〈赤魘〉斷章系列，最終落實的，倒像是唯美想像的破滅，但作者仍然努力地反覆強調、讚美甚至是呼籲，人間的愛、寬恕與溫存，這些價值觀，這些在幻滅中呼告出來的愛，才是沈從文的精神核心。夏志清曾以短短數語，評述這幾個篇章：「這真是一個融匯了作者豐富的想像力，用以描寫民國時代湘西人民生活的寫作計劃。就僅存的幾章來看，行文已精彩迭出，混合了作者對於人性愚昧以及英雄色彩的同情和瞭解。」[26]

沈從文的文字很精緻，對每一個細節都認真仔細推敲，行文中，努力添加其個人化的經驗感受，同時，也不輕易漏掉他認為精彩的民風民俗，對每一件無情的生物，都願意賦予人的情意，整個行文平緩而寓意深長，他不是天才型的作家，但他有自己內心的信仰。〈赤魘〉這些小說斷章，既存著作者對愛的信仰，也有著作者對二十年來農村不能免疫、必然走向動盪的惆悵與失落。沈從文十分戀舊，但他又比同時代的絕大多數作家更深刻更敏感地意識到舊之分崩離析、難以挽回，牧歌式的戀曲，有時候反而轉換成悲慟式的挽歌。沈從文所表達的情懷，除了愛與情意，再無依靠，他的原鄉味道，以愛與寬容為核心，儘管他的文字依託於鄉村故土，但他除了對愛與寬容這樣的價值觀堅信不疑，他對其他具體的實在的秩序是抱懷疑態度的。因為懷疑，所以他在一九四五年八月至一九四九年十月間，甚至是更早時期，就已經不對具體的任何社會模式、任何具體的權力實體產生幻想了，他那游離不表態的人生態度，也就不難解釋。就像夏志清的那幾句點睛之語所說的：

---

26 〔美〕夏志清：《中國現代小說史》，劉紹銘等譯，Hong Kong: The Chinese University Press, 2001, p.312。

沈從文與他同期的大部份作家另外一個不同之點是，他雖然對資產階級生活方式的無聊與墮落感到深惡痛絕，卻拒絕接受馬克思主義烏托邦式的夢想。因為這種烏托邦一出現，神祇就要從人類社會隱沒了。他對古舊中國之信仰，態度之虔誠，在他同期作家中，再也找不出第二個。這個古舊的中國，農村的「封建」經濟，極少受到現代貿易方式的影響（更不用說其他的現代意識形態了），因此範圍越來越縮小了。可是沈從文對此信心不減，而且還能在這種落後的甚至怪誕的生活方式下，找出賦予我們生命力量的人類淳樸純真的感情來。[27]

沈從文所信仰的秩序，是長年積累而成的人心習俗的秩序。在〈赤魘〉、〈雪晴〉、〈巧秀和冬生〉、〈傳奇不奇〉這些篇章裏，他基本上已經意識到，這種秩序既能愛人，也能傷人，但無論如何，只有人間的愛，才能救人於困苦，他不大關心經濟制度，也不信任意識形態，但他似乎有一種精神潔癖，這種精神潔癖促使他願意為一切生物賦予人的情感，並為最殘忍的事情預留一點點仁慈，當然，他對愛的絕對信仰，他對宗法制下的暴力的譴責，又恰好反映出他過於熱情的道德感。

由此，我們可以反過來說，沈從文對古舊社會、古舊人心的依戀，是不是也是出於對現代人生活及現代意識的恐懼與擔憂呢?!尤其是在那樣的社會，舊的經濟方式被新的經濟方式被吞沒，但卻缺乏原本應該伴隨著新的經濟方式一起出現的忠誠、理性、勤奮、富於遠見、小心謹慎等自利、互利品質，在那樣的反差中，古舊社會、古舊人心就很容易成為依託的支點，至於這種支點是否真切可靠，那是另外一回事，重要的是，它為現代社會作出了參照、它為現代社會加速衍生的罪惡與困苦提出了參照。所以說，沈從文的立場，

---

27 〔美〕夏志清：《中國現代小說史》，劉紹銘等譯，頁一六二。

並非現代立場，但他的反應，是確確實實的現代反應。沈從文以「鄉下人」自居，但他的職業乃至事業，卻都是城市文明賦予的，他不願意承認城市文明帶來的好處，極力營造理想中的鄉村，這個中的矛盾，值得尋味。

再看另一位與時局似乎格格不入的作家，廢名。

廢名這一時期的重要代表作，是難以嚴格歸類的〈莫須有先生坐飛機以後〉，此作於一九四七年一九四八年連載於朱光潛主編的《文學雜誌》。〈莫須有先生坐飛機以後〉與〈莫須有先生傳〉（一九三二）合構成廢名的「莫須有先生」系列小說。就文體而言，〈莫須有先生坐飛機以後〉有點語焉不詳，該作結構鬆散，寫意敘事皆有些漫不經心，全篇由一些短章串連而成，各篇可單獨抽出來閱讀不覺得還有什麼事情缺乏交代，各篇連在一起，又覺得是一個內在有聯繫的整體，「莫須有先生」這個名號，也意味著作者所講之事，有虛有實，所以將之歸於敘事類作品，還是可行的。

廢名似有超然之氣，對萬物皆有看法，動輒論儒說道，但是從全文來看，歡喜中總存點悲傷，平靜中也能見憤怒，情緒交叉，時嗔時癡，看上去尚未真正得道，雖常講宗教的修為，終歸是差些火候，但這也恰恰是〈莫須有先生坐飛機以後〉的特色。莫須有先生的人生，實則在儒佛之間，看似要離世俗而去，但經驗還是世俗的經驗，世俗經驗裏又略有些愛的光芒，論其情懷，終究是有傳統士人出世入世之進退情懷。

與沈從文事事想擺感情進去的傾向剛好有所不同，廢名在〈莫須有先生坐飛機以後〉裏，處處都穿插看法，有對人生的看法，有對時局的看法，有對傳統的看法，有對進化論的看法，通篇皆有說理辨解之意，頗有說書先生的耐心。這種風格使得〈莫須有先生坐飛機以後〉與其另一些作品有全然不同的風格，像收入《桃園》集子的短篇小說〈張先生與張太太〉（一九二七年三月二十一日），也是敘事的作品，但是通篇沒有一句作者的說理，張先生與裹小腳的張太太之間的新舊對照完全是由張先生與張太太自己的言行舉止、心理活動去完成，小說技法相當純熟，作者善於在狹小的空間裏聚合複雜而互相衝突的尷尬感情，其作品對隱晦跳躍的營造功力，其對日常經驗的詩性表達，有時候甚至連沈從文亦有所不及。

〈莫須有先生坐飛機以後〉，比之其早期作品長篇小說《橋》（起筆於一九二五年，前後耗時十餘年）依託於古典詩詞意境尋找人生詩意的寫法不同，〈莫須有先生坐飛機以後〉由詩性轉向哲學思辨，詩性哲學的痕跡在廢名的文學作品中深化。從另一角度來看，這也許是當日常經驗無法妥善解決內心困惑而導致的寫作轉向，也可能是時局對廢名造成的「壓力」。因為，喜談儒釋道的廢名，竟然也在〈莫須有先生坐飛機以後〉裏不斷以「跑反」話題談起了政府、國共兩黨，在談論這些話題的時候[28]，廢名內心未必沒有憤懣與疑惑，但無論如何，廢名對古舊的依戀，對鄉土人情的複雜情感，並沒有發生根本轉向。〈莫須有先生傳〉多用對話表現作者心中所想，眼中所見，整個格調相對輕快一些，而到了〈莫須有先生坐飛機以後〉，敘述性語言明顯增多，格調相對重一些，戲謔的味道輕一些。

對於〈莫須有先生坐飛機以後〉乃至〈莫須有先生傳〉的文體，吳曉東有一個說法，「我稱『莫須有先生』系列小說創造了一種獨特的『觀念小說』或『玄想小說』的類型。廢名所受的佛教和禪宗的影響在『莫須有先生』系列中日益鮮明起來，儘管依舊營造小說意境，但是意境中又往往滲透著理念和禪趣，有一種玄學意味」。[29]吳曉東的評論略嫌新潮了些，學理歸納之意也非常明顯，他的這段言說，可能適用於〈莫須有先生坐飛機以後〉，但未必適用於〈莫須有先生傳〉。在這裏，不妨再引用周作人對〈莫須有先生傳〉的一段評說：「〈莫須有先生傳〉的文章的好處，似乎可以以舊式批語評之曰：情生文，文生情。這好像是一

---

28 「跑反」，黃梅縣俗語，據廢名記：「我們以前曾說過『跑反』這兩個字，即是敵人來了，大家要逃避，黃梅縣謂之『跑反』」。見廢名：〈莫須有先生坐飛機以後〉，《莫須有先生傳》，桂林：廣西師範大學出版社，二〇〇三年，頁二五六。

29 吳曉東：〈「破天荒的作品」——論廢名的小說〉，收入廢名著《莫須有先生傳》。

道流水，大約總是向東去朝宗於海。它流過的地方，凡有什麼汊港灣曲總得灌注瀠洄一番，有什麼岩石水草，總要披拂撫弄一下子，才再往前去，這都不是它的行程的主腦，但除去了這些也就別無行程了。」[30]周作人稱之為「好文章」，直指廢名文章行文生風、生情。而〈莫須有先生坐飛機以後〉，除「情生文，文生情」之外，更有敘事言理之長，就結構而言，雖鬆散，但首尾都算連貫呼應，敘事的目的在於說理。

〈莫須有先生坐飛機以後〉有隱世情懷，只是，這隱世情懷裏也有亂世之慌。《莫須有先生坐飛機以後》所記所述，實則是一部避難記。[31]

這部作品，以敘事為主，敘什麼？敘莫須有先生在黃梅縣避難時的見聞，其中，民俗鄉情占了很重要的比重，時局對民俗鄉情的衝擊也佔有不少的篇幅。沈從文與廢名的相似之處，也正好在此，他們都念念不忘鄉村秩序下的人事，並在鄉村人事上面寄託過最美好的情感、最厚重的希望。他們痛心於外來力量對民俗鄉情、人心秩序、宗法制度的衝擊與破壞，他們在厭惡兵荒馬亂、譴責暴力剝奪之餘，表現出留住過去的心靈衝動，與此同時，他們對新事物莫名恐慌，但也由此可見，他們對舊事物的看法，不儘然是樂觀。

莫須有先生去鄉下小學履新，對當地人來講，是個外人，但是唯有外人，才能感受以彼此的缺憾與不同的欲想。在「莫須有先生買白糖」一章裏，鄉下生意人的狡詐與蠻橫打破了莫須有先生對土橋鋪一廂情願的好感。「無題」、「關於徵兵」、「這一章說到春聯」等幾章，當莫須有一家來到臘樹窠石老爹家裏、來到任教履新的地方，莫須有發現在這裏，無所謂國事，或者說，家事與國事無關，再縮小一點，家事就變

30 周作人：《莫須有先生傳・序》，見廢名著《莫須有先生傳》。

31 〈莫須有先生坐飛機以後〉連載於《文學雜誌》，除第二卷第五、十二期之外，每期都連載。二〇〇三年廣西師範大學出版社出版廢名著《莫須有先生傳》，分別收入〈莫須有先生傳〉、〈莫須有先生坐飛機以後〉、〈桃園〉，繁文轉簡文時少數文字順應簡體中文的書寫習慣，如「日本老」的「老」改為「佬」等。

成了錢與丁的事，鄉下人所關心的是如何避免抽丁抽稅的事，至於「日本老」，那遲早是要打敗的，莫須有滿腔的熱情被現實擊碎，並自愧於不用當兵的特殊階級身份。國事說到最後，其實就是命這個東西在暴力面前有多少存活率的問題，而至於同情心、倫理道德，在這個問題面前通通都顯得渺小而不值得一提了。「卜居」、「工作」、「一天的事情」、「民國庚辰元旦」、「留客吃飯的事情」等章節，莫須有在應付寒傖生活之餘，察覺鄉下人有所保留的好心腸、殘留的禮義道德，但在這之外，也有鄉民之間的小心謹慎、事事自保，至於人間溫情與純樸，只好從家人身上去找尋。最能體現莫須有先生懷舊悖論的，莫過於教育，在「舊時代的教育」、「莫須有先生教國語」、「上回的事情沒有講完」、「五祖寺」、「莫須有先生教英語」等篇章裏，莫須有先生講到教育與國事、家事、人事的問題。廢名一方面對專制的實質有著清醒的認識，他厭惡八股罪惡，保持對新文學運動的信心，希望孩子們都可以像自己的兒子純一樣大聲說話，但一方面又極為推崇宋儒的心性說，對孔孟之說心有餘念，在教孩子們作文的時候，也講究心性的融通。「停前看會」一章，作者細細描繪了鄉間生意的艱難，物價飛漲讓這種艱難雪上加霜，鄉民的處境引人同情，同時，作者注意到，在這艱難的處境中，竟然還有類似大都市的熱鬧，這熱鬧，在莫須有先生那裏，就顯得極為不自然了，但像「過橋」這樣的出會故事、黃梅風俗仍然能喚起莫須有先生心中的感情。

鄉民的困苦、脾性、心性、習俗，是〈莫須有先生坐飛機以後〉敘事體系裏的重點，但在這重點裏，又因為國事與家事的不平衡，導出諸多的意指。

廢名，或者說莫須有先生的意指，在第一章「開場白」和最後一章「莫須有先生動手著論」已經交代清楚，其意指，大抵有三層：其一，「人生的意義是智慧，不是知識，智慧是從德行來的，德行不是靠耳目，反而是拒絕耳目的，所謂克己復禮」；其二，要信奉聖人，孔子溫故而知新，孟子奉性善論，程子講求致知在格物，孟子程朱都信奉孔子，孔子是聖人，聖人才是本民族的精神代表，今人要講仁義道德；其三，

「非宗教便是唯物，是不足以談學問的」，廢名試圖讓宗教意義融合儒家與佛教，以開脫儒家在世俗世界裏「殺生」所引發的衝突。[32]這些意指，大概可以看做是莫須有先生傳道的一部分了。[33]莫須有先生的這些意指，倒並不是指望這些德行禮儀道義去救國，他的指向，大概是希望可以留住純樸的民情風俗，也希望「秉國者」由此領悟出一些治國之國，因為，「家與國不相衝突，但如秉國者不能使人民信，即是不能大公無私，於是人民自私其家了」。[34]這些，顯然是基於舊的道德體系道德理念而得出來的道德烏托邦之想。

廢名在莫須有先生身上所寄託的，是反現代的立場——源於機器文明所帶來的恐慌。但這種反對，又不是絕對全然的反對，作者大概為一般國民的困苦而擔憂內疚，並希望借孔孟之道來改善人心秩序，機器固然可恨（莫須有先生自陳並非義和團），但更可怕的是不可信的「秉國者」，所以，廢名的懷舊，也是矛盾的懷舊、含混不清的懷舊。這種懷舊，絲毫不能解決什麼問題，但廢名看到了一般國民家庭的平常事實，同時廢名也對此表達了同情與理解，就文學的意義來講，〈莫須有先生坐飛機以後〉有其特殊的承擔，就文本價值來講，這部作品有其特殊的思想符號意義，廢名雖沉醉於一種思想道德上的烏托邦（諸如大公無私、捨己為人等），但他同時也打破了國事就是家事的政治烏托邦之想。這奇怪的悖論裏，一方面是舊式士大夫的想法，希望執政者、掌權者能夠突然覺悟以改善民生，另一方面又是隱士心態，希望民生可以棄政府而自生自足，或者是對政府漠不關心僅顧自己的歲月與心事。

廢名在〈莫須有先生坐飛機以後〉中，並不刻意美化鄉村情景，對政局也有相當清醒的認識，他的境界不止於國事家事，因為宗教的影響，他對人及人生的看法（比如說他認為人人處處都是苦等），更有一種

32 廢名：〈莫須有先生坐飛機以後〉，見廢名著《莫須有先生傳》，引文見頁三四五—三四六。
33 廢名筆下的飛機與仁義道德之間的衝突，容第五章再詳論。
34 廢名：〈莫須有先生坐飛機以後〉，見廢名著《莫須有先生傳》，頁二二九。

超脫現實與歷史的視角，這使得他的懷舊不至於過於狹隘偏執。廢除在〈莫須有先生坐飛機以後〉等小說中涉及到的很多看法，諸如進化、退化等，又在有意、無意中觸到了古典到現代社會中的許多重要的思想問題。

汪曾祺的〈戴車匠〉也值得一提。這一階段，汪曾祺有散文、詩作若干問世，但以〈戴車匠〉的懷舊情緒最為突出。汪曾祺雖懷舊，但對新也絕非深惡痛絕，他記錄了一種過程的不可回頭。

〈戴車匠〉是一篇極有世俗趣味的小說作品：小說寫的是物事，見的卻是人事，人的趣味依託於物事之上，地方的市井味與歷史感因而躍然紙上。作者開篇便說：「『戴車匠』在我們不但是一個人，一間小店，還是一個地名。」[35]戴車匠這個名詞，意味著什麼內容呢？意味著，民間的風俗，地方人的零嘴口味，瀕臨失傳的絕學手藝，生活的安逸自足感，人與人之間溫溫糯糯的感情，春夏秋冬異樣的風景，慢悠悠的生活節奏，能讓人停留下來不用考慮速度與效率的舊式生活，「戴車匠」是舊生活的豐美意象……但這豐美的一切，因為城市工業的介入，正在或者已經消失，人的需求已經發生了轉變。〈戴車匠〉的尾聲是這樣的：

> 車匠的手藝從此也許竟成了絕學，因為世界上好像已經無須那許多東西，有別種東西替代了。我相信你們之中有很多人根本就無從知道車匠到底是怎麼回事，你們沒有見過。或者戴車匠是最後的車匠了。那麼他的兒子幹甚麼呢？也許可以到鐵工廠裏當一名練習生吧。[36]

35 汪曾祺：〈戴車匠〉，見《文學雜誌》第二卷第五期，民國三十六年十月初版，頁八十一。

36 汪曾祺：〈戴車匠〉，見《文學雜誌》第二卷第五期，頁九十一。

汪曾祺善抓細節，懂得控制抒情與敘事的尺度，也十分懂得中國人的脾性。〈戴車匠〉裏寫到兩個臨街賣東西的兩個老太婆時而親密時而惡劣的關係，尤見其懂得中國人心性：

> 這兩個老太婆又有時這個顯得比那個窮，有時那個顯得比這個弱。……她們老是罵架，一罵一整天，老是那些話，罵罵，歇歇，又罵罵。作一筆買賣，數錢揀貨，青菜湯送下一大碗乾飯，這就有時間準備新的武器，聚了一堆她們自以為更潑刺淋漓的言語，投過去，拋回來希望傷人要害。這對我們說起來，未免可厭？因為罵人都不好看。尤其她們相罵時，大都是壞天氣，全世界都不舒服的時候。她們的生意都非常壞，攤子上儘是些陳舊乾癟的貨品，又稀少可憐。她們的恨毒注在頹老之中，像下雨天城門口的泥濘。她們的肝火焚燒她們的太陽穴，她們的頭髮披下來，她們都無望無助，孤苦悽愴，哀哀欲絕。[37]

不寬裕、局促的生活，一點點地磨滅掉尊嚴，但這生活的齷齪又未必全然是因為生活的生計局促而造成，汪曾祺寫出了與時代有關的場景，但同時也帶出了與時代關係不大但與人性相關的場景。

由〈戴車匠〉，可以看出作者略帶抒情但又難掩傷懷的心緒。作者明知道那一切很美好，那一切極能撫慰人心，但是作者心裏也清楚，沒有什麼力量可以阻止它們的消失。「戴車匠」裏含有的世俗趣味，是人與人無限靠近而聚攏的味道，但這種趣味，終歸要隨著資本主義精神的駕臨而散去。在以往，人與人之間在宗法制的召喚下、在低端的社會分工中、在物物交換的交易體系中無限靠近，人與人的靠近，是美好的事

37 汪曾祺：〈戴車匠〉，見《文學雜誌》第二卷第五期，頁八十一－八十二。

情，而往後，如果人與人試圖靠近，所碰到的，可能儘是冷漠與懷疑，當然也可能意味著獨立、隔絕、自由等。趣味的聚攏與消散變化，是依賴集體而生存的族群、人種最難以釋懷的變化，以集體而生的族群，對於個體的單獨生活，似乎有一種天然的厭惡與反感，汪曾祺敏感地察覺到這種變化，這使得他在四〇年代同時期優秀作家群中，不會顯得遜色。

當古典社會向現代社會轉換的時候，不同的自由主義作家作出了不同的敘事反應，懷舊、戀舊，有自己內心的信仰，但卻對變化無能為力，時時感覺自己被新事物傷害，一種被傷害的心理加重了他們傷今悼古的情懷。他們對「舊」的好感，恐怕並非完全是因為「舊」本身的好，而是因為「新」帶來壓抑，「舊」帶有某種拯救意味，這個「舊」，因而帶有一定的唯美想像。

除了懷舊的寫作悖論之外，還有另一種敏感的寫作反應，那就是「舊式的反應，現代的看法」。能體會到古典社會向現代社會轉換是屬己的、非西方的問題，惟張愛玲。對古典向現代轉變這一重大問題，張愛玲既能意會亦能言傳。

（二）舊式的反應，現代的看法

所謂「舊式的反應」，在本文，是指張愛玲小說中人物行為、審美意象等的古今持續性、連貫性；而「現代的看法」，則是指張愛玲意識到過去的過去性、過去的現存性，以及現在對未來的寓言性，她能於變中把握不變，又能從不變中把握變。[38]

[38] 「舊式的反應，現代的看法」這一提法，是受夏志清在《中國現代小說史》的直接啟示。見〔美〕夏志清：《中國現代小說史》，

就此時的自由主義文學創作而言，張愛玲是一個繞不過去的存在，這種「繞不過去」，當然也不止於這一時段。對張愛玲的總體評價甚多，但以夏志清極具原創性的評價影響最為廣泛，在這裏，摘錄一二，以便窺其全貌——

憑張愛玲靈敏的頭腦和對於感覺快感的愛好，她小說裏意象的豐富，在中國現代小說家中可以說是首屈一指。錢鍾書善用巧妙的譬喻，沈從文善寫山明水秀的鄉村風景；他們在描寫方面，可以和張愛玲比擬，但是他們的觀察範圍，較為狹小。[39]

〈金鎖記〉長達五十頁；據我看來，這是中國從古以來最偉大的中篇小說。這篇小說的敘事方法和文章風格很明顯的受了中國舊小說的影響。但是中國舊小說可能任意道來，隨隨便便，不夠謹嚴。〈金鎖記〉的道德意義和心理描寫，卻極盡深刻之能事。從這點看來，作者還是受西洋小說的影響為多。[40]

她避難香港後，寫了兩本長篇小說：《秧歌》先在《今日世界》連載，一九五四年七月出單行本；三個月後又出版了《赤地之戀》。作為研究共產主義的小說來看，這兩本書的成就，都非常了不起，因為它們巧妙地保存了傳統小說對社會和自我平衡的關心。[41]

39 劉紹銘等譯，Hong Kong: The Chinese University Press, 2001, p.341-342.〔美〕夏志清：《中國現代小說史》，頁三四〇。
40 〔美〕夏志清：《中國現代小說史》，頁三四三。
41 〔美〕夏志清：《中國現代小說史》，頁三五七。

另外有幾家之言，也值得在這裏特別提及。李歐梵在〈漫談中國現代文學中的「頹廢」〉中肯定了張愛玲的藝術貢獻：

> 然而，這一群中國作家在模仿英、法頹廢文學之餘，並沒有完全體會到其背後的文化意蘊：這是一個歐洲藝術家反庸俗現代性的「表態」。反觀中國這個時期的「頹廢」文學，其資源仍來自五四新文學商業化以後的時髦和摩登（這是當時人對modern這個字眼的譯音），並沒有徹底反省「現代性」這個問題。由於五四新文化運動的成功，他們也打著反傳統的旗幟，無法在傳統文化中去尋求頹廢的文化資源。當然，這個問題又牽涉到比較傳統化的「鴛鴦蝴蝶派」作家，我在沒有仔細研究之前，只能作一個泛泛的臆測：我認為這些作家並沒有用頹廢來反對現代，也沒有真正從傳統文學資源中提出對抗現代文明的方法。而真正從一個現代的立場、但又從古典詩詞戲曲中找到靈感並進而反抗五四以來的歷史洪流的作家，我認為是張愛玲。[42]

這一判斷，不僅準確指出張愛玲不可複製的藝術獨特性與超凡的藝術先知先覺性，而且準確地指出現代寫作人的核心病症。自由主義文學寫作人及知識人，多多少少也有這些病症，即便有些作者的創作被冠上現代主義創作的名號，但那並不能算純粹的現代主義創作。家國存亡的大命題影響了作家對現代性的判斷，他們從來沒有將現代性問題當成是屬己的、非西方的問題來看待，更談不上具體的實踐，但張愛玲在實際的

42 李歐梵：《現代性的追求》，北京：三聯書店，二〇〇〇年版，頁一六六。

創作中做到了。

劉再復、林崗由「罪與文學」的角度，對《傾城之戀》的靈魂維度進行評述，亦有獨到之見解：

> 例如在四十年代出現了張愛玲的《傾城之戀》，可以說是一種奇蹟。這部中篇小說表現的是人類只有面臨「地老天荒」的末日才能獲救的荒誕。張愛玲以冷靜的講故事姿態暗示這個世界只有私心而沒有真情，而失卻真情的存在是沒有意義的。浸透在作品中的是很濃的對於世界和人生的大懷疑。它告訴人們，世界並非在「進步」，而是在一步一步地走進死寂的沒有前途的荒原。因為作為世界主體的人是自私的，他們被無窮無盡的慾望所控制，這種慾望導致人性的崩潰和愛的瓦解。只有到了「地老天荒」、世界變成『斷牆頹垣』時，慾望才會消失，人才可能重新發現愛和恢復天性中的真誠。……人在拼命爭取自由，但永遠得不到自由，因為人類不僅是世界的人質也是自身慾望的人質。陷入自我地獄的人類註定只能是「屏風上的鳥」，被「釘死的蝴蝶」，想像中的飛翔完全是虛假的，惟有被規定被囚禁才是真實的。張愛玲這種對人生的無情懷疑和對存在意義的尖銳叩問，真是激動人心。[43]

無論是身處傳統，還是身處現代，張愛玲都是重要的存在。

一九四五年八月至一九四九年十月間並不是張愛玲創作生涯中最耀眼的時期。人們更關注張愛玲四〇年代前期的作品，如〈金鎖記〉（一九四三年十月）、〈傾城之戀〉（一九四三年九月）、〈茉莉香片〉（一九四三・六）、〈沉香屑：第一爐香〉（一九四三年四月）、〈沉香屑：第二爐香〉（一九四三年五

[43] 劉再復、林崗：《罪與文學》，Hong Kong: Oxford University Press, 2002, p.253-254。

月）、〈紅玫瑰與白玫瑰〉（一九四四年六月）等中短篇小說。但張愛玲在此時所發表的數篇作品，於中國文學來講，仍然是豐美的收穫。以小說而論，與同時代的錢鍾書（《圍城》）、沈從文（〈巧秀和冬生〉等）、廢名（〈莫須有先生從飛機以後〉）等人相比，張愛玲仍然是極具重要性的存在。

張愛玲在五〇年代以後所寫作品，諸如五〇年代成初稿、七〇年代末八〇年代初最後定稿的〈色，戒〉、〈相見歡〉、〈浮花浪蕊〉等小說[44]，也未必已得到相應的重視，其後期作品未必比前期作品遜色，只不過，後期作品少了些少年的張狂，多了些穩定成熟、不動聲色、含蓄平穩。但張愛玲仍是張愛玲，這種變化，跟環境時勢的變化也有關係，容後文再述，而這種變化，也可能對一般讀者增添了一些不愉悅的情緒。驚豔的心理不可能太持久，習慣了就難以再產生陌生感，一般讀者或者專業讀者出於個人偏愛，對張愛玲的作品厚此薄彼，也是難免。但於研究而言，過於厚此薄彼，難免生出些偏見，並且可能產生經典的過度閱讀效應，比較可靠的方式，還是將其每一部作品，放到其全部的創作中去考察。

前文已提到，在此期間，張愛玲的文學作品，主要有〈華麗緣〉、〈多少恨〉（據電影《不了情》改編而成）、〈鬱金香〉等，看上去，張愛玲在這一時期的重心轉向了電影。[45]

---

[44] 張愛玲在《惘然記》中就這三篇小說作了解釋，「這小說集裏三篇近作其實都是一九五〇年間寫的，不過此後屢經徹底改寫，〈相見歡〉與〈色，戒〉發表後又還添改多處。〈浮花浪蕊〉最後一次大改，才參用社會小說做法，題材比近代短篇散漫，是一個實驗」，見張愛玲著《鬱金香》，北京十月文藝出版社，二〇〇六年版，該文原載於一九八三年五月臺北《皇冠》第二十二卷第六期，原題〈《惘然記》二三事〉。

[45] 〈華麗緣〉原載於一九四七年四月上海《大家》創刊號，一九八二年修訂於美國洛杉磯；〈多少恨〉，原載於一九四七年五月、六月上海《大家》第二、三期（《大家》也僅出到三期）；〈鬱金香〉，原載於一九四七年五月十六日至三十一日上海《小日報》，後收入張愛玲著《鬱金香》，北京十月文藝出版社，二〇〇六年，該版經臺北皇冠文化出版有限公司授權出版簡體中文版本。

張愛玲自認為〈華麗緣〉是散文，而陳子善則將〈華麗緣〉歸之於小說，詳見北京十月文藝出版社出版的《鬱金香》之附錄〈惘然記〉（張愛玲）及〈編後記〉（陳子善）。〈華麗緣〉以第一人稱寫成，文體實則介於散文與小說之間，敘事意味明顯。

短篇敘事作品〈華麗緣〉，十分出彩。〈華麗緣〉運用對照的手法，寫戲裏戲外的生活，張愛玲自己稱之為散文，但也可以把〈華麗緣〉當成是使用第一人稱限制視角的敘事小說來讀，在這裏，權且歸作敘事類文本，畢竟散文是涵蓋性大的文體，既可言事，亦可抒情。

〈華麗緣〉中的比喻，時有神來之筆。作者一開篇就有奪人之力，「正月裏鄉下照例要做戲。……閔少奶奶陪了我去，路上有個老婦人在渡頭洗菜，閔少奶奶笑吟吟的大聲問她：『十六婆婆，看戲文去啊？』我立刻擔憂起來，怕她回答不出，因為她那樣子不像是花得起娛樂費的。她穿著藍一塊白一塊的衲襖，蹲在石級的最下層，臉紅紅的，抬頭望著我們含糊地笑著。她的臉型短而凹，臉上是一種風乾了的紅笑——一個小姑娘羞澀的笑容放在烈日下曬乾了的」[46]，文中的「我」只一瞥的功夫，便勾勒出需要讀者心領神會的身份與習性、鄉情鄉願、生活形態，實在是有如畫之感。作者在短短幾行裏，已賦予文字情感、已為人與人之間可猜疑的關係打造了些基準，鄉下人的客套與熱鬧，鄉下人的局促與羞怯，鄉下的凋零與詭異，輕輕巧巧地，就出來了。尤見功力的是這一句，「她的臉型短而凹，臉上是一種風乾了的紅笑——一個小姑娘羞澀的笑容放在烈日下曬乾了的」[47]，這一比喻，猶如詩一樣凝煉準確，令人有驚豔、驚駭之感，三句話就濃縮了幾十年的光陰，不停循環的、永無休止的、不知不覺的光陰，人生的悲與歡、進與退、動與靜、苦與樂、美好

[46] 張愛玲：〈華麗緣〉，見張愛玲著《鬱金香》，頁一四七。
[47] 張愛玲：〈華麗緣〉，見張愛玲著《鬱金香》，頁一四七。

與衰敗，盡在這曖昧眼神的同情視角內，這幾句話，很容易讓人聯想到十六婆婆的一生，想像真可無窮無盡。這一筆的功力與藝術效果，絕不下於〈金鎖記〉裏著名的這一段，「七巧似睡非睡橫在煙鋪上。三十年來她戴著黃金的枷。她用那沉重的枷角劈殺了幾個人，沒死的也送了半條命。她知道她兒子女兒恨毒了她，她婆家的人恨她，她娘家的人恨她。她摸索著腕上的翠玉鐲子，徐徐將那鐲子順著骨瘦如柴的手臂往上推，一直推到腋下。她自己也不能相信她年青的時候有過滾圓的胳膊。就連出了嫁之後幾年，鐲子裏也只塞得進一條洋縐手帕」[48]。既雲淡風輕，又驚濤駭浪，有一種出奇不意的大氣。張愛玲在兩部作品所寄託的用意不同，這兩段描寫分別承擔了各自不同的作用，但就具體細節而言，很難說誰高誰低。張愛玲的透視力驚人，僅透過一種色調、一件小小的物事，就能看出人心最隱秘所在，看出那些扭捏難言的歡喜、難堪、羞澀等，聊聊數筆，就能既見繁華又透蒼涼，真真了得。

〈華麗緣〉以第一人稱帶動敘事節奏，其「看」功非常有力度。〈華麗緣〉每一筆皆有人生韻味，「我」看戲，看觀眾，過程屢有出彩的描寫。但最能見作者「看」的力度的一個細節，要算「我」看到孫中山十二字對聯時的細節，戲是「鮮明簡單的『淫戲』」，劇情無非是私相授受、你情我願、有驚無險、你進我退、繞室而逐，鄉氣十足，十分意淫，但戲裏自有戲外的人生：

> 我注意到那繡著「樂怡劇團」橫額的三幅大紅幔子，正中的一幅不知什麼時候已經撤掉了，露出祠堂裏原有的陳設；裏面黑洞洞的，卻供著孫中山遺像；兩邊掛著「革命尚未成功，同志仍須努力」的對聯。那兩句話在意想不到的地方看到，分外眼明。我從來沒有知道是這樣偉大的話。隔著台前的黃龍

[48] 張愛玲：〈金鎖記〉，見張愛玲著《傳奇》，北京：人民文學出版社，一九八六年，頁五十六。

似的扭著的兩個人，我望著那幅對聯，雖然我是連感慨的資格都沒有的，還是一陣心酸，眼淚都要掉下來了。[49]

孫中山的原意當然是指國家民族政權前途事，但張愛玲卻從高大處體味出瑣屑，那「要掉下來」的眼淚，只怕是慨歎活著的難、人生的難，那俗常而慾望十足的身子扭纏在一起，不正好是那生命與生命之間的相處形態嗎？「我」是看官，跟他人一樣，但又跟他人不一樣，以至於最後，「而我，雖然也和別人一樣的在厚棉袍外面罩著藍布長衫，卻是沒有地位，只有長度、闊度與厚度的一大塊，所以我非常窘，一路跌跌衝衝，踉踉蹌蹌的走了出去」[50]。看有看的悲哀，被看有被看的難堪。生命的恍惚，人生無法躲避的極度不安，看上去真實又不真實，也許，出戲也就是入戲，〈華麗緣〉觀照的手法，正好夠火候。

張愛玲天分之高、悟性之強，實令人忍不住讚歎。夏志清的評價，絲毫不過——「僅以短篇小說而論，她的成就堪與英美現代女文豪如曼殊菲兒（Katherine Mansfield）、泡特（Katherine Anne Porter）、韋爾蒂（Eudora Welty）、麥克勒斯（Carson McCullers）之流相比，有些地方，她恐怕還要高明一籌」[51]。

中篇小說〈多少恨〉布了一個俗世裏左右為難的格局。〈多少恨〉開篇便言，「我對於通俗小說一直有一種難言的愛好；那些不用多加解釋的人物，他們的悲歡離合。如果說是太淺薄，不夠深入，那麼，浮雕也一樣是藝術呀」[52]。〈多少恨〉所講的故事，確實是極通俗的悲歡離合：虞家茵與夏宗豫在戲院因退票買票

49 張愛玲：〈華麗緣〉，見張愛玲著《鬱金香》，頁一五四。
50 張愛玲：〈華麗緣〉，見張愛玲著《鬱金香》，頁一五八。
51 夏志清：《中國現代小說史》，頁三三五。
52 張愛玲：〈多少恨〉，見張愛玲著《鬱金香》，頁一六〇。

而偶然在一起看了一場戲，兩個陌生人相遇，各自不經意的言行舉止、不凡的身段樣貌給彼此留下了大致的印，這也許就是通俗生活裏所稱的命中注定的緣份了。更為奇巧的是，虞家茵經好友秀娟介紹，到夏公館去做家庭教師，這夏公館的主人、小蠻的爸爸夏宗豫，就是虞家茵在戲院裏碰到的那個漂亮得來又帶點歲月風塵色的男子，故事走到這裏，俗世裏的人緣就有了落腳的地方。夏宗豫與鄉下太太的關係，可歸之於千篇一律的「沒有感情」，但是，人生的虛空是如此地無邊無際，愛終究敵不過恨的糾纏與詛咒。作者一落筆，已暗示人生的無數恨，道不盡的恨，擺不脫的恨，宿命裏的恨，此恨彼恨，不僅僅源於人倫道德的規定，更因為生而俱來的殘缺。具體的時段，蓋不住張愛玲筆下的人事，那些人事，彷彿「活」在任何時段。張愛玲的高明，也許正在於她以迷戀世俗的辦法道破存在的永恒，以世俗的短暫道破存在的永恒。

這種恨，暗寓了每一個人的脆弱。夏太太是脆弱的，因為她把自己的命寄託在別人的命之上，她的生命像是一種賭注。夏宗豫是脆弱的，因為他經不起情愛的一點點搖晃，彷彿只有情愛才能拯救他陰鬱而無望的人生。虞家茵是脆弱的，她的處境甚至比夏宗豫更令人絕望，因為她比夏宗豫更能體會到人生的絕望。虞老太爺也是脆弱的，在俗世的慾望面前，他寧願壓榨自己的女兒、犧牲女兒的尊嚴與幸福以抵抗生命的衰敗，他是慾望的臣子，舊式倫理關係最堅執的自信者。《多少恨》下筆遠不如《金鎖記》那般慘重，但能道盡人生的絕望、倫常的頻臨破產，這種絕望與破產，又須用那活著的離合來襯托。

愛恨情仇，看上去都是平常物。但一旦牽動內心，則有驚濤駭浪之感，愛感，也就變成了怕感，在張愛玲筆下，尤其如此。〈多少恨〉中寫夏宗豫的心事，就是用愛與怕相加的手法來完成的——

> 他（夏宗豫）在小孩房裏踱來踱去，人影幢幢，孩子臉上通紅的，迷迷糊糊嘴裏不知在那裏說些什麼。他突然有一種不可理喻的恐怖，彷彿她說的已經是另一個世界的語言了。他伏在毯子上，湊到她

枕邊去凝神聽著。原來小蠻在那裏喃喃說了一遍又一遍：「老師！老師！唔……老師你別走！」宗豫一聽，心裏先是重重跳了一下，倒彷彿是自己的心事被人道破了似的。他伏在她床上一動也沒動，背著燈，他臉上露出一種複雜的柔情，可是簡直像洗濯傷口的水，雖是涓涓的細流，也痛苦的。他把眼睛映了一映，然後很慢很慢的微笑了。[53]

這種描寫，寫出了愛裏夾雜著的怕，堪稱周到而細緻。這種愛，是內心的放肆，而那種怕，卻是源於內心的克制：既有對感情之來臨的怕，也有對生活更多層面的怕。讀者可以想像的空間，很寬很廣。

每一個人在面對愛與怕的時候，都可能面臨選擇，但也許無論怎麼選擇，都是徒勞。夏宗豫當然可以選擇和虞家茵在一起，但是夏太太呢？女兒小蠻呢？夏宗豫要付出多大的代價才能破解這樣的生命捆綁結構？虞家茵當然也可以憑著自己的年青漂亮、憑著與夏宗豫之間的情感保證而選擇和夏宗豫在一起，或者等夏宗豫與太太離婚，再或者嫁入夏家做姨太太，因為，以夏太太的身體情形，大概也挨不了幾年，家茵扶正也是遲早的事情，這也正合家茵父親的心意。但是，這樣的選擇，可以將夏宗豫與虞家茵的生活完全從舊日的困苦與新添的仇恨中解脫出來嗎？不可能。因為，看著別人生命的衰敗，自己的生命彷彿也會跟著衰敗、塌陷，看著別人生活的空洞，自己也會覺得虛空而不踏實，用中國人的傳統說法，就是很難擺脫良心的折磨。

如果家茵作了姨太太或填房，那多少不合家茵的尊嚴意識，同時，她還要應付無休無止的「父愛」訛詐，這種訛詐無疑會一點一點地摧毀她與夏宗豫的愛，虞老先生以己之經驗，勸說女兒做姨太太，「哪個男

[53] 張愛玲：〈多少恨〉，見張愛玲著《鬱金香》，頁一七八。

人不喜歡姨太太！哪個男人是喜歡太太的！」家茵又羞又氣，突然叫出聲來道：「你少說點兒罷！你自己做點子什麼事情，我的人都給你丟盡了！」爭吵中，虞老先生難得地「父愛」一番——

> 虞老先生便俯身湊到她面前拍著哄著，道：「好孩子，別哭了，你受了委曲了，我知道。隨便別人怎麼對你，爸爸總疼你的！只要有一口氣，我總不會丟開你的！」家茵忽然撐起半身向他凝視著，她看到她將來的命運。她眼睛裏有這樣大的悲憤與恐懼，連他都感到恐懼了。[54]

血緣關係裏的債務，還債的那個，永遠要還債，一生都擺不脫，這是中國文化裏的殘忍。人性的惡毒與猥瑣摧毀了他人的人生。這一過程，富含深刻的倫理衝突。來自鄉下的虞老先生竟然又是離婚再娶，並沒有達成共用太太與姨太太的美夢，這恰好說明了當時家庭共同體內部的道德危機。從虞老先生身上也可以看到，在傳統文化教養下的舊式男人，當他們通過正當或不義手段獲得金錢的時候，僅僅是滿足於傳統式的日常享受，沉醉於腐敗陳舊的生活方式，比如說滿足於丈夫始終喜歡姨太太等觀念，他不會去核算經濟的成本，更不會去核算人生的成本，他所拽住的，仍然是他認為最牢靠的舊式倫理關係，在這一類人身上，永遠無法滋生出理性的資本主義精神，在新的經濟形式下，那種舊式的追逐日常享受的生活方式，也日漸難堪、日漸式微，但又垂而不死，令人生厭，令人難堪。虞老先生這樣的人物，在張愛玲的筆下，並不在少數。

既然不願意虧欠他人的生命，既然無法擺脫合乎禮儀的訛詐，那麼，只好選擇離開，只好選擇虧欠自己的生命。以當時的情形，虞家茵不可能通過什麼有效的經濟手段去改善自己的處境，她沒有機會，城鄉這

---

54 張愛玲：〈多少恨〉，見張愛玲著《鬱金香》，頁二一三。

種奇怪的粘連關係（城裏的男人、鄉下的太太等等城鄉關係模式），似乎堵住了她在都市的出路。當虞家茵離開之後，「第二天宗豫還是來了，想送她上船，她已經走了。那房間裏面彷彿關閉著很響的音樂似的，一開門便爆發開來了」[55]。這樣的效果，豈是那些歇斯底里的動作與語言所能達到的？臨行前的內心掙扎、混亂、痛苦、決絕，無法用語言說出，但能體會得到。小說最後一段，所蘊情感，乃遺恨無窮——虞家茵的離開，為戲中每一個人都留下了餘地，但每個人的生命又因而遺恨無窮，張愛玲寫情感的收放，確有大師手筆。

虞家茵走了，夏宗豫想必也不可能追尋到底。雙方內心的衝突與靈魂的自責，為愛添加了怕，彼此對未來人生的恐懼最終讓兩個人分開。人生終究是不齊全的人生，無論怎樣選法。

〈多少恨〉與〈金鎖記〉用力不同，但在某些地方，異曲同工。譬如，七巧由自己生命的無望進而摧毀女兒兒子的生活，而〈多少恨〉裏的虞老先生，因自己的慾望，埋葬了女兒的希望，這種存活於親情關係中的強制與訛詐，這裏面包含的深深奴役靈魂的罪惡，讀來同樣觸目驚心。只不過，〈金鎖記〉對異化的人生、對人間美好情感的由有到無的過程描寫，更能衝擊人們的視覺與心理，更能引發人們合時宜的同情或憎恨；而《多少恨》則帶人以悵惘之感——不徹底的人生裏，那不徹底的、淡而又淡的悵惘，人生的荒涼不在大悲大慟，而在若有所失，這是另一重處驚不變的境界了。

〈鬱金香〉很短，寫的是少年人的衝動心性、中年人的平穩悵惘，以及人生的起與伏、人生的可選擇與不可選擇。〈鬱金香〉的對照互喻法恰如其分，一明一暗，一動一靜，拿捏得恰到好處。小說中有三個核心人物：寶餘、寶初兩兄弟，外加姐姐姐夫家的下人金香。暑假期間，寶初、寶餘到姐夫家過，寶餘對金香

---

[55] 張愛玲：〈多少恨〉，見張愛玲著《鬱金香》，頁二一六。

的情寫在臉上；寶初對金香的意，收在心裏，懸念之後讀者才豁然開朗。

〈鬱金香〉最讓人驚豔的，是描寫金香縫被子的那一段——

那天晚上阮老太太夫婦與老姨太都圍著無線電聽舞臺上馬連良的轉播。寶初不懂戲，聽了一會，便下樓來到自己的房間裏，沒想到有人在裏面。他和寶餘的兩張床都推到屋角裏去了，桌椅也挪開了，騰出一塊空地來，金香蹲在地上釘被。通客廳的兩扇高大的栗色的門暗沉沉的拉上了，如同一面牆。地下鋪著的一床被面，是玫瑰色的綈，在燈光下閃出兩朵極大的荷花，像個五尺見方的紅豔的池塘，微微有些紅浪。金香赤著腳踏在上面，那境界簡直不知道是天上人間。[56]

這一幕，只落在寶初一個人眼裏，自然別有情與意的深意，這大概有《紅樓夢》中，寶玉的「淫」而不淫了，美是華麗體面的大布景，它能夠讓不堪之想變得不那麼放肆，從而為人事增添一些莊重。要說藝術效果，意境、人氣、色相、情態有了，冷的、熱的、悲的、喜的，也都有了，此等大手筆，怕也只有極上乘的影畫作品才能通達其情意。

〈鬱金香〉最解人意的段落，則是寫寶初忘而不卻的「淒慘」，寶初去徐州的路上，才發現金香偷偷幫他縫了個裝市民證的皮夾套子，但用了一次就沒再用：

那市民證套子隔一個時期便又在那亂七八糟的抽屜中出現一次，被他無意中翻了出來，一看見，心裏就是一陣淒慘。然而怎麼著也不忍心丟掉它。這樣總有兩三年，後來還是想了一個很曲折的辦法把它

56 張愛玲：〈鬱金香〉，見張愛玲著《鬱金香》，頁二二七—二二八。

送走了。有一次他在圖書館借了本小說看，非常厚的一本，因為不大通俗，有兩頁都沒有剪開。他把那市民證套子夾在後半本感傷的高潮那一頁，把書還到架子上。如果有人喜歡這本書，想必總是比較能夠懂得的人。看到這一頁的時候的心境，應當是很多悵觸的。看見有這樣的一個小物件夾在書裏，或者會推想到裏面的情由也說不定。至少……讓人家去摔掉它罷！當時他認為自己這件事做得非常巧妙，過後便覺得十分無聊可笑了。[57]

寶初這樣的猶豫，似乎要為自己辯護當年不切實不真實的「承諾」，進而似要推卸這莫名的責任。張愛玲對寶初的脾性，瞭解得十分通透。

小說的尾聲，金香「變」成了一枝鐵梗花，「電梯門上挖出個小圓窗戶，窗上鑲著一枝鐵梗子的花。只一瞥，便隱沒了。再上一層樓，黑暗中又現出一個窗洞，一枝花的黑影斜貫一輪明月。一明，一暗；一明，一暗」。[58]張愛玲當然不至於天真無趣得讓金香嫁一戶好人家，姿態高高地，多年後重見寶初寶餘兩兄弟，進而上演一齣反諷式的、帶奚落味道的現代輕喜劇。作者偏要讓寶初寶餘兄弟與金香在初曉人事的年齡階段遇合。這樣的年齡，又生在這樣的家庭那樣的時代，凡事都做不了主，這個頭，本已是稍帶點喜色的悲劇，而多年以後，各自再在平靜如水的生活裏重遇或遙望：寶初的中年生活平庸、註定了一輩子都不會發財，寶餘娶了閻小姐，「寶初看看她，覺得也還不差，和他自已的太太一樣，都是好像做了一輩子太太的人。至於當初為什麼要娶她們為妻，或是不要娶她們為妻，現在來都也無法追究了」[59]。金香的生活，大抵是

57 張愛玲：〈鬱金香〉，見張愛玲著《鬱金香》，頁二三〇。
58 張愛玲：〈鬱金香〉，見張愛玲著《鬱金香》，頁二三二。
59 張愛玲：〈鬱金香〉，見張愛玲著《鬱金香》，頁二三二。

有些不暢快，閣小姐還認定金香當年喜歡上了寶餘，對此，寶初除了一陣心裏難過之外，也不好再作其他反應。自己覺得珍重的事情，若落到一些不堪之人的嘴裏，自然也變成不堪之事。

〈鬱金香〉雖短，但其對照、懸念暗示、曲折迂迴等手法，足讓人歎為觀止。其繁複的意象運用，以及，作者以人物動作替換心理直抒、以動作形態演繹內心變化，讓有形的物承載無形的態，使得小說有一種有別於純意識流小說的，婉轉而隱晦的美與悲。

夏志清曾拿《傳奇》與《紅樓夢》作比：

> 自從《紅樓夢》以來，中國小說恐怕還沒有一部對閨閣下過這一番寫實的功夫。但是《紅樓夢》所寫的是一個靜止的社會，道德標準和女人服裝從卷首到卷尾，都沒有變遷。張愛玲所寫的是個變動的社會，生活在變，思想在變，行為在變，所不變者只是每個人的自私，和偶然表現出來足以補救自私的同情心而已。她的意象不僅強調優美和醜惡的對比，也讓人看到在顯然不斷變更的物質環境中，中國人行為方式的持續性。她有強烈的歷史意識，她認識過去如何影響著現在——這種看法是近代人的看法。……《傳奇》裏的人物都是道地的中國人，有時候簡直道地得可怕；因此他們都是道地的活人，有時候活得可怕。他們大多是她同時代的人；那些人和中國舊文化算是脫了節，而且從閉關自守的環境裏解脫出來了，可是他們心靈上的反應仍是舊式的——這一點張愛玲表現得最為深刻。[60]

[60]〔美〕夏志清：《中國現代小說史》，頁三四一—三四二。

〈華麗緣〉、〈多少恨〉、〈鬱金香〉雖然沒有大悲大慟的慘烈場面，但也不乏陰鬱可怕的場景，從巧妙的心理表達、曲折的情感表達等方面來看，這些作品，仍然是傑出的作品，張愛玲對中國人脾性的瞭解，對人倫道德的深刻理解，在其作品中也是一貫有之。夏志清的評價，也適用於〈華麗緣〉、〈多少恨〉、〈鬱金香〉，尤其是夏志清所說的，「他們心靈的上反應仍是舊式的」[61]，確實是一語中的，夏宗豫、夏太太、虞家茵、虞老先生、寶初、寶餘、金香、阮太太、老姨太，莫不如此。〈華麗緣〉、〈多少恨〉、〈鬱金香〉，描寫了因愛而不斷靠近的過程，但這一過程後面，隱含著另一重深刻的看法——靠近是愛的初衷，但愛的過程卻是隔離與疏遠：這是對人與人之間關係變化的，極具現代意味的看法。

張愛玲的作品，始終在生命裏徘徊，不受階級影響，不為時代所動。她的天分與才華，她的寫作「現象學」，可以借用西美爾論述現代文化衝突的話來轉釋，「生命真正惟一的就是它的表現，這種確定性看來只有在我們這個時代才能抓住年輕人，因為這個時代不承認任何傳統的東西。承認任何客觀的形式被認為會排除人的個性：況且，形式會沖淡一個人的活力（Lebendigkeit），將它凝固，成為一種僵死的模子。原創性再次向我們保證：生命是純潔的，它並不因為吸進了外在的、具體化的、僵化的形式而被沖淡。這也許是一個崇高的動機，它雖不明確但卻有力，而且構成現代個人主義的基礎」[62]。

張愛玲不過二十歲左右的年紀，就以極其敏感的文字藝術解釋了生、死、生與死之間的難以排解的矛盾與衝突，並完成了由古典到現代的承接與轉換，「生命真正唯一的就是它的表現」，張愛玲的文學作品，就如生、死、生與死之間的過程一樣，豐富而複雜，她的作品，不羈於任何舊的或新的形式，隨手都是生活

61 〔美〕夏志清：《中國現代小說史》，頁三四二。
62 〔德〕西美爾：《現代人與宗教》，曹衛東等人譯，北京：中國人民大學出版社，二〇〇三年，頁三十四。

與寓言，她既懂得進對文學的意義，也懂得退對人生的意義，實在的或虛無的，感覺的或理智的，在她的文學世界裏分別佔有著同樣大的空間。李歐梵認為她是現代的，但實際上，她既是古典的，又是現代的，更是未來的。

（三）人生邊上的厭憎

錢鍾書的《圍城》是一九四五年八月至一九四九年十月間乃至整個現代中國最重要的作品之一。評論者們一向看重《圍城》的諷刺手法，夏志清早在六〇年代就對《圍城》、《靈感》、《貓》、《紀念》等小說有過卓有見識的評價。夏志清將錢鍾書與特萊頓、蒲伯、拜倫相提並論，並指出他們之間的區別。夏志清認為錢鍾書在小說中塑造了肖像群像，「這些肖像當然並不單是為嘲弄而嘲弄那麼簡單，它們享有某種程度的普遍性，可為愚昧以及虛妄自欺的代表。錢鍾書眼光同蒲伯一樣銳利，能識破任何愚人的偽裝。但與蒲伯稍微不同的是，錢鍾書未受樂觀及宗教信仰的牽制，因此他對人類行為抱有一種心理研究的態度。這是現代精神的一種特徵，一種悲劇性的特徵。錢鍾書創作的中心目的其實並非去揶揄知識份子及作家，而是要表現陷於絕境下的普通人，徒勞於找尋解脫或依附的永恆戲劇」[63]。夏志清隨之花較大的篇幅分析了《圍城》：

> 《圍城》是中國近代文學中最有趣和最用心經營的小說，可能亦是最偉大的一部。作為諷刺文學，它令人想起像《儒林外史》那一類的著名中國古典小說；但它比它們優勝，因為它有統一的結構和更豐

[63] 夏志清：《中國現代小說史》，頁三七七。

富的喜劇性。和牽涉眾多人物而結構鬆懈的《儒林外史》有別，《圍城》是一篇稱得上「浪蕩漢」（picaresque hero）的喜劇旅程錄。[64]

夏志清指出《圍城》與《儒林外史》的區別，並為古典與現代悄然劃界。確實，《儒林外史》尚有說書人的氣息，每一章回之間需要「且聽下回分解」、「有詩為證」等言詞的緩衝與停頓，以開始新的橋段，如詩詞講究抑揚頓、換氣之後重新出發，從結構上來講，《儒林外史》仍然是循舊的章回小說，而且，從小說意指來看，仍然是一種以譴責為主導情緒的創作手法。《圍城》則有完整的結構，以整體連貫但間或穿插回憶的敘述手法、以時空場景偶而交錯的手法、以第三人稱的敘事視角展開小說情節結構。當然，第三人稱對於《圍城》來講，也不完全準確，因為小說中某些添加的細節、突然冒出來的對政局時事的嘲笑，又讓讀者感受到作者在小說後面偷笑捉弄，作者並沒有完全隱身，作者有時候忍不住要與小說中的人物情境拼比幽默風趣，除某些細節略為嘮叨之外，就情節結構而言，算是嚴密，個別地方講求戲劇化的藝術效果——比如說方鴻漸跟唐曉芙之間的陰差陽錯，方鴻漸被唐曉芙拒絕後，悻悻地回到丈人家，接到電話，以為是蘇小姐打來，「咱們已經斷了，斷了！聽見沒有！一次兩次來電話幹嗎？好不要臉！你搗得好鬼！我瞧你一輩子嫁不了人——」，「唐小姐聽到『好不要臉』，忙掛上聽筒，人都發暈，好容易制住眼淚，回家」[65]，這樣的情節安排，雖有些戲劇化，但倒也合情合理，因為有緣無份、無緣無份的男女之事，生活中也常有發生；而方鴻漸與趙辛楣的結緣，有些像舊式落難的結拜兄弟，大有同仇敵愾之意，倒也說得通。

---

64 夏志清：《中國現代小說史》，頁三八〇。
65 錢鍾書：《圍城》，北京：人民文學出版社，一九八〇年，頁一一〇—一一一。

從《圍城》所諷刺的對象、所選用的題材、所倚重的心理捕捉手法可看出，由《儒林外史》到《圍城》，已經有了由譴責到諷刺的跨躍。《圍城》既是諷刺小說，也是優秀的世情小說，作者在描繪並諷刺人性世情的同時，又順帶嘲弄了使命、責任、進步、榮譽等令人迷狂的價值，兼帶表現人生的無聊與虛無，以及俗世裏的普通人如何抵抗這種無聊虛無對生活的侵蝕。

如果說譴責所內含的深層情感是憎恨或仇恨，那麼，諷刺所傳達的，可能是厭惡、嫌厭、疏離，厭惡之餘又可能略含同情。諷刺小說的評論標準當然首先是能夠引人發笑，但要考察諷刺小說的藝術效果去到什麼樣的地步，我想，還是應該分析作品所引發的笑，是什麼樣的笑。嘲笑、嘲弄、略帶同情的笑、理解的笑、笑中有淚的笑……諷刺小說所引發的笑，越複雜，其諷刺的藝術效果越佳，諷刺小說引發笑的目的，首先是笑他人，最後是笑自己。但凡優秀的悲劇，總會帶一些喜劇的細節，反之，優秀的諷刺作品，總會是喜劇中帶有悲劇意味。

夏志清六〇年代花較多的筆墨論述錢鍾書在小說方面的重要貢獻。直到二十世紀八〇年代之後，大陸對《圍城》及錢鍾書其他專著的研究才日漸繁盛。在這裏，僅就三種「感」展開略為詳細的評說：文字佈局的幽默感、夾雜著厭倦情緒的幻滅感、性格感，以示《圍城》獨特的藝術趣味。此三感雖無法概《圍城》之全貌，但最能看出其現代體驗及藝術手法的獨特處。

幽默感說到底是一種人生態度是一種寫作看法，是小說的整體風格，幻滅感是有關小說內部關係的獨特體驗、內部的深層氣質，而性格感則是有關小說人物形象的獨特之處，三種「感」，都是在「圍城」圍困下的特定效應。

《圍城》在諷刺文字上下的功夫，《圍城》所達到的全篇悲喜效果，迄今為止，在漢語寫作的世界裏，尚無人能及，幾乎可以這樣說，《圍城》每一段每一句都話中有話，諷中有諷，其用文典必有隱在的出處，其字句的趣味，在於聯想意趣，在於世情風俗（必有來歷），在於智慧通達，通篇如此，韻味無窮，錢鍾書的幽默是智趣、生動的幽默，與那油滑調侃、惡意譴責、失控辱罵之文調自有不同。

在此略舉一二，以作佐證。

場景一。蘇小姐在甲板上看到方鴻漸與鮑小姐「借煙捲來接吻」，罵他無恥，錢鍾書先不說方鴻漸的性格，而是講方鴻漸家鄉的民風，「他們那縣裏人僑居在大都市的，幹三種行業的十居其九：打鐵，磨豆腐，抬轎子。……鐵的硬，豆腐的淡而無味，轎子的容量狹小，還加上泥土氣，這算他們的民風」[66]，縱觀全書的方鴻漸，大抵也走不出這般的民風，民風是實在的民風，比喻是再貼切不過的比喻，這一場景，錢鍾書可謂極盡挖苦之能事，方鴻漸「博士」形象盡毀，小說言談間卻不留痕跡，《圍城》之春秋筆法，處處可見，挖苦中的難堪，又會在笑聲中得到和解。

場景二。方鴻漸與趙辛楣、李梅亭、顧爾謙、孫柔嘉同赴國立三閭大學任教，途中，李梅亭的鐵箱子失而復得，「箱子內部像口櫥，一只只都是小抽屜，拉開抽屜，裏面是排得整齊的白卡片，像圖書館的目錄。……這箱子裏一半是西藥，原瓶封口的消治龍、藥特靈、金雞納霜、福美明達片，應有盡有」，李梅亭的箱子裏盡是私貨，腦子裏打的盡是占小便宜的想法，處處不肯吃虧，眾人厭憎，無以言狀。[67]

場景三。方鴻漸因為與掛名丈母周夫人鬧彆扭，周經理談話間透露周夫人脾氣壞的緣由，「你丈母是上了年紀了！二十多年前，我們還沒有來上海，那時候她就有肝胃氣病。發的時候，不請醫生打針，不吃止痛藥片，要吃也沒有！有人勸她抽兩口鴉片，你丈母又不肯，怕上癮。只有用我們鄉下土法，躺在床上，叫

66 錢鍾書：《圍城》，頁七。
67 錢鍾書：《圍城》，頁一六三—一六五。

人拿了門閂，周身捶著。捶她的人總是我，因為這事要親人幹，旁人不知痛癢，下手太重，變成把棒打了，可是現在她吃不消了。這方法的確很靈驗，也許你們城裏人不相信的」[68]。錢鍾書借鄉下土法喻夫妻關係、喻周夫人脾性，幽默得來，也並非胡編亂造，讀者既可耳聞鄉間民俗，也可知何為人的不可理喻，讀之，總覺妙趣橫生，錢鍾書在專著中善引經據典，在小說中照樣能巧妙地引「經」據「典」，這大概要歸於他的博聞強志。

《圍城》的幽默感，大處，小處，處處可見。其大處，通往夏志清所說的境界，「錢鍾書創作的中心目的其實並非去揶揄知識份子及作家，而是要表現陷於絕境下的普通人，徒勞於找尋解脫或依附的永恆戲劇」[69]。這種具體的找尋過程，發生於「圍城」所暗喻的人際關係、人心秩序、道德規則中。這喜劇性的笑裏，又含了夾雜著厭倦情緒的幻滅感，因而使小說有了一些悲劇意識。

《圍城》的幻滅感，並不是來自於作者對政治對峙格局的評估。《圍城》一開始就交代了小說的時間背景，作者在船、人、熱的對照中導出時間，第一段最後，時間背景正面出現，「這是七月下旬，合中國舊曆的三伏，一年最熱的時候。在中國熱得更比常年利害，事後大家都說是兵戈之象，因為這就是民國二十六年（一九三七年）」[70]，船、人、溫度相輝映的躁動感，對照出時間背景的異常。但《圍城》的重點，並不在戰禍本身，而在戰禍縫隙裏抹之不去的人際關係、人心秩序、人的處境，戰禍可以破壞物質結構，但難以瓦解人心秩序，戰禍可以製造逃難，但難以解除人際關係中森嚴的道德感。《圍城》裏沒有惡人沒有好人，只有普通人，一些有著願意正視自己七情六欲、願意為生計而奔波、舉手投足儘是弱點的普通人，人心秩序

68 錢鍾書：《圍城》，頁一一五。
69 夏志清：《中國現代小說史》，頁三七七。
70 錢鍾書：《圍城》，頁一。

更無所謂好或壞。這裏所講的幻滅感，是指小說人物對頑固的人際關係、不可解的道德感的嫌惡與嘲諷，但這種嫌惡與嘲諷，並不能絲毫改變小說人物的身心處境，反而每況愈下，最終導致小說人物之間的隔絕、怨恨，並生出夾帶著厭惡情緒的幻滅感。這種基於人與人之間、習俗與習俗之間的關係考察，遠遠超出了以官民關係為基調、以因果報應為小說道德準則、以階級區分為是非標準的寫作圈套。這種厭嫌感，最後可能由對他人的厭嫌，過渡到對自我的厭嫌，文學作品中自我的轉變，顯然與「五四」時期自我的亢奮與浪漫有別（即便郁達夫，其作品在骨子裏也是浪漫的），而最重要的是，這種自我的轉變，不是錢鍾書從戰禍中悟到的，而是錢鍾書從融古老舊習與外來新習一體的人際關係中悟出來的。

「圍城」裏的人際關係，起碼有三種：男女關係、同事關係、家庭關係。每一種人際關係的日常實踐中，都有其潛在的規則與基調，每一種人際關係的日常實踐中，都有其慢慢生長、相對穩固、逐漸破裂、重新組合的道德感。以人情世故來推論，《圍城》裏的每一個情節、每一步發展，都不是意外。主人公在各種難以擺脫人際關係中所表現出來的不適、退讓、軟弱，甚至是厭憎無奈，都表明作者已經從人際關係的傳統看法、激進看法中跳出來，並以一種相對冷靜而平緩的姿態來審視人的處境，包括，活著的不適、活著的不得意。

男女關係，對略有些小聰明的方鴻漸來講，本不成障礙。但事實證明，方鴻漸身歷五個女子，無一不帶給他難堪，但這又很難說得清孰是孰非。

第一個是他的未婚妻。鄉紳的兒子方鴻漸還在高中念書的時候，就隨家裏的主張訂了婚，對象是小銀行「點金銀行」周經理的女兒，「未婚妻並沒見面，只瞻仰過一張半身照相，也漠不關心。兩年後到北平進大學，第一次經歷男女同學的風味。看人家一對對談情說愛，好不眼紅。想起未婚妻高中讀了一年書，便不進學校，在家實習家務，等嫁過來做能幹媳婦，不由自主地對她厭恨。這樣怨命，怨父親，發了幾天呆，忽然醒悟，壯著膽寫信到家裏要求解約」[71]，婚約當然沒解成，未婚妻卻適時因傷寒病死了。但難堪還在後頭，方鴻漸借丈人家的部分財力在歐洲混了幾年，回國後又借丈人力量在銀行謀了份小差事，因方鴻漸與「酥」小姐、「糖」小姐糾纏不清，惹周夫人嫌惡，最終方鴻漸憤然離職、離開周家，赴三閭大學，開始另一段尷尬不得意的人生，這一過程，恐怕方鴻漸自己也有嫌惡自己之處。

第二個女子是鮑小姐。方鴻漸從鮑小姐身上得到了快樂，也以為同時可以得到情意，哪想到，鮑小姐臨下船，便冷若冰霜，再看到鮑小姐見到未婚夫時的作態，方知道自己的春心動得不合時宜，「鮑小姐撲向一個半禿頂，戴大眼鏡的黑胖子懷裏。這就是她所說跟自己相像的未婚夫！自己就像他？嚇，真是侮辱！現在全明白了，她那句話根本是引誘。一向還自鳴得意，以為她有點看中自己，誰知道由她擺佈玩弄了，還要給她暗笑」，方鴻漸不由地歎，「女人是最可怕的」[72]。

第三個女子，是留法歸國的文學博士蘇文紈。蘇文紈一再向方鴻漸示愛，方鴻漸卻因蘇小姐周旋於趙辛楣、曹元朗等男士之間借力打力，給方鴻漸以不真實的感覺，加之蘇文紈略知道方鴻漸的底細，又有些冷熱不均的大小姐脾氣，方鴻漸在蘇文紈面前總有些窘、有些怕。雖然蘇文紈對方鴻漸的想法落了空，但蘇文紈多多少少成為方鴻漸往後生活中的小疙瘩，說起來想起來，總有些不痛快，畢竟，在沒見到唐曉芙之前，方鴻漸因為內心的虛榮、情感的饑渴，也未嘗沒有把蘇文紈考慮成候選人之一，因為對蘇文紈有辜負之意，所以後來每見蘇文紈，都受她有意揶揄怠慢。

---

71 錢鍾書：《圍城》，頁七。
72 錢鍾書：《圍城》，頁二十三。

第四位女子唐曉芙及時出現，但方鴻漸對女性的審美觀影響了他對女性的選擇。初見面時，在方鴻漸眼裏，「唐小姐嫵媚端正的圓臉，有兩個淺酒渦。天生著一般女人要花錢費地、調脂和粉來仿造的好臉色，新鮮得使人見了忘掉口渴而又覺嘴饞，彷佛是好水果。……她頭髮沒燙，眉毛不鑷，口紅也沒有擦，似乎安心遵守天生的限止，不要彌補造化的缺陷。總而言之，唐小姐是摩登文明社會裏那樁罕物——一個真正的女孩子」[73]，民風碰到鄉情，雕琢而成的信不過，看似自然的也不可靠，方鴻漸與唐曉芙的一番糾纏，倒顯出方鴻漸的齷齪小氣，方鴻漸遭受了重大的人生挫折，連周經理也容不下他了，他唯有另謀他就。

第五個女子是孫柔嘉，孫柔嘉是方鴻漸「逃避」途中的偶遇。表面上看，是孫柔嘉「千方百計」要跟方鴻漸在一起，但方鴻漸何嘗沒有動心、打小算盤，他與孫柔嘉的悲劇看上去是人力所牽，但雙方性格，周邊環境，都是誘因，實在是怨不得天怨不得人，但偏偏留下來的，都是嫌厭。人與人的無限靠近與試圖觸摸，潛伏的是彼此之間的嫌厭與害怕。

同事關係，對方鴻漸來講，也是壓抑。雖然這種壓抑並不妨礙方鴻漸的活著，但總是活著不得意的因數，這種壓抑更逐漸成為方鴻漸出息不大的證據了。方鴻漸回國，靠丈人的接濟與提攜，也不大光彩，一旦積怨爆發，則難以收拾。方鴻漸去三閭大學任職，是意外的收穫，趙辛楣為了支走情敵，特意介紹三閭大學教職給方鴻漸。方鴻漸在三閭大學，他不惹是非，人要惹是非。在與劉東方、韓雪愈、汪處厚等人之間的關係中，方鴻漸更接近於被輕視、被排斥、被算計的地位。方與趙辛楣的關係，也因為情敵的關係而轉化而來，在沒有利害衝突之下，因為同病相憐而生出些實際的情意來。同事關係，無是無非，但如前面所講，大體而言，方鴻漸總是不得意的。

---

[73] 錢鍾書：《圍城》，頁五十一。

瑣屑的道德感，在家庭關係中體現得尤其明顯。方鴻漸的假文憑，在滿足鄉紳意願之餘也順便自尊高尚了一把，文憑上面寄託的是人際關係中得體的面子、榮光。方鴻漸雖對文憑破口大罵，可最後也小聰明了一把，弄了個假文憑回家，方鴻漸抵不過道德感的壓抑或誘惑。令方鴻漸與孫柔嘉關係日漸惡化的因素，除了假想敵趙辛楣、蘇文紈、唐曉芙之外，更具破壞力的是雙方的家庭成員，方家上上下下都令孫柔嘉有壓抑之感，而孫家則是其姑媽讓方鴻漸的厭憎情緒與日俱增，最終，雙方的人生都走向難堪之境。這些人際關係裏所包含的道德感，無非是傳統人生裏對男女所要求的，男的要有出息要孝順，女的要相夫教子要賢淑，方鴻漸與孫柔嘉卻不那麼聰明地破壞了這樣的看法與要求。

在各樣人際關係中，方鴻漸所最終得到的，是無法克服的厭倦感。曾略有些溫情，也最終被厭惡之情消耗殆盡。方鴻漸與孫柔嘉走在一起，在趙辛楣看來，是孫柔嘉的心計所致，但方鴻漸難以自制的醋意已說明孫柔嘉的「心計」只不過起了點推波逐浪的作用。方鴻漸與孫柔嘉之間也不乏愛意、憐惜與遷就，但這種愛意與溫情漸漸被那些瑣屑的道德要求、俗世的不如意、戰禍的不容人所磨滅，他們最終走向了彼此之間的隔離與互不原諒，這是人與人靠近之後互相排斥互相刺探互相折磨的悲劇，也是人性之脆弱的真實寫照，人與人之間的親密、人對人的價值要求毀掉了具體的生活、毀掉了方鴻漸與孫柔嘉之間本並不牢靠的心理契約。

除以方鴻漸為中心的人際關係之外，作者還通過其他人之間的關係表達了人對人際關係的厭惡感。汪太太是個小說人物中難得一見的明白人、處變不驚的人，但也是身處悲劇的人，青春、出路，通通被淹沒在汪家陳腐而衰敗的「後院」裏，不得解脫。汪太太有厭憎感。汪處厚官態十足、物慾難止，適時死了元配，娶了年輕很多的汪太太，時刻不妄表白對汪太太的愛意，汪太太淡漠而厭倦，「她記得去年在成都逛寺院，碰見個和尚講輪迴，丈夫偷偷對自己說：『我死了，趕快就投人身，來得及第二次娶你』，忽然心上一陣厭恨」[74]。這種厭憎，既有對自身處境不得擺脫的無奈，也有對身邊人永無休止慾望的厭憎，更有對衰老殘敗的恐懼感——汪處厚早已老去，而汪太太卻青春正艾。此外，方老爺、方老太與兒媳們的關係，也可看出些厭憎之情來。這些，都可以將之歸於家庭人際關係以內。

《圍城》的幽默感與幻滅感，在人物形象的塑造中完成。如果把《圍城》放入世界文學中去考察，《圍城》的情節結構不算是突出的，更談不上獨創性，而論應對人事之繁複，《儒林外史》又更勝《圍城》一籌，只能說，在中國現代文學的範疇中，《圍城》是當時相對完整的敘事性作品。但如果談到對人物形象的塑造、對現代男女心理的考察、對人性處境的考察，《圍城》則有其相當突出的表現。《圍城》在幽默感與幻滅感方面的成功表現，也得力於作者對小說人物形象的藝術把握。

《圍城》的人物形象塑造相當成功，錢鍾書通過一些不經意的細節，運用心理洞察的手法，有時候只寥寥數語，人物性格即豐富動人。與張愛玲留有餘地的諷刺相比，錢鍾書似乎更沒有餘地，尤其是對男性的刻畫上，錢鍾書比張愛玲更為不留情，而對女性的心理描寫，雖不如張愛玲含蓄自如，但也入骨三分，錢鍾書對女子的戀愛心態及周旋之意、大齡女子嫁人心理，書寫得惟妙惟肖，有如畫之感，堪稱神來之筆。錢鍾書對男女關係、男子習性、時事政務、民風民俗、國際交往諸事務的挖苦與刻薄之氣，幸好也能在小說潛含的悲劇意味中完成自身的和解，這種處理，當使讀者感到，笑，是同情的笑，厭倦，是無奈的厭倦，《圍城》裏的幽默遠無譴責姿態下的恨與怕，其幽默觸了癢也觸了痛。

錢鍾書選用方鴻漸這樣一個人物，別具一格，方鴻漸，不是抗日英雄、不是高校名士、不是政務要員、不是鬥爭中人、不是財閥大亨，他只是一個「興趣頗多、心得全無」、「生活尤其懶散」的留學生、沒

[74] 錢鍾書：《圍城》，頁二四〇。

落鄉紳的兒子，不中不西的半調子知識人，有些新趣味的小人物[75]。前文所引方鴻漸家鄉民風，可喻方鴻漸性格及所處的環境。

在那樣的歷史時刻，錢鍾書竟然選擇了一個全無革命鼓動意義、全無正面反面效果的人物作為小說的中心人物。但這個人物性格豐滿可信，方鴻漸軟弱、衝動、容易妥協、小家子氣、虛榮、沒有主見，對他人毫無威脅感，艱難求生、閃爍示愛，雖然不屑於自省，但偶而也會內疚懊惱。作者塑造這樣的人物，是以讓讀者略微看清楚普通人物左右不逢源的尷尬命運，以及人際關係中那些頑固的、奴役靈魂的道德感與規約欲。

錢鍾書所展示的秩序，不是戰爭年代下的秩序，也不是特定歷史階段的秩序，而是存活於人的身心內部的秩序，它不因戰爭而動搖，但它時時支配著人的生活。方鴻漸是整個小說的主線，他的行動帶動了整個秩序的發生、發展。雖然錢鍾書理解並同情小人物的無奈處境，但也絕不輕易在言詞上饒恕方鴻漸們的齷齪猥瑣。

其他人物，也鮮活而生動。蘇文紈虛榮誇張、精明自持，有上層人士的精緻高雅，善游刃於青年男子中間，只不過，雖八面玲瓏，終有失手之處，蘇對男性的審美觀也實際上已淪為笑柄。曹元朗在小說中出現的次數並不多，但其故作姿態的性格、作者蓄意嘲其形態的動機能讓讀者過目不忘、睹之莞爾。唐曉芙聰明熱情，矜持驕傲，有一種天然的美，唐曉芙身上寄託了作者或方鴻漸對都市女性美醜的理想化想像。孫柔嘉雖頗有心計，且愛吃飛醋，但也曾努力去俯就與方鴻漸的關係，刻薄中總還帶一些隱忍與憐憫，不算是壞女人的模範。孫柔嘉的姑媽雖然言語尖刻、不通人情，但她數落方鴻漸的理由也並非完全平空白造，她在方鴻漸那裏是惹人嫌，但在孫柔嘉那裏，卻是一種稍稍扭曲的、不十分恰當的愛。周經理重鄉情重人情，卻畏

---

75 錢鍾書：《圍城》，頁九。

妻；周夫人出場次數不多，但在周經理言語中，悍婦形象早躍然而出。作者用筆最狠的，莫過於李梅亭，一個鐵箱子，就可以看出李梅亭的吝嗇小氣、難登大雅之堂，某些讀書人身上難以啟齒的惡習，在李梅亭身上都能一一發現。高松年的虛偽世儈，韓平愈的狡猾奸詐，范小姐的扭捏作態、倔強固執……每一種性格，都顯示出人性的無數可能性、人類行為的複雜、人類心理的不可理喻性，如此種種，都足以成為現代文學史上的經典形象。對男女交往心理的準確把握，對男女德性的揶揄，對文憑弄人的大學秩序的嘲弄，顯示出錢鍾書非凡的文體控制能力，這裏面，其實已經有一些朦朧的現代意識。

《圍城》以幽默的手法、諷刺的態度破壞了人間的美好與和氣。錢鍾書的筆下，沒有完美的人，只有殘缺的人，如果以自由主義理念與社會主義理念介入分辨，《圍城》的調門，當然與對未來、對人間秩序有美好憧憬與設想的社會主義文學理念格格不入。自由主義文學與社會主義文學的分別是：一個相信人間秩序的無解，相信人在偶然與必然之間的無所適從，相信懦弱也是一種人生自救；另一個則相信人間秩序是可以按完美格式安排設計的，相信人間秩序人間矛盾是可解的，相信自身的幸福必須通過摧毀非本階級的他人的幸福、阻斷非本階級的他人的出路才能完成，社會主義文學不能接受殘缺、不完美。

文學理念的分歧，最終必然會落實到文學制度與文學創作的分歧上來，此為後話。

由對敘事性作品寫作趣味的考察，可以發現，有的作家傾向於戀舊，有的作家以「現代的看法」寫出了「舊式的反應」，有的作家寫出了與革命邏輯、軍事邏輯格格不入的「人生邊上的厭憎」、人生的脆弱與幻滅。在時勢變局下，自由主義作家分別有不同的寫作反應，他們分別以各自偏愛的藝術趣味、各自熟悉並擅長的藝術方式，不斷向人的內在或外在視野挺進。

袁可嘉曾於一九四七年七月六日在天津《大公報・星期文藝》上發表〈「人的文學」與「人民的文學」——從分析比較尋修正，求和諧〉一文，該文對兩種文學潮流進行了分析比較。聯繫到袁可嘉的分類方法，可以說，上述敘事性作品的寫作趣味，一定不在「步伐整齊」的「人民的文學」，倒是更傾向於「人的文學」。這一時期，共產黨文藝作家的創作力十分旺盛，包括有歐陽山的《高乾大》（一九四六）、丁玲的《太陽照在桑乾河上》（一九四九）、周立波的《暴風驟雨》（一九四九）、趙樹理的《李家莊的變遷》（一九四九）等，甚至是屢次修改的歌劇《白毛女》（一九四五等）。上述這些作品，雖然與〈在延安文藝座談會上的講話〉（一九四五）之文藝精神未能完全吻合，作品中的人物形象也未必完完全全模式化、類型化、單一化、對照化，張裕民等人的內心也有所猶疑、其行為也未必一帆風順，農民的形象也未必就高尚偉大、完美無缺，但作者的寫作去向、人物的基本嚮往基本上還是屬於「人民的文學」之範疇，「人民的文學」，與一種堅定不移的誠摯信念、必然勝利的心理邏輯息息相關。自由主義敘事作品的寫作趣味，與這樣的邏輯有悖。

從自由主義敘事作品那裏，讀者不可能感受到現實的福利性誘惑、幸福感誘惑。比方說，讀者無法從批鬥及土改中找到翻身做主人的快感與滿足，無法感受到光明的感召，無法釋放解放他人與打倒敵人的喜悅情緒，無法訴說世界變遷後的感恩之情，無法滿足絕對平等的幻想，無法找到階級的歸屬感，無法對女性有「非份之想」（也許「應份之想」更為確切）。《傳奇不奇》、《多少恨》等作品，對經濟困頓、渴望分田鬥地主過上好日子的窮人來講，毫無現實吸引力，相反，它們有可能弱化戰鬥激情、革命興奮，分化階級陣營，破壞人們對精神偶像、人世救星的膜拜之情。

自由主義作家在敘事性作品中所關注的，是人的複雜性，而非人的簡單分類。在沈從文的〈巧秀和冬生〉等作品中，我們看不到階級的區分痕跡，在沈從文的世界裏，苦難不是一個階級對一個階級的壓迫而產生，苦難源於人的罪惡，人性的惡無時無刻地威脅人世的美好情感。廢名在〈莫須有先生坐飛機以後〉中曾對鄉民寄予同情，但作者對「進步」一詞充滿了深深的懷疑，對鄉民的狹黠自利也有一定的認識。汪曾祺的

〈戴車匠〉，雖然也認為舊手藝的逝去無法避免，但他在舊事物身上寄存了不少感情，這種感情，從根本上來講，並不符合人民派除舊佈新的革命慾望，按革命標準，它不具備正當性。張愛玲對世俗生活、人間悲歡有最為熱情的姿態，但又有最為悲觀透徹的看法，這與革命必勝的邏輯相去甚遠。錢鍾書寫在「人生邊上的厭憎」可能會讓階級論者氣悶、沮喪，因為方鴻漸等人，絲毫不能激發起哪怕是一丁點兒的革命激情。

自由主義敘事性作品，對人的複雜性的表述，與階級論者斬釘截鐵的苦難鋪述有異。按人的複雜性特徵去推斷，窮人在公共場合的控訴與憤慨也不可能絕對有力，（當然，這裏，窮人是一個比較籠統的說法，但似乎又很難找到一個其他的更合宜的詞語）——既然人是複雜的（或者還可以加上這一點，財富並不必然有原罪），簡單的控訴、強制的劃分就肯定是有邏輯漏洞的，也未必符合人生常識。但對人的複雜性的把握，離土地的分配、平均的實現、革命的勝利，又太遙遠了。

自由主義敘事性作品，從藝術趣味上來講，他們講究敘事性，講究結構的謀劃，注重形象思維、感性思維，看重作品的審美趣味與思想，寫作技巧上有個人喜好，他們無意按照軍事勝敗邏輯、黑白是非判斷去處理題材塑造形象，並儘量避免直觀式的表層描述。作者在文中很少越位「演出」，不做是非判斷，更不展望美好將來。對人之複雜性的表述，就敘事技巧的玩味與自我改善，這些，都給「大眾」（或者說是「窮人」）的理解與消受帶來了不愉快的障礙——作者不能給大眾現實上的精神誘惑及精神愉悅，作家所寫的，不是大眾所熟悉與期盼的生活，人的複雜性，也需要反覆回味，才能有所理解。

在自由主義敘事類作品那裏，人的世界，並不是一個絕對的世界。個人的文藝選擇，消極自由（最低限度的自由），原本與「大眾」沒有實質上的衝突，但是，一旦「大眾」想擁有絕對話語權的時候，一時「大眾」想對他人的幸福負起全責的時候，兩者就會發生難解的衝突。

三、非敘事類文體的寫作趣味

（一）詩歌的「新」傳統與「新」趣味

一九四五年八月至一九四九年十月這一時段，是現代漢語詩歌傳統的重要發展時期。前文已經從詩人之個體角度出發，對詩人們的藝術選擇作了簡約的梳理。

將他們歸入自由主義文學內考察，不僅僅是因為他們游離而不願被強制的創作姿態，更因為他們的詩作中都不約而同地對個體生命及日常經驗進行了細緻而深刻的表現。就當時詩歌的現存感與未來感而言，這是不同於共同體式的、集體凌駕於個體感覺的詩歌創作。這一時期的自由主義詩歌的「新」傳統、「新」趣味，在於擴展藝術視野及表現手法，其最大的貢獻在於現代嘗試、現代化努力。準確地來講，就是袁可嘉等人所說的詩歌現代化。這種詩歌現代化的核心在於詩歌的向內轉、詩歌由形式到內容的求新求變。

這一代的詩人，追求詩歌的「新」傳統，但這個求「新」的志願與抱負，是歧義而矛盾的。語言表達方式的變革，詩人們對古典詩歌的信心受挫，海外經驗、現代經驗的傳入，詩人需要用新的形式表達新的經驗或新發現的過往經驗。這一代的詩人，同樣要面對胡適等人曾經面對的問題，即傳統的問題。但是人們無論從形式上怎樣厭惡傳統、隔絕傳統，我們都不能否認，在任何一種文學評價史上，「新」的都離不開「舊」的觀照，「異」離不開「同」的說明，「經典」離不開「非經典」的襯托，每一代詩人固然都要面臨經典的影響焦慮，但這不足以成為拋卻傳統的充分理由，即使詩人不承認傳統對自己的影響，但在他們的詩中，仍然能找到與傳統相關的資訊與符號。

所以說，這種「新」是矛盾的「新」，是不肯輕易承認藝術循舊的「新」。從經驗的角度來講，語言雖然變了，語法也變了，經驗（包括心理經驗、心理現實）擴展了，但已有的經驗卻也不可能完全被推翻，人類雖然一直在進化，但其器官功能卻一直都有基本的路數，經驗的人及其感覺，自然會有內在的傳承性，詩歌的想像、創造離不開各種感官的「串連」，敏感仍然是詩歌必備的天分，情緒、感覺、印象等仍然是詩歌內在的生命。同時，詩歌離不開語言文字，語言文字離不開所屬民族所屬人種的心理習慣與生活傳統，從這一層面來講，詩歌無論怎樣新，都不可能完全拋開傳統的因素，新舊的區分並不能太絕對化，詩人們所謂的新，可能是舊有事物的裂變與再發生。這樣的特徵在表意文字的文學交流體系裏，尤為突出，陳平原曾在其〈說『詩史』——兼論中國詩歌的敘事功能〉中談到，在以表意文字為主的國家裏，詩歌變化非常複雜，這可能要歸因為文與言的分離（表意文字與發聲語言的分離），「秦始皇統一文字，但沒有、也不可能統一讀音，這就給後世文、言的嚴重分離留下了禍根，……語言變化迅速，文字相對滯後，本是一般規律；只是使用表意文字的國家，文、言之間的距離更為明顯。一方面是古辭不達今意，一方面是新意沒有新辭，新音沒有新字」[76]，所謂新與舊的分野，實際上是詩歌的各種要素不斷在發生變化，在這變化中詩歌的各要素不斷進行平衡、不平衡的循環協調。今天所要面對的，是如何把這些問題當成是屬己的的問題看待。

此時，處於自由創作狀態的這一批詩人及詩論家，對新舊的理解顯然有些含糊，他們對「新」很嚮往，並且想辦法實踐，而對「舊」的態度卻模糊不清。這種游離的創作態度與創造看法，顯示出詩人及詩論

[76] 陳平原：〈說「詩史」——兼論中國詩歌的敘事功能〉，見陳平原著，《中國小說敘事模式的轉變》，北京大學出版社，二〇〇三年，頁二九二－二九三。

家之所以對新過度嚮往、對舊難免厭惡之傾向，這大抵是因為，詩人無論對新還是對舊，都缺乏理解的耐心與信心。對文學而言，新與舊的分野未必十分合理，但新與舊的分野，卻對應了詩人及詩論家們求新求變的迫切要求。

這種矛盾，跟廣義意義上的語言變革也有關。新文化運動以來，由胡適、陳獨秀等人所宣導的白話文、文學革命，衝擊了各種語言藝術，但受衝擊最大的，不是小說、散文、戲劇，而是詩歌。由文言文到白話文的轉變，漢語詩歌的舊格律、舊節奏首先就被打破，詩歌與曲譜的隔離也使得詩歌離古典韻律的距離越來越遠。現代傳媒業的發展又足以容納詩歌的各種變化——如報刊雜誌對詩歌的扶持、詩歌借傳媒力量傳播、稿費制度對詩人的適當鼓勵、語言閱讀習慣之轉變對詩歌創作的要求等。這些，都表明現代媒介有足夠的力量容納詩歌的變化，也有足夠的理由要求詩歌創作有所變革。由此，詩歌領域的看法、詩歌的寫法、詩歌的長短容量等難免會發生劇烈的變化，詩歌在中國悠久的傳統、語言的強大慣性又不可能使得詩歌在中國馬上消失，中國文人對詩歌的複雜感情、對「文以載道」的習慣性接受也使得，詩歌作為一種文體不太可能因為語言的轉換、經驗的變化而消失。此時詩歌的傳承，受到異域語種詩歌的壓力，現代詩歌的看法，面臨五四以來胡適、陳獨秀所構建的白話詩論的強大壓力。

在這種變化中，最難的抉擇是如何看待並面對傳統的問題，在這一問題的籠罩下，又面臨另一個問題，就是詩歌如何「新」的問題，如何建立詩歌「新」傳統、「新」趣味的問題。如何面對現代經驗、如何面對更為複雜的人之內心、如何適宜新的閱讀趣味的問題，這些，詩人及詩論家有所意識，但未必處理得妥當。

曾經在詩歌技法上對這一批詩人產生過重要影響的現代派詩人艾略特，對傳統的看法卻絕不含糊，他講到了詩歌欣賞的一些閱讀心理，當人們談到後輩詩的時候總喜歡去尋找他與前輩詩人的不同之處，「實在呢，假如我們研究一個詩人，撇開了他的偏見，我們卻常常會看出：他的作品中，不僅最好的部分，就是最個人的部分也是他前輩詩人最有力地表明他們的不朽的地方。……傳統是具有廣泛得多的意義的東西。它不是繼承得到的，你如要得到它，你必須用很大的勞力。第一，它含有歷史的意識，我們可以說這對於任何人想在二十五歲以上還要繼續作詩人的差不多是不可缺少的；歷史的意識又含有一種領悟，不但要理解過去的過去性，而且還要理解過去的現存性，歷史的意識不但使人寫作時有他自己那一代的背景，而且還要感到從荷馬以來歐洲整個的文學及其本國整個的文學有一個同時的存在，組成一個同時的局面。……詩人，任何藝術的藝術家，誰也不能單獨的具有他完全的意義。他的重要性以及我們對他的鑒賞就是鑒賞對他和已往詩人以及藝術家的關係。」[77]艾略特看重傳統，但又注重詩歌藝術中的「非個人化」，他認為，「詩不是放縱感情，而是逃避感情，不是表現個性，而是逃避個性。自然，只有有個性和感情的人才會知道要逃避這種東西是什麼意義。……藝術的感情是非個人的。詩人若不整個的把自己交付給他所從事工作，就不能達到非個人的地步」[78]。詩歌的傳統與詩歌的「非個人化」其實並不矛盾，艾略特所看出並看重的，就是個人才能如何與詩歌傳統走到一起，他借文學史來說明，詩人最好的部分往往與傳統密不可分，如果詩人難以意識、難以擺脫純粹個人的粗糙、直白、褊狹，那他或她就很難從詩歌經驗方面由自我走向他人，也很難從視覺感受走向知覺感受。

從這個意義上來講，本文中所說的文學「獨立」，是一種傳承式的獨立，是一種沒有拋棄傳統、不依附於其他事物的藝術獨立。這種藝術獨立既有過去的過去性，也有過去的現存性，更有現在的現存性與未來

[77] 艾略特：〈傳統與個人才能〉，見《艾略特詩學文集》，卞之琳、王恩衷等譯，北京：國際文化出版公司，一九八九年。

[78] 艾略特：〈傳統與個人才能〉，見《艾略特詩學文集》。

性。就好比張愛玲，她既是舊的，也是新的，她的文字與詞藻活在舊的色彩中，但又有新的希望，她的小說中有過去的過去性，也有過去的現存性，更有現在的現在性。詩歌的「新」傳統與「新」趣味，雖然在表達方式與語言轉換上與古典詩歌有異，但仍然有一些事物是與傳統詩歌有內在關聯的。就好比穆旦，其詩被公認為有新特色、沒有古典詩歌的影子，穆旦自己也認為古典詩歌並不能給什麼啟示給他，但王佐良在一九四六年所發表的一篇詩論，卻揭示了穆旦詩中這種新與舊之間的悖論，

但是穆旦的真正的謎卻是：他一方面最善於表達中國知識份子的受折磨而又折磨人的心情，另一方面他的最好的品質卻全然是非中國的。……現代中國作家所遭遇的困難主要是表達方式的選擇。舊的文體是廢棄了，但是它的詞藻卻逃了過來壓在新的作品之上。穆旦的勝利卻在他對古代經典的澈底的無知。甚至於他的奇幻都是新式的。那些不靈活的中國字在他的手裏給揉著，操縱著，它們給暴露在新的嚴厲和新的天候之前。……穆旦之得著一個文字，正由於他擯絕了一個文字。他的風格完全適合他的敏感。[79]

在這篇文章裏，王佐良是為了突出穆旦詩歌的新，而並非要說明穆旦詩歌的舊，但為什麼穆旦「最善於表達中國知識份子的受折磨又折磨人的心情」呢？這實際已經間接說明了穆旦詩歌中新與舊的悖論。穆旦之新，表現在其某些創作手法上，表現在現代體驗之上，而穆旦之舊，則表現在他對本土經驗不可能做到完

[79] 王佐良：〈一個中國新詩人〉，見《文學雜誌》第二卷第二期，民國三十六年七月一日初版，該文初載倫敦LIFE AND LETTERS雜誌一九四六年六月號。

全拋卻，他的本土經驗，源自古老的人道情懷，其詩對民間疾苦的敏感體驗、對日常道德感的自我省察，說明，穆旦的詩雖有不少現代體驗的痕跡，但仍然無法完全撇除古典經驗及士人情懷的影響。形式的裂變，來自於經驗的裂變，表意文字與發聲語言的擴展，也是來自經驗的要求，這樣的變化，對於文學來講，未必一定是新的取代舊的。

陳志讓從思想史角度為傳統與現代的關聯所做出的判斷，今天看來，就中國問題而言，仍然有他靠得住的地方。他認為，在改良運動中：

> 中國自己的新傳統主義的哲學家、同樣還有他們的毛主義的對手，都正確地斷定，對儒家社會準則的信仰經受住了新文化和五四運動反傳統觀點的猛烈攻擊，並且直到解放以後的時期，仍繼續指導許多中國人的社會行為和精神生活，這一點越來越為人們所理解。[80]

這一段話，對理解詩歌現代變動與潛在文學傳統之間的關係，有重要的啟發。陳獨秀等人與古典文學的決裂，袁可嘉對新詩現代化的反覆闡述，穆旦撇清與古典詩歌傳統的關係，都不能改變文學傳統中的某些審美因素、審美習慣對所謂現代新詩的影響。陳平原在論及中國小說敘事模式的轉變時，曾提到「史傳」傳統與「詩騷」傳統對小說敘事的影響，他以「五四」小說為例，證實其「『五四』小說更多借鑒『詩騷』傳統的理論設想」，「中國小說在邊緣向中心移動的過程中，主要吸收了以詩文為盟主的整個中國傳統文學，這就決定了淒冷悲涼情調對『五四』小說的滲透」[81]。這一說法，不無道理，以之引擬現代新詩的某些變動，也未嘗

80 陳志讓：〈思想的轉變：從改良運動到五四運動，一八九五—一九二〇年〉，見《劍橋中華民國史》（上），頁三六一。

81 陳平原：《中國小說敘事模式的轉變》，頁二三四。

不可，穆旦等人在心理現實、哲理體味等方面的落筆雖然比古典詩歌要重得多，但就其審美趣味、詩文意境、抒情意向、感傷情調、意義提煉、含蓄謹慎、詩畫互換等諸方面來講，現代詩並非古典詩的完全叛逆者。

創作態度與創作實踐之間的實際落差，詩人及詩論家對新舊關係的敏感、對求新求變的急切，圍繞詩歌「新」傳統「新」趣味而發生的言語悖論，可以與王德威所闡述過的「被壓抑的現代性」相對應。

王德威曾提到「被壓抑的」現代性的三個不同方向：「（一）它代表一個文學傳統內生生不息的創造力。……（二）『被壓抑的現代性』指的是五四以來的文學及文學史寫作的自我檢查及壓抑現象。……（三）『被壓抑的現代性』亦泛指晚清、五四及三〇年代以來，種種不入（主）流的文學試驗。從科幻到狹邪、從鴛鴦蝴蝶到新感覺派、從沈從文到張愛玲，種種創作，苟若不感時憂國或吶喊彷徨，便被視為無足可觀。」王德威的闡述，意在反駁現代性單一進化論的論調，並從中國文學事實中去尋找不同於西方現代性論述的，中國現代文學與文化自身自發的條件。這些論述的目的儘管略微有些理想主義——歷史畢竟不是臆造而成，晚清以降，外來力量才是終結中國古典社會、改變中國現代化進程的決定性力量，但無論如何，王德威畢竟揭示出，在由古典轉向現代的過程中，在詩歌的求新與求變中，有一些力量被壓抑被忽視了，王德威對「被壓抑的現代性」、對「被壓抑的現代性」之不同方向的判斷釐清，都不失為重要的理論見識。[82]詩人及詩論家對新傳統、新趣味的渴望與嘗試，受誘於外來經驗的衝擊，但也絕非與傳統毫無關聯；但在外來經驗的壓抑之下，詩人及詩論家至少在創作姿態上，表現出對新的渴望、對舊的「自我檢查」，甚至是，對舊的破壞；而社會結構、政治經濟生活的動盪又在無形中壓抑了文學多種的可能性，這一過程，不是單線進行的。

[82] 引文及相關論述參見王德威：〈序：小說中國〉，見王德威著，《想像中國的方法：歷史・小說・敘事》，北京：三聯書店，一九九八年。

下文要談到的詩歌之晦澀、哲理滲透、意義指向、反諷及戲謔，在自由主義詩人及詩論家那裏，是求新求變，這樣的迫切訴求，出於一種因受到傷害而產生的極度厭惡與沮喪——這無疑也是一種重要的現代情緒，反映出詩人與詩論家建立現代化「新」傳統與「新」趣味的意向，這起碼表明，詩人及詩論家在創作態度上是叛逆的。在詩歌進程史上，自由主義詩人詩作之晦澀、哲理滲透、意義指向、反諷及戲謔，是經驗、形式、語言裂變與擴展的綜合反應，它們不是全新的，但也不是全舊的，詩歌語言的長度、詩歌的韻律節奏、詩歌的格式等發生了變化，但它們在審美訴求、文學評價體系、人與詩歌的關係等方面，仍然與傳統詩歌價值觀保持著神秘的聯繫。中國新詩現代化的進程，仍然主要是以情感為鋪墊，以言志感時為底線，作者化景為情，寓情於景，重詩歌含蓄的情調意境，以主觀情緒為主，客觀描述為輔，而在詩歌敘事方面，卻反而沒有得到多大實質性的進展，這恰恰就是詩歌之古典趣味的長遠影響了。

由此，可以得出結論，漢語現代詩的「新」傳統「新」趣味，並沒有完全掙脫舊事物而去，它是在舊有事物基礎上的調整與重構。王德威所闡述的，傳統內部的生命力被壓抑之判斷，基本上可以驗證上述的變化。這種壓抑，在責舊迎「新」的過程中發生。詩人及詩論家所難意識到的，恰恰是這種在漢語內部發生的現代性，因為難以清晰地意識到，因為對新的渴望對舊的厭棄，從而使得這種內部發生的現代性被壓抑。

（二）詩歌的晦澀

詩歌的晦澀，是此時自由主義文學的重要表現手法之一，也是自由主義詩人進行詩歌現代化嘗試的最為普遍的表現。這種晦澀與直白、粗淺、造作、故作深沉又有所區別。這種晦澀表明了現代藝術的走向。詩歌的寫作由有形的事物向無形的事物轉換，由視覺感知的事物轉向由心靈感知並聯想的事物。詩歌的寫作手法由精確描述向象徵、意象、隱喻、轉喻等手法傾斜。白話詩歌由明白走向晦澀，這既是語言藝術走向成熟的一種必經階段，也是人類經驗與感知能力擴展的必經階段，詩歌與其他文體一樣，不可能再僅僅限於表層的經驗表達。僅僅對事物進行外觀描繪，已不足以反映出事物的內在本性與存在處境，同時，也不足以滿足閱讀的要求。

在漢語詩歌的現代轉換中，晦澀成為詩歌的重要表現形式。儘管並不是所有的詩人、詩論家都意識到晦澀是詩歌現代轉換的重要特徵，但當我們回過頭來再看當年的詩歌發展，詩歌的晦澀衝動不可能與詩歌現代化完全無關。這種帶有現代意味的晦澀，並非始於穆旦等人，應該說，這種晦澀難懂，早在李金髮、馮至、卞之琳等人的詩中已現端倪。而晦澀，還可以加上二十世紀八〇年代以後的「朦朧」，他們都曾經被各方人士指責。那種指責，有政治區分的用意——評判該詩是否合乎人民群眾的閱讀趣味、是否反映人民群眾的利益要求等，也有來自不同藝術派別的排斥與反感，儘管穆旦等人的詩歌創作並沒有完全脫離現實主義，但現代派詩歌與蘇傳現實主義在「現實」問題上仍然存有難以調和的分歧。

那麼，為什麼晦澀會成為堅持創作自由的詩人們所倚重的表現手法呢？詩歌由古代到現代是不是發生了一些微妙的變化？

斯達爾夫人舉了一個關於荷馬的例子，可以從一個角度說明詩歌由古代到現代的微妙變化，她說，「讀一讀荷馬吧，他對什麼都要描寫一番。他對你說『島的四周是水』、『麵粉使人長出力量』、『中午時分太陽在你頭頂上』。他之所以要把什麼都描寫一番，那是因為他的同代人對什麼東西都感興趣，他有時重複，可是並不單調，因為他不斷受到新的感覺的鼓舞。他不令人厭倦，因為他從不提出抽象的概念」[83]。

83 〔法〕斯達爾夫人：《論文學》，頁四十二—四十三。

一個時代有一個時代的文學及表達方式，如果作者在現代社會仍然事無巨細地簡單描述，那就難以適應閱讀的新要求。二十世紀的人們，未必像古希臘古羅馬時代的人那樣，對事事都充滿新奇感，人們對神秘的嚮往也未必如從前那樣強烈，甚至是，人們對某些事物敏感了，但對某些事物則反應遲鈍了。這種微妙的變化並不必然由戰亂造成，也並不必然由中西方衝撞而造成，這種變化更深層的原因在於人類內心與外部經驗的不斷成長。文學有如其他學科，歸根到底還是對人及人性的研究，人類經驗在發生變化，內心正在變得更加複雜，借助技術的能量，人類能看到能感知的事物越來越多，而技術又為人類感知事物提供了更多的可能，那麼，作為詩歌，作為文學，作為一種敏感度相當強的藝術，對於能夠傳達最細微經驗、最曖昧情懷的的語言藝術，當然，也會對這些正在發生的變化產生反應。

自由主義文學中的詩歌，為什麼會偏愛晦澀？其中一個原因是，人類經驗已經到了需要用晦澀來表達的時候了，無論是紀錄自身的直感經驗，還是想像他人的經驗，晦澀已經成為重要的表現手法之一，顯然，晦澀來自於藝術本身成熟的需要，而非戰亂所逼、政治所壓，而詩人們自覺意識到晦澀對現代藝術的必不可少，其實也是對人類經驗的複雜性的突破性認識，這也有益於詩人在家國責任之外、在俗世人際關係之外，去發現自我與他人的存在處境，詩人有限地放棄對逼真性的追求，也能在一定程度上適應讀者日益變化著的想像力。

劉再復、林崗寫於二十世紀末二十一世紀初的一個說法，也可以反映出語言藝術的使命如何隨著時代的變化而變化，他們在《罪與文學》一書的〈導言〉中討論了語言的使命問題，他們強調了視像技術對語言藝術的影響：

> 視像技術所代表的攝影、電影、電視百多年來不斷蠶食著原來文學語言理所當然的領地——逼真的日常生活世界。……在逼真性上，視像比語言描寫具有無可比擬的優勝之處。但是，對揭示人類經驗而言，視像技術有它先天的缺陷，它難以深入到人的內心世界。而在這方面正是語言的長處，語言能夠傳達最細微的感覺，能夠傳達靈魂最深處的呼聲。……文學要在影視技術已經普及的現代世界繼續贏得讀者，就要向內轉，向表現人的內心經驗挺進。[84]

雖然劉再復、林崗所討論的是視像技術普及後語言藝術的使命轉換，但他們的討論中所涉及的一些看法，對於我們今天回過頭去理解自由主義詩歌的晦澀傾向，有深刻的啟發。幫助人們看到不容易看到的事物，並追問故事背後的意義，是語言藝術的使命之一，文學要持續自己的生命，就必須在能夠發揮語言優勢的地方發揮語言的優勢，而不是任意跨界進而在其他方面逞強。

斯達爾夫人、劉再復與林崗等人的說法，有益於我們理解詩歌由古代到現代發生微妙變化的部分原由，也有益於我們理解這一時段自由主義詩人何以偏愛晦澀這一表現手法。那麼，同時代的自由主義詩論家又如何看待這種變化呢？

同時代的詩人、詩論家袁可嘉對詩歌的晦澀相對比較敏感，他對詩歌之晦澀的論述也顯得比較有學理性。他的論述，有兩個方面值得注意，一個是對現代詩人厄境的觀察，一個是如何區分界定詩歌的晦澀。袁可嘉認為現代詩人厄境的重要成因是傳統價值的解體，他借里特（Herbert Read）圓的比喻來說明——如果說個別詩人是點，社會是一輪圓，當中心還存在的時候，點與圓是和諧共振的，當中心保不住了，點也就與

---

[84] 劉再復、林崗：《罪與文學》（〈導言〉），Hong Kong, Oxford University Press, 2002, p.10-11。

周圍的事物絕緣了。袁可嘉想表達的，實際上是個人在中心解體之後的無力感，以及如何用語言去表達並拯救這種個人的無力感問題，這是現代詩人所共同面臨的難題。詩人的使命就是忠實於自己，「勢必根據個人心神智慧的體驗活動，創立一獨特的感覺、思維、表現的制度」[85]。在這樣一種厄境中，詩人們選擇了晦澀，詩人們借用歷史典故或者心理分析以創立自己獨特的藝術風格，詩人依賴象徵手法，以飄浮不定的情緒感染閱讀趣味，且善用明喻暗喻構造意象，以成其晦澀的綜合效果。袁可嘉還指出晦澀的另一種手法，「最後一類，也即是最不易得到世人同情的一類晦澀是由於詩人們故意荒唐地運用文字……這類晦澀蔓延不廣，本身意義似乎也遠遜他者」[86]，在袁可嘉看來，詩人由清晰走向晦澀，是傳統價值全面崩潰之後的一種藝術選擇，先不論這種看法是否準確、詩歌傳統是否真的完全崩潰、現代詩歌是否真的與傳統詩歌完全無關全然相異，但最起碼，與同時代的詩人及詩論家相比，袁可嘉較系統地論述了現代化趨勢對詩歌藝術的重大影響，袁可嘉看到了白話詩歌由清晰走向晦澀的變化。

王劍曾對現代詩晦澀與古代詩歌的表現手法作對比。王劍認為造成現代詩晦澀的原因有兩個：「首先從內容上看，現代詩所要展示的是一個超驗世界。這個世界不僅僅包括情緒、感覺，還擴張滲透到潛意識、幻覺等非理性領域。……而且，現代詩內容上的晦澀還是有其社會原因的。現代詩人更加強烈地感受到內心生活的複雜、矛盾、痛苦和困擾。」[87]這些對成因的看法，並沒有超過袁可嘉，但王劍的另一個說法，卻看到

[85] 袁可嘉：〈詩與晦澀〉，見《論新詩現代化》，北京：三聯書店，一九八八年，原載一九四六年十一月三十日天津《益世報・文學週刊》。

[86] 袁可嘉：〈詩與晦澀〉，見《論新詩現代化》，北京：三聯書店，一九八八年，原載一九四六年十一月三十日天津《益世報・文學週刊》。

[87] 王劍：〈現代詩的晦澀問題〉，見《寫作》二〇〇五年第三期。

了袁可嘉所沒有看到的地方，他認為，「現代詩的晦澀其實與傳統詩歌中的含蓄、隱、隔是一個問題的不同名稱而已」[88]。王劍對晦澀成因的分析，並不能比袁可嘉的說法更有說服力，他對超驗世界的界定有待商榷，他對社會原因的看法也是借用艾略特的說法來擴展，但是王劍所說的，現代詩與傳統詩歌之間的聯繫，確實值得注意。王劍的提法雖含混不清，但他所說的，現代詩的晦澀與傳統詩歌並非全無關聯，卻是真知灼見。由王劍的問題，我們也可以進一步思考其他相關的問題，比如說，詩人通過什麼樣的手法營造出晦澀的詩境？我們又如何去評定這些手法是新還是舊？現代派詩歌對古典詩歌而言，到底什麼才是真正「新」的？現代派詩歌有沒有延續古典詩歌那樣的審美訴求？等等，這些問題，可展開討論。

上文探討了漢語詩歌為什麼晦澀化的問題，接下來要看一看詩歌如何晦澀化。當詩歌的條件及物事都發生了拓展性的變化時，詩歌的寫作也就要隨之發生變化。這種變化，未必就是新對舊的完全勝利，這種變化也有可能是新對舊的擴展、移位、取捨。

林崗曾經就新詩的發生與變化做過詳細的分析，林崗發展了朱自清、梁實秋等人對新詩興起的看法，並提出他自己獨到的看法，林崗對詩語、詩的形式、人類經驗三者關係之清晰而有效的論述，對理解現代詩歌如何晦澀化，有深刻的啟發。他在〈海外經驗與新詩的興起〉一文中指出海外經驗是新詩興起的最重要、最直接的主導因素，「詩是人類經驗的表達。詩歌表達經驗當然是在一定的語言與形式中進行的。語言將經驗凝固為具有一定聲音模式的句子，這些詩句又是按傳統慣例所定義的詩的形式來組織的。在經驗、語言與形式三種因素中，經驗最為活躍，語言相對固定，形式則最有惰性」，「晚清時代西風東漸，詩人有機會經歷與本土完全不同的海外世界，遊歷、出使、留學等海外生涯使詩人要面對新的事物和經驗而寫作，由於經

88 王劍：〈現代詩的晦澀問題〉，見《寫作》二〇〇五年第三期。

驗的變化導致了詩語和形式之間的緊張。這種詩內部的衝突在舊詩的框架內是無法解決的，而詩人正是在詩語和形式的裂痕中產生了語體變革的覺悟，放棄舊式的詩歌語言和形式，探索新的詩歌語言及其表現形式。於是，新詩登上歷史舞臺」。[89]自新詩發生以來，詩語、詩的形式、人類經驗的分裂與求和的動向一直就沒有停止過，到新詩要求現代化的時候，晦澀便成為最為突出的新詩特徵。

現代詩歌之依賴晦澀有其複雜緣由，而晦澀所達到的詩歌境界也是多義的、曖昧的、無解的。具體來看，自由主義詩人的詩歌創作，是如何通過不同的詩歌技巧、手法、語言組合來完成晦澀的詩境的呢？晦澀看上去是閱讀產生的感受，但這種閱讀感受是詩人通過各種具體的手法來完成的，是詩人由外在的真實通向內在的真實而營造出來的閱讀效果，其藝術指向是表現以現代創傷、現代哀怨為核心的現代意識、現代肉身體驗。這些現代意識在很多時候都與家國存亡的悲憤交織在一起，面目不清，但這種現代意識仍然在語言、形式與經驗的或配合或排斥的過程中得到體現。

在語言的組合方面，白話文詩歌很難再回到文言文的框架內，白話文詩歌也就很難再有古文詩歌那樣嚴格的、從形式上清晰可見的格律、韻律、節奏，或者就如林崗先生所說，古文言的框架很難容得下現代經驗，那麼，現代白話文就要尋找新的形式以傳達人類的現代經驗。[90]白話文詩歌的節奏與韻律，可能就要通過詩歌字句的排列分行、標點符號的擇取、情緒的輕重急緩等方式來實現了，嚴格的對仗等手法反而會覺得突兀，甚至會影響詩歌的節奏感。對此，可以略舉一二作品，以觀其效果。

89 林崗：〈海外經驗與新詩的興起〉，見《文學評論》二〇〇四年第四期，引文分別見其正文及內容提要。
90 林崗：〈海外經驗與新詩的興起〉，見《文學評論》二〇〇四年第四期。

林徽因的詩裏，有一種既輕且慢的節奏。像她的〈茶鋪〉（一九四八），全詩共有七段，第一段內部的文字排列都相對工整，但作者並沒有從音節、詞語組合上刻意為詩歌語言進行分割排列，這種相對散漫隨意的語言組合卻能表現與緊張沉重相反的情緒，一種有生趣的幽默感躍然紙上。這「立體的構畫」中，有聲音、有動作、有色彩，就如葉芝在論「詩歌的象徵主義」時說的那樣，「全部聲音，全部顏色，全部形式，或者是因為它們的固有的力量，或者是由於源遠流長的聯想，會喚起一些難以用語言說明、然而卻又是很精確的感情」[91]，〈茶鋪〉的節奏感是通過詩歌情緒的輕快平緩而展現出來的，古典詩的節奏，很難離開平仄對仗等方式，而現代詩歌的節奏體會，不僅僅要動用眼睛，更要運用心靈去感悟。[92]

從其他詩人的作品中，也可以看出不同詩人對語言組合的不同偏愛。袁可嘉偏愛嚴肅的格調，他寫過一些十四行詩，如〈出航〉（一九四八）、〈上海〉（一九四八）、〈孕婦〉（一九四八）、〈南京〉（一九四八）等。比之其他詩人，袁可嘉比較注重詩行的對稱，更看重詩尾字詞的押韻對仗，也注重不同段落之間標點符號的對應，並以此聯結詩歌前後的感覺與詩意。杜運燮的詩，講求語感的流暢、語義的重複強調、不故意設置閱讀障礙。穆旦的詩，在語言組合上，多多少少都有一些歐化的痕跡，這也與他一直對古典詩歌持懷疑甚至是否定態度有關，他的詩語，有許多哲理的譯來詞，比如說真理等，但這也恰恰說明現代詩對外來經驗、現代經驗的接納能力要遠遠比文言詩歌的接納能力強大。這一時段的鄭敏，喜寫長句詩，如〈最後的晚禱〉（一九四八）、〈求知〉（一九四八）、〈生命的旅程〉（一九四八）、〈Renoir 少女的畫象〉（一九四八）、〈噢，中國〉（一九四九）等，最長的句子有的將近三十個字，她的語言組合隨著思

---

91 〔愛爾蘭〕葉芝：〈詩歌的象徵主義〉，見《西方現代詩論》，楊匡漢等編，廣州：花城出版社，一九八八年，頁二二四。

92 林徽因：〈昆明即景·茶鋪〉，見《林徽因文集·文學卷》，梁從誡編，天津：百花文藝出版社，一九九九年，原載一九四八年二月二十二日《經世日報·文藝週刊》第五十八期。

想、思緒而流動，節奏有些凌亂。

語言的組合不僅僅見效於詩歌的內在節奏、內在韻律，語言的組合與詩歌的創作手法當然有互相重複的地方，它們的語義也很難說截然分開，語言的組合，實際也就是不同經驗的組合。現代詩之晦澀的藝術效果，還源於一些具體的表現手法，比如說，象徵、意象、比擬等，這些手法，配合語言的不同組合，從而使現代詩的陰鬱、含蓄味道更濃，也使現代詩中的自我更加突出，經驗更具感覺上的普遍性。但是嚴格來講，這些表現手法，並不是新事物，這些名詞概念從文學理論的歸納總結、文學流派的自我命名層面上來講，並不算古老，從寫作實踐來看，這些手法，甚至稱得上是古老的寫作手法。只不過，現代主義詩潮興起並擴散之後，這些手法成為詩歌寫作特別倚重的表現手法，這些手法，超越了以往的、對外部世界精確描述的手法，並因而產生了一些不同於以往的藝術效果，這些手法，相對來講，也更能包容比古典經驗更為複雜多變更令人困擾的現代意識、現代體驗，形式與經驗互為拓展，進而使現代詩歌與古典詩歌的分野變得清晰可見。

在這裏，姑且借用韋勒克對詩歌結構四要素的區分法，引入詩歌主要結構的表現方法。韋勒克與沃倫在談到詩歌的主要結構時，提到了意象、隱喻、象徵、神話四個語義有所重複的術語，這四種術語，「代表了兩條線的會聚，這兩條線對於詩歌理論都是重要的。一條是訴諸感官的個別性的方式，或者說訴諸感官的和審美的連續統一體，它把詩歌與音樂和繪畫聯繫起來，再把詩歌與哲學和科學分開；另一條線是『比喻』或稱『轉義』這類『間接的』表達方式，它一般是使用換喻和隱喻，在一定程度上比擬人事，把人事的一般表達轉換成其他的說法，從而賦予詩歌以精確的主題」[93]。這四種術語，意象、隱喻、象徵可適用於本文的特定物事，神話就未必適用了——敘事性在自由主義詩人的詩作中仍然很薄弱、中國文學尚未建立起英語世界

---

93 〔美〕勒內・韋勒克、奧斯丁・沃倫：《文學理論》，頁二一〇—二一一。

裏與宗教密切相關的神話敘事傳統，於此，神話及神話象徵的說法可暫且不談，而具體到穆旦等人的詩作，倒是可以把比擬這種手法添加上。當然，有如韋勒克等人所言，這些術語儘管各有所指，但細究起來，人們也很難在語義上將這些術語嚴格地區分開來。[94]這些手法，因為與本文所指詩歌晦澀密切相關，所以加以引用闡釋。

比擬的手法，在穆旦等人的詩作中，運作得最為廣泛。這種比擬，是人物與事物之間的互相比擬，有時是以人為物，有時是以物為人。林徽因在〈年輕的歌．一串瘋話〉（一九四八），以五月比擬生命的年輕，「如果你是五月，八百里為我吹開／藍空上霞彩，那樣子來了春天，忘掉靦腆，我定要轉過臉來，把一串瘋話全說在你的面前！」[95]這種比擬，帶給人一種生命的恍惚感，既飄渺又實在。鄭敏在〈馬〉（一九四八）中將馬的形態比擬英雄，在〈獸（一幅畫）〉（一九四七）中以獸姿比擬人世的孤寂與寒冷。袁可嘉在〈難民〉（一九四八）一詩為土地賦予了感覺，又在〈旅店〉（一九四八）一詩中，為風雨中的旅店增添了人一樣的痛苦。這種互為比擬的手法，從藝術效果來講，它拉近了藝術直觀性與間接性的距離，它甚至淡化了人的主觀色彩，在一定程度上化解了心與物之間的障礙。

象徵、意象、隱喻等手法，則加強了詩歌在間接性表達等方面的藝術力度。按韋勒克與沃倫的說法，意象是單個的，但是當意象被轉化為隱喻反覆出現於詩中的時候，就成為象徵，「『象徵』具有重複與持續的意義」[96]。在這裏，不過多的從概念方面糾纏，還是進入具體作品的討論。詩人們善用具體的物事作意象，有時候重複呈現，有時候單獨出現，但每一種意象都有其暗示功能。鄭敏的〈寂寞〉（一九四七），用矮小

---

94 〔美〕勒內．韋勒克、奧斯丁．沃倫：《文學理論》，頁二一〇—二一一。
95 林徽因：〈年輕的歌．一串瘋話〉，見《林徽因文集．文學卷》。
96 〔美〕勒內．韋勒克、奧斯丁．沃倫：《文學理論》，頁二一四—二一五。

的棕櫚樹、黃昏的天光、沉著的池塘、岩石、帶雪的高山等意象，暗示出莫名的情緒，這種情緒，用語言難以精確描述，但卻能夠在感覺中精確地呈現，岩石與大樹在詩中重複出現[97]，象徵手法，反覆被運用；鄭敏的另一首〈人們〉，選用灰白的石子、破碎的貝殼為意象，暗示出生命的不確定性[98]。穆旦的〈海戀〉，以魚、水、鳥等意象暗示沉重的現實、封閉窒息的現實[99]，穆旦的組詩《森林之歌》，以森林、綠色、人、血肉為意象，抒寫生與死的互相較量、互相窺探，甚至是彼此同情的複雜情感，穆旦對生死過程的反覆描述、重複暗示，使得他筆下的死亡變得極具象徵意義，其詩既含有感情的象徵，又有理智的象徵，讀者可以通過視覺產生心理聯想[100]。杜運燮的詩時而奔放時而激憤時而含蓄，情緒多變，其〈霧〉以霧為意象，隱喻並暗示無邊的壓迫，以霧的模糊襯托詩人內心的清晰，而他的〈當夜深的時候〉則以星月、蟲草、夜色為意象，呈現自我的獨立與清醒[101]，除開〈當夜深的時候〉，杜運燮的〈盲人〉（一九四六）等作品，十分看重黑暗的象徵意義。類似的詩例，不一一列舉。

如果將這些手法納入更寬泛的想像範疇來看，詩人們無疑是把一些從視覺上、感覺上不大相關的事物牽扯在一起，再輔之以不同的語言組合，以產生混同但平衡的詩歌效果，這種詩歌效果，接近於袁可嘉在〈新詩現代化——新傳統的尋求〉一文中所論證的「現實、象徵、玄學的新的綜合傳統」[102]。

97 鄭敏：〈寂寞〉，見天津《大公報・星期文藝》第十九期，民國三十六年二月二十三日。
98 鄭敏：〈人們〉，天津《大公報・星期文藝》第二十一期，民國三十六年三月九日。
99 穆旦：〈海戀〉，天津《大公報・星期文藝》第二十三期，民國三十六年三月十六日。
100 穆旦：〈森林之歌〉，《文學雜誌》第二卷第二期，民國三十六年七月一日。
101 杜運燮：〈當夜深的時候〉，見《九葉之樹長青》，王聖思選編，上海：華東師範大學出版社，一九九四年。
102 袁可嘉：〈新詩現代化——新傳統的尋求〉，天津《大公報・星期文藝》第二十五期，民國三十六年三月三十日。

由作品分析，可以看出，詩人們並沒有完全放棄對日常生活經驗的描述、刻畫，但就如前文提到的，林崗先生所說的，新詩是在語言、形式、經驗的裂變中出現的，[103]經驗自身也在裂變，詩歌對經驗的依賴性決定了，詩歌的形式、語言也會隨著經驗的轉換而轉換。除了日常經驗世界，還有一個更廣闊的非日常經驗世界等著詩歌去表現。

詩人對晦澀風格及其表現手法的倚重，使得詩人們能夠始於自然又越過自然，最終到達一個感官混同、語言不明確但感覺更加精細的經驗及情感世界。美國的艾德蒙・威爾遜在論及象徵主義的時候，提到象徵主義的一些趨勢與特徵。威爾遜所說的不明確性尤其值得注意，他認為，不明確性的效果是想像的世界和現實世界的混同造成的，「而且是由不同感官的感覺之間進一步的混同造成的」，同時他認為，「象徵主義運動打破了浪漫主義作家未曾觸動的法國詩的韻律，它最終完全拋棄了浪漫主義曾仍舊給予極大關注的法國古典主義傳統的明晰性和邏輯性」[104]，威爾遜的這些看法雖然是針對象徵主義而論，但他對詩歌由明晰性、邏輯性到混同性、不明確性的轉換的準確把握，對理解漢語現代詩晦澀風格的形成也不無啟發。

如果再把晦澀的詩歌放到更寬的領域裏去考察，換一個角度來考察晦澀的處境，可以得出這樣的判斷：晦澀的詩歌，未必就一定難懂，問題的重點倒可能是，對這類詩的閱讀，需要思維的多重轉折、需要感官的聯想聯動、需要心理活動的感應，對這類詩的閱讀，需要凝神關注、自我思考，這種讀與寫的狀態，都不大可能引發或熱情或憤怒的群體性反應，用革命話語來講，就是沒有鬥爭效應。同時，這類詩歌也不提供一個共同的社會理想、幸福模式，一個正確且唯一的人生答案、解決方式，對人間是非更是鮮有熱情，對站隊舉

103 林崗：〈海外經驗與新詩的興起〉，《文學評論》二〇〇四年第四期。

104 〔美〕艾德蒙・威爾遜：〈象徵主義〉，見《西方現代詩論》，楊匡漢等編，廣州：花城出版社，一九八八年，引文見頁二九九、三〇二。

旗也缺乏激情，這類詩，恐怕對人民群眾也不可能產生什麼誘惑力，因此，這類詩歌也不可能流行，詩人們也不可能成為流行的詩人。那麼，從另一個角度來看，自由主義詩人偏愛現代詩中的晦澀表達，是不是也有力圖在藝術中保留自我、堅持獨立的意向呢?!那麼，這是不是也是一種順從詩歌歷史審美傳統的姿態呢?!

（三）詩歌的哲理滲透與意義指向

既然詩人們偏愛詩歌的晦澀，那麼，詩人在創作中也難免會借用理性的力量對非理性的世界加以解說。雖然中國一向缺乏嚴格區分理性與非理性的思維習慣，但這一傾向自近代以來，已有所改變。如果說詩歌的晦澀，是詩人們偏愛形象思維的結果，那麼，詩歌的哲理滲透與意義指向，則與抽象思維有著十分密切的聯繫。詩歌添加哲理滲透與意義指向的動作，與理性科學的現代精神與現代趨勢幾乎是同質的，這種趨勢表明不同思維方式之間離離合合的狀況。詩歌的哲理滲透與意義指向，即可以說明感性、直覺等文學性思維方式受到科學觀察式的、試圖為事物與對象下結論的、處處求新求變的科學思維方式的衝擊。

但是詩歌中有哲理滲透與意義指向並不是新鮮事物，詩歌中能否有哲理滲透與意義指向的爭論也不是此時才出現的，今天的我們也能從中國古典詩歌中悟出些禪意、佛理，悟出些禮儀框架下的說教意味，古典詩歌中也時有穿插議論旁白。但是，與西哲、西方宗教匯合的哲理滲透、意義指向，於白話詩歌來講，應該是新事物。這種詩歌的新動向，經驗的新擴展，在此時的自由主義文學詩歌裏面，表現相對突出，而其中，又以穆旦、鄭敏最為突出，甚至是袁可嘉，也可包含在內。在這裏所講的哲理滲透與意義指向，與前面所講的詩歌的晦澀又有所區別——儘管兩者在最終的效果上都有可能產生晦澀的效果，但晦澀更多地是指表現手法、詩歌意境上的，而哲理滲透與意義指向則是多指思維、意義、說理、思想層面上的，兩者有交叉的地方，但又不儘然相同，哲理滲透與意義指向實際上是加強了詩歌思考的力度。這是詩人越過簡單直觀的景物，進入更內在的事物，進而尋求事物的意義指向的一些嘗試，由文字構成的詩歌、被思想介入的詩歌就是詩人們符號化思維的重要產物，但是，這種轉變，有時候也可能會導致詩歌的過度思考。

比之古典詩歌，漢語詩歌的現代轉換加大了思考的力度，智性與知性也適時介入。當詩人覺得感性已不足以表達其內心的想法、不足以表現其觀察的物事，那麼，詩人就願意用理性、知識、概念等去介入這一創作的過程，去說明詩歌想要表現的事物。這樣一來，語言就有可能由有限的存在之物抵達無限的思維之境。與詩歌的晦澀有很大區別的是，晦澀是要借助非理性的表達方式去捕捉夢幻、情緒、潛意識、超驗、想像世界、日常經驗世界等，而哲理滲透與意義指向則是借助理性的表達方式與抽象的思維方式去介入詩歌的邏輯表達、意義聯展，這種指向，可以看作是詩歌創作中思維的擴展，甚至可以看作是詩歌創作向其他學科求助的手法。這些，意味著詩歌思維的轉折，至於這種詩歌思維的轉折，如何與舊的審美訴求融和，那就要在具體的作品中去探求。

除此之外，還有一個層面需要澄清，詩歌的哲理滲透與意義指向並不絕對只出現於自由主義詩人的部分作品中，這種特徵也可能會出現於政治抒情詩、宣傳工具詩中，那麼，兩者的不同何在呢？政治抒情詩、宣傳工具詩的落腳點是說服性的、有階級區分意識的、有烏托邦激情意味的、對平等與正義充滿幻想的，而有現代意味的自由主義詩人的作品則大多留有含蓄的審美趣味，其落腳點是人、人性的處境問題，如果以階級論點反論之，他們的詩作大多是超階級的，他們的矛盾情緒也與樂觀激昂等情緒格格不入。如果一定要區分二者的趣味，那麼，可以說，一種是沉緬於階級趣味，而另一種追尋的則是人的趣味；一個看重藝術的淺顯易懂（最好避免心靈的過濾及消化），另一個則努力向人類的內心世界逐漸挺進；一個看重詩歌的群體效應、廣場效應，另一個則看重詩歌的個體價值；一個求同，另一個求異。

詩歌的哲理與意義加厚，雖然有可能導致晦澀的閱讀效果，同時也有可能在語言表達上沾上歐化的痕跡，新的體驗，新的經驗，可能使詩人的語言生澀不流暢，但另一方面，卻反而能夠舒緩個人的激情，這一種趣味，並非與傳統完全脫節的趣味，反而，它在某些方面與詩歌傳統遙相呼應。鄭敏等人的某些詩作，足以說明此時自由主義詩歌的智性傾向、哲理趣味。

鄭敏的詩歌，哲理滲透與意義指向相對比較強。這一創作選擇，可能與其學的專業有一定的關係，她在西南聯大所修的專業是哲學，其詩受里爾克的影響較大，對宗教也有一定的感悟式體驗，鄭敏一九七九年以後的詩歌更是走向了與後現代思潮匯合的道路。鄭敏的詩，雖有哲理滲透、意義指向，但她並沒有讓這些傾向壓倒詩歌形象思維的經驗表達方式，形象的塑造、創造性的語詞組合、獨特的個人體驗仍然在詩中占了很重要的位置，在詩歌的這些關係上，鄭敏處理得比穆旦相對平衡一些，其說理性也不會覺得太生硬刻意，但在情緒意味上，鄭敏與穆旦有相似的地方。對鄭敏詩歌知性與感性的平衡，藍棣之的判斷準確而到位，「我所說鄭詩的智性或知性，並不是指她從哲學書上讀來的結論，而是經驗在她心靈的閃光……正是這些閃光的知性，引導鄭敏的體驗與感覺得以在詩中成形，並且把她的詩與浪漫主義詩區別開來」[105]。

〈寂寞〉（一八四七）一詩，就有感性與理性的平衡，作者以樹寓抒寫主體，而以樹的四周情勢描寫寂寞的情態，岩石、玻璃窗格子等意象的形象對照，使得寂寞更加不言而喻，但作者又受情緒的驅動，不忘在詩中穿插「我是單獨的對著世界。我是寂寞的。……生命原來是一條滾滾的河流。」等直白又富含情理的說明性詩句，以填補感性思維的不足。[106]像〈馬〉、〈一瞥〉（天津《大公報・星期文藝》第八十六期，民國

105 藍棣之：《九葉派詩選》（〈前言〉），藍棣之編，北京：人民文學出版社，一九九二年。

106 鄭敏：〈寂寞〉，見天津《大公報・星期文藝》第一九期，民國三十六年二月二十三日，此詩收入《詩集一九四二—一九四七》時有修改，該詩集於一九四八年由上海文化生活出版社出版。

三十七年六月二十日），在描述物事靜態與動態情境之餘，又或明或暗地表達了作者對高尚等美德的禮贊。

鄭敏的詩歌，不僅有哲思的意味，而且有對宗教感悟式的體驗。以〈最後的晚禱〉（一九四八）為例：

> 人們被槍聲驚醒，發現世界在重複它的愚蠢
> 那幅記載著愛與罪惡的畫又在這綠草上復活，耶穌
> 這一次他沒有分給麵包，卻將手舉起
> 放在額上：寬恕，猶大，是他分得耶穌的最後寬恕！
>
> 聖河與聖河匯合，然而我們的靈魂卻匯合著神性
> 與魔鬼，甘地，他的歸宿是兩條聖水的交點，回憶
> 那漫長的奮鬥，他的起點卻是這樣謙卑，在這裏
> 就在你的胸上，那一片產生了約翰與猶大的國土上。
> 是我們的愛哺育了他，是我們的恨擊倒了他，
> 同一塊土地哺育了慈悲，又孕育了仇恨，孕育了圓寂
> 又孕育了鬥爭，呵，最光輝最黑暗的印度，人性的象徵。
>
> 她先加給我們光榮，又擲給我們恥辱，暴力終於使
> 一座頑強的火山沉寂了，縱然死去，他是農夫早已

在心靈的泥土裏布下種子，那總有長成綠苗的一日。[107]

此詩雖借基督舊訓喻指印度之事，但時處一九四八年，作者不可能對中國之事完全無動於衷，當然，索隱求證、對號入座在此也意義不大。〈最後的晚禱〉之特色在於，作者以形象思維結合宗教訓導，暗示了人類循環式的罪惡。這樣的罪惡，不能用人間正義說去調停定論，只有上帝才能化解、寬恕。罪惡的過程，實則是愛與恨糾纏與循環的過程，作者的意義指向在於善與惡的悖論，在於人生之苦。在以感性體悟為主的詩歌裏，說理性文字的穿插，並不會令人覺得太過突兀，有時候反而能串起一些零碎的生命感覺。鄭敏的詩，打破了音樂繪畫文字的隔膜，使聲音、造型、色彩等因素有了一些奇異的聯繫，其說理性穿插、宗教式感悟，如終表現出對生命這一話題的濃厚興趣。除〈最後的晚禱〉等詩之外，〈生命的旅程〉（一九四八）、〈Renoir少女的畫像〉（一九四八）等詩作都有試圖在感性與理性中找到平衡的努力。

比之鄭敏，穆旦的詩，智性、知性、說理性味道更濃。其早年詩歌如〈野獸〉（一九三七）、〈在曠野上〉（一九四〇）、〈不幸的人們〉（一九四〇）、〈我〉（一九四〇）等，情緒略顯得不平衡，對表達仇恨等情緒有所偏愛。穆旦的詩，意象運用大膽而奇特，想像與情感皆豐富，有一定的敘事自覺，其詩具有爆發式的創作力，如〈鼠穴〉（一九四一）、〈讚美〉（一九四一）等。這一時期，穆旦詩作中的情緒倒也沒有趨於平穩，對看法的倚重則比早期更甚，他在〈先導〉中寫道，「偉大的導師們，不死的苦痛，你們的灰塵安息了，你們的時代卻復生，……在無盡的鬥爭裏，我們的一切已經赤裸」[108]，這裏顯示出，作者對時

---

[107] 鄭敏：〈最後的晚禱〉（外三章），見《中國新詩》第一集「時間與旗」，一九四八年六月出版。
[108] 穆旦：〈先導〉，見《文藝復興》第一卷第六期，一九四六年七月。

代更替的看法比審美性手法更為用力。穆旦的〈森林之歌〉對看法與意義的表達，比〈先導〉要更為隱蔽一些，〈森林之歌〉的意義指向在於祭奠逝去的英靈、詛咒人世的疾病與絕望，但「離開文明，是離開了眾多的敵人，……過去的是你們對人間的抗爭，你們死去為了人們的生存，然而我們的紛爭如今未停止，你們卻在森林的週期內，不再聽聞」等語句，仍然表現出穆旦對看法的依賴程度。[109] 如果說鄭敏的詩裏夾雜著同情與憐憫的衝動，那麼，穆旦的詩，則表達出濃厚的厭倦、懷疑、躁狂、憂慮情緒。無論衝動抑或懷疑厭倦，倚重哲理滲透與意義指向的傾向，反映出他們對某種普遍知識與科學精神的一定信任，這種信任加重了他們對他們所不認可的事物的懷疑與逆反。

袁可嘉的詩，有邏輯思維的痕跡，說理味道較重，但其看問題之深、看問題之透，對現代體驗的敏感度，又是其他詩人所難以比擬的，以其〈難民〉（一九四八）為例：

要拯救你們必先毀滅你們，
這是實際政治的傳統秘密；
死也好，活也好，都只是為了別的，
逃難卻成了你們的世代專業；

太多的信任把你們拖到都市，
向貪婪者求乞原是一種諷刺，

[109] 穆旦：〈森林之歌〉，見《文學雜誌》第二卷第二期，民國三十六年七月一日。

飢餓的瘋狂掩不了本質的誠懇，
慧黠者卻輕輕把誠懇變作資本；
像腳下的土地，你們是必需的多餘，
重重的存在只為輕輕的死去；
深恨現實，你們缺乏必需的語言，
到死也說不明白這作為技巧的苦難。[110]

這首詩的邏輯就在於說明難民逃難怎樣發生，而像「深恨現實，你們缺乏必需的語言」這類的詩句，完全就是作者現身說法的表現。但〈難民〉又不是簡單直接的說理詩，作者的高明處就在於以邏輯性的描述揭示了苦難的非邏輯性，苦難天天發生、世代相傳，看上去是政治邏輯的直接產物，但「飢餓的瘋狂掩不了本質的誠懇，慧黠者卻輕輕把誠懇變作資本」。在政治邏輯下，也有人心的意外、出軌、妥協，這種寫法，使得苦難有了立體感，從而避免了以階級定調的二元衝突論，適當的思考舒緩了人道情緒的不加思考。〈旅店〉（一九四八）表現了一種非常靈動又形象的現代體驗感，這裏面，有幻滅、無奈，有轉瞬即逝的難以捕捉，作者以一種短暫的碎片表達出永恆的無力感，「普遍的瘋狂迫我們匆匆來去，留給你的不過一串又一串惡夢」，一種理智無法操控的瘋狂狀態、一種拽都拽不住的速度，被理智的心神與語態所捕捉。現在感實在又飄乎，是袁可嘉常常在詩中表現出來的藝術悖論。[111]

110 袁可嘉：〈難民〉，見《文學雜誌》第三卷第二期，民國三十七年七月。
111 袁可嘉：〈旅店〉，見《文學雜誌》第三卷第二期。

相對來講，杜運燮更為冷靜克制一些，他的哲理詩不多，特別強調意義的詩也不多，但其〈盲人〉一首，便足以說明杜運燮在詩歌智性方面不凡的領悟力，這首詩裏的思考成分自有其不輕的份量：

只有我，能欣賞人類的腳步，
那無盡止的，如時間一般的匆促，
問他們往那兒走，說就在前面，
而沒有地方不聽見腳步在躊躇。

成為盲人或竟是一種幸福；
在空虛與黑暗中行走不覺恐怖；
只有我，沒有什麼可以誘惑我，
量得出這空虛世界的尺度。

黑暗！這世界只有一個面目。
竟然也有人為「黑暗」而痛哭！
只有我，能賞識手杖的智慧
一步步為我敲出一片片樂土。
只有我，永遠生活在他的恩惠裏：

黑暗是我的光明，是我的路。[112]

〈盲人〉一詩富含個體體驗式領悟，作者自覺謝絕了浪漫主義式的想像與美化，「成為盲人或竟是一種幸福」——作者寫下這樣的話，其意不在田園牧歌式的唯美抒情、浪漫想像，而是為了呈現一種特殊的、不同於常人的個體視角，盲人看不見，但能聽得到，他所聽到的，也就是心靈所體悟的。杜運燮從痛恨黑暗的普遍世情中抽離出來，揭示出意外但更深遠的人生之苦、人生之樂，〈盲人〉的看法豐富而複雜、含哲理性思考，該詩寫出了時間的無常與有常，同時，在人類匆匆而躊躇的腳步聲中發表了對世界本原的看法，黑暗是盲人的恩澤，黑暗為盲人指明了內心的道路。〈盲人〉一詩的看法，不僅僅限於黑暗與光明的表象對照，其更深刻的看法在於，黑暗中見光明，光明中有黑暗，沒有哪一方會被完全吞噬，但世人只曉得光明的好，卻未必知道黑暗的智慧、黑暗對光明的觀照作用。

上文所舉例子及分析，雖無法概括詩人創作之全貌，但對自由主義部分詩人中的思考性特徵、哲理傾向、意義指向也作出了大致性的勾勒。自由主義詩人不約而同、各自有異的的藝術選擇與藝術趣味，漢語詩歌中的感覺與形式、經驗與形式的劇烈裂變亦可見一斑。

自由主義詩人對哲理滲透與意義指向的側重，於本文的研討重點來講，其最為特殊的價值在於，這類詩避免了抒情失控、理想失當的詩歌局面。自由主義詩人對控制慾的自覺疏離，對藝術手法的自覺持守與努力嘗試，又避免了哲味詩、意義詩倒向思想動員、權力說教的境地，同時在一定程度上避免了理性思維在詩

[112] 杜運燮：〈盲人〉，見王聖思編選，《九葉之樹長青》，上海：華東師範大學出版社，一九九四年。

歌中的絕對強勢，詩歌的詩性得以保障，這樣一來，自由主義詩人就通過詩歌對不被強制、不去強制的可選擇處境留有了餘地，藝術也就在一定程度上不為非藝術的因素所驅動。

（四）詩歌的戲謔與反諷

詩歌的戲謔與反諷也是這一時期自由主義文學之詩歌的重要特色。這種戲謔與反諷與控訴式的、鬥爭式的、抒情式的、言志式的詩歌自然有別。

那麼，詩歌的戲謔與反諷，有可能起源於哪些因素呢？

首先我們應該把個人的性格、素質及對人生的態度看法作為最初的起點。與大同社會的人人一樣的理想與寄託不一致的是，從天賦的意義來講，每個人的個人才能是不同的。在天賦人權的同時，天也賦予不同的人應有不同的道路、可以有不同的選擇，人出生的偶然性決定了，人有相同之處，但具體到每一個個人時也各自有異。美國的艾茲拉・龐德曾經寫過一篇題為〈嚴肅的藝術家〉的文章，他在文章舉了一些例子，以說明人與人之間的不同以及強制人與人相同的罪惡，在這裏，借他的說法來進一步說明為什麼要看重人與人之間不同的地方。龐德說，「我們從藝術中認識到，人是反覆無常的，也是彼此不同的。他們像樹上的葉子一樣，各不相同；不像機制紐扣那樣一模一樣。我們還從藝術中認識到人和某些動物之間的相同之處，和不同之處；我們認識到：有些人比起與他們天性不同的人來，更像某些特殊的動物；我們認識到：每個人所憧憬的東西並不相同，因此發給每人兩畝地一頭牛，就是不合理的」[113]。

113　〔美〕龐德：〈嚴肅的藝術家〉，羅式剛等譯，見《西方現代詩論》，楊匡漢等編，廣州：花城出版社，一九八八年，引文見頁三如果承認人與人是不同的，如果承認每個人具體需要的東西是不同的，所憧憬的理想生活也是不同的，那麼，也就不難理解，為什麼詩人在面對同樣的現實的時候，會有不同的反應。要求每個詩人面對同樣的現實作出一模一樣的反應，在藝術創作時作出一模一樣的階級區分，也就不亞於給每個人發放兩畝地一頭牛。這種做法，雖然能夠暫時從心理上滿足個人的平等幻想，但這種藝術上的平均主義總是不合理的，它在號召平均主義的時候，實際上已經種下了新的罪惡的種子，這種罪惡，就是「同」對「異」的壓抑與強制。

每一個個人，都生活在他或她所處的社會秩序之中。如果這種社會秩序是荒謬的、讓人無法容忍的、支離破碎但又處處阻礙人的自由的，那麼，詩人的反應，有可能是憤怒的指責與控訴，也有可能是冷靜的旁觀，當然，也有可能是怒極而笑。

戲謔與反諷的來源之一應該是壓抑，詩人面對情景有反應，與中國面對西方有反應從情理上講並無二致，也可稱之為絕望中的反擊。當然，戲謔與反諷，尤其是戲謔，也可能產生於生命的喜悅、感覺上的渴望、心理上的頹廢、現實中難以排解的失落與挫折。詩以戲謔牽引出或想像出言說對象的千般姿態、萬種風情，以偷偷愉悅自己的心靈，以實踐生命的幽默與趣味。戲謔與反諷，都是源於情感的含蓄委婉，也隱含著對現實的期盼與傾訴，經歷了藝術的迂迴之後，這樣的詩歌需要閱讀心理的曲折回應。究戲謔與反諷的起源，最根本的還是由於現實的缺乏感所導致。在國家抱負的壓力驟然增大的時候，社會性的現實缺乏對反諷手法的吸引力也增大。戲謔偏重於輕喜劇，運用得當，則風趣幽默中有餘韻，反諷的力道似乎更重，有一種尖銳的諷刺感，如果戲謔與反諷混合而用，反而能達到一種機智的效果，讀來不會讓讀者覺得太輕佻或太凝重。這兩種手法，在杜運燮、林徽因等人的詩歌中運用較多。這種運用，是對詩歌手法的拓展。

九、四十。

詩歌既然是與節奏、韻律、可感知的聲音等因素有關的語言組織形式，那麼就語言的意義含混特性及語言組合的無窮可能性等基本元素來講，詩歌的表達形式是多種多樣的。

詩人之所以敏感，就是因為他或她對人世間的一切——包括自我與他人並非無動於衷。詩歌小說中的人物的無動於衷，並不代表作者本身就無動於衷。詩人的敏感，又體現在對生命氣息的捕捉，對美與善的挑剔擇選，對醜與惡的複雜看法。對各種有形無形事物的靈敏捕捉，優秀的詩人總是可以讓各式意象及深層思想或輕撫或重創心靈的各個部落。詩人的敏感，就是詩歌藝術傳統的真實靈魂，而這種敏感，又是因人而異的。戲謔與反諷並不是詩歌這種文體所特有的表現手法，詩歌相比起小說及其他文體來講，語言的自律性更強——它要求語言更精煉、更具感染力，更能調動讀寫者內心心智與內心情感、更靈巧、更纖細。戲謔與反諷的起點其實是說理性的，但其具體的表現手法則不應該是說教性的，詩歌對戲謔與反諷的具體運用提出了更高的要求，戲謔與反諷作為一種表現手法，如果運用得當，就能使詩人在詩中收起理性、藏起個人，但又隱隱約約透出些可感悟的理性，由此，詩既能向理性敞開，也能向非理性敞開。

林徽因的詩歌偶爾會有戲謔，以其〈小樓〉為例：

張大爹臨街的矮樓，
半藏著，半挺著，立在街頭，
瓦覆著它，窗開一條縫，
夕陽染紅它，如寫下古遠的夢。

矮簷上長點草，也結過小瓜，
破石子路在樓前，無人種花，
是老罎子，瓦罐，大小的相伴；
塵垢列出許多風趣的零亂。
但張大爹走過，不吟詠它好；
大爹自己（上年紀了）不相信古老。
他拐著杖常到隔壁沽酒，
寧願過橋，土堤去看新柳！[114]

就題材而言，這首詩中只有一個人，一些物，但你能從中捕捉到一些詩人個人的資訊。〈小樓〉的筆調很疏淡，但你能從這種疏淡的筆調中感受幾代人的人氣，「老罎子」、「瓦罐」、「瓜草」——這些物事裏面，一定有過一些尋常或不尋常的人生痕跡，「風趣的零亂」裏盡是生命的氣息。作者戲謔的可見對象當然是「上年紀了」的張大爹，一個最應該感覺到時間流逝、新舊更替的人，卻「不吟詠它好」，要去「看新柳」，舊的與新的，看似不相干，但又好像有所延續，時間帶給人間的歡欣與憂愁可由短短的幾行裏可得到體會，生活的闊與窄自然就有了分曉。那麼，與此同時，作者是不是也在反諷詩後面的那個「自己」？我們都是時間裏的人，「古遠」是一種夢，「新」何嘗又不是呢？張大爹不戀舊、不相信古老，又反諷了「我」的理想化了的

114 林徽因：〈小樓〉，據梁從誡編《林徽因文集・文學卷》（天津：百花文藝出版社，一九九九年，頁二二四），在初稿中第一句原為：那上七下八臨街的矮樓，發表時刪去。〈小樓〉原載一九四八年二月二十二日《經世日報・文藝週刊》第五十八期。

古遠夢，但「我」也並非要去指責張大爹的「新柳」夢，只是在新舊秩序中去記下一些物事，讓互相逆反的物事本身去說服時間的不可抗力、歷史的輕與重、人事的可留戀與可拋卻。該詩戲謔之餘，盡顯詩人的機智與大度。全詩又不見一個「我」字，詩的內涵與意義全交給詩的語言去創造，到最後，不是「我」要說什麼，而是「詩」要說什麼，這種處理手法，並沒有沖淡相對溫和的憂傷感。毫無節制的戲謔是有害的，且容易陷入流俗。林徽因用到戲謔手法的詩作不算多，正因為作者適當隱匿了自我，表現了一個自在的「他」，所以〈小樓〉之戲謔，既能輕度逗笑，但又不至於情緒失控，〈小樓〉的情感節奏控制得較為適當，其戲謔也合時宜，沒有令人生厭的粗鄙、誇張、油猾。林徽因的詩有一種剛直、硬朗，但又細緻流暢，到一九四五年八月至一九四九年十月間，她的詩有時候略微苦悶，有時候直率歡快，有時候婉轉倏忽，複雜多變。

反諷與戲謔相比，憤世嫉俗的情緒會更強烈一些。反諷能夠產生逗樂的效果，但是逗樂並非其最主要的目的，其最主要的目的是表達一種怨恨或不滿，直白地表達心中的憤懣，如果無法引起他人的共鳴，這種情感就會顯得不合時宜。除非眾人與作者有相同的經歷，否則很難博得他人的同情——想要得到他人的同情，其實是現代人對他人的要求的增加，也是現代人對美德範圍的擴展。但是情緒的誇張與不節制也會令人生厭，情緒的誇張也許能夠喚起人們的反應，但一旦時過境遷，就很難在人們心中留下什麼深刻的印象。但如果換一種逆反的方式表達，將正的說成反的，反的說正的，反而可能有令人驚奇的藝術效果。

杜運燮運用反諷的手法相對會多一些，如〈追物價的人〉（一九四五）：

物價已是抗戰的紅人。
從前同我一樣，用腿走，
現在不但有汽車，坐飛機，還結識了不少要人，闊人，……
雖然我已經把溫暖的家丟掉，
把好衣服厚衣服，把心愛的書丟掉，
還把妻子兒女的嫩肉丟掉，
而我還是太重，太重，走不動，
……
為了抗戰，我們都不應該落伍，
看看人家物價在飛，趕快迎頭趕上，
即使是輕如鴻毛的死，
也不要計較，就是不要落伍。[115]

還有「善訴苦者」：
他曾讀過夠多的書，
幫助他發現不滿足；
曾花過夠多父親的錢
使他對物質享受念念
不忘，也曾參加過遊行

115 杜運燮：〈追物價的人〉，見《九葉派詩選》，北京：人民文學出版社，一九九二年。

喊口號，燒掉一層薄薄的熱情。
使他對革命表示非常「冷靜」。
後來又受過佛洛德的洗禮，
對人對己總忘不了「自卑心理」，
又看過好萊塢「心理分析」的
片子，偷偷研究過犬儒主義，
對自己的姿態卻有絕大的信心，
嘲笑他是鼓勵他，勸告他是愚蠢，
憐憫他只能引來更多的反憐憫。

母親又給他足夠的小聰明
可當作「天才」，時時顧影自憐；
而「階級」「時代」不對，使他不幸，
竟也說得圓一套話引人同情；
他唯一熟練的技巧就是訴苦，
談話中夾滿受委曲的標點：
許多人都稱讚他很有風度。[116]

116 杜運燮：《輕鬆詩三章·善訴苦者》，「中國新詩」第三集「收穫期」，一九四八年八月。

兩首詩都是對現實的一種反諷，與英美現代派詩歌有別的是，這些詩作偏向現實，其出發點仍然是對生活的一種體驗式的感慨，在藝術手法上也並不算成熟，其詩雖然對個人處境有自憐自憫的心，但並算不上是詩歌向內轉的體現。評論者對〈追物價的人〉關注得比較多。袁可嘉認為該詩的風趣與活潑能讓人想起英國詩人奧登的筆法：「他往往用輕鬆的筆調處理嚴肅的題材，把事物中矛盾的、可笑的實質揭示出來。……這首諷刺抗戰後期物價狂漲的詩，採取了與眾不同的顛倒的寫法。」[117]〈追物價的人〉反映了戰爭及戰爭下的「物價」對個人生活的侵害，心愛的書、厚衣服、妻子兒女身上的嫩肉都「扔」掉了，還是跟不上物價的步子。詩人想要諷刺的，是抬起物價的達官貴人。雖然這首詩對物價失控的真正原因未必有準確的把握，對時政局勢的看法也過於簡單化，但詩人由個人生活受侵害而非從愛國美德、控訴激情的角度入手，是不是也表達了對社會秩序的一種質疑呢？反諷有其特殊的藝術效果，至於這種反諷是不是加重了怨恨的情緒，反諷裏面是不是也含有惡意與詛咒，反諷裏面是不是含有一種絕望的幽默，那是另外一個層面的問題。

由〈善訴苦者〉、〈排泄問題〉、〈論上帝〉、〈狗〉等詩可以看出，[118]杜運燮的反諷對象並非是單一固定的，也並沒有預設假想敵，他的反諷是非常矛盾的反諷，其詩中所含的看法也並不穩定。〈善訴苦者〉有歐化痕跡，也有一定的反智傾向，而對誠實等美德則有一定程度的依賴，如果詩中那個有知識的人如果不是經常訴苦，那麼知識也可能不會成為嘲笑的對象。有評論者認為杜運燮的詩對中外詩歌的抒情傳統有所創新，如藍棣之就認為，「杜運燮最惹人注目的特色，是他在抒情中滲透了諷刺幽默，二者之間所形成的張力，使得杜詩有一種特殊的意蘊，構成一種新穎的現代的抒情風格」[119]。我倒認為，杜運燮的詩，有自己的道

117 袁可嘉：《九葉集・序》，見《九葉集》，北京：作家出版社，二〇〇〇年。
118 杜運燮：〈輕鬆詩三章〉，「中國新詩」第三集「收穫期」，一九四八年八月。
119 藍棣之：《九葉派詩選》（〈前言〉）。

德信條。對人際關係中一些基本美德的信任，對生活與物質關係的信任、對奢侈腐敗等一些惡習的厭惡，這些情緒與看法，構建了詩人的道德信條。基於建立在人際關係上的俗世道德信條，杜運燮所諷刺的物事因而顯得多樣化。杜運燮在藝術創作方面不刻意去區分政治陣線，他的詩更偏重表現對人、人性、人際關係的看法，他對社會制度性與資源分配性不公平較為敏感，對權力在財政上的優先地位也有所不滿。這些想法，未必就是一種壓迫對反壓迫的關係，也未必是一種國家意識。這些想法裏所包含的，倒可能是一些朦朧的公民意識，外加一些建立在人際關係上的倫理判斷、道德把握，〈追物價的人〉等詩所表現出來對物質不公平的憤怒，顯示出杜運燮詩歌中不太明朗的現代市民精神氣質。

杜運燮的反諷偶而夾雜著憤怒與沉重，且試圖傳達出一些思想的衝動、顛覆的力量，〈追物價的人〉傳達了一種笑中帶淚的藝術效果。林徽因的戲謔，則輕快明朗，裏面有人生的趣味、生命的直覺與體悟。杜運燮與林徽因在某種程度上突破了單一而粗糙的感情，詩中的情感趨向於和緩，詩情也不至於氾濫失控，即使怨恨，也不至於不可收拾。

就這一時期的文學時勢而言，不能說戲謔與反諷的手法能夠減輕感傷與控訴的詩風，但最起碼，這種手法與感傷、控訴的詩風是有所區別的。也並不是說戲謔與反諷只有自由主義文學才採用，而是說，即便是採用戲謔與反諷的手法，自由主義文學中的詩歌也儘量避免採用階級判斷、政治分野的手法，自由主義文學的獨立地位因而在一定程度上得到保障。如果從藝術手法上去定位反諷與戲謔，它們是收斂情感、克制自我的表現手法，這與革命的攻擊性、外向性有著本質上的區別。

詩歌的晦澀、哲理滲透、意義指向、反諷與戲謔等，無論是表現手法、思想取向、藝術趣味等，都可以看出，相比起四〇年代以前的白話詩歌，自由主義詩人的個人情感在詩歌藝術中有所退讓、有所克制，且更為隱晦，這些，都是文學向內轉的重要表現，也是詩人在「非個人化」的自覺與不自覺中與傳統合流的重要表現。這些評斷，並不太適合於詩情相對暴烈奔放的杭約赫、陳敬容、辛笛、唐湜等，他們對光明與黑暗的看法缺乏理智而清晰的認識，他們對自我的存在處境也未必有非常清醒的認識，這些詩人，雖被歸入「九葉派詩人」的行列，但就其具體的詩作而言，各自的差別不小。儘管他們在詩歌創作的選擇姿態上，有類似的地方，但這並代表著他們對自由的看法、對創作不被強制不被干預的看法是一致的，更不代表他們對那麼深深奴役著人類靈魂的、並不通過政治強制而是通過俗世習慣而強制的事物有著清醒的認識。但是，無論他們的具體分歧有多少大，九葉派詩人，乃至包括其意不在文學的林徽因，他們在這一時期的詩歌創作，體現了那個時代詩歌藝術之多樣性對單一性不同程度的逆反。

穆旦等人的詩歌，當然不止以上三種特徵。本文之取三種特色，一為將穆旦等人與其他派別詩人區分開來，二為從選擇的意義上來說明自由主義詩歌的自主與獨立。

講求晦澀、哲理滲透、意義指向、反諷與戲謔等的詩歌，不適合在公眾聚集的場合裏朗誦，晦澀難懂的詩歌與群情激昂的大眾情緒也不相適應，這些詩歌因為跟通俗易懂相去甚遠，所以，也很難煽動情緒，讀者只能凝神關照，才能體會其詩作的多義複雜性。如果說左翼詩歌注重群眾場合裏的大聲應和，那麼，自由主義詩歌就是自覺遠離人群，神情孤獨憂鬱，時而凝重，時而嚴肅，即便是偶爾輕快活潑，也是飄逸而不合群的。在這種情勢下，一旦群眾閱讀趣味得勢、一旦面向群眾的文學得勢，這種不合群的，不適宜在群眾面前朗誦的文學，必將在一片狂熱聲中被淹沒。現代新詩甚至與傳統意義上的仕途失意等情緒也有了一定的距離，以至於，在傳播層面，晦澀的現代新詩也並不比其他種類的詩歌更有優勢。

除了上文提到的，中國的現代詩歌在藝術「號召」力、群眾煽動力上的天然「弱勢」特徵，文學規範也將為現代藝術的存在與變化帶來難以排解的困境，洪子誠對一部分新詩詩人在五〇年代隱失的原因做過一些分析：

「五四」以來的新詩詩人，在進入五〇年代之後，有相當一部分從詩界上「隱失」。這一情況的直接的原因：一是對新詩「傳統」的選擇所導致的「主流」的「窄化」，將一批詩人排除在詩界之外；另一是詩人已形成的創作個性、藝術經驗與此時確立的寫作規範發生的衝突，導致一些詩人陷入創作的困境。[120]

洪子誠的這些結論，也可用於探尋自由主義詩人五〇年代之後隱失的原因，其論對各種原因欲言又止，雖未必全面，但仍有其可靠之處。至於這些規範如何運作、如何發生作用，後文再述。

列出這自由主義詩人三大創作特色，乃是想將自由主義詩人的詩歌與政治動員、誇張煽情等詩區別開來。前文講過，適用於本文的自由、自由主義，是指自由的最低限底，是指人的最低自由、私人領域不被強制，也指有多少扇門可以供我選擇、能不能選擇、能不能不被強制而選擇（除開必須強制的之外）、我的選擇能不能得到保護的問題。那麼，有人或許會責問，左中右都可能是一種創作的選擇，有人選擇左翼，有人選擇保守，自由主義詩歌裏面也可能包含著說服性的言論。在這裏，需要進一步澄清的是，動機顯然與效果有區別，自由主義文學儘管無意去說服受眾去接受一種事物、一種看法，但自由主義文學也有可能打動、說服受眾。區別自由主義與非自由主義有一個基本原則，那就是施與受之間存不存在強制性，如果有強制性，那麼就是非自由主義。

為什麼說某些派別的詩歌創作及詩歌主張是強制性的呢?就是因為這些派別有一些基本理念、有一些嚴格的區分標準、有一些來自組織的動員要求與權力期盼、有一些融合了政黨國家的建政理想，對不合時宜

[120] 洪子誠：《中國當代文學史》，頁五十八。

的文學形態有強烈的排斥行為、否定舉動。在派別主義那裏，屬於本派別的，就被歸為革命的、正義的，如果不達到本派別要求的、或者不認同本派別的、甚至是對革命正義派別不表態的，都被視為異類，被冠之以反動的、非正義的、落後的，這種具有絕對二元對立的文學思維，其實就是不停關閉選擇大門、並窄化單一大門的最重要、最難以逆反的力量。這些原則，是本文認定自由主義詩歌及文學具體物事的重要依據。

由敘事類作品及主情主理類作品的分析，可基本得知，自由主義文學理想、文學趣味的實際狀態。在此，引用常風的話以結束本章：「在文學史上與思想史或文化史上一樣，我們在那一串連續的活動中不只是要求得其『同』，而是要求得其『異』。我們要每個時代與每個時代的人都有一副他自己獨特的面貌。」[121]

121 常風：〈新文學與古文學〉，見《文學雜誌》第二卷第三期，頁二十七，民國三十六年八月初版。

chapter 5

自由主義文學的藝術良心

一、內心的法官

如果說自由主義文學作品各自獨特的藝術趣味、藝術品味體現了作家及理論家對藝術獨立性的堅持與實踐，那麼，在這一寫作過程中，他們內心複雜的罪惡感，他們內心對世俗善的渴望，他們在切膚之痛面前表現出來的失控反應、不知節制的痛苦，則傳達出自由主義文學的藝術良心，這種藝術良心直接影響了自由主義文學人士一九四九年前後的選擇。

在這裏，選用「良心」二字而不選用「良知」的說法，是因為，此時的自由主義寫作人，未必已分出了出於義務與符合義務的行為，也未必已分出了有限的法律責任與無限的道德責任。多數的寫作人及知識人，並沒有找到一條通向靈魂維度、通向懺悔意識、通向人性深層結構、通向內心衝突的合適通道。良知是指向責任的，而良心則更近似於一種軟弱的天性，一種怨天尤人、能夠誇大自己受害程度、缺乏決斷力的情緒性反應，良心距責任的承擔仍有一定的距離，所以，受良心左右的寫作人及知識人，很容易將民族自由與個人自由的熱情混為一談，也很容易將絕對權力與個人幸福等同而談[1]，殊不知，民族自由與個人自由、絕對權力與個人幸福之間，本身就存在衝突，彼此並非對等關係。

[1] 本文論藝術良心，受到劉再復、林崗兩位先生的理論先見啟發，兩位先生論及懺悔、良知與人性深層結構的關係，具體觀點參見劉再復、林崗合著《罪與文學》，Hong Kong, Oxford University Press, 2002, p.15-59.我由懺悔與良知的相對空缺，想到了良心，在我看來，良心與骨氣更能反映中國人的心靈及脾性。

在中國，「良心」與「良知」的區別，就好比「後悔」與「懺悔」的區別，前者承擔的勇氣及力度遠遠不及後者大。在欠缺宗教觀照下的文化裏，「良心」、「後悔」比「良知」、「懺悔」更為普泛，「良心」與「後悔」難以長久地停留在內心的衝突中，這兩種情緒很容易轉化為自我辯護及自我開脫的激情。受「良心」與「後悔」左右之人，也容易對人性善、惟一真理、單一哲學前提投放過量的信任。「良心」激情成為決定一九四九年後之時局大勢及人心向背的關鍵因素。

「良心」二字，並不歸屬法律的體系內，它甚至與理性秩序並不完全相容，但它在人際關係中的作用，就如輿論一樣，有時候比法律更為有效更有權威，《孟子・告子上》曾曰：「雖存乎人者，豈無仁義之心哉？其所以放其良心者，亦猶斧斤之於木也。」仁愛體系對人的天性進行了假設限定，「良心」成為仁愛體系的產物，「良心」成為維繫現世人際、解釋生死問題、緩解人間苦楚的重要方式。良心由同情心出發，但又比同情心更為複雜。這種良心，未必完全出於無私的犧牲與承擔，更可能是從利己的角度出發，是為了自己的內心更好過些，他或她未必會去考慮自己對他人的幸福或苦難承擔什麼責任、帶來什麼影響。借用宗教用語，這種良心，更像是為自己積福積善，是保守的修身之道。此道，極為符合獨善其身與兼濟天下的進退策略。在某種程度上，「良心」正是利己心的保護神。當然，良心也可能去到另一個極端，即以利他的名義出發，最終轉化為強制他人的方式。所以，「我做一切都是為你好」等話語，在生活中會不絕於耳。也正因為此，在很長的時間內，無私奉獻等價值觀成為剝奪他人權利的合法理由。良心之此兩端，都源於文化對利己心的過度嫌惡。利己心理在中國的文化體系裏，大部分時候是被道德所譴責的，儘管這種做法只會使利己心理變本加厲、使利己與利他心理嚴重不對稱，但這不妨礙道德體系否定自利心對個人利益的合法性、有益性。「良心」有其天性及自覺的成分，也有其策略性的一面。「良心」在中國語境裏的複雜性，可見一斑。

以亞當・斯密的說法，良心是內心的那個法官，它既有天性的成分，也有出自道德關係的約束，但是，「只有在請教內心這個法官後，我們才能真正看清與己有關的事情，才能對自己的利益和他人的利益作出合宜的比較……既然我們總是深深地為任何與己有關的事情所動而不為任何與他人有關的事情所動，那麼是什麼東西促使高尚的人在一切場合和平常的人在許多場合為了他人更大的利益而犧牲自己的利益呢？這不是人性溫和的力量，不是造物主在人類心中點燃的仁慈的微弱之火，即能夠抑制最強烈的自愛慾望之火。它是一種在這種場合自我發揮作用的一種更為強大的力量，一種更為有力的動機。它是理性、道義、良心、心中的那個居民、內心的那個人、判斷我們行為的偉大的法官和仲裁人」[2]。但亞當・斯密筆下的良心，是在由謹慎、正義、仁慈、克制等高尚美德組合而成的理性體系及宗教背景下的產物，而在禮仁體系的調教下，中國良心缺乏尊重個體生命的習慣，仁的意義大於個體生命的意義，「仁」很難「進化」成「人」，天下、家國比「己」要大，在仁義道德禮儀面前，要儘量「克己」，「私」要服從「公」，「利」要服從「義」，自然慾望要服從被文化改造過的合乎禮制的慾望。《論語・顏淵》有載：

顏淵問仁。子曰：「克己復禮為仁。一日克己復禮，天下歸仁焉。為仁由己，而由人乎哉？」顏淵曰：「請問其目。」子曰：「非禮勿視，非禮勿聽，非禮勿言，非禮勿動。」[3]

---

2 〔英〕亞當・斯密：《道德情操論》，頁一六三—一六五。

3 《論語今讀》，李澤厚著，合肥：安徽文藝出版社，一九九八年，頁二七四。李澤厚認為這「說明孔子將實踐外在禮制化作內心欲求，融理欲於一體而成為情（人性，即仁）的具體過程。『仁』不是自由人欲，也不是克制或消滅這『人欲』的『天理』，而是約束自己（克己），使一切視聽言動都符合禮制（復禮），從而產生人性情感（仁）」，見頁二七五。

儒家發揚光大的仁義禮制，非常厲害。它能夠成就古典意義上的「人」，即「仁」之人。但正是這個「仁」之人，最難長成現代意義上的個體之人——回到本書的要旨，也即擁有最低限度自由的人。中國式的良心，儒學體系下的情感，首先被限制於世俗世界裏的血緣關係、宗法關係、君臣關係、性別秩序內部。進而，這些具體的小集體倫理關係，被推之於更為抽象但也更具權威的大集體，諸如天下、國族、人民等。個人內心的法官所順從的道德法則，是集體概念下的道德法則與權力規則。良心被集體道德指令要求，要對與自己完全無關的人事的關心與同情更勝對自己切身相關的人事的關心與同情，只有這樣，才可能得到道德法則的不懲罰或獎勵回報。人性情感的轉換過程，充滿了隱性的強制性，最終體現於人心秩序中的「人性情感」，是禮制化了的人情，外在的禮制變成發自內心的情感。

因禮制的層層深入，情感要求，最終與美德要求合而為一。美德在血緣親疏或等級尊卑等關係裏形成，而不是在社會分工充分發展的情況下自然發生的。古中國屬於農耕社會，在產品上的自給自足的程度比較高，在人際關係上追求穩定平和，樂觀如錢穆，他將民族類型分農耕、商業、遊牧三種，他認為，「『安、足、靜、定』者之大敵，即為『富、強、動、進』。古代農耕民族之大敵，常為遊牧民族。近代農耕民族之大敵，則為商業民族」[4]。欲求人際關係之穩定，只需如儒家要求的那樣，讓禮儀細化到日常生活的每一個環節、每一個場面。禮儀在培養美德的同時，也監控著人的一舉一動。「安、足、靜、定」不僅僅是農耕生活的結果，更是禮制的結果。

中式美德的形成，與有商業習慣的一些西方國家相比，有所不同。西式美德，很多是在交易過程中完成的，是在直接利益的驅動下完成的，而古中式美德，至少在表面上，會表現出對商業財富的厭惡。「放於

[4] 錢穆：《中國文化史導論》（〈弁言〉），北京：商務印書館一九九四年修訂版，頁四。

利而行，多怨」（《論語‧里仁》），對商業財富的追求，有可能會傷害禮制下穩定的情感秩序。中國自商鞅變法以來，便從制度上開始重農抑商。觀念上的重農抑商，更早。無論主觀願意對財富的態度如何，但在實際上，財富的擴張是被壓抑的。亞當‧斯密論及社會分工大規模擴張的過程，提到商人與鄉紳的區別，他認為，商人會賺錢，鄉紳會花錢，「商人由經商而養成的愛秩序、節省、謹慎等各種習慣，也使他更適合於進行土地上的任何改良，不愁不成功，不愁不獲利」[5]。重農抑商，也許是專制政體的統治遠見。經商可以逃過權力的圍剿，農耕卻缺乏這種能力。假如沒有「經商」的強力衝擊，專制政體就可以千秋萬代。

縱觀中國歷史，我們可以看到，禮制情感與人生美德的發展過程。這一過程，與經商過程顯然關係不大。狹小的部落、家族宗法關係不斷被複製，一個家的兄弟姐妹被複製為天下的兄弟姐妹，一個家的父慈子孝被複製成天下的父慈子孝，這種複製行為到了烏托邦的社會體制裏——比如說太平天國教義統治下的世界等，就促成了「四海之內皆兄弟」、「爹親娘親不如組織親」的虛擬倫理。這種對家庭情感的複製行為，被歷史證明，對唯我獨尊的統治非常有效。禮制無論怎麼強調仁義禮智信等美德，它的內在結構必然是金字塔式的。它免不了要樹立一個最高的權威，如君王、領袖或主義等。在這樣的秩序中，權威即是法。人們對道義的信任、對骨氣的依戀將超過對法律及行政能力的信任。

良知體系的指向是自我的責任承擔，是自我懺悔、自我審判、自我反省，這一過程的承擔實體是自我。良知不追究外部的責任，良知不指責除了自我之外的具體人事，良知對自我之外的人事沒有具體的要求，在「原罪」意識下，良知承擔自我的道德責任，這種體系既承認良知的天性，也認同良知受理性或宗教的啟示。但良心體系之指向則未必是自我的責任承擔，這種體系是將自我與他人混雜在一起，尋找連帶責

[5] 〔英〕亞當‧斯密：《國民財富的性質和原因的研究》（上卷），郭大力等譯，北京：商務印書館，一九七二年，頁三七二。

任的體系。良心，或是外部強力對心靈發生的壓抑作用，或是因為違背宗法制度、集體原則、習慣心理、道德常規而導致的內心疑懼（作為一種懲罰性的後果），或是因為損害了他人的現實利益而內心愧疚，這種體系，並沒有完全排除外部因素的雜質，它既對自我提出要求，也對他人提出要求，那麼，在尋求責任承擔的時候，良心有時候會去譴責他人、譴責不得力的政府、譴責不合理的制度，並期待他人、當權者能夠良心發現改變現狀，這些內心的反應，大部分時候都是基於對此岸利益的權衡。

良心在中國文化體系裏，也是一個如何承擔道德責任的問題，但是，良心與良知不同之處在於：良知是指向自我的責任承擔，是內心自我發現的最高法則、自身行為的指引；但良心所指向的責任承擔卻是含混不清的，它很難通向自我的懺悔與救贖，當然，它也可以被稱作是內心的法官，只不過，這位內心的法官並不只審判自己，更要審判他人，這位內心的法官有時候感傷，有時候怨天尤人，有時候慶幸，有時候在反省自己之餘再譴責他人、集體、當權者、制度；良知的外部指向是愛與寬容，而良心則往往將情感引向了怨恨與憤怒，並有可能造成他人內心的恐懼，看上去，債找到了主，冤找到了頭，但最終，責任的具體承擔卻往往落了空，因為，自我的責任承擔並沒有得到有效的限定。良心所追求的是內心的安穩感，而非衝突感。良心想減輕的是內心的愧疚，良心所追究的，是具體的連帶責任以為內心的愧疚做出合理的解釋，良心要尋找的，是塵世裏具體的壞人惡事。

多數自由主義文學人士所求助的，是此岸的日常經驗，而非超驗及神靈之物。自由主義文學在盡力保衛自己的私人領域、堅持藝術的獨立趣味的時候，並沒有完全擺脫仁學體系、孟子性善論裏的良心機制，內心的法官，按民間疾苦的輕重程度來斷案。

如果說，自由主義文學人士對藝術趣味的堅持與體認，是傳統與個人才能在被西方發現或者發現西方之後的複雜結合，是藝術在千年不遇大變局下的現代反應，那麼，自由主義文學的藝術良心，則體現了道德體系、人心秩序、社會制度在新舊分裂以及交接問題上所做出的複雜反應。現代性的衝擊，資本主義精神的衝擊，不僅僅在藝術趣味層面，更在道德情操層面。

在道德情操層面，在良心層面，自由主義與社會主義所涉及的範疇有所不同，但在反應動作上，有重合之處。伯林提到過一個有趣但遠遠沒有得到研究者深入研究的話題，「沒有人懷疑自由主義與社會主義在目的與方法上激烈地相互反對，但是在它們的邊緣地帶，它們仍然有相互重合之處」[6]。那麼，我想這種重合處，也體現在良心層面上。從造物的角度來講，良心可能是造物主所賦予的天性。從唯物論的論證方法入手，良心也是人的身體構造所賦予的感覺，無論是天性還是身體結構下的感覺，當良心面對世俗悲歡離合、生老病死、公平與不公平的時候，都會有類似的感官感覺，也就是喜怒哀樂等等所謂七情六慾的感覺。不同信念、不同理想、不同人生觀的人，之所以會有感覺的重合，那是因為他們都是人的緣故，所有的情感，對親友的情感、對領袖的情感，發自同樣的感官。當我們親眼目睹相識的人、不相識的人疼痛，也會相應地聯想到自己的身體感覺，因為感官的天然作用，使得我們能夠由切身的體會去身同感受他人的感受。良知體系與良心體系的不同，就在於，如何去看待、處理他人感受背後的因果——是用多元去容納理解這些情緒、還是用二元是區分它清算它並制定出理想的根本解決模式。

二十世紀上半期的殘酷現實無疑深深地觸動了自由主義文學，那麼，具體來看，面對動盪不安的時局，寫作人及知識人內心的法官又有些什麼樣的反應呢？

---

6 〔英〕以賽亞・伯林：《自由論》，頁七十七。

二、苦難的意象與複雜的罪惡感

前文提到，良心在中國，雖然也夾有自我反省、自我發現，但是，在很多時候，良心的指向是他人而非自我，是以審判他人的行為來開脫、緩解自己內心的難過。那麼，什麼問題最為困擾自由主義文學的良心呢？

以賽亞・伯林對西方自由主義者的良心，曾做過這樣的判斷：「我覺得，困擾著西方自由主義者良心的，並不是他們相信人們所尋求的自由依其社會或經濟條件的不同而不同，而是這樣一種信念：少數擁有自由的人靠剝奪絕大多數沒有自由的人而獲得自由，或至少無視大多數人沒有自由這個事實。他們有很好的理由相信，如果個人自由是人類的一個最終目的，那麼任何人都不應將其剝奪。自由的平等性；希望別人怎樣對待自己，就應該怎樣對待別人；回報那些只有他們才使我的自由、繁榮或開明成為可能的人；最簡單與普遍意義上的公正；——這些東西是自由主義道德的基礎。」[7]少數與多數的參照，在古雅典能夠找到實在的例子，雅典公民人口兩萬人，但如果沒有一個龐大的奴隸群落承擔了體力勞動，雅典絕不可能有閒暇的日子去參與並實現古代人的自由——娛樂、集會、參與公共事務管理、決策對外戰爭等，甚至是無所事事、悠閒度日。[8]

以賽亞・伯林對這一困擾的解答是——前文引用過部分內容：

---

[7] 〔英〕以賽亞・伯林：《自由論》，頁一九二—一九三。

[8] 參見〔法〕邦雅曼・貢斯當：《古代人的自由與現代人的自由》，頁三十七—三十八。

自由並不是人的惟一目標。……為了防止太明顯的不平等或到處擴展的不幸，我準備犧牲我的一些甚至全部自由：我有可能非常情願地、自由地這樣做；但是我失去的畢竟是自由——為了公正、平等或同胞之愛而失去自由。在某些條件下，如果我不準備這樣做，我會受到良知的拷打，也應該如此。但是犧牲並不會增加被犧牲的東西，即自由，不管這種犧牲有多大的道德需要或補償。任何事物是什麼就是什麼：自由就是自由，既不是平等、公正、正義、文化，也不是人的幸福或良心的安穩。如果我、我的階級或我的民族的自由依賴於其他巨大數量的人的不幸，那麼促成這種狀況的制度就是不公正與不道德的。但是如果我剝奪或喪失我的自由以求減輕這種不平等的恥辱，同時卻並未實質性地增加別人的個人自由，那麼，結果就是自由絕對地喪失了。[9]

在理智的努力下，人們可能會明白，犧牲非但不能增加被犧牲的東西、反而可能絕對地失去自己曾擁有的。但從情感直覺上，有時候卻難以完全撇清貧窮、苦難、飢餓帶給人們內心的不安，這種不安又促使人們做出未必完全理智並合理考慮各種價值關係得失的行為。這種內心的不安，也許就是樂觀的亞當・斯密所提到的天性中的同情與憐憫，「我們常為他人的悲哀而感傷，這是顯而易見的事實，不需要用什麼實例來證明。這種情感同人性中所有其他的原始情感一樣，絕不只是品行高尚的人才具備，雖然他們在這方面的感受可能最敏銳。最大的惡棍，極其嚴重地違犯社會法律的人，也不會全然喪失同情心」[10]。

9 〔英〕以賽亞・伯林：《自由論》，頁一九三。
10 〔英〕亞當・斯密：《道德情操論》，頁五。

我們也可以用日常經驗的例子去比擬這種情感的難以抑制。當我們看到他人相愛，即便這兩個人與自己毫無關係，如果我們能夠撇清內心的妒忌、內心的冷漠等不好的德行，那麼，我們就會由衷地為他們感到高興。如果我們看到他人因為車禍等意外身體受損或者失去生命，我們的自身感覺會提醒我們身體的疼痛感，看到他人傷心地哭泣，即便當事人不懂節制、歇斯底里，人們也很難開懷笑之。同情與憐憫確實是一種天性，因為，生命的基本感覺是相通的，但不同的倫理觀、不同的道德觀又使得同情與憐憫的對象有區別。同情與憐憫這些情感，既有可能是自然發生的，也有可能是文化長期規訓下的習慣反應，它由同情自己為開端，進而同情他人，有不同立場的人，其表達同情的方法及對象皆有異，有的同情給他人帶去愛，有的同情給他人帶去傷害。

以賽亞・伯林相信教育的功能，相信教育能幫助人們認識並珍視消極自由。但是，教育是一個漫長的、在短時期內很難見效的過程，它不符合極端功利主義者看問題的模式，也不適應要解決人類所有問題的功利主義者們的人生節奏。更何況，在以「活著」為唯一人生目標、在希望活著能輪迴發生、在活著以家族傳宗接代為使命的文化體系裏，自由並不是人們的第一需求，人們能否意識到自由對生命的重要，遠不是時間能夠給以解答的。

理智與情感難以完全協調，伯林所指出的自由主義者內心的困擾，很準確。這種困擾不僅僅存在於西方自由主義者的內心，也存在於中國自由主義者的內心，就如前文所講的，人類的生命感覺基本相通。面對苦難，人的身體感官很難無動於衷，這一反應，與文化差異關係不大。

自由主義寫作人及知識人之良心的最大困擾，是兩大問題：飢餓與死亡。當人們面對飢餓與死亡時，良心不安，進而，接下來，良心體系要做的事情，就是追究責任的問題，找出具體的罪惡，以及，如何抵達內心的安定與平靜。在特定的歷史時期，在中國多數自由主義者那裏，良心變成由貧困、飢餓引發的複雜罪惡感，這種複雜的罪惡感最終轉向或怨恨或感恩的情懷，其承擔者未必是自我這個本體。

飢餓與死亡，是多數自由主義文學表現的重要主題。

且看飢餓問題為自由主義文學良心帶來的困擾。

一九三七年以來，中日戰爭使得普通人的生活日益惡化，自由主義寫作人及知識人當然也深受其害。就其出身而論，他們多數來自地主家庭，有的是豪門遺裔，受過中西教育，有過英美等國或香港等地的求學經歷，回國後或以擔任教職為生或以撰稿為生。有些年輕的自由主義者雖然在這期間尚沒有海外經驗，但他們在戰爭時期最為有名的國立大學即西南聯大受過自由主義思想的指引，他們對飢餓與苦難亦有著非常敏感的感受。留在上海「孤島」的錢鍾書、楊絳、張愛玲，雖以教書或撰稿謀生，但也一定時時感受到貧困對生活的威脅。總的來看，此時的自由主義寫作人及知識人，除學生外，大都屬於薪金階層。孫任以都的研究表明，在一九三七年至一九四五年，政府雖然予以教育和公務人員種種照顧，也曾為貧窮學生提供貸金，但「補貼僅能使接受者勉強維持生存，整年食不果腹，衣不蔽體，更不用說書籍和其他必需品了。一九四一年初聯大有一種說法，抵押冬衣買春季用書，然後在秋季抵押書本贖冬衣」[11]。可見生計之難。

這一時期，國統區貧富懸殊的情況加劇。一九四七到一九四八年國民政府的應急改革先後宣告失敗，日益嚴重的通貨膨脹逐漸波及普通人的日常生活，教授、學生、職員的生活也苦不堪言。據蘇珊娜・佩珀的研究顯示，「通貨膨脹也損害了城市薪金中間階層對政府的支持。組成中等收入階層的少數人，其主要群體是知識份子、大學教授、中學教師、作家和記者，以及政府雇員，儘管以通貨膨脹來解釋他們對國民黨及其

[11] 孫任以都：〈學術界的成長，一九一二—一九四九〉，見《劍橋中華民國史（一九一二—一九四九）（下卷）》，〔美〕費正清等編，北京：中國社會科學出版社，一九九八年，頁四七三。

所領導的政府的日益不滿是過於簡單，但飛漲的物價和貶值的貨幣的確成了這些人的主要負擔。他們的貧困在抗日戰爭期間就開始了，那時的通貨膨脹使他們的實際收入僅及一九三七年以前的工資的百分之六－百分之十二。到了一九四六年，根據在昆明所作的一項估計，大學教授的實際收入減少了百分之九十八。……教師與公務員的實際收入不夠維持衣、食、住方面的基本生活所需，四〇年代後期人們常常說這是事實」。[12]日常薪金無法得到保障，稿酬也因為通貨膨脹對報刊雜誌的影響而日漸看拙。

抗戰期間，因為有愛國情懷的支撐，人們可以忍受飢餓而無怨言，人們可以理解當局所面對的困難。但是到了戰後，人們會去追究當局在不公平現狀中、在混亂格局中所應該負起的責任，以及政府所犯下的錯誤。當然，從一開始他們也並沒有打算饒恕，因為，生命的存活，是生命的首要權利與最高原則（法律意義下對生命的懲罰又另當別論）。由最基本的人道主義出發，飢餓對生命肌體的盤剝殘害也是不容饒恕的，無論這種盤剝是因為何種客觀或主觀的理由而致，飢餓所造成的實際後果，都是人間的悲劇。

自由主義寫作人及知識人良心的不安，首先是出於他們自己的切膚之痛。當他們身處痛中、餓中、難以生存的境況中，他們也自然地會想到他人的痛、餓、難過。良心的指向由自己引向了他人，並在他人身上找到了宣洩與仇恨的理由，此時的良心不安，與內心的衝突無關，但與尋找責任承擔者的行為、與直接被剝奪生命享受的感覺有關。

他們描述了飢餓與貧窮的殘酷現狀，表達了作者對切膚之痛的厭憎，也反映了普通人在飢餓面前的局促、難堪與絕望。曾幾何時，骨氣等詞語掩蓋了飢餓與貧窮的真相。

---

12 蘇珊娜・佩珀：〈一九四五－一九四九年的國共衝突〉，見《劍橋中華民國史（一九一二－一九四九）（下卷）》，〔美〕費正清等編，北京：中國社會科學出版社，一九九八年，頁八四九－八五〇。

自由主義報刊，都沒有迴避飢餓與貧窮問題。他們雖然很少明確地指出飢餓與貧窮也是罪惡之果，但也多多少少表達了希望國家能夠擺脫飢餓與貧窮，希望個人能夠擺脫飢餓與貧窮的厄運。事實上，自由主義報刊都面臨資金上的問題，這一點，本文已在第三章詳細交代過。這一時期，因飢餓而激發的良心發現，不僅僅是對自我處境的關注，也是對他人處境的關注。

由蕭乾撰寫的〈中國文藝往哪裡走？〉一文（上海《大公報》社評，一九四七年五月五日），對作家的貧困做了這樣的一番描述：「然而物質上，今日作家的安全遠不如紐約倫敦街上的乞丐。為了交通淤塞，為了政府對刊物登記的嚴苛留難，今日全國四萬萬多人口，有的嚴肅文學刊物不及半打，而銷路沒有超過五千冊的。以鐘點計，作家的報酬遠寡於三輪車夫。公務員有配給，一般職工也還有指數差額作為生活線上掙扎的扶掖，作家除了偶爾收到福利基金會一件棉襖或幾聽牛奶，可說是當前經濟恐慌中的頭號犧牲品。我們責備文壇沒有偉作，但什麼國家什麼時代又經驗過今日中國作家的厄運嗎？」朱光潛在《文學雜誌》的復刊卷頭語（民國三十六年六月一日初版）開篇即提到「不順利底環境」，「這些年來，由於國家民族當了空前底大難，引起整個局面的騷動，出版業蕭條，從事文學底人們生活不安定，因之作品的生產隨在都受障礙」。朱光潛的另一篇文章，〈蘇格臘底在中國（對話）——談中國民族性和中國文化的弱點〉，開篇所設計的討論話題，就是與生計有關的，蘇格臘底來到北平之後，「有一天傍晚，他逛到隆福寺看廟會，正和一位賣雞毛掃帚底談這年頭底物價和生計」[13]，在該文中，朱光潛借林老先生的口，對當時經濟做了個大致描述，「就經濟說，戰後民生本已凋敝，又加上內戰連緜，生產停頓，消耗增加，重要底供應品都仰給於外

[13] 朱光潛：〈蘇格臘底在中國（對話）〉，見《文學雜誌》第二卷第六期，頁一，民國三十六年十一月初版。

國，入超愈大，外債愈多，通貨愈澎漲，豪門和富賈又用盡壟斷底伎倆，使一般老百姓的血都被榨乾了」[14]。然後由生計再談到國家的前途、思想的自由。

在《觀察》雜誌的創刊號上，儲安平發出過這樣的感慨：「抗戰雖然勝利，大局愈見混亂。政治激蕩，經濟凋敝，整個社會，已步近崩潰的邊緣；全國人民，無不陷入苦悶憂懼之境。在這種局面下，工商百業，俱感窒息，而文化出版事業所遇的困難，尤其一言難盡。言路狹窄，放言論事，處處顧忌；交通阻塞，發行推銷，備受限制；物價膨脹，印刷成本，難於負擔；而由於多年並多種原因所造成的瀰漫於全國的那種麻痺、消沉、不求長進的風氣，常常使一個有尊嚴有內容的刊物，有時竟不能獲得廣多的讀者。」[15]

第一期、第二期《中國新詩》的末尾，有一個「編輯室」的欄目，由編輯談採編感受。在第一期的「編輯室」裏，署名為「容」的編輯寫道，「由於物質條件的困難，這一集所費的成本竟達一億元，而我們經濟上籌措不易，對各位作者除了贈送本刊外，一時還不能做到合理致酬，謹在此致深深感謝！」[16]

採編者對於貧困所帶來的切膚之痛，自不必多言。自由主義文學報刊發行、編輯、復刊、創刊之種種艱難不易（在經濟上不依附於政府、政黨，籌資方面艱難），本文已在第三章特舉自由主義主要四種報刊詳細說明，在此，不再贅述。值得補充的是，即便辦刊艱難不易，但經濟困頓，並沒有完全催毀自由主義文學的理想，飢餓、極度貧困，足以給自由主義文學造成重大傷害，但這種傷害並不是致命的，致命的原因只在於，內心的法官在面對飢餓、極度貧因時缺乏理智判斷，願意讓自我走向烏托邦之想，放棄自由的理想、走向順從的境地，意志被摧殘，意志不得不轉移等等。

---

14 朱光潛：〈蘇格臘底在中國（對話）〉，見《文學雜誌》第二卷第六期，頁二。
15 儲安平：〈我們的志趣和態度〉（署名編者），見《觀察》第一卷第一期，民國三十五年九月一日。
16 容：〈編輯室〉，見《中國新詩》第一期頁四十八，一九四八年六月出版。

從報刊的角度來看，因為經濟困頓等原因，文學作品進入讀者閱讀視野的渠道不算非常順暢。《觀察》、《文學雜誌》、《大公報》的銷售還算理想，但到四〇年代後期，受內戰影響，交通困難，同時受通貨膨脹影響，紙張漲價，雜誌的價格也飛漲，報刊的經營銷售都受很大的制約，自由主義文學，進入讀者視野的難度加大。當然，這個時候的電影業是一個例外，「在戰爭年代，電影從業人員加入了大量的劇團為國家效力。隨著戰爭的結束，戲劇完成了宣傳鼓動的使命；大多數業餘劇團都解散了。美國影片（日本佔領期間禁映）的湧入，更加促進了電影業的發展。戰後的幾年是中國現代電影的黃金時期。這一新體裁在藝術上成功的原因是不難發現的。電影業雇用了文藝界第一流的人才張愛玲、陽翰笙、田漢、歐陽予倩和曹禺，他們寫作原本的影片腳本；另一些戲劇家（如柯靈）是把文學作品改編為電影的專家」[17]。這「黃金時期」是區域性的，中國電影業的繁榮主要限於像上海這樣的大都市，電影業在藝術上的成就與當時普遍的經濟狼狽並不對等。電影業的局部繁榮有其前因後果，但是，對於整個文藝大局勢來講，它仍然是相對孤立的現象。

由極度貧困所造成的飢餓，是此時自由主義文學作品的重要體驗與意象。

有時候，作家直接書寫自我的飢餓經驗，但更多的時候，作家是通過自我的經驗而延及他人的經驗，這樣的延伸，也符合上文所講到的，人之所以為人，其基本的生命感覺是相通的，同情心首先由自我出發，再延及他人，這是天性在具體環境中的具體反應。在多數自由主義文學作家那裏，對飢餓的描述夾雜著罪惡感與憤怒感，當然，有些作家，更能超越狹隘的政治性，以表達更深刻的同情心、悲劇性，這說明，內心的法官確實在起作用。

---

[17] 李歐梵：〈文學趨勢：通向革命之路，一九二七—一九四九年〉，見《劍橋中華民國史（一九一二—一九四九）（下卷）》，〔美〕費正清等編，北京：中國社會科學出版社，一九九八年，頁五五八—五五九。

對飢餓現狀，自由主義文學寫作人及知識人都有同感，但直接對自我飢餓經驗進行描述的自由主義寫作人，不算多，沈從文算是一個。沈從文對飢餓的切身體驗，讓人有身臨其境之感。沈從文在一些隨筆裏曾經描述過不同時期自己「餓」的經歷。沈從文在〈從現實學習〉（一）中描述自己初到北平時的情景：「怎麼向新的現實學習？先是在一個小公寓濕黴黴的房間。零下十二度的寒氣中，學習不用火爐過冬的耐寒力。再其次是三天兩天不吃東西，學習空空洞洞腹中的耐飢力。再其次是從飢寒交迫無望無助狀況中，學習進圖書館自行摸索的閱讀力。」[18]是信仰磨煉了作者的胃，幫助作者度過困難時期。沈從文在〈從現實學習〉（二）中對「鄉下人的第四段旅程」作了描述，「尤其是戰事結束前二年，一種新式縱橫之術，正為某二三子所採用，在我物質精神生活同感困難時期，對我所加的誹謗襲擊。另一方面，我的作品一部分，又受個愚而無知的檢查制度所摧毀」[19]。沈從文戰後回到北平之後，曾寫下〈北平的印象和感想〉，雖然未明確提到自己的餓，但讀者能感受到整個北平過百萬人的「饑寒交迫」[20]。於一九四九年以前的沈從文，文學就是克服飢餓的信仰，飢餓對他內心的觸動，要靠文學來化解。

儘管極度貧困下的飢餓是由自身體驗開始，但包括沈從文在內的自由主義作家、理論家，他們在描述飢餓對生命的損害時，在描寫極度貧困的場景，其良心的不安、複雜的罪惡感收藏於作品的情景人物的背後，所幸的是，複雜的罪惡感雖引發了作家內心的複雜反應，但這種反應並沒有囿於狹隘的政治性，他們的基本看法，仍然是人性的看法，而非「人民」的看法。

18 沈從文：〈從現實學習〉（一），天津《大公報‧星期文藝》第四期，民國三十五年十一月三日。
19 沈從文：〈從現實學習〉（二），天津《大公報‧星期文藝》第五期，民國三十五年十一月十日。
20 沈從文：〈北平的印象和感想〉，見《沈從文文集》（第十卷），花城出版社、三聯香港分店，一九八四年。

貧困的生活環境，使人無暇去應付政策的三令五申，微薄的財產就像生命一樣寶貴，能召喚內心最誠摯的情感。沈從文的〈巧秀和冬生〉裏有這樣一個片段，冬生十四歲生庚日那天，楊大娘（冬生媽）去新場辦貨，「楊大娘早就彎指頭把日子記在心上，恰值鴉拉營逢場，猶自嘀咕了好幾個日子，方下決心，把那預備上孵的二十四個大白雞蛋從籮筐中一一取出，謹慎小心放入墊有糠殼的提籃裏，捉好雞，套上草鞋，到場上和城裏人打交道」，接下來，是還價再還價，當人還得低了，楊大娘就覺得，「且像那個還價數目不僅侮辱本人，還侮辱了身邊那隻體面肥母雞，怪不過意」，到最後，「錢貨兩清後，楊大娘轉入各雜貨棚邊去，從各種叫嚷，賭咒，爭持，交易方式中，換回了提籃所有。末了且像自嘲自詛，還買了四塊豆腐，心中混合了一點兒平時沒有的悵惘，疲勞，喜悅，和朦朧期待，從場上趕回村子裏去」。[21]這裏沒有直接寫飢餓，但若非被貧困折磨，楊大娘不會對母雞與雞蛋抱有如此不捨的情感，當然，人與物之間也有可能日久生情，但是，如果不是因為貧困，楊大娘也不會在艱難討價還價之後又喜悅又悵惘，因為接下來，楊大娘又要考慮冬生結婚是否要四頭豬的問題了。冬生算是政府的，每月有少量的薪金，生活不至於是村裏面最貧困的，但日子仍然緊巴巴。沈從文並非有意要從中找到罪惡的承擔者，我們反而能從生活的窘迫中，觸摸到生活的溫情、親情，這也是我為什麼說，良心並不只是指向自我行為、自我約束，良心也尋求連帶責任，但自由主義文學的藝術良心，也並未走向狹隘的政治性。

《圍城》的尾聲，有一個飢餓的場景。這一場景其意不在飢餓，而在惡劣人際關係的不可收拾，在一齣無人刻意操作的悲劇，但飢餓實實在在襯托了人心的絕望、人性尊嚴的極度難堪、性格的悲劇性。小說以

21 沈從文：〈巧秀和冬生〉，見《文學雜誌》第二卷第一期，民國三十六年六月一日初版。

餓、痛、憤怒、怨毒、絕望、麻木、空虛等情緒感覺來收尾，意味深長。錢鍾書的《圍城》，絕不止於男女關係、婚姻關係的「圍城」：

（方鴻漸辭了報館工作後，準備回家消釋孫柔嘉的怒氣，哪想到還沒進門就聽到陸太太正說），「鴻漸這個人，本領沒有，脾氣倒很大，我也知道，不用李媽講。柔嘉，男人像小孩子一樣，不能Spoil的，你太依順他」……（方鴻漸又氣又羞，心裏想著要跟陸太太辯駁，腳步卻向外邁，溜出去）火冒得忘了寒風砭肌，不知道這討厭女人什麼時候滾蛋，索性不回去吃晚飯了，反正失業準備討飯，這幾個小錢不用省它。

他走得肚子餓了，挑一家便宜的俄國館子，正要進去，伸手到口袋一摸，錢袋不知去嚮（向），急得在冷風裏微微出汗，微得不算是汗，只譬如情感的蒸氣。今日真是晦氣日子！只好回家，坐電車的錢也沒有，一股怨毒全結在柔嘉身上。假如陸太太不來，自己絕不上街吃冷風，不上街就不會丟錢袋，而陸太太是柔嘉的姑母，是柔嘉請上門的——柔嘉沒請也要冤枉她。並且自己的錢一向前後左右口袋裏零碎擱著，掱（扒）手至多摸空一個口袋，有了錢袋一股腦兒放進去，倒給掱（扒）手便利，這全是柔嘉出的好主意。

鴻漸準備趕回家吃飯的，知道飯吃過了，失望中生出一種滿意，彷彿這事為自己的怒氣築了牢固的基礎，今天的吵架吵得響……

鴻漸氣上加氣，胃裏刺痛，身邊零用一個子兒沒有了，要明天上銀行去拿，這時候又不肯向柔嘉要，說：「反正餓死了你快樂。你的好姑母會替你找好丈夫。」

……（方鴻漸跟孫柔嘉你來我往，發生身體碰撞之後，方鴻漸憤而離家）同時感到周身疲乏，肚子飢餓。鴻漸本能地伸手進口袋，想等個叫賣的小販，買個麵包，恍然記起身上沒有錢，肚子餓的人會發火，不過這火像紙頭燒起來的，不會耐久。……柔嘉走了，可是這房裏還留下她的怒容、她的哭聲、她的說話，在空氣裏沒有消失。他望見桌上一張片子，走近一看，是陸太太的。忽然怒起，撕為粉碎，狠聲道：「好，你倒自由得很，撇下我就走！滾你媽的蛋，替我滾，你們全替我滾！」這簡短一怒把餘勁都使盡了，軟弱得要傻哭個不歇。和衣倒在床上，覺得房屋旋轉，想不得了，萬萬生不得病（不能生病），明天要去找那位經理，說妥了再籌旅費，舊曆年可以在重慶過。心裏又生希望，像濕柴雖點不著火，開始冒煙，似乎一切會有辦法。不知不覺中黑地昏天合攏，裏緊，像滅了燈的夜，他睡著了。最初睡得脆薄，飢餓像鑷子要鑷破他的昏迷，他潛意識擋住它。漸漸這鑷子鬆了、鈍了，他的睡也堅實得不受鑷，沒有夢，沒有感覺，人生最原始的睡，同時也是死的樣品。[22]

這是頗為奇特的敘事手法，作者以餓的刻骨感受，揭示出戰亂年代，普通人充滿驚悚、無法安定的顛沛生活、絕望人生。但這種圍城效應，又不全然是戰亂所致，作者對圍城的追問，除了戰亂所造成的貧困與狼狽之外，還有對男女德性的拷問，那內心的法官告訴方鴻漸們，心理的時間能夠重回過去，但物理上的時間，再也回不去了。這「回不去了」的責任，不該由具體的戰亂來承擔，而是由人性自身的缺陷來承擔，生活的過失，人生的罪孽，最終應該由自我來承擔，儘管這種過失既無法防止也無法補救，但這就是人生的安排。錢鍾書並沒有為《圍城》裏的任何一個人、任何一種不好的德行開脫，也無意為去譴責戰爭的具體罪

[22] 錢鍾書：《圍城》，北京：人民文學出版社，一九八〇年，頁三五二—三五九，另見《圍城》，上海晨光出版公司，一九四七年，頁四七〇—四七九。括弧內的說明文字，為本文作者所加。

惡，他筆下的每一個人，在內心其實都已經為自己的行為做了辯護。這種辯護不是上帝的啟示，它來自俗世道德準則的啟示，在道德準則的啟示下，小說家展示人間那含混不清的善惡是非。

張愛玲對困頓的感受也至深，當然，她對人生困頓的理解，遠遠不止貧困與飢餓。她的每一部作品，都對捉襟見肘式的人生窘迫有深刻的表現。人生的窘迫，有時候停留在有財富的生活裏，有時候，見於貧困的飢餓生活裏。在中篇小說〈多少恨〉（一九四七）裏，最能感受飢餓、貧窮困頓的人，是虞家茵——在朋友秀娟眼裏，虞家茵「與她（秀娟）環境懸殊而做著朋友，自然是知道她向不借錢的」；在傭人姚媽眼中，「太太，您別這麼實心眼兒，這老頭子相信不得！還不他們父女倆串通了來騙您的錢的！」夏太太歎道：「嗐！我這兩天都氣糊塗了。——可不是嗎？」；在夏宗豫眼裏，「她（家茵）從床底下拖出一隻小皮箱，開抽屜取出些換洗衣服裝在裏面。然後又想起來說：『我給您倒杯茶』倒了點茶鹵子在杯子裏，把熱水瓶一拿起來，聽裏面蔌蔌有聲，她很不好意思的說道：『哦，我倒忘了——這熱水瓶破了！我到樓底下去對點熱水罷』。」；還有，家茵租住的房子裏，只有一隻碗，夏宗豫自帶一隻碗，說要在家茵處吃飯……[23]物質的匱乏加重了生活的窘迫感，虞家茵對生活的希冀一點點地被掐熄，當然，在這裏，貧困只是因子之一，有錢無錢，情感總會不經意地發生，只不過，貧困面前，人會顯得格外卑微，不倫之戀就更加無立足之地，尤其是，當虞老太爺利用舊的道德準則不斷訛詐女兒幸福的時候，生活便被抽去了顏面。貧窮會讓人感到驚恐、不安，甚至是羞辱，尤其是在貧富對照的境況下。

生計問題，頻頻出現在自由主義作家的作品中——除了沈從文、張愛玲，還有廢名與蕭乾，都以不同的方式描寫過飢餓與貧困，這顯然不是偶然現象。這起碼可以說明，在他們眼中，飢餓、極度貧困絕不是什

[23] 張愛玲：〈多少恨〉，見張愛玲著《鬱金香》。

麼社會美德，也不是考驗骨氣的工具，反而是損害具體生活的元素。

自由主義詩人，也注重飢餓與貧困的意象，當然，一些吶喊式的詞句排列，也顯出某些詩人不太合宜的激情。在運用飢餓與貧困意象時，以穆旦最為突出，他對飢餓與貧因的表現，不限於肉體之痛，更觸及靈魂之空，人生之艱。

穆旦的〈荒村〉（一九四七年三月）隱約提到懷揣幾文錢的讀書人在城市裏的尷尬生活。〈荒村〉要表達的空虛，不只是精神的空虛，更有物質生活的不踏實感。穆旦一九四七年八月寫下〈飢餓的中國〉，詩中的「飢餓」，含義豐富，「飢餓」一詞指向每一位個體的具體苦難，吃不飽、餓死，孩子們受難，「在街頭的一隅，一個孩子勇敢的／向路人求乞，而另一個倒下了／在他的弱小的，絕望的身上，／縮短了你的，我的未來」，最基本的生存苦難時時折磨著人們內心的法官，靈與肉在飢餓問題上最終是不分彼此的。緊接著，詩人筆下的「飢餓」一詞又指向中國的命運，最後，「飢餓」指向人生的輪迴式苦難，幸福永遠難以到來，苦難時時摧殘眾生，飢餓到這裏，有了點形而上的絕望，報復只能在想像世界裏發生。[24]穆旦的另一首詩，作於一九四七年十月的〈犧牲〉，寫出屈辱犧牲的無奈，「所有的炮灰堆起來／是今日的寒冷的善良／所有的意義和榮耀堆起來／是我們今日無言的饑荒／然後更為寒冷和饑荒的是那些靈魂／陷在毀滅下面，想要跳出這跳不出的人群」，詩人不認為勝利就理所當然（〈勝利〉），詩人認為勝利的要求是不斷的要脅，但是我們必須服從，犧牲固然也必須負擔，但是，這服從中，免不了全體越來越濃重的失望情緒。[25]穆旦的《森林之歌》以死亡來觀照人間的現實苦難，如飢餓、疾病等。[26]

24 穆旦：〈飢餓的中國〉，見《文學雜誌》第二卷第八期，民國三十七年一月初版，頁二十三—三十。
25 穆旦：〈詩二首〉（勝利、犧牲），見《文學雜誌》第二卷第十期，民國三十七年三月初版，頁十八—十九。
26 穆旦：〈森林之歌〉，見《文學雜誌》第二卷第二期，民國三十六年七月一日初版，頁七十七—八十二。

還有一些詩人的詩作，也對生計問題非常敏感。俞銘傳一九四八年二月作於北大的〈最後的一代〉，以「那是貧乏而衰老的子宮」為開端，敘述最後一代的悲慘生活，整個詩充滿了幻滅感。[27] 林徽因〈病中雜詩九首〉中的〈小詩〉（二），將靈魂的負擔與飢餓的負擔合而為一，暗示自己對生命的某些厭憎之情，飢餓、病痛，既消耗了自己，也消耗了他人。還有袁可嘉的〈難民〉（一九四八），杜運燮的〈追物價的人〉（一九四五），鄭敏的〈貧窮〉（一九四七）等，都對生計問題、生命的基本生存現狀進行了描述。

看見飢餓與貧困，其實也就是看見罪惡。這種從自我切身體驗出發，在他人身上得到驗證的極為不愉快的感覺，最後會回到內心，再度引起內心那個法官的關注。當內心發生衝突，詩意裏滲透著憤怒、小說裏富含著憐憫，罪惡感便擺到作者面前。

作家除了用詩歌表達對飢餓與貧困的同情之外，還以更加隱晦的方式，去表現自己在民間疾苦面前的動容。馮至撰寫杜甫傳（馮至，一九四五年八月至一九四九年十月間受身邊朋友的影響，逐漸走向同情左派之路），《杜甫傳》的部分章節，如〈杜甫在長安〉、〈安史之亂中的杜甫〉、〈杜甫的童年〉、〈杜甫在梓州閬州〉曾先後在《文學雜誌》第二卷第一期、第二卷第十二期、第三卷第三期、第三卷第六期刊出。這些篇章，對時勢之亂、杜甫不同時段的經歷作了較為詳細的描述，對杜甫部分詩文進行了分析，其行文自是免不了傳記文學的雕飾、臆想、填充。作者在文中也借杜甫的遭遇表達自己對古今格局的看法，杜甫的貧病、屈辱、辛酸，面對家人飢餓貧病時的手足無措，面對酒肉官員時的一忍再忍，杜甫悲劇性的一生，杜甫對怨恨情緒的藝術表達，等等，足以讓身處亂世的知識人為之動容。杜甫為生計到處奔波，杜甫在自己的絕望生活中看到他人更絕望的生活，杜甫由自己的經歷，悟出他人的痛苦，良心更改了他的內心世界與詩歌履

---

[27] 俞銘傳：〈最後的一代〉，見《文學雜誌》第二卷第十二期，民國三十七年五月初版，頁七十四。

歷，也正是這樣，才使得杜甫個人的生命體會能夠在更廣泛的人群時引起共鳴。在這樣的歷史時刻，選擇這樣的一個憂憤多過愉快、一生在仕途上不甚得意、大概有點生不逢時又曾深刻體會到貧病交加痛苦的歷史人物來闡述，不得不說，這樣的立傳，確實頗有深意。

總的來講，在自由主義寫作人及知識人那裏，飢餓是值得同情與憐憫的，而且，良心與骨氣並沒有混為一談。骨氣雖與自尊相容，但也有相異之處，骨氣更類似於身心的貞潔，自尊則與權利緊緊相連，骨氣是道德要求，是禮節文化下的產物，而自尊既有道德暗示，但也有一定程度的法律保障，自尊與權利之間的契約關係更明確化，在骨氣的要求面前，如果表現出對飢餓貧病的同情，有可能被視為軟弱的事情、可鄙的事情。但是在社會主義者的信念與意志裏，飢餓雖然是困難的表現，但飢餓並不可怕，骨氣更為重要，他們或者並不認為飢餓是什麼大不了的事情，又或者認為飢餓是一定可以消滅的事情。毛澤東的這一說法，深入人心，「我們中國人是有骨氣的。……中國人死都不怕，還怕困難嗎？老子說過：『民不畏死，奈何以死懼之。』（《老子》第七十四章）……留給我們多少一點困難，封鎖、失業、災荒、通貨膨脹、物價上升之類，確實是困難，但是比起過去三年已經鬆了一口氣了。過去三年的一關也闖過了，難道不能克服現在這點困難嗎？沒有美國就不能活命嗎？」一部分知識人的「糊塗思想」，在毛澤東看來，大概是有點婦人之仁了。[28]不能說社會主義者，就不同情飢餓貧病，但如果一個人能夠在飢餓貧病中顯示出捨生取義、為公去私的骨氣來，那就更能得到道德的嘉許，這種同情心，是被功利心修飾過的同情心，它希望能在正義的名利場上顯示出力量來、顯示出政治信念來，這種同情心，能否落到每一位個人的生存性悲劇上來，很值得懷疑。

[28] 毛澤東：〈別了，司徒雷登〉，見《毛澤東選集》（第四卷），頁一四九五—一四九六。

無論是作者的自怨自艾，還是作者對他人飢餓與貧病表示同情，這都說明，飢餓、貧病，不僅傷害到作家們的身體健康，更傷害到作家們的內心，傷害到作家對現在及未來的信心，內心的法官無法不對飢餓貧病動容。也許，寫作人並不比一般人更具同情心，但因為藝術的眷顧，使得他們的內心對苦難更為敏感。飢餓、貧病的現狀，為他們的內心提出了難題：生計首先為寫作人自己提供了難題，而他人的飢餓與貧病又時刻折磨著他們的內心。前文提到過，民族主義、社會主義、達爾文進化論等各種主義混雜，干擾著自由主義文學理想。但是真正讓自由主義文學的內心，有罪惡感的，一定首先是這些具體的苦難，然後，才可能會輪到家國情懷、匹夫責任。由這種罪惡感出發的良心，未必就一定會去承擔一些抽象的責任，也未必一定會對占輿論優勢的美好價值觀示好。這種罪惡感促使自由主義寫作人及知識人對各方力量、人生去向產生疑問，儘管屬自由主義文學的良心體系並不完全與外界隔絕的，但它在追究連帶責任的時候，也完成了一定的自我導向，這套良心體系，並沒有把自我責任完全排除在外，並沒有把責任完全推向第三方，這也許，就是中國自由主義者折衷的行為自律法。

如果說飢餓貧病，引起了良心體系的不安。那麼，具體的死亡對自由主義文學人士的內心傷害比飢餓貧病更甚，因暴力或施政無能造成的死亡，因維護民族情懷的悲劇性死亡，比飢餓與貧病對自由主義者的傷害更深。具體的死亡事件表明，有些力量（看得見的暴力、看不見的暴力），它不僅直接威脅到生命的存在（消極自由在這種惡劣的威脅面前不值一提），更傷害到部分自由主義者試圖參與到國家前途的建政熱情，也影響了他們對資本主義精神、對社會公義公道的直接看法。良心在不安中反彈，在死亡威脅的挾持下，自由主義文學者的內心，難免有憤怒，甚至是恐懼。有時候，是恐懼壓制了憤怒，憤怒只好留到相當安全的時刻再發洩，而有時候，憤怒的力度超過了恐懼之心，那麼，良心體系就開始尋找對象來傾訴，甚至是控訴，當然，這種傾訴的方式，不是階級鬥爭式的，而是追問式的，在穆旦那裏，有時候甚至是問天式、求神式的。不採納實用且更容易被大眾接受的階級分析法，而是站在人的現實環境裏，去判斷人性、人心秩序的處境，那是因為，在自由主義寫作人及知識人的眼中，罪惡比階級複雜，良心可以評判人性，但無法為人性定具體的罪，禮制體系下的良心雖然沒有原罪感，但是生命的通感，使得良心會在飢餓貧困面前極度不安，而由剝奪行為所導致的死亡，更會破壞良心體系的內在均衡，並直接摧毀內心的幸福感、安全感。特別是生計，人們要的不是幸福感，而是身前身後的安全感，如前文所講，死亡，喚起內心的兩種強烈情感：恐懼與憤怒，這兩種情感，會將自我推向哪裡，很難預測，也許是更關注個人自由與尊嚴，又或者是內心瀕臨崩潰，再或者，成為最為保守的社會人士。

死於抗戰、死於飢餓貧病、死於內戰交火、因絕望而自決……各類的死亡，生命的沒有保障，都足以引發自由主義者的內心動盪。舉個例子，屈原之所以成為知識人的精神偶像，之所以被知識人反覆提起，那就是因為屈原的死（屈原在文學上的開創性貢獻，又另當別論，在這裏，主要就其仕宦命運而論），引起了知識人良心體系的不安、恐懼、憤怒、不甘，不得志、但又心懷魏闕之人，多多少少都會有懷才不遇之感，除了前文提到過的杜甫，屈原之辭采人文，也是自由主義寫作人及知識人不斷提起的話題。

對自由主義文學寫作人及知識人來講，最具殺傷力的死亡，是聞一多、朱自清之死。需要說明的是，李公樸事件雖然與聞一多事件一樣（李一九四六年七月十一日遇害），都屬於政治事件，但是，對自由主義寫作人來講，聞一多事件所造成的心理創傷，不亞於朱自清事件所帶來的心理創傷。這兩個人的非正常死亡，對自由主義文學人士內心所造成的創傷，以及這種創傷所造成的對當局的厭憎之情，難以估量。死亡對幸福的剝奪與傷害是如此地直接而影響巨大，心理上的創傷與厭憎，使得人們根本無暇去理解當局在政治上何以無能無賴，當人們對一種力量感到厭憎或恐懼，那麼，另一種完全不同的力量就有可能得到由衷的同情與完全的信賴。當然，也不排除極少數的作家游離於是非之外，不發表任何與之有關的看法，自始至終固守自己的私人領域，並保持異常清醒的藝術現實主義，不為動人的口號而左右，對政治之爭、黨派之鬥持懷疑不信任之態，對民粹主義的正義激情，也始終有所保留。

聞一多於一九四六年七月十五日遇害，朱自清於一九四八年八月十二日貧病而逝。他們是典型的被文學捲入政治戰場、又被政治影響人生看法的中國文人。他們既同情自由主義，也同情社會主義，他們的轉變與被動，與俄國「多餘人」的命運有相似之處，就如以賽亞・伯林所看到的，「在俄國，社會與政治思想家變成詩人與小說家，具有創造力的作家則成為政論家。絕對的專制體制下，對建制的任何抗議，無論緣由或目的為何，基本上都是一種政治行動。結果，文學成為他們把人生的核心社會與政治問題爭個透徹的戰場」[29]。他們在文學方面各自有不同的貢獻，又因各自職業的關係，聞、朱在社會上有一定的名望，他們的非正常死亡，足以引起群發效應。至於他們為什麼死，這後面的問題實質是什麼，朱自清的貧病是由何時開始的，人們不會太看重，因為，死這一事實，是那麼真切可怖，此罪，是罪不可恕。就二人的死，毛澤東有一個評說，「我們中國人是有骨氣的。許多曾經是自由主義者或民主個人主義者的人們，在美國帝國主義及其走狗國民黨反動派面前站起來了。聞一多拍案而起，橫眉怒對國民黨的手槍，寧可倒下去，不願屈服。朱自清一身重病，寧可餓死，不領美國的『救濟糧』。唐朝的韓愈寫過〈伯夷頌〉，頌的是一個對自己國家的人民不負責任、開小差逃跑、又反對武王領導的當時的人民解放戰爭、頗有些『民主個人主義』思想的伯夷，那是頌錯了。我們應當寫聞一多頌，寫朱自清頌，他們表現了我們民族的英雄氣概」[30]。在這裏，對敵人的譴責顯然合乎正義及骨氣標準。正義與骨氣的標準，無疑就是民族主義，順從的，會得到輿論的獎勵，不順從

29 〔英〕以賽亞・伯林：《俄國思想家》（第二版），頁三一一。
30 毛澤東：〈別了，司徒雷登〉，見《毛澤東選集》（第四卷），頁一四九五—一四九六。

的，會受輿論的懲罰。日漸強勢的主義、單一的評判標準再次向自由主義文學勸導、施壓。自由主義者內心的法官，反覆遇到多重難題。

聞一多、朱自清先後離世，追念活動不斷，其中不乏民眾的政治激情，政治力量之間的制衡、博弈，追念活動並不限於哪個派別，但追念的重點有別。自由主義文學報刊對聞、朱的離世，有迅速的反應，但在這種追念活動中，自由主義文學人士並沒有像左翼人士（如馮雪峰等）那樣，表露出異常濃烈的政治激情、政治憤慨、政治正義感。自由主義文學人士，把追念的重點，放在聞一多、朱自清的文學貢獻方面，他們所流露的情感，固然有對暴行的憤慨，但更多的，是對生命消失的本然同情，對文學創作被中斷的惋惜，在情緒方面，未必已經失控泛濫，這在民族主義、社會主義看來，大概是立場不夠堅定，對敵人的面目認識不清，覺悟也不夠高，仇恨之情仍未徹底。自由主義文學報刊的相對溫和的反應，符合自由主義不願意以激烈的方式去應對社會變局的一貫取向，當然，也不排除自由主義報刊有來自新聞管制的壓力、意識形態方面的壓力，但更重要的是，儘管中國的自由主義寫作人及知識人也會去追究他人的連帶責任，自我的罪惡有時候也會借他人的罪惡來開脫，但無論如何，內心的法官總會為自我的責任預留一個位置，否則，他們的罪惡感不會如此地複雜，他們在飢餓、貧病、死亡面前不至於如此地良心動盪。

對聞一多之死，他們有出乎人意料的冷靜，這符合他們在政治上一向不黨、不私、不盲、不賣、不鬥等溫和脾性。

《文學雜誌》第二卷第五期，收入由朱自清所撰寫的〈聞一多先生怎樣走著中國文學的道路〉（此文為聞一多全集序），朱自清對聞一多的三重身份作了分析，「聞一多先生為民主運動貢獻了他的生命，他是一個鬥士。但是他又是一個詩人和學者」，朱自清尤為看重聞一多對詩的貢獻，並惋惜聞一多無法為中國文學史繼續作出貢獻，「聞先生對於詩的貢獻真太多了！創作死水，研究唐詩以至詩經楚辭，一直追求到神話，又批評新詩，鈔選新詩，在遇難的前三個月，更動手將九歌編成現代的歌舞短劇，象徵著我們的青年農民的嚴肅工作。這樣將古代跟現代打成一片，才能成為一部『詩的史』或一首『史的詩』。其實他自己的一生也就是具體而微的一篇『詩的史』或『史的詩』，可惜的是一篇未完成的『詩的史』或『史的詩』！這是我們不能甘心的！」[31]，朱自清另寫有〈聞一多全集編後記〉[32]，文中，朱自清表達了那種不甘之情，並對聞一多為民主而犧牲表示了敬意，但朱自清更看重並惋惜的，是聞一多在詩歌創作及研究方面的成就。民國三十六年十二月初版的《文學雜誌》第二卷第七期收入聞一多遺著《九歌新編》，在看重聞一多民粹情懷之餘，也看重聞一多的藝術嘗試。

聞一多逝於一九四六年七月十五日，時局去向尚未真正明朗，朱自清逝於一九四八年八月十二日，時局去向已逐漸明朗，是大限將至還是從此新生，各人心裏都有一本帳。兩年的時間內，舊傷未癒，新傷又至，朱自清的離世，再令部分自由主義者內心受創，因為，朱自清的不幸，就好像是現代知識人命運的縮影，就生計問題來講，幾乎無人沒經歷過飢餓貧病，他們不是特權階層，但他們的境況未必一定比農民強多少（像林徽因，飢餓貧病就摧毀了她的健康，以至於英年早逝），而就理想而言，無論斷文識字、還是不能斷文識字，人們內心總會對一種生活有所嚮往、或者期盼至少能維持日常的現狀，但破壞幾乎席捲了中國的所有角落，生命的基本生存得不到保障，人生理想一再受挫，人心秩序離崩潰不遠，無論你願意不願意，你都會被牽連進這時代的動盪中。阿克頓有這樣一個說法，「我們判斷一個國家是否真正自由最可靠的檢驗是看少數人享有多少安全」[33]，如果這句話用在當時的中國，有點模棱兩可，但又有啟示之用。一方面，當大多

31 朱自清：〈聞一多先生怎樣走著中國文學的道路〉，見《文學雜誌》第二卷第五期，民國三十六年十月初版，頁六—十五。
32 朱自清：〈聞一多全集編後記〉，見《大公報・星期文藝》第四十一期，民國三十六年七月二十日。
33 〔英〕阿克頓：《自由史論》，胡傳勝等譯，南京：譯林出版社，二〇〇一年，頁五。

數人被拋進政治與革命的旋渦，少數人能夠自主的機會就會變得狹窄，換言之，少數人抗議流行教條的成數也越來越低；而另一方面，當時的社會，已經到了要看大多數人能享有多少安全的境地。

《中國新詩》第四集「生命被審判」（一九四八年九月出版），設「紀念朱自清先生」專欄，收入〈輓詩〉（方敬）、〈手〉（迪文）、〈損失和更重要的損失〉（雪峰）、〈佩弦先生的《新詩雜話》〉（陳洛）等文章，顯示出這個雜誌對觀念與行為的包容與理智——它容得下政治激情，但也不容忍政治激情完全覆蓋文學的自在性。

《文學雜誌》第三卷第五期，「朱自清先生紀念特輯」，收入浦江清、朱光潛、馮友蘭、俞平伯、川島、余冠英、李廣田、馬文珍、楊振聲、林庚、王瑤的紀念文章，並收入朱自清遺作若干，文字儀式之隆重，設版面之多，於同行業而言，實屬罕見。天津《大公報・星期文藝》第九十五期之〈悼朱自清先生〉一文，也僅占該版的十分之一不到，當然，隨之的天津《大公報・星期文藝》第九十七期，刊出了李廣田的〈朱自清先生的思想和為人〉一文。《文學雜誌》的紀念文章論及朱自清的生平、病原、詩文成就及學術貢獻，在情緒上，各位作者都難掩悲痛惋惜之情。朱光潛之〈敬悼朱佩弦先生〉，談及自己與朱自清的交往，並提到朱自清抗戰期間奔走於滇川之間的狀況，「他老早就已有胃病，昆明教授們生活特別苦，聽說他於教書以外，燒飯洗碗補衣全靠自己動手，有時竟吃冷饅頭度日，他的舊病可能因此加重，他的形容是日益消瘦憔悴」，文章最後，朱光潛由彼及己，「於今他已經離開人世了，生死我已久看作尋常事，可是自顧形單影隻，仍不免有些感傷」[34]。

[34] 朱光潛：〈敬悼朱佩弦先生〉，見《文學雜誌》第三卷第五期，民國三十七年十月初版，頁六—九。

死亡之所以具有強大的打擊能力，那是因為，生者從死者身上，看到了自己的命運，逝者的遭遇，在生者的內心產生不愉快的情緒，在我們的假想中，死者其實是沒有感覺的，生者才能感受到巨大的悲痛，生者與死者生前的交往，將成為一種催生悲痛情緒的回憶，或輕或重地影響生者往後的生活。朱光潛等人感傷、悲痛，既為朱自清，也為自己的「形單影隻」，死亡令悲痛蔓延。就如亞當・斯密分析的那樣，「我們的同情不會給死者以安慰，似乎更加重了死者的不幸。……認為死者自然具有陰沉而又無休無止的憂鬱心理，這種想法蓋起源於我們與因他們而產生的變化的聯繫之中，即我們對那種變化的自我感覺之中；起源於我們自己設身處地，以及把我們活的靈魂附在死者無生命的軀體上——如果允許我這樣說的話；由此才能設想我們在這種情況下所具有的情緒。正是這個虛幻的想像，才使我們對死亡感到如此可怕」[35]。

亞當・斯密的分析沒錯，因為對死亡的一無所知，才使我們對死亡有巨大的恐慌感。朱光潛等人的傷痛，無疑也含雜了設身處地之經驗聯想。在有基督教背景、理性背景的文化裏，普通人尚且難以克制因死亡而造成的悲痛之情，更何況，在一個極度注重今生、此岸的國家裏，死亡對在生的相關人的打擊，不會太輕，與死者相關的人，其對現實的期盼與理想，一定也會嚴重受挫。《論語・述而》有載：「子不語：怪、力、亂、神。」《論語・先進》亦載：「季路問事鬼神。子曰：『未能事人，焉能事鬼？』曰：『敢問死。』曰：『未知生，焉知死？』」。孔子看上去對鬼神之事不感興趣，也不事評價，他關心的是「克己復禮」如何實踐的問題（《論語・顏淵》）。在現世裏，如何把外在的要求轉化成發自內心的自覺行動，自覺克制個體生命的自然欲求，進而外在的禮制要求合而為一，鬼神之事，則可以完全不予置評。在極度重視現世的儒家文化傳統下，非正常的死亡讓在生者聯想到自己近似於死者的處境，生者對此難免心有戚戚焉。這

[35] 〔英〕亞當・斯密：《道德情操論》，頁十—十一。

一聯想法則並不總是必然發生，但在特殊的政治氣候下，人們難免在安全感方面感到困擾，對死亡的恐懼，亦在其中。

儒文化極度提倡現世的實踐，但它同時提倡「朝聞道，夕可死矣」（《論語‧里仁》），在道義禮制前面，隨時可以拋身而去。這一說法，看上去好像是現世並不值得過多留戀，如果道義禮制讓你犧牲，你要隨時做好捨身的準備，《論語‧衛靈公》有載：「子曰：『志士仁人，無求生以害仁，有殺身以成仁。』」。這一法則，反過來看，其實是如何更好地維持現世秩序的德育辦法。道、禮制，堪稱人生的最高規則。道與釋看重棄世、絕世，抽空現世的經驗體會，這種極為苛刻的苦行僧式的人生要求與內心指引，只能在為數不太多的人群中產生迴響。在情感體系裏，儒文化的禮制化情感占據絕對優勢，天性下的情感與禮制馴化後的情感，談不上勢均力敵。同時，儒之捨身，不是為彼岸而捨身，而是為此岸的倫理道德而捨身。它所貪戀的，仍然是此世，即對現世的看重。

在極度重視現世的文化體系裏，非正常的死亡，讓相關的在生者，內心悲戚、身有同感，死者死狀的痛苦，鬼魂可能遭遇的陰鬱寒冷、地獄裏的折磨等等（想像中），這些，都可能引起在生者的不安。但是，在道義與骨氣面前，軟弱與畏懼的心理與行為又是可恥的，不符合「克己」規則，禮制情感常常覆蓋自然情感，使得自然情感必須有所選擇才有機會得到伸展。

對一些具體文獻的考察，可得知，一些自由主義者在非正常死亡面前，無法做到冷靜。新傷牽及舊患，朱自清在文學主張方面，寬容而溫和，在政治方面，不像聞一多有鬥士心腸。朱自清的死，對自由主義文學之溫和派的打擊，似乎更甚聞一多之死。他們無暇去「克己」，而是流露出悲傷、憐己、沉痛、自責等自然情感，這樣的心態，與那種聲稱「死了一個，還有千千萬萬個」的慷慨豪邁、不怕苦不怕死的超人精神相比，有大的差別。

聞、朱之死，喚起自由主義寫作人內心的情感，多為自然情感，而非禮制情感，否則，他們的追念文章也不會大多限於聞朱之生平經歷、文學創造、學術貢獻等方面，他們並沒有把矛頭指向哪一種非常具體的力量，也並沒有從禮制情感方面去陳述民族大義、去控訴強權高壓。他們的良心體系，雖然也受過仁學體系之薰浸刺染，但是他們的良心沒有強制性沒有誘導慾，他們有對外界的看法，但是受苦的是自己的內心，他們內心的法官，只對外部因素、罪惡的連帶責任者提出勸誡，但不做任何實質性的評斷審判。

除了聞一多、朱自清之死，還有更廣泛的、更寂寂無名、更多的死亡，衝擊著自由主義寫作人的良心體系。他們的作品，至少關注了四種「亡」：陣亡、貧病而亡（或逃難而死）、因禮制而亡、因鬥械而亡、名存實亡（內心之死、人生幻滅）。

先看陣亡。

既然是陣亡，那麼這一過程就一定有「道義」對生命的要求。對參戰人員來講，他們背負道德指令、紀律要求，為勝利而戰的陣亡也必須被表彰。有過參戰經歷的穆旦，曾在〈勝利〉與〈犧牲〉中寫道，「他是一個無限的騎士／在沒有岸的海的波上，他馳過而濺起有限的生命／雖然他去了海水重又合起，／在他後面留下一片空茫　一如前面他要劃分的國土，／但人們曾由於血肉的炙熱／追隨他，他給變為海底的白骨／每一次他有新的要脅，／每一次我們都絕對服從」（〈勝利〉）；「因為有太不情願的負擔／使我們疲倦，……無論什麼美麗的遠景都不能把我們移動：這蒼白的世界正向我們索要屈辱的犧牲」（〈犧牲〉）。[36] 穆旦的〈森林之歌〉，專為「祭野人山上死難的兵士」，森林，是組詩中的重要意象，它象徵著死亡的召

[36] 穆旦：《詩二首》（〈勝利〉、〈犧牲〉），作於一九四七年十月，見《文學雜誌》第二卷第十期，民國三十七年三月初版，頁十八—十九。

喚、它為死亡提供去向、它讓塵世的血肉脫盡，陣亡的形象雖然高大，但犧牲並不能解脫人世間的血肉之苦，「過去的是你們對人間的抗爭，你們死去是為了人們的生存，然而我們的紛爭如今未停止，你們卻在森林的週期內，不再聽聞」。[37]

抗戰期間貧病交加但仍然堅持古建築考察的林徽因，曾在病中寫下對其三弟的追念，「弟弟，我沒有適合時代的語言　來哀悼你的死；／它是時代向你的要求，簡單的，你給了。／這冷酷簡單的壯烈是時代的詩／這沉默的光榮是你。……你相信，你也做了，最後一切你交出。／我既完全明白，為何我還為著你哭？／祇因為你是個孩子卻沒有什麼給自己／小時我盼著你的幸福，戰時你的安全，今天你沒有兒女牽掛需要撫恤同安慰，／而萬千國人像已忘掉，你死是為了誰！」[38]

在陣亡面前，詩人們的良心體系在發生作用，雖然他們承認大義當前個人無法掙扎，但他們也沒有為正義而胡亂吶喊，而是從陣亡這種死亡形式中，看出永久性的人類悲哀與人類罪惡。同時，他們用詩文在追問、質問那些流行的教條，戰爭，或者說，勝者為王的戰爭，究竟能不能容得下自然情感的合法性？私人的自然情感是不是為陣亡添加了不義的成分？私人情感的表露是不是對禮制情感的背逆？戰爭，是不是霸道地欺淩了個人的自然情感、個人的天性？

貧病而死（或是逃難而死），即是那更廣泛、更無名、堪稱卑微的死。詩人們對這類既可以看見又能夠預料的死亡，也頗為關注。

37 穆旦：〈森林之歌〉，見《文學雜誌》第二卷第二期，民國三十六年七月一日初版，頁七十七－八十二。
38 林徽因：《病中雜詩九首》之〈哭三弟恒（三十年空戰陣亡）〉，作於民國三十三年（李莊），見《文學雜誌》第二卷第十二期，民國三十七年五月初版，頁六十六－六十七。

袁可嘉的〈號外三章〉，「當然要咒詛：多少生命倒下如泥土，你們拿著槍桿在死人身上劃地圖；……一種自私化生為兩型無恥，我們能報効的卻只是一種死」[39]。袁可嘉的〈難民〉，「要拯救你們必先毀滅你們，這是實際政治的傳統秘密；死也好，活也好，都只是為了別的，逃難卻成了你們的世代專業」[40]。之所以咒詛，是因為多少生命並不是現世罪惡的製造者，但卻成了罪惡的承擔者。

廢名有詩〈雞鳴〉，有反諷之意：

人類的災難
止不住晨雞鳴，
村子裏非常之靜，
大家惟恐大禍來臨。
不久是逃亡，
不久是死亡，
雞鳴狗吠是理想的世界了。[41]

還有穆旦的〈他們死去了〉（一九四七）、〈隱現〉（一九四七）、〈暴力〉（一九四八）、〈城市的舞〉（一九四八），鄭敏的〈馬〉（一九四八）、〈求知〉（一九四八）等，詩中分別表達了生者面對死

39　袁可嘉：〈號外三章〉，見《文學雜誌》第二卷第二期，民國三十六年七月一日初版，頁八十四—八十六。
40　袁可嘉：《詩六首》之〈難民〉，見《文學雜誌》第三卷第二期，民國三十七年七月初版，頁三十九。
41　廢名：《詩三首》之〈雞鳴〉，見《文學雜誌》第二卷第一二期，民國三十七年五月初版，頁六十八。

亡時的愧意，以及因戰爭對生命的殘害而向救世主呼告。詩人的良心，體現在對死亡真相的披露，以及對生命善意的呼喚。

因禮制而死、因鬥械而死，則在這一時期沈從文的作品中有所體現。沈從文這一時期擬下的長篇小說計劃，只完成了〈赤魘〉、〈雪晴〉、〈巧秀和冬生〉、〈傳奇不奇〉等篇章。其中〈巧秀和冬生〉一篇，寫到了巧秀媽之死，巧秀媽年輕守寡，與一個黃羅寨的打虎匠偷相好，事敗後被族人沉湖而死，族人瓜分了她的幾分薄田，也接受了她的「禮物」，心裏有愧的始終有愧，族祖後來發狂而死，微存的同情心使得巧秀得以存活下來，巧秀媽死於由血緣關係嚴密組織起來的宗法禮制。[42]沈從文向來對鬥械之死並不陌生，在他自己的早年生活中，見到過不少的鬥械殺戮場面，有宗族之間的，也有不同地方勢力之間的（比如說土匪之間的鬥械），〈傳奇不奇〉接〈巧秀和冬生〉續作，以冬生被擄為文眼，繞宗族利益、地方勢力分割之現狀而展開，這場紛爭，以滿家莊子最後取勝。藏於山洞的田家兄弟，自相殘殺，各人的死狀甚慘，「第二天，發覺洞中流出來的泉水已全是紅色。兩個鄉丁冒險進洞去偵察，才發現剩下幾個人果然都在昨晚上一種瘋狂痙攣中火拼，相互用短兵刺得奄奄垂斃了。田家老大似乎在受了重傷後方發覺在暗黑中和他搏鬥的是他親兄弟，自己一匕首扎進心窩子死了。……封了洞穴，（大隊長）率隊回轉高梘，預備第二天再帶領這十隻慘白的手和兩個與案情有關的生口，上縣城報功，過堂」。[43]〈傳奇不奇〉中涉及的死亡，乃宗法制餘威的產物，宗法制對於維護人際秩序仍然有其威力，清理異端的過程儘管暴力而血腥，但宗法制總有辦法讓這種血腥與暴力以體面而合理的方式收場。在這一過程，沈從文呈現良心的方式是，讓人心內部最微弱的同情與善意去

42 沈從文：〈巧秀和冬生〉，見《文學雜誌》第二卷第一期，民國三十六年六月一日初版，頁一〇三－一二三。

43 沈從文：〈傳奇不奇〉（一九四七年十月北平），見《沈從文文集》（第七卷），花城出版社、三聯書店香港分店，一九八三年，頁四〇一。

拷問那些被虐待慾挑起的殘暴與野蠻行徑，巧秀媽沉湖之前，眼神裏看不到一絲的恨，還交代施刑者告訴她女兒，長大了不要有恨，吹嗩吶的人，因內心的軟弱與仁慈，而挽救了三條人命：巧秀、冬生、巧秀肚子裏的孩子。

最後，我們還可以看一看這種形式的「亡」，即前文提到的名存實亡，如果用在靈肉關係上，也許可以稱之為行屍走肉，即心死、幻滅之感。人活在世上，不僅對鬼神世界、彼岸世界毫無興趣，就連現世世界他或她也不再感興趣，內部的某些情感已經宣告死亡，作者對這種現象的體驗，更像是一種幻滅式的現代體驗。

在分析自由主義文學趣味的時候，前文已對《圍城》的幻滅感有所闡述，在這裏，只補充一個細節，那就是小說尾聲的時候，作者花很大的篇幅去描繪方鴻漸的飢餓感，但最後，錢鍾書用死的感覺去形容方鴻漸的狀態，「不知不覺中黑地昏天合攏，裹緊，像滅了燈的夜，他睡著了，最初睡得脆薄，飢餓像鑷子要鑷破他的昏迷，他潛意識擋住它。漸漸這鑷子鬆了、鈍了，他的眼也堅實得不受鑷，沒有夢，沒有感覺，人生最原始的睡，同時也是死的樣品」[44]。飢餓感、死感，是方鴻漸幻滅人生最合適的寫照，方鴻漸之絕望，或因自造孽，或因時勢造人，或因人之本性，或因人際倫理要求，或因男女性格，多種因素，使得眾人能在方鴻漸身上多多少少找到自己的影子。

張愛玲，她很少正面寫死亡，那也許是因為她參透了，人生最大的悲劇，並不是死亡，而是生與死中間這一段過程，苦難的承擔，在生，而不在死，在描寫死亡的時候，張愛玲通常只寥寥數筆，便已魂魄盡顯。〈金鎖記〉裏七巧的死，張愛玲輕描淡寫一句帶過，但這種處理手法並不覺得輕重失當。〈沉香屑：第

---

[44] 錢鍾書：《圍城》，北京：人民文學出版社，一九八〇年，頁三五九。

二爐香〉中，羅傑安白登之死，張愛玲也並沒有正面描寫他的死狀與內心自白，而是通過爐火與水汽等物象，去感應羅傑的內心崩潰，可見張愛玲何其擅長旁側敲擊。〈花凋〉裏，張愛玲有一處驚人之筆，「鄭先生是個遺少，因為不承認民國，自從民國紀元起他就沒長過歲數。雖然也知道醇酒婦人和鴉片，心還是孩子的心。他是酒精缸裏泡著的孩屍」，[45]鄭先生四肢健全、感官正常、慾望不止，但對於時間來講，鄭先生其實已經死了。

張愛玲眼中的死，遠不止肉體消失這麼簡單。張愛玲善寫心死、情感的死。〈多少恨〉（一九四七）與〈鬱金香〉（一九四七），可以看出張愛玲對心靈枯竭之驚人的感受力。〈多少恨〉裏，宗豫立在家茵的房間裏，「她已經走了，……宗豫掏出手絹子來擦眼睛，忽然聞到手帕上的香氣，於是他又看見窗臺上倚著的一隻破香水瓶，瓶中插著一枝枯萎了的花」，[46]恨解不開，愛不可能有著落，互相靠近是為了看清楚彼此之間的距離，相遇，只為了讓那三兩聲生命的響動能到應和。〈鬱金香〉很容易讓人想起成文於一九四四年一月的〈年青的時候〉，潘汝良讀書的時候老是喜歡在書頭上畫小人，畫向左的同一個側面，有一天突然發現，這沒有眼睛和嘴的側像原型就是沁西亞，但汝良並沒有把沁西亞「畫」進自己的生活裏，沁西亞嫁給了別人，到最後，「汝良從此不在書頭上畫小人了。他的書現在總是很乾淨」。[47]〈鬱金香〉裏，寶初也有過與汝良類似的情感，而等到寶初可以結婚了，那當初的情感，也留給了過去，現在娶誰、為什麼娶誰，都已經不重要了。

45 張愛玲：〈花凋〉，見張愛玲著《傳奇》，北京：人民文學出版社，一九八六年，頁三一〇。
46 張愛玲：〈多少恨〉，見張愛玲著《鬱金香》，頁二一六。
47 張愛玲：〈年青的時候〉，見《傳奇》，北京：人民文學出版社，一九八六年，頁二九二—三〇八。

當對死亡的同情由身邊相識的人推及到生活裏素不相識的人的時候，作家對死亡的同情與悲傷，也就開始回歸到普泛的人道之情，而非狹隘的血緣之情、禮制之情、道義之情、階級同道之情。當對死亡的看法，不僅僅停留於看得見的身死，而是深入到看不見的心死的時候，那麼，也就意味著，作者已經不囿於人道之習慣性同情，而是超越自然情感、禮制情感，以向更深更廣的人性、人的生存處境進發。

飢餓、貧病、死亡，是此時自由主義文學作品中，重要的意象與主題。上文通過相當篇幅的文字列選並分析這兩種意象與主題。由經驗判斷，由人之常情去分析，由生命的有限性出發，飢餓、貧病、死亡，是最能衝擊自由主義寫作人及知識人良心體系的因素，這些因素，折磨著他們日益緊縮的私人領域、內心世界。

那麼，是誰，是哪些因素造成了飢餓、貧病、死亡？內心的法官，這個時候，要開始追究連帶責任。前文提到過，中國的良心體系，是將自我與他人混雜在一起、共同追究連帶責任的體系，對於自由主義文學的良心體系來講，面對罪惡（而非原罪），自我努力承擔一部分，但自我也希望（並不是強制）他人、他方可以承擔一部分責任。自由主義者對罪惡如何產生、罪惡所產生的後果，有自己的想法，而發表想法的途徑，在他們看來，仍然要忠於藝術這一條道路。

三、連帶的責任關係

自由主義者的良心體系，為飢餓、貧病、死亡而動容，並因此去探尋造成罪惡的連帶責任關係，說到底，這也是一個尋求比法律責任更廣更寬的道德責任的過程。這說明，自由主義文學人士的內心法官，已經從心理及行為上開始擺脫血緣關係、宗法制度、政黨政治的審判原則，情感體系發生了變化，雖然人們尚未無法完全擺脫仁義禮制情感，但確實如林崗等人所論，近代人道主義早已突破血緣意識、家國意識、民族意識的有限性。近代人道主義已經悄然進入自由主義者的內心，個體生命的問題，正被擺入思想的進程以內，這一演變，要部分歸功於自由主義思想的傳播。

但，人道主義在此時的中國良心體系裏，並沒有占盡優勢，無論國共哪一方，都還是注重親情或類似於親情的情感。

蔣介石的身邊，有嫡系與非嫡系之說，人情的籠絡，金錢的撫慰，仍然是人際關係中重要的手段。為紅色政權所贊成的「大義滅親」——某些革命者為了革命與至親脫離關係，甚至做出更激烈的、違背傳統孝道的動作（這種行為與血統論，在很長的時期內包括文革期間曾並行不悖）。這種大義滅親的行為與動機都看似脫離了親情與血緣意識，但實際上，親情只是在小圈子裏被克制，救世的至善理想使得親情方式、家長制在更大的範圍內得到推廣，你可以對至親好友不同情不關心，但你一定要為千千萬萬你不相識的人的不幸表示同情，你的父母不是你的父母，政府官員才是你的父母，至於政府官員當不當你是子女，又別當別論。一旦在情感上，自己不能作主不能順應內心的要求去首先關心身邊的親朋好友，而是受宏大的公利動機所驅使，那麼，也就意味著這樣的情感正在被強制。外在的動機要求人們把「私」的情感貢獻給「公」，也就是所謂的大公無私，由私轉化為無私之後，表達情感的方式與家庭意識、血緣意識下的情感並無二致，只不過，「私」的部分被架空，「公」的要求越來越深入到人們的日常生活。自然情感被轉化為公利情感，同情被理論化，它脫離了個人這一真實載體。被异化的情感，與近代人道主義關係不大，也與自由的責任關係不大，它的「有效性」，起碼不會在今天實現。

就如哈耶克分析的那樣：「我們能夠對我們熟悉的鄰居的命運懷有真誠的關切，並且通常在他們需要的時候願意知道怎樣去幫助他們，但我們不可能對成千上萬的不幸者懷有同樣的情感，我們知道他們存在於這個世界，但我們並不清楚他們的個人環境。……如果要使我們的所作所為有效並有用，我們的目標就必須是有限的，而且必須適合於我們的思維力和同情心。在我們的社區裏、國家中或世界上，還有許多貧窮者或不幸者，若不斷喚起我們對所有這些人的『社會』責任感，其結果只能減少我們的同情心，直到那些需要我們行為的『責任』和不需要我們行動的『責任』之間已無區別為止。」[48]不能否認，少數人確實有禁慾能力、救世情懷、遠大目標，少數慈善基金、一年設幾次大規模的全國性捐款也確實能夠有效地幫助不相識的不幸者改變生活，人道主義有能力盡可能地發揮最大的功效，但從情感本身的常識來講，對大多數人來講，如果期望同情能夠產生有效性能夠被響應被鼓勵，那麼，限制同情的個體責任確實是有必要的，相反，如果不限定力所能及的個人責任，讓自然情感脫離熟悉的人際關係、脫離感官經驗而去，那麼，這個「責任」最終必會落空，所謂的同情心，確實會被損害，直至減少。

親情的位置、親情施受對象、親情施受方式的變化，也能在一定程度上說明血緣意識與人道主義的衝突。林崗與劉再復，曾撰〈中國傳統文化對人的設計〉一文，裏面有一部分談到傳統倫理學與私人本位性格，他們注意到血緣意識與近代人道主義之間發生了衝突：「血緣意識的包容性在文化衝突的近代，已讓給它的排他性。就是說，血緣根基外推時的狹隘性和有限性由於不同文化融合這樣的特定時代而更加明顯地表現出來。它對超越血緣意識的人道情感常常表現出陌生和不理解，往往把人的問題回歸到一個具體的小圈子內來審視，用血緣親情來代替或阻止普遍人格問題的提出，因而就在新的歷史條件下迴避了現代化過程中的重要問題——人的問題。……伴隨著中國近代歷史，血緣意識與近代人道主義的衝突不可避免地展開。這

48　〔英〕哈耶克：《自由憲章》，頁一二三—一二四。

衝突從一個側面表現了不同文化碰撞、融合時的那種難以迴避的痛苦」。[49]但我們說，親情有意或被迫改變策略，仍然是親情，抽象的親情、捨己的親情、面對群眾的親情，並不必然導向自我負責，也並不必然導向自我責任的實現，表面上它似乎要承擔責任，但實際上它卻把責任降到最低，因為責任無法與具體的個體一一對應，面向群眾的責任最終就變成一種難以兌現的集體責任。

二十世紀三〇、四〇年代，廣泛而難以避免的人身痛苦，工業文化帶給農耕文化的劇烈陣痛，相識的人、不相識的人，幾乎都有著近似的經歷（飢餓、貧病等），接踵而來的苦難，大大超出了單個家庭的承受能力。從生計的角度來講，近代中國無法再像古代中國那樣，一個家庭可以自給自足，許多問題，單靠家庭為單位的力量無法解決，人與人之間相對穩定的關係被打破，除了跟家族以內的人接觸，人們還必須去面對更多的沒有血緣關係的人，鄉民進入城市，城裏人到鄉下去收租。四處蔓延的、單個家庭無法解決的苦難與不幸，催生或接納了非血緣意識的近代人道主義，儘管能夠超越血緣意識的人道情感並不普泛（半個多世紀後的中國，在血緣情感上也不見得有多麼大的轉變），但在血緣情感、禮制情感、家國情感、眾多由血緣情感複製而成的情感模式之外，出現了超越血緣意識的情感可能性，這一超越，有助於靠近人的問題、個體生命的問題。

自由主義良心體系的動盪，與血緣意識與人道主義的衝突有關。血緣意識，所尋求的責任方式，是以家庭為單位的責任方式。而非血緣意識的良心體系，試圖去承擔的責任，是人的問題、個體生命的問題，它不與事實存在的血緣關係發生你死我活的衝突，但它也絕不限於血緣關係這樣的小圈子或者按血緣關係原理

[49] 劉再復、林崗：〈中國傳統文化對人的設計〉，見劉再復、林崗著《傳統與中國人》（附錄二），北京：三聯書店，一九八八年，頁四一八。

打造的大圈子。社會主義者的良心體系與自由主義者的良心體系儘管在有些邊緣地帶是重合的，它們都有血緣意識、家國意識的大背景，但是，比較起來，中國社會主義者的良心體系更偏向血緣意識，對此，上文的公私情感轉換已經闡述過（血緣親人可以決裂，但不能忘記天下人的不幸，因為天下人就是兄弟姐妹），而自由主義者的良心體系則更偏向人道意識，因為，他們的良心體系有跳出血緣意識的輪迴過程：由己推人、再由人推己，但這推的過程，又不帶強制性，而是責任的自我發現。

當家庭無法再承受苦難之重，當飢餓、貧病、死亡大範圍發生的時候，自由主義寫作人的良心體系開始在作品中表現連帶的責任關係。以一九四五年八月至一九四九年十月間的狀況，良心體系很容易把矛頭指向「美帝國主義」、「國民黨反動派」、「萬惡的統治階級」、「地主階級」，事實上，與美、蔣有利益衝突的政治勢力及其領導下的文學勢力，也正是這樣做的。大同的良心體系將「我」與「非我」的對立區分得非常清楚，只要是「非我」的人，就是敵人，只要是「我」的人，就是好人，獲罪的，一定是「非我」方，只要是「群眾」的文學，就是「我」的文學，只要是「非群眾」的文學，就是「非我」的文學，只要是敵方的，生老病死都不值得同情，只要是我方的，生老病死都要包辦，所以說，站隊本身這個動作很重要，至於是不是真誠而理智地站隊，則變得很次要。

溫和的自由主義寫作人、知識人，以及他們創作的自由主義報刊，似乎撇清了與當時對立雙方的關係。這種行為可能是有意，也可能是無意，通俗一點來講，這種行為就是不站隊，無意支持任何一方，但求力所能及地做他或她自己的份內事，就像阿克頓筆下的自由意指，「我所謂自由意指是這樣一種自信，每個人在做他認為是他自己的份內事時都將受到保護而不受權力、多數派、習俗和輿論的影響」[50]。

50 〔英〕阿克頓：《自由史論》，頁五。

個人自由未必得到了保護，但個人自由之所以有限度地實現，一取決於個人的自由意志與人生理想，二取決於當時的格局，絕對主義尚無能力一統天下，特權與腐敗又為管理體系設下了漏洞，三是英式美式自由主義多少對相關人士有所思想啟蒙，自十九世紀末嚴復等人的譯介辦報行為以來，自由主義成中國社會裏眾多主義裏一種，這一時期的個人自由、最低限底的自由、消極自由，是歷史上各種力量在碰撞中留給個人的縫隙，它並沒有被置於監控之中。

自由主義報刊，如何表明它們獨立的立場與志趣，如何以不接受財團捐資、避免官方控股的行為表明獨立自由的姿態，這在本文第三章已有交代，而具體到自由者的看法，在這裏可以略舉些例子，一則作為第三章的補充說明，二則進一步說明自由主義寫作人的人身處境、內心志趣。

袁可嘉的〈號外三章〉，有這樣的詩句：「當然要咒詛：多少生命倒下如泥土，你們拿槍桿在死人身上劃地圖；你爭地，他占線，我們豈只能裝糊塗，伴隨地名肉團子般任你們吞吞吐吐？一種自私化為生為兩型自私，我們能報効的卻只是一種死；——冬夜遠地的戰爭傳來如悶鼓，城市抱緊人畜為你們底自私自信受苦！」[51]朱光潛在〈蘇格臘底在中國（對話）〉一文中，借林老先生之口，道出對兩黨的態度：「加之國內有兩個大政黨，都不體念人民的痛苦，一味用私心，逞意氣，打過來，打過去，未建設底無從建設，已建設底盡行破壞。」[52]沈從文分別在〈一種新希望〉（一九四七）、〈從現實學習（二）〉（一九四八）等文章中，寄望於第三方力量，希望自由主義在文學領域可以健康發展有所成就[53]。一九四七年五月五日、一九四八年一

51 袁可嘉：〈號外三章〉，見《文學雜誌》第二卷第二期，民國三十六年七月一日初版，頁八十四—八十六。
52 朱光潛：〈蘇格臘底在中國（對話）〉，見《文學雜誌》第二卷第六期，民國三十六年十一月初版，頁二。
53 邵荃麟專門就沈從文於一九四七年十月二十一日發表於天津《益世報》的〈一種新希望〉一文，撰〈二丑與小丑之間：看沈從文的「新希望」〉駁其「嘴臉」，邵文於一九四八年二月二日刊於《華商報》。

月八日上海《大公報》先後發表社評文章〈中國文藝往哪裡走〉、〈自由主義者的信念——鬪妥協騎牆中間路線〉，文章流露出對文學集團主義、政治上一黨專政的憂慮。在這裏，順帶提一下，對政治最為敬而遠之的張愛玲，也偶爾會蹦出幾句調侃之語來暗示自己對政治、集體創作、鬥爭文學的看法，她有一次看到警察打人的鏡頭，當時她的反應是，「大約因為我的思想沒受過訓練之故，這時候我並不想起階級革命，一氣之下，只想去做官，或是做主席夫人，可以走上前給那警察兩個耳刮子」。[54]

這些游離的姿態，與其說是對某個具體的政黨持懷疑態度、持保留態度，倒不如說，他們對可能出現的政黨國家持保留態度。之所以持保留態度，那是因為政黨國家（而非政黨政治）的出現，有可能威脅自由主義在文學及權利領域裏的發言權利、生存空間，更何況，這一時段，民眾的切膚之痛，直接受累於政黨之爭，但同時，沒有人能夠否認並阻止在軍事戰場上的得勝方組建符合自己意願的政權，得勝方總有自己的道義性與正當性。[55]

但恰恰是他們對政黨的游離態度，使得他們在看待罪惡連帶責任關係時，能看到比政黨之爭更廣泛的內容，雖然他們偶爾也嘲笑政治、奚落政客，但他們對苦難的看法，卻最終越過了政黨的特定取向。人道情感，幫助他們越過血緣情感的狹隘性與習慣性。

54 張愛玲：〈打人〉，見《流言》，上海書店影印出版，一九八七年，頁一三八。

55 劉小楓談到過政黨國家與政黨政治的區別，「政黨政治只能在一個法理型國家的政制中出現，它不允許某一政黨依其政黨理念的道義—價值訴求而佔有政制上的獨斷地位；相反，政黨國家則是某一政黨依持其政黨理念的道義性而獨統的國家政制。中國之革命黨的出現，正因為它們承擔了為民族共同體爭取現代國家形態的歷史使命，便有道義理據要求黨國化的政制」，見劉小楓著《現代性社會理論緒論》，上海三聯書店，一九九八年，頁九十九—一百。

他們透過苦難，發現了這些責任「主體」：城市、財富、鄉民、戰爭。與之相對應的疑詢是，城市對鄉村的蕭條與人心的失落是否應該負上責任？財富是否應該對貧病負上責任？鄉民是否應該對中國社會現狀負上部分責任？戰爭是否應該對普遍的切膚之痛負上責任？這些，都是自由主義良心體系備受困擾的問題，而這些問題，又基本上是從生活體驗中的罪感出發的。

城市是首當其衝的疑詢對象，因為，鄉村看上去，似乎更弱勢一些。在作家的作品，城市多次作為鄉村的對立面形象而出現。沈從文幾乎在每一作品中，都是以鄉下人為核心的，他的主題，他的趣味，他的情感，總是把「鄉下人」放在重要的位置，他對「鄉下」有一種類似宗教徒般的虔誠之心，對城市文明對鄉村秩序（道德秩序、經營秩序、人心秩序等）的破壞與改變，沈從文每每痛心疾首，幾不能自已。人們可以說沈從文的作品囿於鄉村題材，其實這不應該成為指責的理由，因為，作家最熟悉的事物最有利於他的藝術表達。我們可以換一個角度來看他的題材執著，他對鄉村秩序真誠而虔誠的熱愛與寬容，他苦苦經營、竭盡全力去保護的那個美好而與世無爭的人心世界，對由城市文明派生出來的心靈冷漠、中國式套近乎的人情之日益枯竭、人心的隔離、人事倒向唯物論機械論等等敗象，又何嘗不是一種警覺與先知先覺呢？城市化進程，無法動搖沈從文的鄉下立場，是不是反過來也說明，在作家心目中，進化論並不具備惟一的絕對性、必然性、優先性。最起碼，唯物論不可能完全、徹底、永久地奴役所有的人心，人心不斷努力的目標之一，就是不僅僅要把自己與動物區分開來，而且也要把自己與冰涼毫無自然情感的物質區分開來。沈從文對「鄉下」的虔誠之心，其根基在於對人類美好情感的眷戀。當然，這種選擇，也可能與城市帶給他諸多的不愉快有關。對城市的厭嫌，加深了他對鄉村的愛——儘管其安身立命之本，都是城市文明帶給他的。這是沈從文精神世界裏，相當矛盾的地方所在。

還有其他作家、詩人，在苦苦地思考城市的罪與罰，在作家們的眼中，城市裏有鄉村的血與淚。袁可嘉眼中的城市，空虛、失重、喧嘩，有沙漠一般的荒涼（〈詩二首〉，一九四七），城市剝奪了難民的生存權、發展權，難民化為城市的資本，「太多的信任把你們拖到都市，向貪婪者求乞原是一種諷刺；飢餓的瘋狂擾不了本質的誠懇，慧黠者卻輕輕把誠懇變作資本」（〈難民〉，一九四七）。穆旦眼裏的城市，是受難農夫的投靠所，但城市轉眼間就使「他（農夫）的呼喊已變為機巧的學習」（〈飢餓的中國〉，一九四七），城市是我想脫逃的地方，「我想要走，但等花完我的心願」（〈我想要走〉，一九四八），似乎，城市已成為心靈的污染源。

城市在羅大岡那裏，就是罪惡的結晶，他在〈街與提琴——漫談現代詩的榮辱〉一文中，有一個奇特的比擬，他以提琴在街上的遭遇，比喻現代詩的榮與辱、寫與讀，也許是受波德賴爾的影響，羅大岡認為，無人傾聽的錯不在提琴，而在街，「街面的輝煌，是二十世紀物質文明的惡俗的花朵。而街的……和喧擾，是唯利是圖的商業自由競爭，與貪多無厭的資本主義所形成的，一切醜惡的結晶。我並不反對物質文明本身，可是駕馭和應用這文明的社會制度，卻顯然大有改善的必要」[56]。

廢名對城市的厭憎，通過對像飛機這樣的工業產品表示不屑而表現出來。於作者而言，也可能是反諷，但莫須有先生這樣的人物在生活中大抵也是不少見的。廢名連載於《文學雜誌》的長篇小說〈莫須有先生坐飛機以後〉，預設了一個城市與鄉村的對照場景（鄉村為從城裏跑出來的莫須有先生提供了生命的庇護），莫須有先生坐飛機以後，開始思考機器與人類幸福的關係問題，「飛」的不愉快，讓他得出這樣的結論，「機械總會一天一天發達下去，飛機總會一天一天普遍起來，然而咱們中國老百姓則不在乎，不在乎這個物質文明，他們沒有這需要，沒有這迫切，他們有的是歲月，有的是心事。農田水利他們是需要的，做官的卻又不給他們，給他們的是剝削，逼得他們窮、病，而天空則是物質文明，飛機來飛機去，他們也不望著

56 羅大岡：〈街與提琴——漫談現代詩的榮辱〉，見《文學雜誌》第二卷第十二期，民國三十七年五月初版，頁五十三。

天空發問，這是國家的生產呢？還是國民的血汗呢？」[57]廢名由對飛機的懷疑，引申到對進化論的懷疑。

城市只有到了錢鍾書與張愛玲手上，才沒有成為城鄉對立的象徵符號。在錢鍾書與張愛玲那裏，城市是無數人生悲歡離合的具體場景，城市本身不帶原罪性，人的悲或喜，都是自己在疊加，只不過，在這一場景裏，上帝永遠不會現身顯靈。

既然懷疑城市，那麼，他們對財富也必有追問。財富折射出來的最陰暗面，就是飢餓與貧病，儘管財富並不必然要對個體的飢餓貧病責任，但良心體系避不開這個問題。自由主義文學部分作品中所提到的財富，大致有三種動機：一為諷刺權貴的盤剝、巧取豪奪，此為對制度與不公平的懷疑；一為慾望對財富的俯首稱臣，此為對人性的疑詢；一為冷眼旁觀千金散盡不復來的破敗過程，此為在變化中把握不變的事物。

但是城市與財富之罪，並沒有在自由主義者那裏，催生出對農民或人民這些名詞完全的信任感。農民在他們心目中，不是救世主，也不是完美的人間受難者，他們不像赫爾岑與托爾斯泰那樣，把農民當作偶像一樣崇拜，他們也不像某些文人那樣，一旦在都市裡受挫、一旦在仕宦途上受挫，就把人間所有美好情感寄託於農民身上。他們同情農民的真實苦難，但也絕不會把農民捧成人間的神。莫須有先生對飛機不甚有好感，但一包白糖的小買賣就足以摧毀莫須有先生對農民的嚮往。在張愛玲的小說裏，會出現鄉下的元配，元配的身世值得同情，但她們的舉止，卻時刻威脅著在城市公館裏發生的自然情感，元配們都需要人扶著走路，但扶著扶著，兩個人都倒了，她們適時發作的那些病，既是社會之病的縮影，也是生命病痛的呻吟與詛咒。

在那個最堅決的「鄉下人」那裏，也沒有迴避鄉村宗族鬥械的殘酷、鄉民虐待慾的狂暴。在朱光潛筆下的褚教授那裏，「唉！別再談中國人民！他們一向是些可憐蟲，馴良得可憐，也愚蠢得可憐。像蟲一樣，

[57] 廢名：《莫須有先生坐飛機以後》之〈開場白〉，見《文學雜誌》第二卷第一期，民國三十六年六月一日初版，頁一三五—一三六。

他們辛辛苦苦地謀他們的簡單底生活，遇著頑童來戲弄，他們先也設法逃避，到逃避不了，便在踐踏之下抽一抽筋結果了生命，反正這都是天意，都是命定。聽天由命是他們的最後底人生哲學」[58]。對鄉民、國民性格的綜合把握，使得自由主義的良心體系與社會主義、民粹主義有了區別。

目睹種種的苦與惡，自由主義文學的良心體系裏，有較為普遍的厭戰情緒、反戰情緒，這與他們游離於具體政黨之外的姿態，頗為一致。自由主義良心體系在戰爭面前的反應，同唯物論者、馬克思主義者、社會主義者的鬥爭熱情相比，顯然有異，他們更關注戰爭下普遍的生命處境、城鄉衝突、身體委屈、生死問題，而非哪個政黨的現實利益、正義得失，戰爭所造成的罪惡才是他們厭惡的，這正是人道情感超越血緣情感、禮制情感的最為明顯的表現，在人道情感的感召下，他們無意去投靠什麼，只希望可以忠於自己的內心、自己的抱負、自己的有所作為。

但是，人道情緒容易被這樣的趨勢所打動——誰能停止戰爭，或者誰能承諾結束戰爭，誰就能夠得到人心。人道情感的弱點就在於，它對不幸的敏感甚於對幸福的敏感，儘管人道情緒能夠在幸福面前自然而流露，而在不幸面前要考慮自己的反應是否合宜，一旦，有力量向他們展示未來的幸福、美好的規劃，出於對現在苦難的深深同情，他們內心的城堡也可能在幸福的感召下走向軟弱與順從。部分自由主義者之同情左派，也源於人道情感的弱點，因為人道情感容易受不幸與幸福左右，容易向現代市民的核心精神——怨恨妥協，也容易向現代政黨國家的核心精神——感恩臣服，所以，這樣的情感能時而干擾人的理性，甚至干擾智力的發揮。個中道理，與柏拉圖放逐詩人出理想國的道理有類同處，理性之壓抑感性，是因為理性害怕感性失去克制而做出擾亂心靈秩序、靈肉秩序的、無法無天的放縱行為，在柏拉圖與蘇格拉底那裏，克制、不放

58 朱光潛：〈蘇格臘底在中國（對話）〉，見《文學雜誌》第二卷第六期，民國三十六年十一月初版，頁三。

縱是重要的美德，但人道情感卻與這種美德有不相容的地方，他們所看到的，是美德與情感的區分。

人道情感，也使得個人哀怨與大局勢容易達成協定。一九四九年前後，一部分人最終選擇留在大陸，與其說他們是新政權說服的，倒不如說是被個人哀怨與大局勢達成的協議所說服的，比如說，如果不打仗了，天下就太平了，自我也能在平靜的人際關係中去做自己的份內事了。在政治哀怨、生活哀怨、地位哀怨等複雜情感下支配的選擇，很難用盲目二字去簡單概之，這是後話了。

這一時期的自由主義寫作人，並未對社會主義表示太多的好感，但也沒有對資本主義提起多麼大的興趣，儘管對將來的政治格局可能有自己的看法，但也無力去改變什麼，在任何一派激進者的眼裏，他們都是毫無立場、軟弱、不進取的形象代言人，甚至是「反動派的幫兇」。而正是因為人道情感的弱點（並非要分出好或壞），使得自由主義文學人士與無產階級文學人士在良心體系的某些邊緣地帶，有了重合的可能。比如說在對待資本主義的問題上，自由主義文學人士對資本主義之惡的體會等，在對待財富與道德之間的關係問題上，在自由主義寫作人那裏，沒有多少人能夠看得更遠。

那一可能的重合地帶就是，人們是否將貧富懸殊、飢餓貧病的原因歸之於道德體系的崩潰？歸之於歐美道德的失敗？歸於資本主義制度的失敗？歸罪於財富的擴張？

毛澤東從不諱言對「帝國主義及其走狗」的厭惡及必勝的信念：「美國確實有科學，有技術，可惜抓在資本家手裏，不抓在人民手裏，其用處就是對內剝削和壓迫，對外侵略和殺人。美國也有『民主政治』，可惜只是資產階級一個階級的獨裁統治的別名。美國有很多錢，可惜只願意送給極端腐敗的蔣介石反動派」[59]。對罪惡的看法，向來有分歧，每一樣情感，都會對罪惡有所反應，但反應的方式必然有別，只不過，

[59] 毛澤東：〈別了，司徒雷登〉（一九四八年八月十八日），見《毛澤東選集》（第四卷），頁一四九五。

如果能夠對每一樣罪惡進行精心的辯證與論證，並完成對罪惡責任方的認定，就能為掃除罪惡的行為提供正當性、合法性、道義性。如果認定貧富懸殊、各種各樣的切膚之痛是西方制度的產物、是西方道德敗壞並污染東方道德的根源，那麼，先解救自己的國家，再解放全世界全人類，就有了道德上的正當理由，以為能夠被解救的人們，當然也會相信這樣的道德邏輯，而事實上，平等、平均、相同、統一等理念也能在某種程度上緩解不同良心體系的內部不安。

從思想史的角度來看，罪惡下、飢餓貧病下的每一樣良心反應、每一種良心對策，都是可以理解的。苦難越是深重，對罪惡反彈的力量就越強大越激進，因為這樣的良心反應，其動機，無論是強制性的善，還是非強制性的善，都是善，而非惡。問題在於，在善惡轉換中，為什麼會出現看似意外實則是意料中的悲劇，至善為什麼也可能罪惡叢生，這些，本文的第一章，在結合盧梭思想談論的部分，已有具體的理論闡述。

此時的部分自由主義寫作人及知識人，也不諱言對資本主義制度的厭惡。像前文提到過的羅大岡，就認定資本主義制度有問題，他不反對物質文明，但認為社會制度大有改善的必要，因為這種制度意味著貪得無厭、欺詐、盜騙、搶奪、爭殺，「現代生活的醜惡與罪孽，在那裏匯成一條污濁的洪流，不舍晝夜地向死亡與毀滅淌著」[60]。

一九四八年一月八日上海《大公報》的社評文章，顯示自由主義者有將罪惡與不幸歸於制度與西式道德敗壞的傾向。該文有這樣一段文字：「自由主義者對外並不擁護十九世紀以富欺貧的自由貿易，對內也不支援作為資本主義精髓的自由企業。在政治在文化上自由主義者尊重個人，因而也可說帶了頗濃的個人主義

60 羅大岡：〈街與提琴——漫談現代詩的榮辱〉，見《文學雜誌》第二卷第十二期，民國三十七年五月初版，頁五十三。

色彩，在經濟上，鑒於貧富懸殊的必然惡果，自由主義者贊成合理的統制，因而社會主義的色彩也不淡。自由主義不過是個通用的代名詞。它可以換成進步主義，可以換為民主社會主義。」由此文可以看到，此時的自由主義（包括文化上的自由主義）態度的折衷，以及對財富、資本主義、人性惡之看法流於何等膚淺之表面，儘管在樂觀的自由主義者那裏，這種折衷的態度也許不至於遭到來自左右雙方的毀滅性的打擊。這也是為什麼說，此時的自由主義，無論在文學思想、文學創作、政治看法上，都基本上符合消極自由的範疇，他們最看重的是個人自由，他們反覆論證的也是個人自由，至於其他的自由，倒在其次，他們贊同中國特殊化的國情認定，並希望能夠在這一特殊國情內能夠實現個人自由。

將貧富懸殊、罪惡與不幸歸罪於制度與西式道德敗壞，這一做法的缺陷在哪裡呢？自私、貪婪、冷漠、虛偽等種種惡習，並不是資本主義的產物，這其實是不證自明的道理。如果沒有人性惡，那麼也就不會有人性善論的勸導，孟子也不會認定「人皆有不忍之心。先王有不忍之心，斯所以有不忍之政矣。以不忍之心，行不忍人之政，治天下可運之掌上。……惻隱之心，仁之端也。」（《孟子‧公孫丑上》）。中國近代史上，不乏對傳統道德反省的嘗試，幾乎每一次改良、改革、革命，都有人站出來對傳統道德裏的利己主義進行批判，孫中山對利己主義的批判，魯迅對國民性的批判、朱光潛對國民性的厭憎……毛澤東對知識份子的厭惡情緒與管理方式，很難說沒有道德譴責、道德淨化的成分在裏頭。道德惡習，並非資本主義的產物。中國人的安份守己，是指在那個有限的地盤裏，死死地守住自己的利益，以過年復一年的安於現狀的生活，但這種安份守己，並不能說明中國人能夠在道德惡習面前免疫。

在這裏，不妨借用馬克斯‧韋伯的說法，進一步闡明資本主義與貧富懸殊沒有必然的聯繫。韋伯認為：「獲利的慾望、對營利、金錢（並且是最大可能數額的金錢）的追求，這本身與資本主義並不相干。這樣的慾望存在於且一直存在於所有的人身上，侍者、車夫、藝術家、妓女、貪官、士兵、貴族、十字軍戰士、賭徒、乞丐均不例外。可以說，塵世中一切國家、一切時代的所有的人，不管其實現這種慾望的客觀可能性如何，全都具有這種慾望。……對財富的貪慾，根本就不等同於資本主義，更不是資本主義的精神。倒不如說，資本主義更多地是對這種非理性（irrational）慾望的一種抑制或至少是一種理性的緩解」[61]。當然，在接受這一有普遍意味的觀點之前，首先要承認資本主義對利潤的要求，這是它的生存之本，與此同時，也要承認，這個世界上，有為數不多的人，致力於靈魂及救贖的事業，他們有能力有信念將貪慾之心、世俗之願限制在最狹小的範圍，他們執著的信念，使他們能夠真正做到無私奉獻，但是不可能要求、也不可能做到讓每一個人都做到無私奉獻，而同時，我們也必須要有這樣的認識，自私、貪慾並不是資本主義精神的產物。對比起來，在中國人的交易體系裏、經商倫理裏，缺乏對美德的長期持久培養，也缺乏法律對個體責任的有效限定，即便有一些誠信教育，也難以落實到個體身上，憑良心做事，就是中國人最嚮往的人際意願。那麼，與其說資本主義的擴張造成了飢餓貧病，倒不如說在加速度發展的社會分工過程中，我們還沒來得及調整好自己，以學會在不斷擴大的社會分工中，找到一個適合自己的位置——限定並明確自己的責任。

將罪惡與不幸歸之於資本主義制度與西式道德敗壞，其缺陷就在於，它無形中將特殊主義與普世價值對立起來。在這一邏輯思維下，寫作人及知識人認為，他們身上所發生的事情，是中國的特殊事情，而不是世界正普遍面臨的事情，他們的遭遇是世界上最悲慘的遭遇，在全世界都找不到類似的例子，其實說到底，這仍然是一種類似於天朝心態的中心主義思維。正是因為不斷將苦難與不幸的問題局限於中國，而不是把自己的遭遇放到整個世界大勢中去看、放到人的範疇裏去看，才使得一些自由主義寫作人僅有現代的痛苦反應但無現代的清醒立場，就如劉小楓所分析的，「民族性比較中積聚的種種情結，一再推延了『中國問題』向

---

61 〔德〕馬克斯・韋伯：《新教倫理與資本主義精神》，于曉等譯，北京：三聯書店，一九八七年，頁七—八。

現代性問題的轉化，使得漢語社會理論遲遲難以建立起來」[62]。無論是洋務派的「中學為體，西學為用」，還是毛澤東的自力更生、自食其力，都對民族性之間的比較異常敏感，「強烈的華夏民族驕傲遭到傷害，是現代中國士大夫式知識人的基本情結，並在現代性思想的形成時產生怨恨情感。當代士大夫精神顯得仍然要繼承和捍衛這種基於怨恨的以西方之『道』鄙棄或超越西方的情結」[63]。如果有現代的問題意識，一九四八年一月八日上海《大公報》的社評文章也不至於把自由主義、社會主義、進步民主主義、民主主義天真地混為一談，自由主義文學人士也不至於將財富與飢餓貧病直接對立起來，更不至於把飢餓貧病歸之於資本主義的道德敗壞。

這一認識上的缺陷，對包括自由主義文學在內的中國現代文學，產生了什麼樣的具體影響？我想以夏志清與李歐梵的判斷來結束這個話題。李歐梵受夏志清的啟發，在談及現代文學之「頹廢」特徵時，得出這樣的看法，「我認為這些作家並沒有用頹廢來反對現代，也沒有真正從傳統文學資源中提出對抗現代文明的方法。而真正從一個現代的立場、但又從古典詩詞戲曲中找到靈感並進而反抗五四以來的歷史洪流的作家，我認為是張愛玲」[64]（前文有引述）。

夏志清的〈現代中國文學感時憂國的精神〉一文，有一段話，非常切合現代作家的寫作局限：

> 現代的中國作家，不像杜思妥也夫斯基、康拉德、托爾斯泰、和湯瑪斯・曼那樣，熱切地去探索現代文明的病源，但他們非常感懷中國的問題，無情地刻畫國內的黑暗和腐敗。表面看來，他們同樣注視

---

62 劉小楓：《現代性社會理論緒論》，上海三聯書店，一九九八年，頁一九七。
63 劉小楓：《現代性社會理論緒論》，頁一九七。
64 李歐梵：《現代性的追求》，北京，三聯書店，二〇〇〇年版，頁一六六。

人的精神病貌。但英、美、法、德和部份蘇聯作家，把國家的病態，擬為現代世界的病態；而中國的作家，則視中國的困境，為獨特的現象，不能和他國相提並論。他們與現代西方作家當然有同一的感慨，不是失望的歎息，便是厭惡的流露；但中國作家的展望，從不踰越中國的範疇，故此，他們對祖國存著一線希望，以為西方國家或蘇聯的思想、制度，也許能挽救日漸式微的中國。假使他們能獨具慧眼，以無比的勇氣，把中國的困蹇，喻為現代人的病態，則他們的作品，或許能在現代文學的主流中，占一席位。但他們不敢這樣做，因為這樣做會把他們改善中國民生、重建人的尊嚴的希望完全打破了。這種「姑息」的心思，慢慢變質，流為一種狹窄的愛國主義。而另一方面，他們目睹其他國家的富裕，養成了「月亮是外國的圓」的天真想法；不過，中國文學作品儘管自外於世界性，但若作家能透徹地描寫中國的困厄，則他們的作品，和西方文學的佼佼者，在精神上也有共通的地方。[65]

夏志清除了看到中國問題與現代問題在中國士大夫認知體系裏的不相容，更發現了在大變局中不易為人察覺的士大夫抱負，士大夫在中國問題上的抱負，無限期地延遲了中國問題向現代問題轉換。

撇開「中國問題」與現代性問題不談，僅談文學的藝術境界問題。儘管自由主義文學有限地超越了血緣情感、禮制情感，有限超越了政治性，但因為在罪惡看法上的局限與自我中心主義，使得絕大多數的自由主義者很難在作品中體現出生命宇宙境界。如劉再復所言，「生命宇宙境界大於家國歷史語境，能在生命宇宙境界中飛馳的詩魂，才是大詩魂」[66]，很少中國作家能夠在家國糾纏之外，參悟生命宇宙境界之廣大，他們

---

65 夏志清：〈現代中國文學感時憂國的精神〉，丁福祥等譯，見《中國現代小說史》（附錄二），夏志清著，劉紹銘等譯，Hong Kong, The Chinese University Press, p.461-462.

66 劉再復：《紅樓夢悟》，北京：三聯書店，二〇〇六年，頁一。

寫境界如魚得水，深諳人際關係中的各種權謀秘密、各種機巧小動作，但是很難參悟更大的境界，這也是本文為什麼選用良心二字而棄用良知二字來比擬他們內心的法官的重要原因。

探討了自由主義文學良心體系對罪惡的複雜看法等問題之後，下文將要談到，自我的責任限定。

四、自我的去向

哈耶克在《自由憲章》中論過責任與自由的關係，他認為責任與自由是互補的關係，「自由不僅意味著個人擁有選擇的機會和承受選擇的負擔，它還意味著個人必須承擔自由行動的後果，並接受對自己行動的讚揚或非難」[67]。本文通篇所討論的消極自由、最低限度的自由，也並沒有脫開責任與自由的關係。最低限度的自由，就是意味著有多少扇門可供你選擇，你能否選擇，你能否為你自己的選擇而承擔責任。

在追究了惡的連帶責任之後，那麼，自我又處於一個什麼樣的位置，自我又希望是一個什麼樣的狀況呢？自我又可以做出什麼樣的選擇？內心的法官將「我」帶向什麼方向？當連帶的責任被追究之後，自我又如何去承擔部分責任，當政局逆變之後，自我的去向在哪裡？

在自我承擔方面，自由主義文學的基本傾向仍然是指向自我，忠實於自己內心的文學抱負與人生趣味。作家們、理論家們所進入的狀態，仍然是消極自由的狀態。一九四九年以前，自由主義文學報刊幾乎不受巨大阻力而刊行銷售，雖然作家發表作品處於監控中，但這種監控系統並不嚴密，像沈從文的文字，

[67] ［英］哈耶克：《自由憲章》，頁七。

一九四五年八月至一九四九年十月間發表有困難，但並沒有完全被封閉，見報也沒有嚴格到需要時時審查的地步。自由主義文學人士可選擇的大門雖然越來越少，但肯定也不止一扇門，有時候，金錢或者人情，甚至是藏身於當權集團內部的暗淡異端理想（比如說，蔣經國託人送資金給儲安平，但儲安平並不知情），都可以使官方的監控系統偶爾有所鬆懈，行政領域裡產生並蔓延至其他領域裏的腐敗與特權，反而成為抗衡絕對主義的奇怪力量——其實，這也不奇怪，腐敗得來的財富、地位帶來的特權，與最高的當權者、最高權力之間，能夠產生制衡的實際效應，尤其是在絕對權力並沒有完全被嚴密組織起來之前，這種制衡狀態能夠維持一段時期，個人自由也得以在縫隙中短暫生存，個人自由，本來就是由能與最高權力相抗衡的特權階層向非特權階層慢慢推進的。個人自由，從觀念上看，好像應該生而有之，但實際上，在它到達每一個人手中之前，必須經歷漫長而曲折的艱苦鬥爭。

由前文多個環節的論述，可以看到，內心的法官，將自由主義引向了有限的自我承擔。《大公報》、《文學雜誌》、《觀察》、《中國新詩》等報刊的出版、發行（甚至可以順帶上天津的《益世報》），是一種責任的承擔；自由主義寫作人及知識人對藝術趣味的區分、堅持、嘗試，是一種承擔。自我的承擔，成就了自由主義的文學理想。這種文學理想，就像沈從文所期盼的那樣，「但試想想，如果中國近二十年多有三五十個老老實實的作家，能忘卻普通成敗得失，肯分擔這個稱呼（注：多產作家），即或對於目下這個亂糟糟的社會，既無從去積極參加改造，也無望消極去參加調停，惟對於文學運動思想之一，各自留下點東西，作為後來者參攷，或者比當前這個部門的成就，要豐富多了。……這個作用極顯然處，便是『自由主義』在文學運動中的健康發展，以及其成就」[68]。自由主義文學的良心體系，並不帶強迫性，哈耶克說，

[68] 沈從文：〈向現實學習〉（二），見天津《大公報・星期文藝》第五期，民國三十五年十一月十日。

「『責任』這個概念的意義遠遠大於『強制』，其中最重要的或許就在於它在指導個人自由地做出決定中所發揮的作用」[69]。

但是，當絕對主義來臨時，自我的承擔之路，自由主義文學的理想，被終結了。待在自己的房子裏、不惹事生非的生活，過去了。

69 〔英〕哈耶克：《自由憲章》，頁十四。

chapter 6

自由主義文學理想的終結

一、文學自由與文學責任的關係

對於自由主義者來講，之所以其良心體系裏能夠有自我承擔，是因為，當時代大勢為其提供了多種選擇的可能性之後，而他自己又具備選擇的能力與理智，那麼，他就應該為自己的行為與判斷承擔責任，他也能夠對他所關心的事情力所能及地去付出自己的努力。自由的前提是，有沒有起碼兩個或者兩個以上的選擇，然後是我的選擇可以在多大程度上受到保護而不被干涉，在確定我自己有選擇的能力與權利之後——人不至於去飛，因為人不具備飛的自然能力，所以飛不具備選擇的前提性，這裏所指的選擇能力，是指理智上與行動上的可能性，而選擇的結果又將確認我有沒有能力或者在多大程度上實現自我承擔，到了自我承擔這裏，自由算是完成了一種循環。自由的前提與承擔之間有一種相應的對照關係，但必須強調的是，這種關係裏面不帶有強制性。

自由的前提與承擔之間的關係，也即自由與責任的關係。寫作人及知識人可以選擇自己喜歡或擅長的方式去創作、去思考、去研究文學、去為文學現象命名，而且，不被干涉，並承擔其作品及理論所產生的效果。只要願意，他們可以熱愛古典手法、贊成現代手法，不抗拒現實主義，對革命浪漫主義文學、人民派之激動粗鄙強迫文學有所反感，但也無意去打倒，更無意去回手。他們理解鬥爭派文學的苦楚，但不贊成鬥爭派對力的表現方式，他或她對愛國的方式可以有異議，他們希望政治的歸政治，文學的歸文學，他們希望藝術本質、藝術要求、藝術效果不要偏離自由這一前提，而不是去強制他人必須要加入哪一條陣線並堅決反對哪一條陣線。

朱光潛在〈自由主義與文藝〉裏專論他在文藝領域裏維護自由主義的理由：

> 文藝應自由，意思是說它能自主，不是一種奴隸底活動。……大哲學家如康德，大詩人如席洛，談到藝術時，都特別看重它的自由性。這自由性充分表現了人性的尊嚴。……文藝的要求是人性中最可寶貴底一點，它就應有自由底發展，不應受壓抑或摧殘。人性中有求知，想好，愛美三種基本底要求。求知，才有學問底活動；想好，才有道德底活動，才實現善的價值；愛美，才有藝術底活動，才實現美的價值。……自由是文藝的本性，所以問題並不在文藝應該或不應該自由，而在我們是否真正要文藝。是文藝就必有它的創造性，這就無異於說它的自由性；沒有創造性或自由性底文藝根本不成其為文藝。文藝的自由就是自主，就創造底活動說，就是自生自發。……文藝所憑藉底心理活動是直覺或想像而不是思考和意志力，直覺或想像的特性是自由，是自生自發。[1]

這段話，闡明了朱光潛對這些問題的看法，諸如文學為什麼需要自由、為什麼自由是文學的本質、自由對人的意義是什麼等。不難理解，朱光潛試圖說明，自由就是文學的承擔，而文學的自我承擔，就是自由的責任限定——它並不指向集體、戰線、集團、階級，而是指向自我。之所以要落實到個體身上，是因為只有限定責任，才能使責任實現其有效性，此之謂力所能及，即便良心體系並不完全指向自我，而是連帶他方，但也比責任指向非我的集體、集團、戰線、階級更具有效性。

自由主義文學的自我承擔之路，終結於自由前提的消失。

---

1 朱光潛：〈自由主義與文藝〉，見《文學運動史料選》，北京大學等編，上海教育出版社，一九七九年，第六三三—六三六頁。原載一九四八年八月六日《周論》第二卷第四期。

二、自由主義文學前提的消失

大同世界烏托邦理想的光芒指引、療救華夏民族受損的自尊心以及努力趕超英美的迫切心、對唯一絕對真理的信賴、單一哲學前提的確立、文學志趣的嚴重分歧、文學隊伍的劃分、文學及其它計劃制度的強力介入、作者個人的內心猶疑恐懼等諸多因素，共同促成了自由前提的消失。這種消失，最終導致了自由主義文學良心體系之自我承擔的不可能。

這裏所講的自由主義文學理想的終結，所指乃，朱光潛、沈從文這一批人所提出並努力為之的自由主義文學理想終結了，不合時宜的文學理想，在文學領域裏夢想著思想自由發生、作者自由選擇的理想消失了，在向著同一目的進軍的中國大陸事實上消失了。得出這樣的結論，是基於一個有限時間內對特定文學理想狀況的判斷。自由主義文學理想，被亢奮而高昂的主流文學理想、被美好但實際上遙不可及的大同社會理想而沖淡，並至消失，在朱光潛等人的有生之年，自由主義文學理想再也沒有能夠從他們身上復活。

考察促成自由主義文學前提消失的諸多因素，十分必要。上文提到的諸因素，很難將它們截然分開，而文學規範制度是其核心因素，這一問題，已引起學界的重視。

二十世紀五〇後期，中國大陸開始有類似於「當代文學」這一名稱的提法，比如說「新中國文藝」、「建國以來的文學」等等，為了遷就一九四九年這個有政治含義的特殊時間，也為了應和人們對新舊分野的興趣，「『當代文學』的概念的提出，不僅是單純的時間劃分，同時有著有關現階段和未來文學的性質的指認和預設的內涵。當代文學是『社會主義文學』的這一理解，一直延續到八〇年代以後的若干當代文學史的寫作中」。[2]「當代文學」這一提法有其自身的立場與考察視角，「二十世紀中國文學」這一提法也能在一定程度上彌補「當代文學」這一說法的不完全性，我們不能妄斷哪一種提法更為優越可信，因為各種提法都有各自的言論視角。但「當代文學」這一文學時間，更有利於我們去理解文學規範體制如何在五〇、六〇、七〇年代使文學「一體化」全面實現的過程，反過來理解，於本文而言，在「當代文學」這一文學時間內，我們更容易去捕捉自由主義文學消逝的事實。

制度性因素對文學格局的影響，學界一般是將其放在文學思想、文學方向、文學政策、文學機構、文學刊物、文學團體、文學批判等因素上面。這裏面的基本邏輯是，在黨性、階級性、人民大眾的大前提下，文學思想與文學政策領導文學機構、文學創作、文學批判、文學活動，思想落實到層層的管理機構，最後落實到文學的創作出版上，文學在教育體系的傳承上，進而形成一整套文學管理體制、規範體制。

社會主義文學思想脈絡在中國的形成，最早要從李大釗、瞿秋白等人身上追溯起，當然，在文學上的功利性要求，近代可以追溯到黃遵憲、梁啟超等人因時局之憂而在詩歌、小說身上所寄託的厚望。毛澤東將之具體化、理論化了，也將馬克思主義中國化了（毛澤東有選擇地接受了馬克思主義文學觀，對馬克思主義文學觀裏的個人創造性避之不談），其〈在中國文藝協會成立大會上的講話〉（一九三六年十一月二十二日）、〈新民主主義論〉（一九四〇年一月）、〈在延安文藝座談會上的講話〉（一九四二）、〈文藝工作者要同工農兵相結合〉（一九四二年五月二十八日）、〈在文學藝術界開展整風學習〉（一九五一年十一月二十六日）等文章，被視為促成「當代文學」一體化的重要決定因素，其〈在延安文藝座談會上的講話〉（一九四二年五月二日、五月二十三日）更是被第一次文代會確立為當代文學的方向。從上述文章裏可以看到，「文武雙全」的指

[2] 洪子誠：《中國當代文學史》（〈前言〉），北京大學出版社，一九九九年，頁II。

導思想始終貫徹於毛澤東的文學思想裏，對敵對勢力與假想敵的緊張、警覺幾乎是從來沒有放鬆過。「文武雙全」也可以作這樣的理解，無論是文，還是武，其核心都是「鬥」，在文學領域裏，也須像軍事領域裏，分出敵我勝負，能夠團結到統一戰線裏的小資文學家，可以幫他們克服缺點，改造再改造，如果不能團結改造的，最好的方式，就是清除，以保持「我」方的純潔性。從這些文學思想中可以看出，毛澤東要求在黨性上、政治上、經濟上、文化上保持純潔性的理想是前後貫通的，而毛澤東對軍事手段在人身與心靈等不同領域裏的運用，也是一直有所偏愛，這種偏愛，直到其晚年，都沒有減退，可見戰爭的殘酷性、民族生存與個人生存的殘酷性留給他的終身影響。這種偏愛，與其說他對階級論終身追隨——階級隨時可翻雲覆雨（今天你可能還在階級內，明天你就在階級外了），倒不如說他是對軍事論的終身信賴——勝負才是定論。

毛澤東的文學思想成為「當代文學」的最高指導方向，與其說具有法律效應，倒不如說他具有比法律更高的效應。毛澤東的文學思想得到了有組織有計劃有紀律的執行，儘管這些執行工作與毛澤東的文學思想並沒有完全吻合，下對上的理解總是會有偏差，趙樹理筆下的民間，雖然人民「喜聞樂見」，但仍然與毛澤東筆下的人民群眾有不少的誤差，儘管下與上未必完全心意相通、內部有分歧，但是在排除異己、保持「我」方純潔性的動作上，卻一直沒有停頓下來。對最高文學方向具體承擔、貫徹執行的過程中，除了郭沫若、周揚、丁玲等政府高官的反覆闡釋、過度闡釋、不停指導之外，具體落實的機構，就是成立於一九四九年七月的中華全國文學藝術界聯合會和中華全國文學工作者協會，一九五三年九月改為中國文聯和中國作協。中國文聯下容納各種團體會員，包括有中國作協、中國舞協、中國音協等，其機構隨其他行政機構，層層設立。在權力的監控下，創作人員被分等級、被劃分成分，創作行為是被領導的行為，被允許加入作協，就意味著有了發表作品、出版作品的權利，反之，則不能享有這種權利。第一次文代會，朱光潛與沈從文都沒有被邀請出席會議，沈從文直到一九五七年才被允許加入作協（隨之很快又被剝奪了出版作品的權利），被作協的拒絕，不僅意味著生存空間與生存手段的窄化，還意味著他們的個人歷史不為新的規則所認可，除非他依照文學路線、文學政策主動去轉變他的人生方向、人生信仰。

還有很多方面，可以看到作協這類機構的強大控制力。

在人事方面，作家除了做單位人之外，似乎別無他法可以做檔案戶口方面的自由人，即便作家到監獄服刑、到勞改場勞改，你的檔案戶口還是在「單位機關」裏。在工資制度方面，一九四九年以後的幾年內，中國機關單位的收入是供給制與工資制並行、實物福利與貨幣福利並行，實收入按行政級別來具體劃分，供給制與工資制並行的狀況在一九五五年被改變，一九五五年八月三十一日，國務院發佈〈關於國家機關工作人員全部實行工資制和改行貨幣工資制的命令〉，宣佈從一九五五年七月起，廢止供給制，實行工資制，之後在六〇、七〇年代工資制有所反覆，此為後話。[3]在城市裏，你沒有單位，寫作人不入作協，知識人不進教育機構或者行政機構，你就基本上要低頭向組織求救了。五〇年代以後，版稅制被逐漸廢除，因毛澤東不斷提議取消稿費制，文革前，稿費制度被取消了（但無人敢停毛澤東的稿費）。作家，屬於三高人員（名作家、名演員、名教授，高工資，高稿費，高獎金），曾經領取為數不多的稿酬也幾乎成為有「罪」的行為，作家自己意識不到罪惡感，但批鬥會能幫助作家喚醒這種「罪惡感」。

一九五六年以前所有制方面也在發生轉變。一九四九年到一九五二年，新生政權基本完成沒收官僚壟斷資本，掌控國家經濟命脈，國家繼而通過公私合營，「利用、限制、改造」，加工、包銷、訂貨等方式將其他經濟種類納入國家計劃體系，一九五六年前後，非公有制經濟成分在整個經濟中所占的比重不到百分之十。制度性因素，不只是文學制度這麼單一，計劃體制全方位推進，文學只是其中之一。經濟計劃下的作

[3] 參見李唯一：《中國工資制度》，北京：中國勞動出版社，一九九一年，頁三十二。

家、文論家，基本上失去了經濟上自主的可能，而文學計劃下的作家、文論家，被編入按規定說話、按規定寫作的強制程式。一九四二年延安整風運動，一九五〇年由昆侖影業公司攝製的《武訓傳》在全國公演，輿論先揚後抑，批判在全國範圍內得以展開，俞平伯、遠走的胡適、胡風相繼成為批判的核心對象，一九五七年「反右」……連續不斷的批判運動，又使得文學的權威路線一步步走向絕對的地位，自由辦刊、自由表達，已經成為不可能。「如果對於文學方向和路線表現出離異、悖逆，甚至提出挑戰，其社會政治地位和物質待遇，也可以一落千丈。通常的懲治措施是：開除出作家協會；降職降薪；『下放』至工廠、農村勞動；開除公職；以致監禁或勞改等」。[4]

當然，我們不得不承認，文學的發展，最好能得到閒置財富的扶持。前提是，如果財富方不需要得到財富回報、也不規定文學的路線、不限制作家思想，那麼，這種財富就是善意的、非強制的。這種類型的財富扶持可能促成、但也可能永遠無法促成文學傑作的出現，但出不出文學傑作，並不是財富方的必然要求，儘管財富方本身可能會有一定的期望值，但財富方並不強制要求作家一定要怎麼樣或者不能夠怎麼樣。像中國作協這樣的機構，它當然能夠給作家甚至是作家的家屬提供一定的飲食保障、居住保障，也能提供大量的出版機會，但是，「它對作家的創作活動、藝術交流、正當權益起到協調保障的作用，而更重要的作用則是對作家的文學活動進行政治、藝術領導、控制，保證文學規範的實施」。[5]

體制包辦了作家們的生活，這包辦的過程中，當然不乏有人情味的地方。這種人情味，也就是前文所提到過的血緣情感的變異，自己的兄弟姐妹可以不是兄弟姐妹，但只要是「我」方的人，都應該以兄弟姐妹

4 洪子誠：《中國當代文學史》，頁三十三。

5 洪子誠：《中國當代文學史》，頁二十三。

之情待之，如果不是「我」方的人，即使是親生父母，都要脫離關係，以便騰出感情出來熱愛階級兄弟國際友人（而這個「我」到底是指向人民群眾呢，還是指向那個最高權威者呢，可以用責任的限定關係去推論），這種純粹的精神與感情，甚至有點近似於宗教精神。而當與你毫無血緣關係的人向你表示血緣關係一般的熱情的時候，受惠者難免會感動，也難免會為自己的「私心」有所愧疚，但是這種血緣親情般的熱情，也有過度的危險，其過度包辦的行為，使得最低限底的自由被侵犯，無論這種侵犯是出於善意還是出於惡意，侵犯就是侵犯，這種沒有限制底線的包辦體制，最終的指向，是人的心靈，這一指向，比對身體的獎懲，有更深的奴役性，當受惠者心存感激的時候，也許他或她正在失去最低限度的自由。

一手包辦的體制，改寫了讀與寫的狀況，權力體系下的「主體」出現了，如洪子誠言，「包括文學批評在內的文學規範體制，其主要功能是對作家的寫作，以及作品的流通等進行經濟性的監督和評斷。這種評斷，又逐漸轉化為作家和讀者的自我評斷、控制，而最終產生了敏感的、善於自我檢查、自我審視，以切合文學規範的『主體』。這種『主體』的產生，是當代文學權力結構的基礎」。[6]一手包辦的體制，開創了單一哲學前提的創立，在文學創作那裏，由此開始了觀念大於創作的先河。觀念大於創作，為文學模式化創作設定了規定動作。

前文講過，制度性因素是促成自由前提消失的核心因素，但除此之外，還有其他隱藏得更深的因素，與制度性因素共同促成了自由主義文學前提的消失。為了證明這一判斷並非臆測，我們還是先進入自由主義文學崩潰的事實，以便在本書的最後相對清晰地闡明自由主義文學在在中國大陸消失的大致格局與綜合成因。

---

[6] 洪子誠：《中國當代文學史》，頁二十七。

三、消極自由的崩潰

一九四九年，對中國自由主義寫作人及知識人來講，是一個關口。談到歷史關口的選擇，謝泳認為，中國現代學術史上，治史者最為通透——

中國現代學術史上有一個有趣的現象，就是治哲學、政治學、社會學、文學等的學者，似乎總不如治史學的人看得透，看得深，當然這只是一個大致的說法。就說政治選擇，一般推論，那些治哲學、政治學、社會學的學者，應該在理論上對政黨、國家這些東西有更深切的瞭解，看過去這些學者寫的文章，他們也都是極犀利、極清醒的，但紙面上的深度並沒有融入自己的行為。倒是那些治歷史的學者不一定有超過這些學者的理論深度，但判斷起事情來，似乎總比另一類學者高明。比如胡適、傅斯年、錢穆、姚從吾、毛子水、陳寅恪這些做史學研究的人，比馮友蘭、金岳霖、賀麟、錢端升等人，在許多事情上，還是更有決斷。[7]

此話不能完全當真。胡適等人，雖治史學，但非只治史學，他們也兼涉文學等，治學路子實際是文史不分。所以，謝泳的判斷，只能當一個參考。但「書生意氣」、「紙上談兵」等詞，用在沈從文、朱光潛等

[7] 謝泳：〈錢鍾書：書生氣又發作了〉，見《文化昆侖：錢鍾書其人其文》，李明生等編，北京：人民文學出版社，一九九九年，頁二〇〇。

人身上，卻十分貼切。就好比前文講到的，人道情感，雖有路見不平拔刀相助的英雄氣概，但其衝動性氣質卻往往會干擾理智的判斷能力。共產黨方面，對自由主義政治、自由主義文學的態度，其實早有端倪。

早在一九三七年九月七日，毛澤東就發表過〈反對自由主義〉這樣的文章。毛澤東明確表示，「我們要用馬克思主義的積極精神，克服消極的自由主義。一個共產黨員，應該是襟懷坦白，忠實，積極，以革命利益為第一生命，以個人利益服從革命利益；無論何時何地，堅持正確的原則，同一切不正確的思想和行為做不疲倦的鬥爭，用以鞏固黨的集體生活，鞏固黨和群眾的聯繫；關心黨和群眾比關心個人為重，關心他人比關心自己為重。這樣才算得一個共產黨員」[8]，儘管這篇文章主要所針對的是黨內一部分人的自由主義傾向，但毛澤東在文中所指出的自由主義十一種主要毛病，如果真的被援引到朱光潛等人的身上，怕也是脫不了干係。一九四九年八月十八日，毛澤東針對美國白皮書而發表〈別了，司徒雷登〉一文，對自由主義者、自由主義文學的說服教育傾向非常明顯，他提議要多寫「聞一多頌」、「朱自清頌」，因為他們都是有骨氣的，但「中國還有一部分知識份子和其他人等存有糊塗思想，對美國存有幻想，因此應當對他們進行說服、爭取、教育和團結的工作，使他們站到人民方面來，不上帝國主義的當」[9]。

一九四七年到一九四八年，共產黨政權裏的一些訓練有素、有一定名望、有一定權重的文學理論家，輪番展開了對自由主義文學的批判與否定。

就沈從文在天津、上海《大公報》發表的〈向現實學習〉（一）、（二），默涵撰文〈「清高」和「寂寞」〉，說沈從文自命清高又不甘寂寞，說沈從文詆毀為人民苦難呼籲的藝術，該文載於一九四七年二

8 毛澤東：〈反對自由主義〉，見《毛澤東選集》（第二卷），北京：人民文學出版社，一九九一年，頁三六一。
9 相關論述及引文見毛澤東：〈別了，司徒雷登〉，見《毛澤東選集》（第四卷），頁一四九五－一四九六。

月二十日《新華日報》。就沈從文發表於天津《益世報》的〈一種新希望〉，邵荃麟撰文〈二丑與小丑之間：看沈從文的「新希望」〉，批駁沈從文的「三種企圖」、「第三方面的政治活動」，該文載於一九四八年二月二日《華商報》。一九四八年三月一日共產黨方面在香港創辦《大眾文藝叢刊》，該刊第一輯命名為《文藝新方向》，共產黨文學理論家對自由主義文學進行了有針對性的批判、定性，其中，又尤以郭沫若的〈斥反動文藝〉一文，對自由主義文學打擊最重，定性最狠，朱光潛、沈從文、蕭乾等人被分類分色批判，沈從文是「桃紅色的紅」、朱光潛是「藍色」、蕭乾是「黑色」，紅黃藍白黑各色文學，均被歸之於反動文學的行列，《大眾文藝叢刊》及其作者對自由主義及其文學的重磅打擊，可以看作是集體決定而非單純的個人行為，因為共產黨方面的文學理論家，一致採用的策略，符合共產黨文學策略中對反動與「正動」的絕然劃分，敵我劃分，不容有中間路線路線；而《大眾文藝叢刊》第一期還登載了馮乃超的〈略評沈從文的〈熊公館〉〉，馮乃超認為沈從文在〈芷江縣的熊公館〉粉飾了地主階級，是「清客文丐」，尤其要批判沈從文的新第三方面運動，「所謂新第三方面運動，企圖重新團結一些反人民的『精神貴族』來反抗人民的勝利」，馮乃超斥沈從文的文學是最反動的文學；《大眾文藝叢刊》第二輯登載（邵）荃麟的〈朱光潛的怯懦與兇殘〉一文，以駁批朱光潛在《周論》第五期上面發表的〈談群眾培養怯懦與兇殘〉，邵荃麟批斥朱光潛誣衊了群眾運動，認為朱光潛的文章充滿了殺機，除重點駁批朱光潛之外，邵荃麟還點名批評《大公報》的調門，蕭乾的「人權與人道」；《大眾文藝叢刊》第三輯，專論文藝統一戰線；《大眾文藝叢刊》第四輯起，為避免當局的審查，改為以書籍的形式流通，後三輯的編輯策略，仍然與前三輯一致，共產黨文學理論以階級鬥爭論駁批反動文學，同時，開始展望新中國的文學路線與文學方針，對社會主義文學之現實主義也大力推廣。一九四八年，共產黨文學理論家已經做好了接管文藝的準備。

溫和的自由主義文學因為無意投靠，結果是兩邊不討好。一方面，沈從文等人、《大公報》等報刊要應付國民黨方面的審查，隨時面臨查禁之苦，而另一方面，自由主義文學不符合「人民文學」的純潔性，引發毛澤東及共產黨文學理論家對自由主義文學的厭惡與反感，這也使得自由主義文學人士備感壓力。他們的處境，與俄羅斯革命時代的知識份子處境近似，正如弗蘭克筆下描述的那樣：「革命派指責自由派完全逃避地下革命活動是個性怯懦，或者是道德—政治氣質上的萎靡不振，或是與現存制度鬥爭的猶豫不決。」[10]

種種跡象表明，一九四九年前後，自由主義文學的物質載體，自由主義文學人士的寫作選擇，面臨的是同樣的困局，只不過，物質載體比人文理想消失得更快。

（一）自由主義文學載體的消亡

由自由主義報刊及文學副刊雜誌的消亡，既可見黨禍之害，又可見不同理想的強弱之爭。四〇年代後期，自由主義報刊及文學副刊雜誌的消亡皆非自願。外力所行手法，一是強力消滅，比如說《觀察》、《中國新詩》的被國民黨當局查封；二是強力改造：或在所有制經濟變革中改變其經濟實體，從而消解其獨立編輯發行、自由選擇作者作品的可能性，如各地《大公報》的命運變遷（通過合併、國有化、掛靠行政機構等方式，《大公報》失去自己的財政權、冠名權、行政權，隨之也失去刊行編輯權，香港《大公報》雖能保留至今，但實際上也與一九四九年以前的《大公報》系有很大的分別了），再或者，直接否定自由主義的合法性，從社會思潮的辨駁方面入手強調自由主義文學的落後性甚至反動性，以增加自由主義文學的罪惡感，合

10 〔俄〕弗蘭克：《俄國知識人與精神偶像》，徐鳳林譯，上海：學林出版社，一九九九年，頁八十四。

法性一旦被否定，行政手段的否定將接踵而來。[11]

但我們說，自由主義報刊及文學副刊雜誌的消亡，極具吸引力的言論出路的中斷，並不必然導致自由主義文學的全部消亡，自由主義文學理論及創作的停筆、內心轉向、自我檢討，才真正意味著自由主義文學的終結。一九四九年前後，自由主義寫作人及知識人的個人遭遇，值得尋思，再也沒有其他事實比這些人的個人遭遇更能說明二十世紀四〇年代中後期的自由主義文學之終結事實了。一九四九年以後，自由主義者或留守大陸，或遠走異域，於中國大陸而言，他們的離開、轉向或沉默，意味著自由主義文學在中國大陸的消失，消極自由、最低限度的自由被單向度的生活理想、行政理念所完全取代，自由文學的自我承擔已經成為不可能。

（二）沉默的「自由」——一九四九年以後的沈從文、錢鍾書、楊絳

沈從文一九四八、一九四九年以後的經歷，儘管人們日漸熟悉，在這裏還是略作交代。一九四九年以後的沈從文，稱得上是沉默的沈從文，沈從文的文學創作實際上走向了終結，這種沉默的後面，隱含著怎麼樣的壓抑、瘋癲，不得而知，今人只能從一些事件中去得到一些一知半解的線索。

一九四八年以前的沈從文，為一九四八年以後的自己，留下了不少的「隱患」——其政治上的不站隊、游離懷疑，使沈自認為不可能成為兩個政黨的寵兒。一九四八年北平被圍時，國民黨政府派人勸說沈離開北平，南下、赴台，沈從文自認為從來沒有說過國民黨什麼好話，加之對國民黨政

11 前文提到過，據當事人的回憶，《文學雜誌》在經濟壓力下停刊，但這一說法其實有些模棱兩可。

權抱悲觀態度，儘管當時沈從文收到恐嚇信、被北京大學有運動情結的師生貼「桃紅作家」的壁報，但最後還是選擇留下。

沈從文常以鄉下人自居，固執地以「人」的視角而非以階級的劃分去看待人的生與死，不願意與什麼文學派別發生關聯，文學上不盲從的姿態使其很難左右逢源，其最終被得勢的文學力量清算也不算是意外的事情。沈從文之獨立姿態，並不是從四〇年代中後期才開始顯露出來的。一九三四年，沈從文先後寫下〈論「海派」〉、〈關於「海派」〉的文章，其中〈論「海派」一文〉用了「名士才情」、「商業競賣」、「投機取巧」、「見風轉舵」等字眼以斥「海派」惡習，引起不少人注意乃至不快。一九三四年二月三日，魯迅在《申報・自由談》上發表〈「京派」與「海派」〉一文（署名欒廷石），該文斥「京派」為官之幫閒、「海派」不過是「商的幫忙」而已，並認為「海派」之所以在「京派」的眼中跌落，乃因為中國官之鄙商的舊習所致，魯迅的加入，使得「海派」與「京派」之爭更勝以前。沈從文在二月十七日寫下〈關於「海派」〉一文，略帶失望地寫下些意見，聲稱對那些借題發揮的文章不發表什麼意見。[12]沈從文的另一篇文章〈作家間需要一種新運動〉又引了「差不多」的爭論，沈從文認為大多數青年作家的作品，都「差不多」，這是因為他們太關心「時代」，「只知追求時髦，結果把自己完全失去了」，這篇文章引起了左翼作家的不滿，由這篇文章引發的「差不多」論爭一直持續到一九三八年左右。[13]由這些論爭，可得知，沈從文在文學方面的獨立姿態，使其很難在文學方面左右逢源。抗戰期間、內戰期間沈從文對那些帶有統一意圖的文學策略的疏離，也使得沈從文在各種得勢的文學群體面前顯得不合時宜。

[12] 沈從文：〈論海派〉，一九三四年一月十日天津《大公報・文藝》第三十二期；〈關於「海派」〉，一九三四年二月二十一日天津《大公報・文藝》第四十三期，錄《沈從文文集》第十二卷，花城出版社・三聯書店香港分店，一九八四年。

[13] 沈從文：〈作家間需要一種新運動〉，天津《大公報・文藝》第二三七期民國三十七年十月二十五日。

沈從文對國家前景的不樂觀，也被樂觀進化論者、社會達爾文主義者認為有阻社會進步。二十世紀四〇年代中後期，沈從文發表的部分對時局、文學走向發表看法的文章，與左派的看法越離越遠，〈從現實學習〉（一）、〈從現實學習〉（二）、〈編者言〉、〈一種新希望〉、〈芷江縣的熊公館〉等文章[14]，最終都被界定為反動的言論。自一九四八年始，左派領域裏重要的、極具雄辯力的文學理論家在政局日漸漸明朗的情況下站出來批評沈從文，針對沈從文個人的文字指責與道德清算，可謂「級別」越來越高。

一九四九年以前對沈從文定性的的文章有郭沫若的〈斥反動文藝〉、馮乃超的〈略評沈從文的《熊公館》〉，這兩篇文章載於在香港刊行的《大眾文藝叢刊》第一輯。郭沫若在〈斥反動文藝〉一文將沈從文定性為「桃紅色」的反動作家，並批判沈從文的第四組織之說，這一說法，清算意圖很明顯：

> 特別是沈從文，他一直有意識的作為反動派而活動著。在抗戰初期全民族對日寇爭生死存亡的時候，他高唱著「與抗戰無關」論；在抗戰後期作家們正加強團結，爭取民主的時候，他又喊出「反對作家從政」；今天人民正「用革命戰爭反對反革命戰爭」，也正是鳳凰毀滅自己，從火中再生的時候，他又裝起一個悲天憫人的面孔，謚之為「民族自殺的悲劇」，把我國的愛國青年學生斥之為「比醉人酒徒還難招架的衝撞大群中小猴兒心性的十萬道童」，而企圖在「報紙副刊」上進行其和革命游離的

---

[14] 沈從文：〈從現實學習〉（一）（二），天津《大公報・星期文藝》第四、五期，民國三十五年十一月三、十日；〈編者言〉，天津《益世報・文學週刊》一九四六年十月二十日；〈一種新希望〉，天津《益世報・文學週刊》一九四七年十月二十一日；〈芷江縣的熊公館〉，天津《大公報》一九四八年一月三日。

新第三方面，所謂「第四組織」。（這些話見所作〈一種新希望〉，登在去年十月二十一日的《益世報》。）這位看雲摘星的風流小生，你看他的抱負多大，他不是存心要做一個摩登文素臣嗎？[15]

在即將得勢的文學力量面前，沈從文不合時宜的境況，越來越清晰明朗，沈從文對這種危機的到來，也有所感應。在一九四八年十一月的一次討論會上，沈從文罕見地批評了倒向政治的何其芳，並提到紅綠燈的問題，其主要觀點是反對任意的人為因素對紅綠燈的干擾和約束，即反對政治領導文學。[16]一九四九年七月，第一次文代會召開，與會代表的名單表上，沈從文榜上無名。得勢文學力量有意冷落、漠視、排斥沈從文，這直接導致沈從文的內心崩潰，夫人張兆和與孩子們的革命熱情也使得沈從文有些不知所措，不久，沈從文割脈自殺。危機之後，沈從文漸漸轉向歷史文物研究，由沈從文的個人生命來講，中國文化的傳統為沈從文注入了新的生命意義，並開闢了他生命中的另一番奇蹟，但就其自由主義的文學生命而言，已基本上宣告結束。其作品在中國大陸的出版發行，也因為官方的冷落被中斷，先是開明書店去信沈從文，告之其作品已過時而全部銷毀，這對沈從文之不寫，肯定也造成了一定的影響。五〇年代至七〇年代末，將近三十年的時間內，只有人民文學出版社在一九五七年出版過計有二十九萬餘字的《沈從文小說選集》，直到八〇年代，「文學」的沈從文才重新被國內發現（五〇年代至七〇年代，香港等地出現過沈從文作品的盜版書），一九八四年，廣州花城出版社、生活・讀書・新知三聯書店聯手出版發行《沈從文文集》，該文集分為國內版、國外版，分別出版發行。一九八一年，沈從文夫婦訪美，沈依然不談政治，只談文學、學術、生命，相

15 郭沫若：〈斥反動文藝〉，《大眾文藝叢刊》第一輯「文藝的新方向」，一九四八年三月一日出版。
16 參見〔美〕金介甫：《沈從文傳》，符家欽譯，長沙：湖南文藝出版社，一九九二年，頁二五〇、三五八。

信和平中求進步的理想。如果說沈從文的「創作」完全中斷，又不準確。沈從文等人，沒有沈默的自由。這期間，沈從文寫下了大量的檢討文章，這些文字，成為思想史的重要文本。

錢鍾書及楊絳，一九四九年以前的人生經歷雖與沈從文有很大的差異，但他們在一九四八、一九四九年以後的心境與個人選擇，倒與沈從文有幾分相似。據錢鍾書同學兼同事鄒文海的回憶，錢鍾書有多種選擇，「一九四八年接近最後分手的時候，我知道香港大學曾約他任文學院院長，其後牛津大學又約他去任Reader，兩次我催促他成行，不要以暨南的課務為意。一方面他因很深的責任感，不願中途爽約，一方面也因其他種種原因，都沒有成為事實。他唯一的愛女患有肺疾，因為認為倫敦的惡劣氣候不適宜於她的健康，而香港呢，他又認為不是學人久居之地，以不涉足為宜，這樣一再蹉跎」。[17]鄒文海的這一說法，後被包括夏志清在內的多位學人所引用。

楊絳在《幹校六記》之〈誤傳記妄〉中有這樣一段話，也許可以解釋錢鍾書與楊絳當年選擇北上的另外一些重要原因：

> 回京的是老弱病殘。老弱病殘已經送回，留下的就死心塌地，一輩子留在幹校吧。我獨往菜園去，忽然轉念：我如送走了默存，我還能領會「咱們」的心情嗎？只怕我身雖在幹校，心情已自不同，多少已不是「咱們」中人了。我想到解放前夕，許多人惶惶然往國外跑，我們倆為什麼有好幾條路都不肯走呢？思想進步嗎？覺悟高嗎？默存常引柳永的詞：「衣帶漸寬終不悔，為伊消得人憔悴。」我們只是捨不得祖國，撇不下「伊」——也就是「咱們」或「我們」。儘管億萬「咱們」或「我們」中人素

---

[17] 鄒文海：〈憶錢鍾書〉，見《文化昆侖：錢鍾書其人其文》，李明生等編，北京：人民文學出版社一九九九年。

不相識，終歸同屬一體，痛癢相關，息息相連，都是甩不開的自己的一部分。我自慚誤聽傳聞，心生妄念，只希望默存回京和阿圓相聚，且求獨善我家，不問其他。解放以來，經過九蒸九焙的改造，我只怕自己反不如當初了。[18]

一九四九年以後，錢鍾書與楊絳輾轉清華、北大、中國社會科學院，致力於翻譯、學術研究，錢鍾書在文學方面的創作就此擱置（楊絳的《幹校六記》與《洗澡》為後話了），比之沈從文等，算是略為僥倖，但「文革」期間也難逃一劫。錢鍾書最有影響力的小說《圍城》，在大陸被淹沒三十餘年——或因錢鍾書拒絕再版，或因其他原因，直到一九八〇年人民文學出版社才使《圍城》再度現身大陸，「《圍城》一九四七年在上海初版，一九四八年再版，一九四九年三版，以後國內沒有重印過。偶然碰見它的新版，那都是香港的『盜印』本。沒有看到臺灣的『盜印』本，據說在那裏它是禁書」[19]。一九八〇年，《圍城》重現大陸，這個時候，距夏志清出版《現代小說史》闢專章專論錢鍾書及《圍城》已經相隔十九年。

（三）改造中的自我說服——一九四九年以後的蕭乾、朱光潛

一九四八年、一九四九年，蕭乾站在了人生的十字路口，他的轉變，也始於這兩年。一九四八年三月一日，郭沫若發表在《大眾文藝叢刊》上的〈斥反動文藝〉一文中，除了沈從文與朱光潛，蕭乾也是重點的清算對象，「什麼是黑？人們在這一色下最好請想到鴉片，而我所想到舉以為代表的，便是大公報的蕭乾

18 楊絳：《幹校六記》，北京：中國青年出版社，二〇〇〇年，頁四十五。
19 錢鍾書：〈重印前記〉，見《圍城》，錢鍾書著，北京：人民文學出版社，一九八〇年。

了。這是標準的買辦型。……對於這種黑色反動文藝，我今天不僅想大聲疾呼，而且想代之以怒吼：御用，御用，第三個還是御用，今天你的元勳就是政學系的大公！鴉片，鴉片，第三個還是鴉片，今天你的貢煙就是大公報的蕭乾！」「反攻」、「消滅」等語詞，宣揚的是新對舊的絕對信心、革命對反動的正義感、人民對反人民的正當性，當然，這種文學策略裏也包含著戰爭式的殘酷與勝負原理。

處於被「反攻」位置的蕭乾，有自己的權衡考慮。一九四七年、一九四八年初，儘管蕭乾還堅持其自由主義文學立場，一九四七年五月五日題為〈中國文藝往哪裏走？〉的《大公報》社評就是由蕭乾執筆，蕭乾還參與到「第三條道路」中去。一九四八年三月一日，郭沫若發表〈斥反動文藝〉，蕭乾成為被批責的對象之一。但晚年的蕭乾，看上去對〈中國文藝往哪裏走？〉這篇文章的撰寫似有悔意，蕭乾更願意將自己與郭沫若之間的論爭引向私人恩怨，但也許，這種你死我活式的鬥爭，未必是誰得罪了誰的私人恩怨那麼簡單。

一九四八年秋天，蕭乾的轉變逐漸明朗。一九四八年秋天，蕭乾赴港，隨即參與《大公報》的轉向，一九四九年初香港《大公報》發表社論明確表示擁共反蔣，放棄《大公報》一向的中立但有所作為的立場，「四不」《大公報》宣告終結，一九四九年三月一日，香港《大公報》登載痛罵自己名號的社論——天津《大公報》改名為《進步日報》，發表社論〈我們不要《大公報》這個臭名字〉，香港《大公報》創下新聞史上的紀錄——在自己的報紙上，刊登痛罵自己報系的文章，這一切，蕭乾都參與其中。此時，蕭乾仍然有許多的人生選擇：劍橋大學何倫教授赴港邀請蕭乾赴劍橋任職、留在香港、北上。最後，蕭乾所選擇的是北上。一九四九年至一九五三年初蕭乾任職中國作協之前，蕭乾追隨喬冠華任職英文版《人民中國》等刊物，「在那最初的四年裏，我的職務就是當人民的吹鼓手，向廣大世界的讀者宣傳中國人民翻身：經過八年抗戰、三年內戰之後，國家在怎樣除舊更新，創建一片繁榮昌盛、自由民主的新天地」。[20]一九五〇年，蕭乾動筆寫下計有五萬餘字的自傳，向組織交代自己的過往，撇清自己與《新路》雜誌的關係，一九五七年，禍起於〈放心・容忍・人事工作〉等文，蕭乾被劃為「右派」，其歷史隨之被清算，一九五七年之後的二十二年時間，蕭乾被剝奪寫作的權利。蕭乾努力改善與新政權新理想的關係，但於事無補。

一九四九年前後，朱光潛也面臨留下或出走的選擇與壓力。由一九四八年三月一日起，有幾篇文章直斥自由主義及文學，其中，對朱光潛造成打擊並定下基本論調的文章有三：〈斥反動文藝〉（郭沫若）、〈朱光潛的怯懦與兇殘〉（邵荃麟）、〈論朱光潛〉（蔡儀）。

郭沫若的文章，斥責紅、黃、藍、白、黑五種反動文藝，其中以藍色指稱朱光潛，其他四種色的文藝都分別只用了一段的篇幅，而朱光潛則「享用」了兩大段文字，從文字份量來看，算是特殊中的特殊、反動中的反動，郭沫若以顏色指代朱光潛的黨籍，又特意提其〈看戲與演戲——兩種人生理想〉一文喻其反動，斥其與唯物主義反其道而行的「宿命論」：

> 什麼是藍？人們在這一色下邊應該想到著名的藍衣社之藍，國民黨的黨旗也是藍色的。……朱監委雖然不是普通意義的「作家」，而是表表堂堂的一名文藝學學者，現今正主編著商務印書館出版的《文學雜誌》。我現在就把他來代表藍色。……當今國民黨當權，為所欲為的宰治著老百姓，是不是黨老爺們都是「生來演戲」的，而老百姓們是「生來看戲」的呢？照朱教授的邏輯說來，又能夠得出一個

[20] 蕭乾口述：《風雨平生——蕭乾口述自傳》，頁二二三。

答案，便是「是也」！認真說，這就是朱大教授整套「思想」的核心了。他的文藝思想當然也就是從這兒出發的。由他這樣的一位思想家所羽翼著的文藝，你看，到底是應該屬於正動，還是反動？[21]

邵荃麟的〈朱光潛的怯懦與兇殘〉一文指責朱光潛卑劣、無恥、陰險、狠毒，罪狀是為當局辯護、誣衊英勇的人民群眾、洩私憤：

> 朱光潛所謂「怯懦」與「兇殘」，正是他們這些奴才的典型性格，尤其是統治者瀕於沒落時代的奴才性格。……但是當奴才們愈感覺到自己的沒落的恐懼，他們便愈想找尋一些面幕來掩遮自己的殘怯，和更進一步的欺騙人民。……大公報在唱它的「祥和之氣」，蕭乾在唱他的「人權與人道」，現在朱光潛又在喊他的什麼「清醒，和愛與沉毅」，這並不是偶然的事情，正是說明他們已經到了沒落的邊緣，企圖在念經拜佛中間，來醞釀更殘忍的殺機！[22]

且先不論文中所涉及的是與非，邵荃麟文章所含邏輯其實就是，凡是反人民的，都是反動的，至於人民究竟是什麼樣子的，是具體的還是抽象的，則不容去辨析，即便是用理性一點的言辭去質疑人民的言行，都是不能被容忍的，因為這不符合站在人民群眾這一邊的正義原則。導致死亡的罪惡所能引發的憤怒比其他傷害更甚，邵荃麟對暴力與死亡的一番描述，使其指責的理由更具正當性。

---

21 郭沫若：〈斥反動文藝〉，《大眾文藝叢刊》第一輯，《文藝的新方向》，一九四八年三月一日。

22 邵荃麟：〈朱光潛的怯懦與兇殘〉，《大眾文藝叢刊》第二輯，《人民與文藝》，一九四八年五月一日。

蔡儀的〈論朱光潛〉一文，表面上看起來是從學術的角度去批判朱光潛的美學思路，但實際上這種指責也是建立於一種二元對立的框架上去進行的——封建與反封建、中國與西洋的的對立：

> 朱光潛不僅以其文藝理論為宣傳工具，而且為了充實他的理論，還往往借他人的文藝作品，做為他的封建意識、封建統治的宣傳工具。……總之，朱光潛是往往誤解或歪曲別人的作品及別人的理論，以作為他宣傳封建士大夫的社會意識、文藝理論的工具，這其實就是他自己所謂「終於走到調和折衷的路上去」的真正原因。自然他如此苦心孤詣做這種「字」的工夫，原不過為了反對別人以文藝為反封建社會、反封建意識的宣傳工具。[23]

在戰鬥型、強迫型的二元對立框架裏，人們的通常思考模式是這樣的：A好則B不好，B好則A不好，A與B是水火不相容的，要麼A滅了B，要麼B滅了A，要麼A絕對服從B，要麼B絕對服從A，A與B之間不可能存在任何妥協的通道和理由。既然反封建才是好的，那麼，封建就是壞的，至於封建怎麼個壞法，那是接著二元對立再往下分的問題，這種推理就很容易發展為，如果作者認為對象是壞的，那麼最有效的指責方式就說他是封建的、帝國主義的、反人民的。這種思維模式，發展到最後，就會落到立場問題、站隊問題上去，也就是服不服從、聽不聽從的問題——選擇正確了，相對安全，不選擇、選擇錯誤了，就不為正確所容，至於正確以何種方式去消滅錯誤、正確能不能消滅錯誤、「正確」是不是真的正確，又是另外的問題了，在這種強制性的思想要求下，其他層面的東西，很難談起，更不用說在一個多樣性共存的局面中，對文

23 蔡儀：〈論朱光潛〉，《美學論著初編》（上），上海文藝出版社，一九八二年，頁四四七—四五二。

學理論、文學創作進行探討。

那麼，作為一個「反人民」的文藝學學者？在號稱是人民的文學的力量越來越得勢的情況下，他應該何去何從？在二元對立的思維模式下，他是站隊還是不站隊呢？

朱光潛在一九七四年所寫的〈新春寄語臺灣的朋友們〉談到了自己在一九四九年以後的思想猶豫及思想轉變，他說，「慶幸當年未跟你們走」——

記得北京解放前夕，北大同事陳雪屏臨走時來我家力勸我走。我問他走到哪裡？他說先到南京，我又問，看形勢，南京也保不住了，下一步怎麼辦？他說，最後到臺灣。我又問，大陸這一大片江山要地都保不住，區區臺灣孤島能保得住嗎？他說，臺灣是美國的戰略要地，美國是絕不會放棄的。我對這一點沒有他那麼大的信心，也感覺到寄人籬下，仰人鼻息的生活不是個滋味。當時也有些進步的朋友向我講共產黨對待舊知識份子的政策，說我還可以照舊教書，勸我不走，於是我就留下來了。（同時，也坦陳，因為自己當過國民黨的中央常委，「當年留下確有思想顧慮」）北京解放，我待在北大宿舍裏懷著焦急的心情坐待處理。……後來我比較細心地閱讀過一些馬列主義著作和《毛澤東選集》，逐漸懂得了共產黨的基本方針政策和只有社會主義才能救中國的道理，從此我逐漸向共產黨靠近。[24]

24 朱光潛：〈新春寄語臺灣的朋友們〉，《朱光潛全集》（第十卷），合肥：安徽教育出版社，一九九三年。原載一九七四年一月十九日《大公報》。

成文於一九八〇年九月的〈作者自傳〉裏，有這樣一段話：

一九四九年冬，我拒絕乘蔣介石派到北京的飛機去臺灣，仍留在北大。在建國初思想改造階段，我是重點對象。我受到很多教育，特別是在參加了文聯和全國政協之後，經常得到機會到全國各地參觀訪問，拿新中國和舊中國對比，我心悅誠服地認識到社會主義是中國所能走的唯一道路。這就決定了我對一九五七年到一九六二年的全國性的美學問題討論的態度。[25]

另根據錢念孫於一九九五年七月在中國社科院近代史研究所資料室經朱春和幫助得以查閱到的朱光潛一九四八年四月二十八日寫給胡適的信件中，得知，朱光潛曾托胡適到聯合國文教組織謀職，但未能成事，此信函沒有收入《朱光潛全集》，該信函仍然存於該資料室。[26]

由上述資料可以看出，一九四九年前後的朱光潛，面臨選擇的壓力。朱光潛最後是選擇了一條改造之路、歸順之路。

一九四九年七月召開的第一次文代會，朱光潛與沈從文一樣，沒有被邀請出席。在會上成立的全國文聯，朱光潛也與沈從文一樣，被排除在外。一九四九年十一月二十七日，朱光潛在《人民日報》上發表了〈自我檢討〉，由此開始其漫長的自我說服過程。促使其自我說服，也許是來自內心的恐懼，又或許是因為原有價值觀的崩潰而轉向新的信仰，不能斷言哪一種因素起了決定作用，但也不能斷定一種成因比另一種成因更合理更優先。

25 朱光潛：〈作者自傳〉，《朱光潛全集》（第一卷），合肥：安徽教育出版社，一九八七年，頁六—七。
26 參見錢念孫：《朱光潛：出世的精神與入世的事業》，北京：文津出版社，二〇〇五年，頁一六二。

改造中、改造後的朱光潛，對一九四九年以前的自己似有不認同。至少從表面上看起來，一九四九年以後的朱光潛，在對待「思想覺悟」方面，一直是試圖說服自己的，再談及自由二字，都是以檢討的方式出現的。這種方式，或是為了以從前的錯誤證明現在的正確，又或是為了說服自己接受現狀適應新政權，再或者是以對國民黨政權的厭惡說服現存社會的合情合理。在這一自我說服的過程中，朱光潛寫了不少文章，除了上文提到過的〈自我檢討〉（一九四九），還有〈從參觀西北土地改革認識新中國的偉大〉（一九五一）、〈最近學習中幾點檢討〉（一九五一）、〈澄清對於胡適的看法〉（一九五一）、〈我也在總路線的總計劃裏面——學習總路線的幾點體會〉（一九五四）、〈我的文藝思想的反動性〉（一九五六）、〈我們有了標準〉（一九五七）、〈讀〈在延安文藝座談會上的講話〉的一些體會〉（一九五七）、〈從美學討論中體會「百花齊放、百家爭鳴」的政策〉（一九六一）、〈作者自傳〉（一九八〇）等，以及一九五七年到一九六二年之間美學論爭所發表的一些文章，這些，都可以看出作者確實在有意說服自己，接受新的、「正確」的社會理想、社會模式。

與此有悖的是，儘管一九四九年以後的朱光潛也寫了不少辯論文章，但其一九四九年以後的人生重心儘量放在美學的翻譯及推介方面，他所選擇的翻譯對象，比如說一九五六年出版的《文藝對話集》（〔古希臘〕柏拉圖）、一九五八年出版的《美學（第一卷）》（〔德〕黑格爾），以及後來的《拉奧孔》（〔德〕萊辛）、《新科學》（〔意〕維科）等，這些譯作，未必就是又紅又專又反封建的。他自己所撰寫的《西方美學史》，雖然作者在序言中闡明自己的馬克思主義文藝觀，但《西方美學史》對美學歷史的介紹並沒有多少政治偏頗，更沒有偏離學術軌道，一九四九年以後，對馬列主義著作的研究，於朱光潛而言，怕也是另一種學術通道。

把朱光潛的自省文章放到一起看，如果抽掉那些穿插在文章中的「懺悔」之詞，餘下之文，基本上就可以看作是學術文章了。朱光潛的自省文章有學理性，而非情緒性的自我檢討、自我辯白、自我開脫，稱得上是「懺悔」一奇蹟。推斷起來，這或許是朱光潛寫文章的習慣與長期積累的學理修養所致，但又或許是一種不得已的策略，文章內的懺悔之詞與學術梳理之文對照起來，自有其反諷之處，如果將其反話正說、正話反說，又可得出另一種效果。

個中的矛盾，由朱光潛前後的某些說法，即可得知。一九七九年九月二十日，朱光潛因出版事宜致信陳望衡，「我研究美學主要是解放前的事，無論從質看還是從量看，解放前的著作都較重要。這當然是個人敝帚自珍的看法」。[27]朱光潛於一九八〇年二月二十五日致陳望衡的信中，提到這一句，「我今後不招研究生，精力不夠了。今年擬譯維柯的《新科學》，也不寫應酬文了」。[28]還有與蔡儀的論爭，也可以看出朱光潛對美學的研究多麼自信，雖然「政治態度端正」，但仍然據理力爭。朱光潛對蔡儀的美學根底的真實看法，卻可以從一九八〇年二月二十五日朱光潛致陳望衡的信中可以得知，「他（蔡儀）根本沒有懂《費爾巴哈論綱》、《經濟學—哲學手稿》、《政治經濟學批判》導言和敘述、《資本論》卷一第五部分論『勞動過程』段，乃至恩格斯的《從猿到人》，彷彿實踐觀點是蘇修和我國資產階級知識份子揑造出來販賣唯心主義美學的鬼話。他似乎還停留在五十年代美學辯論時期的水準。我不想寫文章來和他辯論……」[29]

這種悖論中所存的矛盾，當然值得尋味，無論朱光潛本人的主觀意願如何，建國以後，其心靈的自我說服與其在馬克思主義實踐美學方面的自我開拓，其實是兩不誤的。

---

27 朱光潛：〈致陳望衡〉，《朱光潛全集》（第十卷），合肥：安徽教育出版社，一九九三年，頁四六一。
28 朱光潛：〈致陳望衡〉，《朱光潛全集》（第十卷），頁四八八。
29 朱光潛：〈致陳望衡〉，《朱光潛全集》（第十卷），頁四八八。

一九四九年以後的很長一段時間，朱光潛在寫應酬文、做應酬事之餘儘量埋頭做自己的事情，也有一些譯作與少量的講義陸續問世。但這些，並不能說是一種可選擇下的結果，由其前後言行的對照可知，這大概也是一種退而求其次的妥協。當事人對這種你進我退、你退我進的「遊戲」是否多少也樂在其中，並且由此產生被壓抑的激情？被壓抑的正義感？——即便是略有跡可尋，也不能妄下結論，在這樣的過程中，有沒有違背自己的內心，不得而知，但一個人的前後相差如此之遠，其前後轉折一定有價值觀的劇烈衝突，也幾乎可以肯定的是，一九四九年以後，朱光潛對文學自由的嚮往已讓步於對其他價值觀的臣服，其價值觀裏的原有世界，必已顛覆。

（四）詩歌藝術的失落與詩人內心的轉向

自由主義文學中的詩歌，所面臨的，其實是在現實主義、浪漫主義、現代主義、古典主義之間的取捨，它仍然是現代性裂下的反應，也是中西之間、傳統與現在之間的取捨問題。據相關資料顯示，這些自由主義詩人在將近三十年的時間內，詩歌創作幾乎是空白，到七〇年代末、八〇年代初，當他們再次獲得寫作的權利的時候，他們對詩歌寫作的看法，他們在詩歌創作方面的嘗試，已與二十世紀四〇年代中後期有了極大的區別，當然，穆旦可能是這些詩人中的一個例外，由其《秋》、《冬》等詩作可知他並未完全被異化。

在這裏，略舉一些例子，可知詩人們一九四九年以後的遭遇。

一九四八年八月，穆旦赴美，在芝加哥大學攻讀英美文學兼自學俄語、研讀俄國文學，一九五一年獲得碩士學位。一九五三年初，穆旦與夫人周與良回到國內，一九五三年五月，任教於天津南開大學。

一九五三年至一九五八年，穆旦鮮有詩作問世，其主要重心是翻譯英美詩歌、俄國普希金詩歌。一九五七年雖寫有〈葬歌〉，但對革命的熱情度並不算高，對新舊交替仍有疑問，對過去的自己仍有不捨的情懷，對現在及未來的生活，也必有猶疑，「就詩論詩，恐怕有人會嫌它不夠熱情：對新事物嚮往不深，對舊的憎惡不多。也就因此——我的葬歌只算唱了一半，那後一半，同志們，請幫助我變為生活」，[30]這種懺悔度不夠高、覺悟不夠深的詩作，未必見容於文學的主旋律。一九五八年十二月，穆旦被判為「歷史反革命」，「他（穆旦）因曾作為大學講師去『遠征軍』中任翻譯有一個『同中校』軍銜，雖然是在抗日戰爭時期的事情，仍然成為嚴重歷史問題，被戴上帽子在學校圖書館勞動。直到一九六二年解除管制，恢復工作，才又利用業餘時間日夜奮戰，整理幾部偷偷譯成的譯稿，如拜倫的《唐璜》，想搶回一些時間。而後來也就因工作過度，患突發性心臟病而無法搶救」。[31]

鄭敏在一九九九年五月十四日寫下一些文字，以作《鄭敏詩集：一九七九－一九九九》的序。該序文重點談論鄭敏在一九七九年以後的的創作經歷，但她也提到了一九七九年以前的情況，「一九四九——一九七九年是我的詩歌生命的冬眠階段。除去這三十年的空白，我的詩歌詩歌創作活動前後約有三十年，但靈魂的磨煉卻遠遠超過半個世紀」，一九七九年之後，黑暗彷彿已經過去了，「在飛機上最能體會從黑夜飛入黎明時的強烈感受，在瞬間看見天邊的亮光向自己走來，疲倦隨著黑暗如潮水向四周退卻。在地球上這種經驗是很難有的。但在一九七九至一九九九年我卻有著精神上的類似感受。我發現自己從黑暗中走出，夜過

30 穆旦：〈葬歌〉，見藍棣之編選《九葉派詩選》，北京：人民文學出版社，一九九二年。

31 唐湜：〈憶詩人穆旦：紀念穆旦逝世十周年〉，見《一個民族已經起來——懷念詩人、翻譯家穆旦》，南京：江蘇人民出版社，一九八七年，引文見頁一五六。

去了，我處在初醒，涉出黑暗，走向黎明的心態」。[32]

辛笛有一段話，可以有限地解釋他一九四九年以後的將近三十年的時間裏，何以「無暇寫詩」，而即便有零星的詩作，也因對現實主義的信奉而放棄了藝術方面的自律：

> 我這個從舊社會生活過來的人，也是到過西方不少國家的知識份子，有比較才有鑒別，從親身經歷中認識到只有社會主義才能救中國，只有共產黨才能領導全民族走上真正繁榮富強的康莊大道。解放後新的生活天地吸引了我，改入工業戰線工作，一切從頭學起，無暇寫詩。與此同時，也深深體會到做人第一，寫詩第二。……可是當我從個人內心走入廣闊的社會時，不可避免地偏到另一個極端。我的寫作在藝術方面大大地忽視了，這無疑是一種缺陷。十年內亂，我和絕大多數同輩一樣，在經受種種磨難和折騰中，當然也被剝奪了提筆歌唱的權利。之後，我也正好對詩歌創作中的偏頗加以反省，更深地理解到詩的藝術在表達思想內涵時的感染力量是何等重要。……在屈指可數的餘年中，我又開始了思想和藝術風格上的一些嘗試和探索。但到目前為止，自己仍然感覺遠遠不能滿意。[33]

一九四九年以後，詩人心中的新舊社會分野變得清晰明朗，詩人的內心發生了轉向，其詩作也隨之發生轉向，以詩人自己的說法，就是現實主義，「一九八一年五月，我有機會出國去加拿大參加第六屆國際詩歌節。會上，詩人亨利・拜塞爾向我談起：難道現實主義的詩歌就不需要講求藝術了？這話對我是一個有力

---

32 鄭敏：《鄭敏詩集：一九七九—一九九九・序》，北京：人民文學出版社，二〇〇〇年。

33 辛笛：《辛笛詩稿・自序》，北京：人民文學出版社，一九八三年。

的提醒。這也再次使我堅定了以下的看法：詩歌是不能脫離現實的」（辛笛）。[34]二十世紀七〇年代末以後，詩人意識到藝術性對詩歌的重要，但這種意識並沒有幫助詩人在詩歌創作上有什麼特別大的進展，辛笛於「文革」後所創作的詩歌，看得出有「改造」後的烙印，個人的感恩色彩非常濃厚，其對光明與黑暗的愛憎之情與其四〇年代後期的愛憎之情有諸多的相似之處，但其七〇年代末、八〇年代初的詩作，比如說《我是公社的靈魂》（一九七九年十月）、《北京抒情》（一九七九年十月）、《九月，田野的風》（一九八〇）、《祖國，我是永遠屬於你的》（一九八一）、《我重新找到了幸福》（一九八一）、《南京路上的石頭說》（一九八一）等，抒情更直白，情感更熾烈，忠誠的心意更誠懇，相比之下，辛笛在四〇年代中後期、或者在更早的三〇年代所作的詩歌，更偏重感官的聯想、情感的含蓄婉轉，而辛笛後期的詩作，歡呼聲代替了四〇年代中後期的憤怒與悲傷，熱情誠摯的心聲也有異於其三〇年代詩作中表現出來的青春悵惘，新的烏托邦之想修正了舊的烏托邦之戀，這種轉變由制度開始，最終導致了詩人內心的順從，比如說，對唯物主義的心悅誠服、對馬克思所設計的美好前景的順從。

一九四九年以後，這一鬆散的詩人群落及其詩作，受到了普遍的冷落。一九四九至一九七九年之間，穆旦、辛笛、杜運燮、杭約赫、鄭敏、唐祈、唐湜、袁可嘉等鮮有作品發表，「建國三十年來，由於大家現在都知道的諸多原因，這些作品也和國統區其他許多具有各種不同風格和特色的詩篇一樣，長期沒有獲得與廣大詩歌讀者見面的機會，以致在我國現代文學史上，對四十年代國統區的詩創作缺少全面完整的評價」（袁可嘉），[35]個中的原因，袁可嘉沒有詳細說明，或因不便或因不想，難以深究。

[34] 辛笛：《辛笛詩稿》（〈自序〉），一九八三年。
[35] 袁可嘉：《九葉集》（〈序〉），見《九葉集》，辛笛等著，北京：作家出版社，二〇〇〇年。

當創作被要求同一化、模式化、純淨化之後，隨著時間的推移，久而久之，在沒有機會、沒有條件、沒有可能接觸其他文學的情況下，接受的心理與趣味是不是也會發生變異?!當接受的心理與趣味認同單一取向時，對異類的排斥與拒絕會不會自然而然地發生？由袁可嘉的回憶與評說，可在一定程度上得知自由主義文學在一九四九年以後的事實遭遇，但是導致這種遭遇的各種力量與各種成因，以及各因素如何發生變異的過程，也值得探究。

除了被歸為「九葉詩派」的詩人之外，其他處於游離狀態、基本不問政治的詩人，比如說林徽因、吳興華等，在一九四九年以後，也鮮有詩作問世。林徽因的轉向看似順理成章，也符合林徽因個人的生活志趣，但實則也耐人尋味，這種轉向，可以通過其子梁從誡的回憶得知一二。但就文學而言，並沒有什麼跡象顯示作為詩人的林徽因內心轉向，促使她與梁思成留居大陸的最重要原因，是他們對中國古建築的感情，就目前的出版情況來看，林徽因於一九四九年以後，並無詩作問世。這種轉向，也許只是在個人情感上的轉向，但無損其原來三〇、四〇年代所堅持的藝術趣味，而單看其個人生活選擇，林徽因之選梁思成捨徐志摩，也表明林徽因更看重一種建立在日常生活具體經驗上的人生，而非政治激情、個人激情下的激烈人生。

為什麼林徽因會留下，梁從誡在〈建築家的眼睛　詩人的心靈〉一文中記下了這樣一個細節：

一九四九初，林徽因所住的清華園已經解放了，而解放大軍對北平的包圍正緊。林徽因和梁思成一樣，不僅為城內親友、百姓的安危而日夜擔心，而且一想到這座舉世無雙的文化古都，城內那無數輝煌的古代宮殿廟宇，可能即將毀於攻城的戰火時，就憂心如焚，幾乎夜不能寐了。就在這時，一天，突然有兩位解放軍來到家中求見，在大吃一驚的梁思成面前攤開了一幅大比例的北平軍用地圖，請他用紅筆圈出一切重要的文物古蹟的位置，以便在大軍萬一被迫攻城時盡一切可能予以保護……這生平第一次同解放軍的直接接觸，使這一對以中國古建築為第二生命的夫妻激動得熱淚盈眶，而幾乎在一夜之間，就消除了他們對共產黨的一切疑慮，從此便把自己的命運同新中國凝在了一起。[36]

應該說，這種挽留，是出於善意的最真誠的挽留，而至於新政權保護文物的初衷如何在革命的感召下，一步步走樣變形，直到推翻自己的初衷，那又是另一種思維邏輯的產物了。

一九四九年以後，林徽因以女性的身份正式受聘於清華大學建築系一級教授，這種身份地位是蔣介石政權不曾給予的，這種身份的驕傲對林徽因的內心肯定有所打動，梁從誡另一段描述，可以看到林徽因一九四九年後的轉向：

> 新中國成立後，母親只生活了短短六年時間，但她的思想感情確實發生了巨大的變化。這是因為，當時的新政權曾以自己的精神和事業，強烈地吸引了她，教育了她。以她那樣的出身和經歷，那樣的生活和思想方式，而能在短短幾年內就如此毫無保留地把自己的全部信任、智慧和精力都奉獻給了這新的國家、新的社會，甘願為之鞠躬盡瘁，又是那樣懇切地決心改造自己舊的世界觀，這確是一件發人深省的事。許多人曾對我說過：你母親幸虧去世得早，如果她再多活兩年，「反右」那一關她肯定躲不過。是的，早逝竟成了她的一種幸福。……文革期間，父親是在極度的痛苦和困惑中，頂著全國典

[36] 梁從誡：〈建築家的眼睛　詩人的心靈〉，見《林徽因文集‧文學卷》，頁四一一。該文原載一九八三年第二期《讀書》雜誌，題名為〈建築家的眼睛　詩人的心靈（代序）——記林徽因〉。

型「反動學術權威」的大帽子死去的。我只能感謝命運的仁慈，沒有讓那樣的侮辱和蹂躪也落到我親愛的母親身上！[37]

因為生命短促，林徽因免遭不堪，但荒誕的歷史總會留下一些反諷式的證詞，「十年浩劫中，清華紅衛兵也沒有放過她。『建築師林徽因之墓』幾個字被他們砸掉了，至今沒有恢復。作為她的後代，我們想，也許就讓它作為一座無名者的墓留在那裏更好？」（梁從誠）[38]

這些詩人，在一九四九年至一九七九年之間，事業重心轉向翻譯或其他專業事宜，這也許是工作的恩賜、勞動的恩典了，當然，也許也要得益於體力勞動在新政權執政者心目中的崇高地位了。幸存的詩人，在一九七九年以後「重生」，但其藝術志趣、藝術主張已發生根本性的轉變，其言其調深深地帶上改造後的印痕。他們並沒有真正贏來藝術上的第二次生命。就以四〇年代中後期在詩歌理論上有著極為重要的建樹的袁可嘉為例，一九四九年以後，袁可嘉在詩歌創作方面再無建樹，其事業重心轉向翻譯、推介英美文學及詩論。與其一九四五年八月至一九四九年十月間的詩論相比，袁可嘉在一九五七到一九六四年、一九七八到一九八三年間所發表的文論風格已發生根本轉向，雖其文章主體仍具嚴謹的學理性、其文也有豐厚的學養、對西方現代及後現代文學流派有相當不俗的知識性敏感度，但其文章前後左右總忘不了一分為二、檢討一番後再事論證，在知識導向方面倒是能給讀者以具體指引，但在看法上早已喪失了四〇年代中後期詩論的大氣磅礴，其肌理豐滿、論證得理的風格也成為歷史。連其為一九八八年由三聯書店集結出版的《論新詩現代

37 梁從誠：〈倏忽人間四月天〉，見《林徽因文集．文學卷》，頁四四八。
38 梁從誠：〈倏忽人間四月天〉，見《林徽因文集．文學卷》，頁四四六。

化》撰寫自序的時候，也忘不了自我檢討一番，亦忘不了作鞠躬之態，「事過四十年，回過頭來重讀一遍，覺得其中有不少是幼稚的錯誤的觀點，但也不無可資參考和探討的意見。……我當時的根本立場是超階級的『人的文學』的立場，對『人民的文學』的理論和創作都缺乏全面的理解。我不認識『人民的文學』的根本意義和重大成就，也不瞭解它的內部尚有正確與錯誤之分，在指陳流弊時，不少地方失之偏激，大有把污水和孩子一起潑掉的盲目情緒。在對待西方現代詩派和批評理論上，我處處引述它們的主張來支持自己的論據，對它們的唯心主義思想體系和某些片面見解，視而不見，毫無批判，這顯然是不夠全面的」[39]，該書所收入的，是其文論中最有見地最有價值的部分，四十年後，袁可嘉二十五歲至二十七歲期間寫的這一批文章，卻要以自我檢討為掩護的、扭捏又真誠的方式與讀者見面。這一點，倒是與朱光潛有一些相似的地方，所以只能說，詩人與理論家們的轉向，是時勢下的妥協與自我讓步，即便內心被自我、被他人說服，但也並非是一種可選擇的結果。

那麼，至此，自由主義文學中的詩歌乃至詩論，在一九四九年之後的真實境況，也已經不言而喻了。

（五）張愛玲寓言——中國文化傳統的失魂落魄

一九四九年以後的張愛玲，也面臨抉擇。這種抉擇，既有藝術上的，也有人生看法方面的。主義對張愛玲藝術的傷害，由《小艾》、《十八春》就已經開始了。一九四九年前後，大陸某些事物走向衰敗，以張愛玲的天分與聰明，肯定會考慮怎麼寫的問題，以及何去何從的問題。

[39] 袁可嘉：《論新詩現代化》（〈自序〉），北京：三聯書店，一九八八年。

《十八春》、《小艾》與〈金鎖記〉、〈連環套〉等作品的區別，多多少少可以看出張愛玲這一階段的內心猶疑。四〇年代中後期就開始構思的《十八春》[40]（後改為《半生緣》），由一九五〇年一月起在當地部門批准創設的上海小報《亦報》上連載，直至一九五一年十一月載完，同月，由《亦報》社出版單行本。張愛玲大概是有了顧忌，用筆名梁京。一九五一年十一月四日至一九五二年一月二十四日，中篇小說《小艾》亦在上海《亦報》發表，想來，如果不是內心有了猶疑，小艾也不會是奴隸翻身進入新社會的套路，身體的病代替了心裏的病去思考人生，小說的後半部全然不像張愛玲以往的處理風格。張愛玲自己也表示過，不喜歡《小艾》（一九八七年五月），「我非常不喜歡《小艾》」。友人說缺少故事性，說得很對。原來的故事是另一婢女（寵妾的）被姦污懷孕，被妾發現後毒打囚禁，生下孩子撫為己出，將她賣到妓院，不知所終。妾失寵後，兒子歸五太太帶大，但是他憎恨她，因為她對妾不記仇，還對她很好。五太太的婢女小艾比他小七八歲，同是苦悶鬱結的青少年，她一度向他挑逗，但是兩人也止於繞室追逐。她婚後像美國暢銷小說中的新移民一樣努力想發財，共（產）黨來後悵然笑著說：『現在沒指望了。』」。[41]《小艾》的結尾是這樣的，「小艾有時候想著，現在什麼事情都變得這樣快，將來他長大的時候，不知道是怎樣一個幸福的世界，要是聽見他母親從前的悲慘的遭遇，簡直不大能想像了吧？」[42]

40 《十八春》，張愛玲在美國改為《半生緣》（一九六六），結尾改動較大，張慕瑾改為張豫瑾，曼楨與世鈞到東北參加革命的情節也刪去。相比起來，《半生緣》與《金鎖記》等早期作品在藝術趣味上更為一致。

41 張愛玲：〈說〈小艾〉〉，見張愛玲著《鬱金香》（附錄），北京十月文藝出版社，二〇〇六年，頁四六〇。

42 張愛玲：〈小艾〉，見張愛玲著《鬱金香》，頁三二四。

這算不算是光明的尾巴？當小艾那樣的身子，呈現在你我面前的時候，可能會引發一種什麼樣的同情心？我們又希望這樣的身子，又什麼樣的收梢？光明究竟有多麼大的吸引力，使得張愛玲內心也產生些微的猶疑？

據張愛玲弟弟張子靜的回憶，大致也可以看出張愛玲這一階段面臨走不走、去哪裡的猶豫：

一九五一年，我記得很清楚，大概是《十八春》連載結束後，有一次我去看她，問她對未來有什麼打算，我們雖然不談政治，但對政治環境的大改變不可能無知。尤其像她那麼聰明的人，經歷過香港淪陷、上海淪陷、抗戰勝利，對於各階段的變化，一定有她獨特的觀察和發現。她以前寫出「已經在破壞中，還有更大的破壞要來」這樣的句子。解放以後，種種的變化都更激劇，也許她已經預見「更大的破壞要來」了。我問她對未來有什麼打算，就是因為我對整個客觀環境已經有所考慮了。但是姊姊默然良久，不作回答。

她的眼睛望著我，又望望白色的牆壁。她的眼光不是淡漠，而是深沉的。我覺得她似乎看向一個很遙遠的地方，那地方是神秘而且秘密的，她只能以默然良久作為回答。[43]

有一個細節須補充，張子靜的回憶雖遲在張愛玲去世後四個月才由臺北時報出版公司出版，但張愛玲生前就已知姚宜瑛很有興趣出版由張子靜提供資料、季季整理（二人合作）的《我的姊姊張愛玲》，當張愛玲得知她弟弟又再提筆寫關於她的文章，很為難，據一九九四年十月五日張愛玲給莊信正的信件，「姚宜

[43] 張子靜：《我的姊姊張愛玲》，上海：學林出版社，一九九七年，頁一三七、一三八。

瑛考慮登我弟弟關於我的文章使我感到為難，也是遲遲沒回信的一個原因。……他記錯了是a Freudian slip, wishful thinking，他近年來對我誤會很深，因為我沒能力幫助他。對我姑姑也許更甚。來信說『姑姑跟一個姓X（忘了，反正是個陌生的較少見的姓）的壞蛋同居』。同在上海，會不知道是跟李姓工程師結婚。再寫一篇關於我，儘管竭力說好話，也會有同類的Freudian slips。自己弟弟說的，當然被視事實。但是他在困境中賺點稿費我都阻撓，也於心不安。」[44]

這一舉動，無論出自什麼樣的動機——即便是善的動機，終歸是違背了張愛玲本人意願的行為。上述張子靜的文字，怕也確實有張子靜自己的一廂情願，只不過，他雖永遠不能理解張愛玲的人生意願，但他又能多少捕捉一些珍貴而獨特的記憶，他的回憶有沒有附帶少年便積下的怨恨與失落，倒不必細究。

一九五二年八月，張子靜去卡爾登公寓去找張愛玲——

> 姑姑開了門，一見是我就說：「你姊姊已經走了。」然後就把門關上了。
>
> 我走下樓，忍不住哭了起來。街上來來往往都是穿人民裝的人。我記起有一次她說這衣服太呆板，她是絕不穿的。或許因為這樣，她走了。走到一個她追尋的遠方，此生再沒回來。[45]

一九五二年，張愛玲由上海至廣州，再由深圳轉往香港，入港大完成學業。一九五四年英文版的《秧歌》與《赤地之戀》，可以看作是她對人的環境的轉變的一種階段性看法，這裏頭，一定有四〇年代中後

44 莊信正：〈清如水、明如鏡的秋天——張愛玲來信箋注（五）〉，《書城》二〇〇七年七月號，頁一一〇。
45 張子靜：《我的姊姊張愛玲》，頁一三八。

期、五〇年代初期大陸留給她的印象。一九五五年張愛玲赴美，開始其後半生為自己生計、為他人（賴雅）生計而奔波的生活。

無獨有偶，對於張愛玲的出走，柯靈[46]也提到了衣服的事，他不敢想像張愛玲會穿中山裝。[47]統一著裝是一種徵兆，它意味著人的社會化與齊一化趨勢，它意味著個人特徵被壓縮，無論這種統一著裝是政治號召還是民眾自覺，它都意味著個人空間的逐漸萎縮。難以想像這種趨勢會容得下張愛玲，在這樣的趨勢下，很難防止個體不被社會壓力所傷害，這種社會壓力有來自法律的，也有來自輿論的，有的壓力奴役身體，有的壓力奴役靈魂。

張愛玲與時代大勢的格格不入，一九四五後以後就早有徵兆。一九四九年以後，張愛玲在革命的人群中，更覺突兀。這一點，柯靈的描述最是到位，他在〈遙寄張愛玲〉（一九八四年十一月二十二日寫成，一九八八年刪改）一文記下了一個小小的細節：

> 一九五〇年，上海召開「第一次文學藝術界代表大會」，張愛玲應邀出席。季節是夏天，會場在一個電影院裏，記不清是不是有冷氣，她坐在後排，旗袍外面罩了件網眼的白絨線衫，使人想起她引用過的蘇東坡詞句「高處不勝寒」。那時全國最時髦的裝束，是男女一律的藍布和灰布中山裝，後來因此在西方博得「藍螞蟻」的徽號。張愛玲的打扮，儘管由絢爛歸於平淡，比較之下，還是顯得很突出（我也不敢想張愛玲會穿中山裝，穿上了又是什麼樣子）。任何事物都有複雜性，不是一般觀念所理

46 據張愛玲《小團圓》，學界推論柯靈於張愛玲，恐有非禮失當之舉。於此，柯靈的言論，權作資料參考。

47 柯靈：〈遙寄張愛玲〉，見《張愛玲評說六十年》，子通等編，北京：中國華僑出版社，二〇〇一年，頁三八二—三八三。

解的那麼簡單。左翼陣營裏也不乏張愛玲的讀者，「左聯」元老派的夏衍就是一個。抗日結束，夏衍從重慶回到上海，就聽說淪陷期間出了個張愛玲，讀了她的作品。解放後，他正好是上海文藝界第一號的領導人物。這就是張愛玲出現在「文代會」的來龍去脈。[48]

柯靈借用張愛玲在《傾城之戀》的說法——「香港的陷落成全了她（流蘇）」，上海的陷落成全了張愛玲，「我扳著指頭算來算去，偌大的文壇，哪個階段都安放不下一個張愛玲，上海淪陷，才給了她機會。……抗戰勝利以後，兵荒馬亂，劍拔弩張，文學本身已經成為可有可無，更沒有曹七巧、流蘇一流人物的立足之地了。」[49]

可惜，香港的淪陷卻始終沒能成全她。從人文氣質上來講，香港並沒有淪陷，即便是就今天而言，它既是舊的，又是新的，它的言辭與生活是清朝的，也是民國的，更是現代的，它是現代與傳統交接得最為順利、中西氣質配合得最為默契的唯一的中國城市，它既殘留著古典生活中的情情切切、湯湯水水、家族禮節、精緻趣味，又接納了資本主義精神中的謹慎、勤勞、誠實等美德。但張愛玲於一九五五年離開了香港，離開了她厭憎的小公務員生活，走向了美國的公寓生活，而其美國的公寓生活，又竟然要靠香港來「接濟」（寫劇本等），因為學歷的障礙，因為文化的隔膜，她始終沒能走進美國的主流文化圈。經濟的困頓、自身早年文學成就所帶的焦慮，使這個落難「王孫」的異域生活窘迫難堪，她的內心真相，雖然難以捉摸，但由

48 柯靈：〈遙寄張愛玲〉，見《張愛玲評說六十年》，頁三八二—三八三。
49 柯靈：〈遙寄張愛玲〉，見《張愛玲評說六十年》，頁三八三—三八四。

她與莊信正等人的信件中可知，她的晚年生活，她晚年的恐蟲症，似乎對應了她年輕時候的一句讖語，「生命是一襲華美的袍，爬滿了蝨子」（〈天才夢〉）。

隨著一九四九年的到來，一些陌生的事物與秩序也許傷害了張愛玲的文學靈感、文學天分。馬克思．舍勒有一個「陌化」（Entfremdung，多譯為異化，羅悌倫等譯為陌化，似更符合舍勒所指的陌生感、格格不入感等）的提法，他在談及資產者（Der Bourgeois）及資本主義精神的出發點的時候，認為，「各種徵象表明，生活秩序在衰亡，而我們還在這種生活秩序的力量和方向之下生活。在這許多徵象之中，我看到，最令人確信無疑的恐怕莫過於深深的陌化這一徵象了；在今天，就生活秩序而言，陌化以其特別的秩序完全佔有了最佳的頭腦和最強的心靈」。[50]舊有生活秩序的衰亡與破敗，並沒有引起張愛玲的「陌化」感，她能感受到時代饋贈給中國的最後一抹華麗與悲涼（而非悲壯）；但是激進力量對這種生活秩序變化的全盤否定、對傳統生活的反動、對乾淨生活的要求，卻引起了張愛玲的「陌化」感，因為，日子再難以「灰樸樸」地過下去，而是要是非分明地過下去了，這不符合張愛玲小說中不徹底的人物性格、人生看法。

《小艾》也許能在一定程度上證明張愛玲在一九四九年、一九五〇年前後的「陌化」感。《小艾》似乎缺乏一種藝術審美的氛圍與物質場景，甚至沾染了一些社會主義的「未來」習氣，張愛玲以往小說中，附在家居物質上的人氣，似乎沒有了，那些沾了舊式習俗禮儀的家居物質似乎也消失了，《小艾》只剩下了人與人的簡單關係。是這個社會一體化的趨勢剔除了審美的多元需求呢，還是其他什麼原因呢？由此，我想起王德威在〈落地的麥子不死：張愛玲的文學影響力與「張派」作家的超越之路〉一文中所提到的，「到了八〇年代末期，小說中最能傳達『張味兒』的，是蘇童及葉兆言兩位男作家，兩位作者都出身城市（南京及

---

50 〔德〕馬克斯．舍勒：《資本主義的未來》，羅悌倫等譯，北京：三聯書店，一九九七年，頁一—二。

蘇州），也不約而同地善寫三四十年代風情，並不讓人意外」，王德威沒有再細說下去，只是說《妻妾成群》、《罌粟之家》有《金鎖記》、《創世紀》的風采。[51]

我們看到的文學事實是，晚清以降、直至三四十年代新舊混雜的人物風情（尤其是上海式的人物風情），止步於政黨國家努力淨化、純潔化後的社會主義新生活人物風情。但晚清以降、直至三四十年代作為小說的主題，遠比二十世紀五〇年代至今的年代作為小說的主題，要燦爛豐富得多，這些體驗，可以從二十世紀、二十一世紀初之文學作品的對比閱讀中感受到。安慰性的說法是，描述當代生活的偉大作品尚未出現，悲觀性的說法是，缺乏自由勇氣的心靈，只看到不自由的安逸與習慣，而看不到不自由的苦難，不把自由當作是藝術本質的藝術，或為現實所困，或被觀念所驅，多多少少會有一些救世的豪情、仇恨的狂暴。

張愛玲在四〇年代如魚得水，張愛玲在晚清民國史的題材裏如魚得水，張愛玲晚年修改其五〇年代構思寫成的〈相見歡〉、〈浮花浪蕊〉、〈色，戒〉三篇作品，也是屬於晚清民國史的題材，張愛玲四〇年代的輝煌、五〇年代的猶疑與轉變、五〇年代以後在文學創作方面的相對沉寂，這一過程，隱含著重要的文化寓言。張愛玲留給大陸最深刻、不易為人察覺、也將是最為持久的文化寓言，就是對這些難解問題的啟示：社會主義新型人物風情，為什麼會讓晚清以降、直至二十世紀三四十年代新舊混雜的人物風情嘎然止步？自由主義文學何以會失魂落魄、不知所終？自由主義文學有無回魂的可能？如果沒有回魂的可能，那麼，原因又可能是什麼？為什麼沈從文、朱光潛、袁可嘉等人重獲寫作機會之後，在寫作上卻無力回天？為什麼張愛玲遠赴美國之後，在個人自由基本上沒有多大障礙的情況下（經濟困頓、遇人不賢對其個人自由造成一定的

[51] 王德威：〈落地的麥子不死：張愛玲的文學影響力與「張派」作家的超越之路〉，見王德威著《想像中國的方法：歷史・小說・敘事》，頁二五四。

損害，個人自由的承擔力受阻），卻沒有寫出能夠反映中國魂魄的文學作品？是張愛玲離開了「中國」？還是「中國」離開了張愛玲，離開了自由主義寫作人及知識人？張愛玲的寓言，提示我們，時代已經轉身，文學之失魂落魄，是因為，古典中國的餘韻，離開了我們。在社會主義人物風情的進化路上、淨化路上，古典中國的餘韻，蕩然無存，中國資本主義起源的獨特性，又使得中國資本主義在起步階段，根本無從培養英美式資本主義精神，更談不上繼承西式古典的禮儀教養、人際秩序，民粹主義與樂觀進化論讓我們深陷對傳統的盲目反動中，民族主義又讓我們深陷「中國問題」的自我隔絕中，並讓我們深信絕對的自力更生、絕對的「自給自足」（物質與文化）能夠解決「中國問題」。儘管毛澤東等人一再強調要批判地繼承中外文化傳統，但這一繼承的實質前提是，先要站隊，站隊站對了，才有資格進入「我」方陣營，那麼，誰才能讓這些所謂的「傳統」站好隊呢，最高權威者說是人民群眾，但在職責轉換途中，這一權俐落到了文學路線的最高權威者身上。

進入五〇年代以後，特別是一九五六年以後，所有制結構已基本定型、公有制經濟成分佔據了百分之九十以上的份額、文學規範體制基本建立，張愛玲四〇年代文學作品裏的那個氣場隨之改變，在一九四九年以後一段時間內的氣場裏，只有黑與白，沒有五顏六色，而白又要儘量滅了黑，結果白又製造了更多的黑。淨化論與進化論讓古典美學的意象消失、同時也讓人的豐滿性消失，整個社會處於性別解放的亢奮中，女子按照男子的模式進發，整個社會變得男性化，比如說穿中山裝等，當然我們要承認平等這一理念，最大的受惠者是天足時代的女性，但男女無事不平等無事不一樣的趨勢，也破壞了美感想像，性別的自然美被解放的亢奮抹平，代之以單一的同質色彩，同化征服了異端。

人與人之間原先那種相對穩定的距離感，已被破壞殆盡，人的豐滿線條被線條式的規劃所取代，人的身體美感、內心美感被最大程度地抽離，整個社會的服飾色調款式日趨單一、家居物質儘管避免資本主義的

「腐蝕」而保持延安風格（按等級制配備家居物質，可作別論）。當「人民」風起雲湧時，「個人」卻失魂落魄甚至是逐漸消失了，文學作品裏充斥的是「人民」的聲音、「集體」的聲音、「權力」的聲音，「個人」的聲音與意見被淹沒了。那個既能包含急促，又能容納緩慢的氣場，轉換成集體的、亢奮的、同一的氣場。

就張愛玲的作品而言，我們怎麼能夠想像：在一九五六年代以後，〈金鎖記〉裏的曹七巧手上還戴著鐲子？手上還攢著金子？床上還支著鴉片攤子？〈連環套〉裏的霓喜還能彪悍地做著外室？在男人堆裏扭捏挑拔、撒潑打滾？在房間裏留著成打的傭人、收著大小銀盤雕花檀木箱子？〈沉香屑：第一爐香〉裏的葛薇龍還可以過交際花的生活？作者還能在作品中對交際花的生活賦予同情與憐憫？〈色，戒〉裏愛國女學生王佳芝還會動搖、漢奸易先生還會動情？……列舉下去，只會讓我們看到無數的不可能。沒有鴉片，沒有灰暗，沒有華麗的想像，沒有繞室而逐的調情，沒有張愛玲最熟悉最感興趣的，複雜人際關係，人氣與物質的關係，沒有張愛玲眼中的不徹底的人生，沒有天荒地老之後的得救。

舊的已經消失，那麼，新的，新的是什麼呢？新的，正是自由主義作家在四〇年代中後期所看到的，與美德絕緣的那些絕對的貪婪、慾望、背叛、醜惡人性，在包辦制度的溫情與善意中開出糜爛的花朵。

張愛玲的「格格不入」，張愛玲在文學創作上的「消失」，寓言著大陸某些事物的沉沒與毀滅。大陸文學的失魂落魄，不是哪一個人的單獨悲劇。於文學創作而言，審美的意象被抽離，而對荒誕的藝術感受力又尚未被建立。這裏頭，實在是有一種我們回不去了的悲涼。留在大陸的自由主義寫作人，於一九四九年以後，在文學創作上基本上失聲，但遠走他鄉的作家，也不見得有太大的作為，或者說再也很難寫出具有大陸魂魄的作品。對此，其實張愛玲已經隱晦地告訴了我們答案。張愛玲說：「個人即使等得及，時代是倉促的，已經在破壞中，還有更大的破壞要來。有一天我們的文明，不論是昇華還是浮華，都要成為過去。如

果我最常用的字是『荒涼』，那是因為思想背景裏有這惘惘的威脅。」（《傳奇》再版序言，一九四四年八月）[52]

四、是怨恨還是感恩？

諸多因素共同促成了自由主義文學前提的消失。為了相對清晰地觀察自由主義文學前提消失的過程，本章首先探討了制度性因素對自由主義文學前提的影響，接著對自由主義文學報刊的消亡、自由主義寫作人的個人遭遇作了大致的勾勒，以基本的事實去驗證自由主義文學自我承擔之不可能。那麼，除了為學界所重視的制度性因素之外（尤其是文學規範制度），還有一些思想、情感上的因素，因為涉及到本章的一些結論問題，所以我將它放到本章的最後來探討。

之所以探討制度性以外的因素，是因為，以權力的二元對立說、文學的制度規範並沒有辦法完全解說自由主義文學人士在一九四九年以後的轉向、變化，政黨國家之所以成其為政黨國家，不完全是因為軍事上的勝敗原則，它除了合法性之外，還有一個正當性的問題。沈從文、朱光潛、蕭乾、錢鍾書、楊絳等人，是在有其他選擇的情況下留居大陸的，而像穆旦是一九四八年出國的，學成之後又回國，像羅大岡，在法國留學之後，也選擇回國，而在建國以後，沈從文等自由主義寫作人及知識人，還有一些無政府主義者，都先後寫下過檢討，接納了建國初期再站隊的機會，他們建國初期各自寫下的某些篇章，也表達了感激、亢奮之情。這說明，單憑制度內所蘊含的權力學說、軍事勝敗原則無法充分解釋自由主義文學理想的終結。

---

[52] 張愛玲：〈再版的話〉，見張愛玲著《傳奇》（附錄），北京：人民文學出版社，一九八六年，頁三四九。

社會主義文學的良心體系，與自由主義良心體系，在某些邊緣地帶有重合之處，這使得人們常常將個人自由與民族自由混為一談，將飢餓貧病歸之於歐洲道德的敗壞與資本主義的罪惡，而自由主義良心體系，由於受到罪惡感的提醒，很容易同情左派。

為什麼會同情左派。左派所提倡的那種犧牲精神是原因之一，無私奉獻，讓人感動，尤其能讓生活中的無能者、投訴無門者、生活無著者感動。那麼，對自由主義文學人士來講，這裏面又有沒有幹部的虛榮感與人之本能感動的混雜情緒呢？蕭乾的一段回憶，耐人尋味。當一九四八年秋天蕭乾赴港的時候，生活受到優待，蕭乾對比以前的待遇，心存感激，「一九四六年我由英國返滬時，報館根本沒有為我安排住處。一九四八年，我還沒到香港，報館就已經在九龍幽靜而又方便的地帶為我準備了一套舒適的住所。倘若再回上海，生活肯定會更受到優待。而且還在進行淮海戰役時，報館為了安定人心，就宣佈了上海解放後報館的人事部署。新《大公報》的領導機構（當時稱作『館務委員會』）除了三位地下黨員外，非黨員有王芸生、費彝民和我。這就意味著我已從中層幹部調到領導階層了。因此，繼續留在《大公報》無論從生活旨趣還是感情上，都是可取的」。[53]人的感情都是脆弱的，嚮往安逸與幸福、嚮往安身立命之生活常態，對現實生活作各方面的權衡，也是人之常情，不能以是非去論斷。但這種犧牲精神裏面，所含有的精神漏洞，正是蕭乾所親身感受到的，共產黨方面對幹部的優待——也可以看作是論功行賞，誰對人民群眾的功勞最大，誰分到的蛋糕就理應最大，因為有恩情論、解放論在裏面平衡，所以，分配上的等級制並沒有引起追求經濟平等的人們的不滿，因為人民群眾覺得，自己已經得到了政治上的平等，已經翻身做了主人。這些寫作人及知識人在享受待遇的時候，只感受到領袖與政黨的恩情，而很少考慮到，「待遇」究竟是由誰在供養。

[53] 蕭乾口述：《風雨平生——蕭乾口述自傳》，頁二一九。

把蕭乾的回憶穿插在這裏，是為了進一步說明，儘管導致自由主義文學的終結，強制是其中重要的因素，但是，因為社會主義文良心體系與自由主義良心體系在某些邊緣地帶的重合，使得某些自由主義寫作人及知識人傾向於同情左派，人道情感干擾了他們的個人選擇。

在一九四九年前後，人心思同，憂國憂民，樸素而志向高遠的政權組建方式，個人利益為大眾利益讓步的口號，顯得越來越動人心魄，一九四九年，中國大陸大局漸見明朗，結束戰爭的可能性越來越大了，人們願意相信，只要不打仗了，只要天下太平了，也許所有的問題都能解決了，愛國之心最終也能得到撫慰，希望有所作為的，也相信能在和平年代大展拳腳，可以為國家為人民做出貢獻，與自由主義文學的責任指向、藝術抱負有相通的地方。但問題在於，如果人人都在貢獻，每一個人的全部都貢獻出去，都獻到哪裡去了，每個人的全部貢獻，能夠有幾成的收成？這些，都已經無暇去考慮了，或者說，從來都沒有被當成是問題去考慮。當個人從一種專制中剝離出來，又很快陷入另一種集體的想像中，也許是出於對前一種生活方式的徹底絕望，需要有一種新的生活方式拯救他們日益崩潰的內心，人們因為一種烏托邦之想而向集體、共同體靠近，並開始自覺接受犧牲精神、奉獻精神在精神與行動的巨大的號召力、鼓動力。之所以順從，是因為有感召，有感召，也就有回應。

制度性以外的促成因素，大同世界烏托邦理想的光芒指引、療救華夏民族受損的自尊心以努力趕超英美的迫切、對唯一絕對真理的信賴、作者個人的內心猶疑恐懼等，共同執行了終結自由主義文學的行動。這一行動，可稱之為充滿善意的淨化之路（思想改造）、通向幸福的勞動之路（勞動改造）。制度性以外的促成因素，我稱之為充滿善意的淨化之路（思想改造）、通向幸福的勞動之路（勞動改造），無論是思想改造還是勞動改造，都是淨化論與進化論的產物，因為淨化這一手段，有崇高的目的，這一手段，所通往的是，唯一的絕對的真理（比如說政治），唯一的絕對的能給人類帶來絕對幸福、無限自由的社會理想模式，就像毛澤東在《講話》中展望的那樣，「真正的人類之愛是會有的，那是在全世界消滅了階級之後」。[54]而在這唯一目的沒達到之前，人間的惡，既由善來定義，也由善來消滅。

充滿善意的淨化之路，即思想改造，是如何完成的呢？文學領域裏的淨化之路，是通過具體的文學會議、文學批判、文學運動來完成的，也就是官方語言裏面所說的，「批評與自我批評」。之所以說其動機是善意的，是因為，這一淨化之路本身就是建立在剷除罪惡、消滅黑暗的基礎之上的，淨化，在剷除罪惡、消滅黑暗的途中，實際上就是對個人歷史的追查、清算。為什麼要進行思想上的清算、淨化？那是因為對純潔性有高要求，清算的目的，是為了達到絕對的純潔性，達到絕對主義的烏托邦。其善在於對惡的絕對化、絕對厭惡。純潔的種類是什麼？無產階級、光明、正義等。如何才能抵達絕對的純潔？那就是絕對的清算，純潔方認為不純潔的事物，必須從人群中、從事物中、從人的身心中驅趕出去，其實這種追求純潔的絕對願望，與柏拉圖放逐詩人以保哲學王的高貴性、理想國的純潔性，從理想層面來理解，是一致的。會議、批鬥會……等組織形式，實際上都反映了這種訴求。那麼，為什麼對純潔性的追求活動，會含有極大的強制性呢？因為，這一過程，並不是自我承擔的過程。

這一過程，最引人注目的，是訴惡與揭發的「攀比」活動。活動中，產生了批量的被誘惑的罪惡感，訴惡與揭發，一旦開了頭，就會有難以遏制之勢，很少人能夠在訴惡與揭發面前把持得住自己——我苦，但他人更苦，在訴惡的「攀比」活動中，在無數次控訴大會上，「我」的苦，被塑造出來的抽象的大眾的苦，越來越高大，越來越醒目。如果某種權威對每一個人說，有人比你更苦有人比你更慘，那麼，到最後，你的內心會告訴你，你自己的苦不算什麼，人家的苦那才叫苦，但人家到底是誰呢？最後的推論結果，不是具體

[54] 毛澤東：〈在延安文藝座談會上的講話〉，見《毛澤東選集》（第三卷），北京：人民文學出版社，一九九一年，頁八七一。

的人，而是抽象的群體，比如說農民等等。另一種可能是，既然我的苦還不夠苦，那我就誇大我的苦，越訴越苦，另外，由於恐懼心理，害怕自己的苦沒有別人的苦，所以，也是越訴越苦，那苦的對立面，傳說中苦難的製造者，那就越來越罪大惡極，越來越引起人民的仇恨之心、救世之情。如果某人被某人揭發，無論是無中生有的揭發還是實有其事的揭發，都會引起惡性循環，因為這是證明自身純潔性的反證法，除非被揭發的人有足夠強大的自控力不去揭發別人，又或者被揭發的人再三權衡，覺得自己再去揭發別人的「罪惡」絲毫不能改善自己的狀況，否則，不能避免。

在這裏，還是舉蕭乾的例子，以說明上文講到的，被誘惑的罪惡感。蕭乾，出世前一個月父親去世，年方十一時母親又病逝，少年生活苦不堪言。由其個人經歷來看，蕭乾對苦難有更切膚的體驗，理所當然地，也更容易被感動。蕭乾曾說他自己其實受京派影響不大，沈從文對他曾有過幫助（一九三三年沈從文在《大公報・文學》上編發蕭乾的第一篇小說〈蠶〉），但他在創作上受巴金的影響最大，「巴金小說那種澎湃的激情，那種對黑暗社會的血淚控訴，曾經激動了多少熱血青年的心！我是一個從小受過苦的人，心靈上很容易受到感染」。[55]

但是批鬥的方式又讓他感到個人的苦難是微不足道的，蕭乾有一次以《人民中國》記者的身份參加鬥爭大會，「台口掛著『人民法庭』的橫牌，兩邊貼著『消滅封建』、『打倒反動派』的標語」，參加完訴苦的批鬥大會之後，「我深深意識到，儘管自己當過若干年記者，跑過不少地方，對中國社會的瞭解確實是膚淺的。我雖然也受過苦，挨過餓，然而那離真正的社會底層還差得遠呢」。[56]這種心理變化，暗含著一種「邏

---

55 蕭乾口述：《風雨平生——蕭乾口述自傳》，頁一〇〇—一〇一。
56 蕭乾口述：《風雨平生——蕭乾口述自傳》，頁二二六—二二七。

輯」——他人的苦難實際上質疑了自己的安逸的正當性。至於這種邏輯是否合理，則不在考慮之中，這也是一種現實利益的權衡方式。但批鬥會之類的形式，肯定會給當事人留下恐懼的陰影，當然也會使旁觀者去評判權衡自身行為的風險度，古典社會的審美餘韻雖然消失了，人情世故中的權謀之術、怯懦兇殘却始終在。

我們把罪惡的誘導問題、鬥爭哲學再延伸開去：如果文學將罪惡歸之於資本主義制度，那麼，是不是意味著文學認為其他的制度可以完全消滅罪惡呢？如果不能的話，是不是就意味著這種文學的轉向所陷入的是一種大同社會價值觀陷阱?!這種淪陷、這種鬥爭的邏輯意味著什麼樣的現實？讓我們記住福柯的話：「如果說最嚴厲的刑罰不再施加於肉體，那麼它施加到什麼上了呢？……既然對象不再是肉體，那就必然是靈魂。曾經降臨在肉體的死亡應該被代之以深入靈魂、思想、意志和欲求的懲罰。馬布利明確徹底地總結了這個原則：『如果由我來施加懲罰的話，懲罰應該打擊靈魂而非肉體』」。[57]

與思想改造並行不悖的，是勞動改造。勞動之路為什麼會通向或者說被認為通向幸福呢？毛澤東在〈講話〉中談到一段自己的經歷，以教育文學工作者要跟群眾打成一片，「我是個學生出身的人，在學校養成了一種學生習慣，在一大群肩不能挑手不能提的學生面前做一點勞動的事，比如自己挑行李吧，也覺得不像樣子。那時，我覺得世界上乾淨的人只有知識份子，工人農民總是比較髒的。知識份子的衣服，別人的我可以穿，以為是乾淨的；工人農民的衣服，我就不願意穿，以為是髒的。革命了，同工人農民和革命軍的戰士在一起了，我逐漸熟悉他們，他們也逐漸熟悉了我。這時，只是在這時，我才根本地改變了資產階級學校教給我的那種資產階級的和小資產階級的感情。這時，拿未曾改造的知識份子和工人農民比較，就覺得知識份子不乾淨了，最乾淨的還是工人農民，儘管他們手是黑的，腳上有牛屎，還是比資產階級和小資產階級都

57 〔法〕米歇爾·福柯：《規訓與懲罰》，劉北成、楊遠嬰譯，北京：三聯書店，二〇〇三年，頁十七。

乾淨。這就叫做感情起了變化，由一個階級變到另一個階級」。[58]

毛澤東講勞動中的感情變化，講他與工農之間的靠近。他的親身經歷，使得他對勞動改造這一方式寄予道德上的厚望，可以說，勞動下的情感變化、人情感動，是千真萬確的，我們贊同毛澤東這種質樸而純粹的情感體驗，我們也承認勞動會改變有身份優越感的人群的內心情感。但問題是，為什麼在勞動過程中，感情會發生這樣的變化呢？這種變化與社會分工又有什麼密切的關係？勞動改造對個人自由的實際影響又是什麼？

勞動確實密切了人與人之間的關係。西美爾的分析，於勞動及貨幣對人的關係影響，有精彩的見解，他認為自由與義務並存，「誠然，所有義務一般都是籍由主體的個人行為完成解決。然而，有資格享受役務的人是把他的權利直接擴展到承擔勞役的個人身上，還是只落實到這個人的勞動產品中，最後或許是主張對產品自身（Produkt an und für sich）的權利——無論盡義務的人是否通過自身的勞作獲得產品與否——這其間的區別很大。這三種情形中，即便有權享受役務的人得到的好處一樣大，提供的自由程度則相當不同：第一種義務形式徹底地束縛了負擔義務者的自由，第二種義務則稍微給他多一點自由，第三種情形下自由的活動空間就相當可觀了」。[59]參加勞動改造的人，必須靠自己的勞動得到產品，那麼，就意味著，其人身受束於全面或局部的實物交換體系，[60]其幸福感正是來自於這種依賴感相當強的互動型人際關係，其幸福感實際上產生於依賴感，人與人靠近的程度越緊密，人們，尤其是中國人越能體會感受那溫情脈脈的類血緣情感。但，這種不分彼此的靠近，並不利於個人自由的發展，尤其是，最低限度的自由已成為不可能，因為，當

---

58 毛澤東：〈在延安文藝座談會上的講話〉，見《毛澤東選集》（第三卷），頁八五一。

59 〔德〕西美爾（Georg Simmel）：《貨幣哲學》，陳戎女等譯，北京：華夏出版社，二〇〇二年，頁二一二，按頁眉頁碼。

60 我們還記得，一九五五年以前，新政權在城市裏實行供給制與工資制，直到今天，實物福利在公務員體系的分配制度裏並未完全被取消。

人與人靠近的程度越高，被他人監視的可能性也就越高。「經濟生活也是開始於役務的個人方面與客觀方面的不分彼此。這種不偏不倚首先緩慢地分裂成了對立的面，個人要素越來越從生產、產品、交換中撤退出來。但這一過程釋放了個體自由。一如我們所觀看到的，個體自由的發展程度是，自然對我們而言越是變得客觀、實在、表現自身的規律，個體自由就越是隨著經濟世界的客觀化和去人格化（Entpersonalisierung／depersonalization）而提高。……惟有當經濟發展了其全部的範圍、複雜性、內部的相互作用時，才出現了人與人彼此的依賴關係，通過取消個人因素這種依賴關係使單個人更強烈地返回自身，使其更積極地意識到自己的自由。」（西美爾）[61]

毛時代，勞動改造的思想淵源，源於人們對集體生活的嚮往與眷戀、源於人們對軍事生活的信賴、源於對單個生活的不安全感。如果直接參加勞動，就意味著能夠使每個人真正成為社會機器的一顆螺絲釘，當他或她離開了集體，就一無是處；知識份子參加勞動改造，從社會分工來講，是低端的生產方式，但這種強制性的勞動配置，是源於集體主義對個人主義的極端厭惡，在社會分工的遞進過程中，道德感不斷被平等平均理念所挑釁。就像帕斯卡爾與蒙田等人曾經觀察到的，在人與人交往的過程中，精神既可能增強也可能淪亡，帕斯卡爾在談及精神與感情敗壞的時候說過：「我們由於交往而形成了精神和感情。但我們也由於交往而敗壞著精神和感情。因此，好的交往或者壞的交往就可以形成它們，或是敗壞它們。因而最重要的事就是要善於選擇，以便形成它們，而一點也不敗壞它們；然而假如我們從來就不曾形成過或者敗壞過它們的話，我們也就無從做出這種選擇了。」[62]在低端的社會分工中，人與人之間的依賴程度高，那也就免不了人與人之

---

61 〔德〕西美爾：《貨幣哲學》，頁二二九。

62 〔法〕帕斯卡爾：《思想錄》，何兆武譯，北京：商務印書館，一九八五年，頁七。

間的過度交往，這一過度交往，對他人生活過於感興趣，也很難理解他人的生活為什麼比自己的好或者比自己的差，過度交往中的想法、平等法顯然不利於私人領域的存在。

為什麼今天那麼多人懷念毛時代？因為，那個時代，人與人之間的依賴程度高，人與人之間情感真摯、不分彼此、推心置腹，而當貨幣基本上取代實物經濟交換之後，個人願意回到自我，人與金錢的關係比人與人之間的關係更值得信賴，個人的孤獨感與脆弱心態導致了時代心理轉換的失落。

淨化之路與勞動之路，既然是出於善意，但為什麼最終會變成強制之路呢？

康德在其《道德形而上學原理》中論述過「善良意志」，他認為「善良意志，並不因它所促成的事物而善，並不因它期望的事物而善，也不因它善於達到預定的目標而善，而僅是由於意願而善，它是自在的善」。同時，他也承認善良意志並不是唯一的善，但它是「最高的善，它是一切其餘東西的條件，甚至是對幸福要求的條件」。除了善良意志之外，還有其他種類的善，但那些善是有條件的善，並不是自在的善，在有的條件下，善變成了惡，惡又變成了善。譬如說，「一個惡棍的沉著會使他更加危險，並且在人們眼裏，比起沒有這一特性更為可憎」，善之所以變會成惡，就是因為該行為並沒有以善良意志作為出發點。[63] 如果善是有條件的善，那麼，它就絕不是自在的善，當其外在條件、當其對他人要求回報的條件轉變的時候，善就可能轉換成了惡。「天真無邪當然是榮耀的，不過也很不幸，因為它難以保持自身，並易於被引誘而走上邪路。」[64] 康德的這句話，猶如讖語。

63 這一段的引文見〔德〕康德：《道德形而上學原理》，苗力田譯，上海人民出版社，二〇〇二年，頁八—九、十一、八—九。

64 〔德〕康德：《道德形而上學原理》，頁二十。

延安文藝傳統甫開創，即有人民的文學、大眾的文學等提法。既然這樣，那麼，就要區別人民大眾與非人民大眾。既然非人民、非大眾是罪惡的，那麼，這種區分的另一方面則是要求人民與大眾必須是高尚的，不容挑剔的，問題在於，人民與大眾絕對能做到高尚不容挑剔嗎？這中間所含的對個人的暴力，落到實處的時候，就變成了雙重的強制，在強制了敵方的時候，也強制了我方，當我們向別人提出非分要求的時候，實際上，也對自己在內的群體提出了相反的強制要求，這同樣是非分的要求。

講到這一點，本文受到了英國約翰・密爾的啟發，他在《論自由》中論思想自由與討論自由的時候，講到有信仰者與無信仰者之間所發生的迫害與被迫害的故事時發現一個悖論：在十九世紀中期的康沃與舊百雷等地，有些人因為如實道出自己沒有什麼神學的信仰而被趕出法庭，於是，荒謬出現了，沒有信仰的人被排斥在法的保護之外，有信仰的人們就可以對之進行任意掠奪迫害而不受處罰，推而廣之，任何人都可能被掠奪與被迫害，那麼，又比如，有信仰的人在法庭上的宣誓是有價值的（不說謊），而無信仰的人都是說謊的，「這條規律以及它所含的學理對於有信仰的人也是一個侮辱。因為，若謂凡不信彼界的人必然要說謊，那麼勢必要說凡信彼界者之避免說謊，假如他們是避免了的話，只是因為怕入地獄了」。[65]

當你在強制異己、強制區別敵我的時候，也反過來為自己所在的群體劃出了強制性的多重要求。階級的區分，從一開始就帶有非常強烈的強制意圖。當你認定一個階級集體有罪，那麼你同時也就要求一個階級集體無罪，被要求集體無罪的階級，如果做不到真正的無罪，那麼，就會想方設法「避免」有罪，比如說，說謊的時候儘量做到不是說謊的樣子，並非懺悔的時候儘量做到懺悔的聲情並茂。為了不被排除到異己的行列，為了不下地獄，新的罪惡就產生了。被認為有罪的階級，就可能被任何人迫害，再推而廣之，任何人都

65 相關論述及引文見〔英〕約翰・密爾：《論自由》，頁三十四－三十五。

不可能倖免於這種連環的強制怪圈。這種強制，不僅僅是行政手段意義上的強制，它更深入到意識形態，深入到道德層面，敗壞著人性，敗壞著人由自控動機出發的自控能力。

這種強制性，無論是在二十世紀四〇年代，還是在五〇、六〇、七〇年代的文學界，都可以尋找到它的蹤跡。如果強制的主動權落在沒有限制的權力手上，那麼，最終的結果，就有可能是某種權力說了算，並且是以人民的名義說了算。

出於善意的強制之路，其大致路線已在此稍作勾勒。沈從文等人，一九四九年以後，所走的，正是被善意所牽引，走向被強制的道路，本文的大量分析，都試圖傳達一種信息，那就是強制未必完全是政治上的、意識形態的，這種強制，說到底，也是一種人為的共犯結構。

那麼，應該如何理解沈從文等人在這條路上所作出的種種反應呢？他們究竟是怨恨，還是感恩？還是兩者兼備？

德國馬克斯・舍勒曾就「道德建構中的怨恨」撰文專論。但在這裏，我無意去套用舍勒對於道德建構中的怨恨，因為，在一九四九年以後的中國，包括朱光潛等人，不僅要面對怨恨的問題，更要面對感恩的問題，但舍勒對怨恨乃至對羞感的研究，對我們回過頭來看五〇年代初期，留守大陸的自由主義者之性情大變，具備非同尋常的啟發價值。

朱光潛在四〇年代中後復辦《文學雜誌》，在大學裏擔任教職，撰寫文學專論，與此同時，還在一九四八年左右撰寫過〈自由份子與民主政治〉（一九四七）、〈挽回人心〉（一九四八）、〈談群眾培養怯懦與兇殘〉（一九四八）、〈國民黨的改造〉（一九四八）、〈世界的出路——也就是中國的出路〉（一九四八）、〈談恐懼心理〉（一九四八）等政論文，更在共產黨文學理論家正面打擊之後，於一九四八年八月寫下〈自由主義與文藝〉，以一己之力、以罕有的姿態力挽自由主義及文學頹勢、劣勢。但是，朱光潛在一九四九年，在學習了《毛澤東選集》等著作之後，寫下〈自我檢討〉，載於同年十一月二十七日的《人民日報》，他在文中寫道：「由於過去的教育，我是一個溫和的改良主義者，當然沒有革命的意識。……從對於共產黨的新瞭解來檢討我自己，我的基本的毛病倒不在我過去是一個國民黨員，而在我的過去教育把我養成一個個人自由主義者，一個脫離現實的見解偏狹而意志不堅定的知識份子。我願意繼續努力學習，努力糾正我的毛病，努力趕上時代與群眾，使我在新社會中不至成為一個完全無用的人。」[66] 一九四九年以後的朱光潛，更願意被人認為是馬克思主義者。

沈從文，一九五一年寫下〈我的學習〉。此文分別刊於一九五一年十一月十一日的《光明日報》、一九五一年十一月十四日的《大公報》。〈我的學習〉一文，似乎可以看出沈從文文氣的「魂飛魄散」、「精神分裂」（非貶義），他寫下這樣的文字：「時代太偉大了，五萬萬人民解放了的雙手和頭腦，都將在中國共產黨和偉大人民領袖毛澤東旗幟下而活用起來（注意順序，本文作者注），進行史無前例的文化生產建設。我即活在這個光榮時代裏，和所有中國人民共同為這個象徵中國新生的偉大節日——中國共產黨三十周年（黨的誕生，乃一九二一年七月二十三日左右，與會者後來都想不起來黨的誕生具體是哪一天，為紀念方便，定為七月一日，並非十一月份，本文作者注），而意識到個人的新生！」[67] 僅由個中語序，即可看出，沈從文的「學習」未取得預期效果——他完全不懂得新政權的等級規矩。

朱光潛與沈從文，並非檢討的特例，蕭乾等人的檢討陸續有來。在這裏，無須一一列舉。他們的文章，一方面悔恨自己的過往，一方面表達自己的感恩之情。也許這裏面有這樣的邏輯轉換：他們的懺悔，確

66 朱光潛：〈自我檢討〉，見《朱光潛全集》（第九卷），合肥：安徽教育出版社，一九九三年，頁五三七－五三八。
67 沈從文：〈我的學習〉，見《沈從文全集》（第十二卷），太原：北嶽文藝出版社，二〇〇二年，頁三七三。

實能把他們從罪惡感的深淵中打救出來，他們終於可以不再為飢餓貧病而良心不安，他們終於成為人民中的一份子，接下來，該為偉大的人民事業而奮鬥了；他們的感恩，也許是因為光明的感召、共產主義前景的召喚；前文所講的，人與人之間火熱的情感，改造的決心，也從善的角度誘惑了那些崩潰中的心靈。我們不必懷疑任何一個人檢討的真誠度，這樣的檢討，未必一定指向自我承擔。但逃離自我承擔的行為，證明先前的自由主義文學價值觀，已經發生了顛覆。

在顛覆的途中，他們到底是怨恨，還是感恩？抑或是兩者兼備？我們看舍勒對怨恨內涵的分析：「怨恨是一種有明確的前因後果的心靈自我毒害。……怨恨形成的最主要的出發點是報復衝動。如上所述，『怨恨』這個詞已經表明，它涉及一種情感波動，這種情感波動最先建立在對他人情態的先行理解之上，即是回答反應。……怨恨產生的條件只在於：這些情緒既在內心猛烈翻騰，又感到無法發洩出來，只好『咬牙強行隱忍』——這或是由於體力虛弱和精神懦弱，或是出於自己害怕和畏懼自己的情緒所針對的對象。因而，就其生長的土壤而言，怨恨首先限於僕人、被統治者、尊嚴被冒犯而無力自衛的人。……若一個僕人因受虐待而在『前廳叫罵』，不會染上那種屬於怨恨的內『毒』；反過來，倘他依然還『強顏歡笑』（此成語真是形象極了），將反感、敵意深藏在心底，倒很可能染上怨恨的內毒。」[68]

如果他們怨恨，那麼報復欲一定不是他們的初衷，被批判、被冷落、被排斥，想有所作為的抱負受阻，看不到希望，這些因素倒更像是他們怨恨的出發點。他們留守大陸，也未嘗沒有希望能有所作為，這種僥倖的心態，也許恰恰是緣於他們對自由的信奉與嚮往，就如西美爾看到的那樣，人們可以把人類命運看成是奴役與解放、義務與自由之間不間斷的交替輪轉，「因為我們以為的自由事實上屢屢只是義務的改頭換面

68 〔德〕馬克斯・舍勒：《價值的顛覆》，羅悌倫等譯，北京：三聯書店，一九九七年，頁七、十一。

罷了；當一種新的義務取代了我們長期承受的舊責任時，人們首先感覺到的就是卸下了舊的負擔。並且，沒了舊擔子，乍一看上去我們是徹底自由了，直至新的義務——對於新的義務起初我們並沒有感覺它放在肩上的重量，我們身上的肌肉群還沒有長期負重因此特別強健有力——給我們的肌肉壓上了重量，逐漸使它們疲憊不堪」。[69]

如果他們不是怨恨，那麼，為什麼他們的情緒在一九四九年前後有如此大的波動與變化？如果他們怨恨，那麼，他們為什麼又會表現出感恩之情？這是不是就是舍勒所說的強顏歡笑？還是幻想破滅之後，在無從選擇的情況下，對現實的認可或沉默？抑或是對恨的厭倦？還是因為罪惡感的被誘惑，從而在改造中有重獲新生的欣喜？就像弗蘭克筆下的俄羅斯知識份子一樣，「自由派和『溫和派』自己就從內心感到自己是罪人，是弱者，不具備革命者的英雄精神；他們的良心是不安的」？[70]又或者是因為，一個旨在追求消除貧富懸殊的民主制國家裏，怨恨的程度會被降低到最低程度？就如前文所說的，強制之路的出發點是善意的、是帶著最激動人心的雄心壯志上路的，前景是光明而誘人的，動人的口號天天活在人們的嘴裏、心裏，觀念對寫作的感召力也是強大而動人的，人們總是希望新的事物能夠幫助卸下舊事物帶給人們的重擔與傷害，一九四九年以前因多種因素造成的切膚之痛猶在身邊，一九四九年以後的光榮似乎就近在手邊。「歷史幽閉症」伸向事物的兩端，一端是歷史的幽暗恐慌，一端是光明的召喚，人們需要以對歷史的反動、對光明的嚮往來克服內心的恐懼。「廣場恐懼症」，則使人們盡可能退回內在的城堡，在內心崩潰之前，儘量守護自己的內心安全、緩解內心的恐懼與不安。本文由始至終都無意去懷疑任何一種生活方式、生活理想、文學理想

69〔德〕西美爾：《貨幣哲學》，頁二一一。
70〔俄〕弗蘭克：《俄國知識人與精神偶像》，頁八十四。

的真誠，但我們必須承認，每一種生活理想的路徑不同，它的目的地一定有所區別，它帶給個體生命的傷害或者幸福感也必然有異。

一九四九年以後，怨恨與感恩的面目，在沈從文、朱光潛等人那裏，含混不清、模棱兩可，本文也無意為他們身上套上同一副面孔，因為，心靈的真相，只有當事人才有權利去自我審視。研究者，所能夠做的，就是依據當事人情緒的種種反應與不反應，去探測心靈真相的種種可能性。真相不是唯一的。

正是因為怨恨與感恩等模糊面目對我們的啟示，這一點可以得到確定，那就是前文所提到的，當自由的前提被取締，自由良心所指向的自我承擔也化為烏有。

自由前提的消失，自由主義文學自我承擔之路的被扭轉，這一過程的悲劇色彩不易被世人所察覺，因為這一過程，既不跟吃飯問題掛鈎，也不跟和平問題掛鈎，而且，並不必然導致幸福、快樂。沒有最低限度的自由，千千萬萬的人仍然安然地由生走到死，「活着」就是這個族群的信仰，只要能活着，什麼都可以放下，所以，這個族群才如此地貪戀肉身。有了最低限度的自由訴求，卻可能打破慣於奴性行事、絲毫沒有報復慾的人們的安全感、生活秩序、習慣性情感。

消極自由不是人類的第一需求，儘管這樣，卻始終有一些人，持有這樣的看法，「人權，以及私人領域（在其中我不受審查）的觀念，對於人人需要的最低限度的自主——如果他要按自己的路線發展的話——是不可缺少的；因為多樣性是人類的類本質，而不是行將逝去的狀態。這個觀點的擁護者認為，毀滅這種權利以建立一種普遍的、自我導向的人類社會——一個所有人向著同一目的進軍的社會——將摧毀個人選擇的領域；而這種領域，不管多麼狹窄，一旦失去，生命亦不再有價值。」（伯林）[71]

71 〔英〕以賽亞・伯林：《自由論》，頁三二四。

結語

自我管理的要求，或至少參與我的生活由以得到控制的過程的要求，也許是與對行動的自由領地的要求同樣深刻的願望，甚至在歷史上還要更加古老。但這並不是對同一種東西的要求。事實上，這兩種要求是如此的不同，以致最終導致了支配我們這個世界的意識形態的大撞擊。因為，在「消極」自由觀念的擁護者眼中，正是這種「積極」自由的概念——不是「免於……」的自由，而是「去做……」的自由——導致一種規定好了的生活，並常常成為殘酷暴政的華麗偽裝。

——〔英〕以賽亞・伯林[1]

本書通過對一九四五年八月至一九四九年十月間自由主義文學基本事實的考察，通過對有限自由與無限「自由」的比較與劃分，找到理論與文學事實相契合之處。自由的說法很多，受洛克、穆勒、以賽亞・伯林、哈耶克、阿克頓勳爵等人的啟發，我發現，真正的自由主義者，在對待私人領域的時候，態度基本上是一致的，他們都主張在私人領域裏不被強制，並能夠做法律沒有禁止的事情而不被干涉等。本文開篇便進行

1 〔英〕以賽亞・伯林：《自由論》，頁一九九—二〇〇。

理論視野的界定，自由一詞是外來詞，我們有必要從詞源、詞義等方面對它有所瞭解。但從人生狀態來講，消極自由，最低限底的自由，對無拘無束的私人關係的訴求，並不是隨著概念而出現的，它甚至比概念更古老。

《大公報》（星期文藝等）、《文學雜誌》、《觀察》（文藝副刊）等獨立報刊，為自由主義文藝提供了物質載體。通過對這些報刊雜誌辦刊等史實的詳細考察，可以發現，它們的游離姿態，與朱光潛等人的游離姿態基本一致，他們風格各異，志趣卻不約而同。由人生狀態而言，朱光潛等人熱衷於辦報辦刊、教育等他們認為能夠做的事情，其意不在謀多大的官職，不求黨派寵愛，無意於依託於什麼組織，他們希望在法的面前，能夠保有個人自由，並能夠在個人文藝事業上有所作為，以傳承文學內在的藝術正統。這些人生抱負，並不與現代化的國家抱負發生實質上的衝突。他們並沒有提出並闡明最低限度的自由，但是他們的人生狀態與人生訴求，與消極自由的狀態基本一致。他們以消極自由的方式抗拒了的同化的層層逼迫，他們以獨特的藝術方式表達了他們對中國風土人情的深切感情，並有意無意地捍衛了真正意義上的個人自由、私人領域。

時代大勢並不太利於消極自由的生存，如文藝形勢的變動、文藝策略的變與不變、權力與組織的合流、各種思潮的衝撞等因素，對消極自由造成了極大的困擾，自由主義文藝自身也存在一些不利於自身發展的問題。四〇年代後期，國共互不相讓、最終兵戈相向，在近現代格局的曲折走勢中，自由主義的政治嘗試最終收縮並淪落為一種精神想像。

自由主義文學理想，正是這種精神想像的縮影。寫作人及知識人區分了文學的獨立趣味，並在敘事類、非敘事類文學等方面留存了重要的文學記憶。在寫作過程中，他們內心複雜的罪惡感，他們內心對世俗善的渴望，傳達出自由主義文藝的藝術良心，這種藝術良心直接影響了自由主義寫作人及知識人一九四九年前後的生命處境。自由主義與社會主義在某些邊緣地帶有重合之處，同情心影響著內心那個法官的判斷。

藝術良心原本可以通向自我責任的限定，但是，當單一而絕對的哲學前提確立後，自由主義文學理想的自我承擔之路，被扭轉了。在進化論與淨化論的作用下，人們順從地走上了充滿善意的淨化之路（思想改造）、通向幸福的勞動之路（勞動改造），私人生活被集體生活所覆蓋，自由主義文學理想消失在歷史深處。人們充滿善意地去為幸福、大同設計定義，結果犧牲了私人生活裏的自由。

自由是文藝的靈魂。朱光潛曾在〈自由主義與文藝〉一文中闡明他在文藝領域維護自由主義的原因，「藝術使人自由，因為它解放人的束縛和限制。第一，它解放可能被壓抑底情感，免除佛洛意特派心理學家所說底精神的失常。其次，它解放人的蔽於習慣底見地，使他隨在見出人生世相的新鮮有趣，因而提高他的生命的力量，不致天天感覺人生乏味」[2]。

這一時期的自由主義文學理想，雖曇花一現，但寫作人及知識人為華語文學的脈絡留下了重要的思想及藝術啟發。自由主義文學理想的終結，提醒我們思考一些問題：消極自由到底該不該有合法性、正當性？個人生活與公共生活應該如何相處？單一的哲學前提，是否有益於偉大文學作品的出現？功利性價值觀對文學的藝術趣味有沒有傷害？進化論與淨化論，是否必然通向幸福與大同？世界上存不存在一個絕對的真理？在強大的集體與組織面前，個人如何緩解內心的恐懼感？

對這些問題的研究——而不是解答，與文學有關，更與生命的意義有關。

---

[2] 朱光潛：〈自由主義與文藝〉，見《文學運動史料選》（第五冊），頁六三五。

後記

二〇〇五年九月，我考入中山大學中文系，攻讀博士學位，師從林崗教授。入學後不久，林崗教授建議我做二十世紀四十年代這一段。經其指導，最後定下來的題目是《自由主義文學理想的終結（1945.08-1949.10）》。「終結」二字，由林崗教授敲定。「終結」既定，思路即清。之後，花了將近一年的時間收集資料。收集資料時，吃了不少苦頭。四十年代中後期的文史資料，因戰禍，佚散嚴重。中山大學圖書館珍藏館及古籍館，華南師範大學圖書館古籍室，暨南大學圖書館古籍室，廣東省省立中山圖書館，北京國家圖書館，北京師範大學圖書館，重慶圖書館等，各藏有本論文所涉的一部分報刊資料。無法，唯有一家一家跑。一九四九年以前的原版報刊，基本上不讓拍照，無法，唯有手抄。能讓拍照的影印本，價格不菲。資料收集下來，歎，做學問真不容易。之後，是埋頭苦讀、苦寫。慶幸母校有這麼好的圖書館，可以讓學生由朝到晚專注於論文，不受干擾。期間，因存養家糊口之念，急於從論文中脫身而出，論文於二〇〇七年十二月完成，比規定時間略提前。心急的結果是，論文廢話多，思考流於表面，思想受制於規則。論文寫得倉促，之後的很長一段時間，我都沒有勇氣再看它一眼。直到去年，機緣巧合，把書稿寄給蔡登山先生，得他敦促，方計劃出版。論文改動，有心力憔悴之感，後唯有動其枝節、留其筋骨，基本保持原貌。學徒之著，諸多不足，懇請方家批評。

學問如能與心性走到一起，讀書便會成為自然而然之事。林崗教授指導學生，常揉學問與心性為一體，辨法委婉而機智。撰寫《自由主義文學理想的終結（1945.08-1949.10）》，既能接受嚴格的學術訓練，又能從中悟出自己的人生趣味，這是最為快樂的事情。得智者教誨點撥，是極為難得的人生際遇。無以為報，唯不斷學習。若論樂趣，著作的樂趣，遠不如讀書的樂趣。「學而時習之，不亦樂乎」，誠哉斯言。

有時候覺得，人生就是一場罪與欠。人生也許就是為還債而來，卻不知，這一路走下來，欠下的，恐怕更多。借此機會，感謝林崗、陳思和、謝有順諸教授的鞭策與幫助，感謝林建法、李國平諸君的鼓勵，感謝劉波、干紅梅諸友在資料方面的幫助。秀威公司的鄭伊庭君，容忍我的拖延症，為此書投入不少心力，在此深表謝意。南方都市報及其閱讀周刊，有如精神家園，於此，一併致謝。

挫折、疾病、苦樂，反復在提醒人，要「畏天命」。人立於世，真要安身立命，何其之難。盡力而為，是人的本分。

胡傳吉

2012-6-14修改

主要參考書目

曹聚仁：《文壇五十年：續編》，香港新文化出版社，一九七三年。

司馬長風：《中國新文學史》（上卷），香港：昭明出版社有限公司，一九七五年一月初版，一九七六年六月再版，一九八〇年四月三版。

司馬長風：《中國新文學史》（中卷），香港：昭明出版社有限公司，一九七六年三月初版，一九七八年十一月再版。

北京大學等主編：《文學運動史料選》（第五冊），上海教育出版社，一九七九年。

錢穆：《中國思想史》，臺北：臺灣學習書局，一九八二年。

陳壽立編：《中國現代文學運動史料摘編》（下冊），北京出版社，一九八五年。

袁可嘉：《現代派論・英美詩論》，北京：中國社會科學出版社，一九八五年。

杜運燮等編：《一個民族已經起來：懷念詩人、翻譯家穆旦》，南京：江蘇人民出版社，一九八七年。

錢穆：《中國文化史導論》，上海：三聯書店，一九八八年。

毛澤東：《毛澤東選集》，北京：人民文學出版社，一九九一年。

李唯一：《中國工資制度》，北京：中國勞動出版社，一九九一年。

毛澤東：《毛澤東文集》，中共中央文獻研究室編，北京：人民文學出版社，一九九三、一九九六、一九九九年等。
戴晴：《梁漱溟　王實味　儲安平》，南京：江蘇文藝出版社，一九八九年。
常風：《逝水集》，瀋陽：遼寧教育出版社，一九九五年。
田蕙蘭等選編，《錢鍾書、楊絳研究資料集》，武漢：華中師範大學出版社，一九九七年。
劉小楓：《現代性社會理論緒論》，上海：三聯書店，一九九八年。
嚴復譯著：《天演論：物競天擇　適者生存》，馮君豪注解，鄭州：中州古籍出版社，一九九八年。
賀桂梅：《轉折的時代—四〇－五〇年代作家研究》，濟南：山東教育出版社，二〇〇三年。
倪偉：《「民族」想像與國家編制—一九二八－一九四八年南京政府的文藝政策及文藝運動》，上海教育出版社，二〇〇三年。
〔法〕孟德斯鳩：《論法的精神》，張雁深譯，北京：商務印書館，一九六一－一九六三年。
〔法〕盧梭：《社會契約論》，何兆武譯，北京：商務印書館，一九八〇年。
〔法〕斯達爾夫人：《論文學》，徐繼曾譯，北京：人民文學出版社，一九八六年。
〔法〕托克維爾：《論美國的民主（上、下）》，董果良譯，北京：商務印書館，一九八八年。
〔法〕托克維爾：《舊制度與大革命》，馮棠譯，Hong Kong: Oxford University Press，一九九四年。
〔法〕邦雅曼‧貢斯當：《古代人的自由與現代人的自由》，閻克文等譯，上海人民出版社，二〇〇五年。
〔英〕約翰‧密爾：《論自由》，程崇華譯，北京：商務印書館，一九五九年。
〔英〕休漠：《人性論（上、下）》，關文運譯，北京：商務印書館，一九八〇年。
〔英〕約翰‧穆勒：《群己權界說》，嚴復譯，北京：商務印書館，一九八一年。
〔英〕霍布斯：《利維坦》，黎思復、黎廷弼譯，北京：商務印書館，一九八五年。

〔英〕弗里德里希・奧古斯特・哈耶克：《自由秩序原理》，鄧正來譯，北京：三聯書店，一九九七年。

〔英〕弗里德里希・奧古斯特・哈耶克：《通向奴役之路》，王明毅等譯，北京：中國社會科學出版社，一九九七年。

〔英〕亞當・斯密：《道德情操論》，蔣自強、欽北愚、朱鐘棣、沈凱璋譯，北京：商務印書館，一九九七年。

〔英〕柏克：《法國革命論》，何兆武、許振洲、彭剛譯，北京：商務印書館，一九九八年。

〔英〕卡爾・波普爾：《開放社會及其敵人》，陸衡等譯，北京：中國社會科學出版社，一九九九年。

〔英〕亞當・斯密：《國富論》，郭大力、王亞南譯，香港：商務印書館（香港）有限公司，二〇〇二年。

〔英〕以賽亞・伯林：《自由論》（《自由四論》擴充版），胡傳勝譯，南京：譯林出版社，二〇〇三年。

〔英〕以賽亞・伯林：《俄羅斯思想家》，彭淮棟譯，南京：譯林出版社，二〇〇三年版。

〔英〕亞當・弗格森：《道德哲學原理》，孫飛宇、田耕譯，上海人民出版社，二〇〇三年。

〔英〕亞當・弗格森：《幸福的終結》，徐志躍譯，北京：中國人民大學出版社，二〇〇三年。

〔美〕金介甫：《沈從文傳》，符家欽譯，長沙：湖南文藝出版社，一九九二年。（另一版本，〔美〕金介甫：〔八九〕《鳳凰之子：沈從文傳》，符家欽譯，北京：中國友誼出版公司，二〇〇〇年。此版本由全文章節附註改為每章章節附註，雖注釋比九二年湖南文藝出版社的版本稍多一些，但錯別字很多。整理者注。）

〔美〕費正清編：《劍橋中華民國史（上、下）》，楊品泉等譯，北京：中國社會科學出版社，一九九三年。

〔美〕李歐梵：《現代性的追求》，北京：三聯書店，二〇〇〇年。

〔美〕夏志清：《中國現代小說史》，劉紹銘等譯。Hong Kong: The Chinese University of Hong Kong, 2001.

〔美〕約翰・羅爾斯：《正義論》，何懷宏等譯，北京：中國社會科學出版社，二〇〇一年。

〔美〕耿德華：《被冷落的繆斯：中國淪陷區文學史（一九三七－一九四五）》，張泉譯，北京：新星出版社，二〇〇六年。

〔意〕尼科洛・馬基雅維里：《君主論》，潘漢典譯，北京：商務印書館，一九八五年。

〔意〕圭多・德・拉吉羅：《歐洲自由主義史》（The History of European Liberalism），〔意〕R・G・科林伍德英譯，楊軍中譯，長春：吉林人民出版社，二〇〇一年。

〔德〕萊辛：《拉奧孔》，朱光潛譯，北京：人民文學出版社，一九七九年。

〔德〕馬克斯・舍勒：《價值的顛覆》，羅悌倫等譯，北京：三聯書店，一九九七年。

〔德〕西美爾：《貨幣哲學》，陳戎女等譯，北京：華夏出版社，二〇〇二年。

〔俄〕弗蘭克：《俄國知識人與精神偶像》，徐鳳林譯，上海：學林出版社，一九九九年。

〔古希臘〕亞理斯多德，賀拉斯：《詩學　詩藝》，羅念生等譯，北京：人民文學出版社，一九六二年。

〔古希臘〕柏拉圖：《文藝對話集》，北京：人民文學出版社，一九六三年。

〔古希臘〕色諾芬：《回憶蘇格拉底》，吳永泉譯，北京：商務印書館，一九八四年。

Plato: *The Republic of Plato*, translated with introduction and notes by Francis MacDonald Cornford. Oxford: Oxford University Press, 1945.

文學視界08　語言文學類　PG0798

自由主義文學理想的終結（1945.08-1949.10）

作　　者／胡傳吉
主　　編／蔡登山
責任編輯／鄭伊庭
圖文排版／邱瀞誼、姚宜婷
封面設計／王嵩賀

發 行 人／宋政坤
法律顧問／毛國樑　律師
印製出版／秀威資訊科技股份有限公司
114台北市內湖區瑞光路76巷65號1樓
電話：+886-2-2796-3638　傳真：+886-2-2796-1377
http://www.showwe.com.tw
劃撥帳號／19563868　戶名：秀威資訊科技股份有限公司
讀者服務信箱：service@showwe.com.tw
展售門市／國家書店（松江門市）
104台北市中山區松江路209號1樓
電話：+886-2-2518-0207　傳真：+886-2-2518-0778
網路訂購／秀威網路書店：http://www.bodbooks.com.tw
國家網路書店：http://www.govbooks.com.tw
圖書經銷／紅螞蟻圖書有限公司
114台北市內湖區舊宗路二段121巷28、32號4樓
電話：+886-2-2795-3656　傳真：+886-2-2795-4100

2012年9月BOD一版
定價：500元

國家圖書館出版品預行編目

自由主義文學理想的終結(1945. 08-1949. 10) / 胡傳吉著. --
一版. -- 臺北市 : 秀威資訊科技, 2012. 09
面； 公分. -- (語言文學類 ; PG0798)
BOD版
ISBN 978-986-221-979-9(平裝)

1. 中國文學 2. 現代文學 3. 自由主義 4. 文學評論

820.908　　101012615

讀者回函卡

感謝您購買本書，為提升服務品質，請填妥以下資料，將讀者回函卡直接寄回或傳真本公司，收到您的寶貴意見後，我們會收藏記錄及檢討，謝謝！
如您需要了解本公司最新出版書目、購書優惠或企劃活動，歡迎您上網查詢或下載相關資料：http:// www.showwe.com.tw

您購買的書名：________________________________

出生日期：________年________月________日

學歷：□高中（含）以下　□大專　□研究所（含）以上

職業：□製造業　□金融業　□資訊業　□軍警　□傳播業　□自由業
　　　□服務業　□公務員　□教職　□學生　□家管　□其它_____

購書地點：□網路書店　□實體書店　□書展　□郵購　□贈閱　□其他

您從何得知本書的消息？
　□網路書店　□實體書店　□網路搜尋　□電子報　□書訊　□雜誌
　□傳播媒體　□親友推薦　□網站推薦　□部落格　□其他__________

您對本書的評價：（請填代號　1.非常滿意　2.滿意　3.尚可　4.再改進）
　封面設計____　版面編排____　內容____　文／譯筆____　價格____

讀完書後您覺得：
　□很有收穫　□有收穫　□收穫不多　□沒收穫

對我們的建議：________________________________

____

____

____

請貼
郵票

11466
台北市內湖區瑞光路 76 巷 65 號 1 樓
秀威資訊科技股份有限公司 收
BOD 數位出版事業部

....

（請沿線對折寄回，謝謝！）

姓　　名：________________　年齡：________　性別：□女　□男

郵遞區號：□□□□□

地　　址：____

聯絡電話：(日) ________________ (夜) ________________

E-mail：____